BASTEI
LÜBBE

Ephraim

KISHON

Das Kamel im Nadelöhr

BASTEI LÜBBE

BASTEI LÜBBE TASCHENBUCH
Band 15167

1. Auflage: Juli 2004

Vollständige Taschenbuchausgabe

Bastei Lübbe Taschenbücher ist ein Imprint
der Verlagsgruppe Lübbe

Lizenzausgabe: Verlagsgruppe Lübbe GmbH & Co. KG,
Bergisch Gladbach
Umschlaggestaltung: Bianca Sebastian
Titelillustration: Rudolf Angerer
Satz: hanseatenSatz-bremen, Bremen
Druck und Verarbeitung: Ebner & Spiegel, Ulm
Printed in Germany
ISBN 3-404-15167-4

INHALT

»DIE GANZE WELT IST ZIRKUS«

WAS FÜR EINE WIRTSCHAFT

KEINE KUNST

IDEOLOGIE FÜR DEN HAUSGEBRAUCH

»Mein Programm ist darauf ausgerichtet, die Stützung und Kräftigung des nationalen Rückgrats herbeizuführen.« Mit diesen Worten eröffnete das Kamel seine erste Pressekonferenz nach seiner Ernennung zum Verkehrsminister und reckte den Höcker stolz empor. »Wer mich kennt, meine Damen und Herren, weiß, daß ich ein Kamel der Taten bin und nicht der Worte. Daher bin ich fest entschlossen, innerhalb von zwei Monaten sämtliche Wüsten der Region in grünende Felder und blühende Rosengärten zu verwandeln. Um dies zu erreichen, werden alle Sandschichten abgetragen und mit Schubkarren weggeschafft. Die erforderlichen Süßwassermengen werden mittels einer Luftbrücke eingeflogen, Oasen werden in der erforderlichen Zahl errichtet, mit Regierungsdekret wird gutes Wetter verfügt, gleichzeitig die Inflation gestoppt und der Export um das Sechsfache gesteigert. Ich bin mir der Tatsache bewußt, daß die Verwirklichung meines Programms kein leichtes Unterfangen sein wird, aber ich möchte meiner Überzeugung Ausdruck verleihen, daß wir alle dies mit Beharrlichkeit, Hingabe, Sorgfalt, Fleiß, Planung, Umsicht, Glaube, Liebe und Hoffnung durchaus bewältigen können. Irgendwelche Fragen?«

»Ja, Exzellenz«, meldete sich ein junger Reporter, »werden Sie es auch zustande bringen, durch ein Nadelöhr zu schlüpfen?«

»Daran zweifle ich keinen Augenblick.«

»Und wenn Ihr Höcker im Nadelöhr steckenbleiben sollte?«

»Was für ein Höcker?«

Analytische Fachsimpelei unter dem Vorwand eines Prologs

Natürlich ist nicht das Kamel die Zentralfigur dieses Buches, selbst wenn ich immer wieder von Höckern aller Art, vor allem unsichtbaren, schreibe.

Ebensowenig wird sich dieses Buch um Nadeln drehen, auch wenn von Experten behauptet wird, Satire könne stechen. Und was den Titel des Buches betrifft, so wurde ich mit ihm in meinen Jugendjahren vertraut, da ich mich als neues Kibbuz-Mitglied am Rande der Stadt Nazareth hin und wieder genötigt sah, ein »Wüstenschiff« durch das unwegsame Gelände zu navigieren. Damals konnte ich nicht ahnen, daß ich auf dem Höcker eines Symbols thronte, noch dazu auf einem biblischen Symbol für das Absurde.

»Das Kamel im Nadelöhr« hat im vorliegenden Fall kaum etwas mit biblischer Weisheit zu tun, auch nicht mit Zoologie. Es bezieht sich ausschließlich auf den Menschen, auf seine Schwäche, seine Habgier und vor allem auf seine Dummheit. Diese menschliche Dreieinigkeit befindet sich schon seit urdenklichen Zeiten im Visier der Humoristen, und zwar seit Adam vom Baum der Erkenntnis naschte und den Magen der Menschheit für alle Zeiten verdarb.

Die Minuspunkte der menschlichen Natur, meine eigenen nicht ausgeschlossen, waren immer schon der Born, aus dem ich eimerweise Satire schöpfen konnte. Aber irgendwie scheint mir die Grundstimmung meiner bisherigen Bücher etwas erfreulicher gewesen zu sein.

Heutzutage fragt man mich: »Stimmt es, daß Sie neuerdings kritischer geworden sind?«

»Nicht ich. Die Zeiten sind kritischer geworden.«

»Haha, immer zu Späßen aufgelegt.«

Es läßt sich nicht leugnen, daß man mit zunehmendem Alter unduldsamer und unnachsichtiger wird. Dieser geistige Wandel macht leider auch vor einem satirischen Schriftsteller nicht halt. Was mich betrifft, so habe ich bald das biblische Alter von fünfzig Büchern erreicht, deren Hälfte auch dem deutschen Leser verständlich gemacht worden ist.

Vielleicht ist es der neuen Erdölherrschaft zuzuschreiben, daß die Tinte meiner Feder etwas saurer geworden ist. In den vergangenen Jahren wurden viele freundliche Gesichtsmasken vom Petrol hinweggespült, und ebenso viele häßliche Fratzen wurden weithin sichtbar. Es scheint mir, daß sich die Energiekrise der Welt vor allem als eine moralische Krise entpuppt. Mit dem himmelstürmenden Hochflug der Ölpreise wurde die traurige Wahrheit hinter den Phrasen ihrer letzten Blößen beraubt. Kaum war der Petrodollar erfunden, gingen die humanistischen Ideale schlagartig in Pension. Sofern irgend etwas ihren Platz einnahm, so war es die vulgäre Kosten-Nutzen-Rechnung der doppelten Buchhalterei.

Daß sich neuerdings für den Betrachter klare Fronten und Konturen abzuzeichnen begannen, mag vielleicht nicht für jedermann erfreulich gewesen sein, doch für die Arbeit des Satirikers stellt dies eine bedeutende Erleichterung dar. Denn seine Aufgabe ist es, die Dinge so zu sehen, wie sie sind, und nicht so, wie andere sie betrachtet wissen wollen. Hinzugefügt sei, daß der Satiriker, der bürgerliche Hofnarr unserer Tage, das Privileg, besser gesagt das Monopol, vielleicht sogar den Luxus für sich in Anspruch nimmt, wann immer es ihm beliebt, die Wahrheit zu sagen.

★

Es bleibt ihm auch gar nichts anderes übrig.

Der Satiriker mag sein Gesicht mit Reismehl weiß pudern, oder er kann im Samba-Rhythmus auf den Händen tanzen. Kurz, er kann tun, was er will, nur eines darf er nicht: sich in der Manege des großen Weltzirkus ziellos herumtreiben lassen. Was immer er tut, er muß vorwärts schreiten, auch wenn sein Kopf unten und die Beine oben sind. Seine Zielrichtung muß in schnurgerader Linie zur Wahrheit hinführen. Mit anderen Worten, der Humorist wird zum Akrobaten wider Willen, sein Weg ist eine stete Gratwanderung über ein schwankendes Seil. Auf der einen Seite gähnt der Abgrund der Lüge, auf der anderen lauert seine gefährlichste Versuchung, nämlich der Verlust des Maßhaltens. Das einzige Sicherheitsnetz, das sich weit unter ihm befindet, ist die Wahrheit.

Ein praktisches Beispiel?

Da gab es jenen Generalissimus Franco, der, wir erinnern uns, einige Monate lang mit dem Tod zu ringen hatte. Alle seine vertrauten Hofschranzen versammelten sich tagtäglich im Regierungspalast, um bebend den ärztlichen Bulletins entgegenzuharren. Eines Tages geschah das Unvermeidliche, der Erste Hofarzt kam gemessenen Schrittes aus dem Krankenzimmer und verkündete mit gebrochener Stimme:

»Meine Herren, seine Herrlichkeit, der Caudillo, ist nicht mehr.«

Angeblich soll einer der trauernden Adjutanten gefragt haben:

»Ja ... aber ... wer wird es wagen ... ihm diese Nachricht zu überbringen?«

Auf die spanischen Verhältnisse zur Zeit des Franco-Regimes bezogen, mag diese Anekdote vielleicht ein Lächeln hervorrufen.

Wenn wir aber dieselbe Geschichte über Roosevelt oder Churchill erzählen, dann wäre sie völlig unkomisch. Denn auch bei einer erfundenen Geschichte muß die Grund-Prämisse stimmen, die Stoßrichtung des Erzählten muß zur Wahrheit hin verlaufen. Auch die absurdeste Groteske ist nur dann komisch, wenn hinter der Absurdität die ungroteske Realität zu spüren ist.

★

Ein weiteres Beispiel gefällig?

Der neue Installateur unserer Siedlung wurde von uns zwei Monate hindurch ständig eingeladen, unsere Warmwasserleitung zu reparieren. Endlich ließ er sich dazu herab. Ich sagte ihm: »Hoffentlich werden Sie in Hinkunft mit uns nicht mehr Versteck spielen, Herr ... Herr ...«

»Bialazurkiewicz.«

»Entschuldigen Sie«, sagte ich leicht verstört und überreichte ihm einen Notizblock. »Wie schreiben Sie sich?«

Der Meister des gewundenen Rohres holte hinter einem seiner Ohren einen Bleistiftstummel hervor, feuchtete bedächtig dessen Spitze mit seiner Zunge an und schrieb dann sehr sorgfältig Buchstabe für Buchstabe:

»S-I-C-H.«

Das mag, auf einen Installateur bezogen, lustig sein. Ginge es in dieser Geschichte um einen Versicherungsagenten oder einen Hausarzt, so wäre sie überhaupt nicht komisch.

Noch ein Beispiel. Vor einiger Zeit gelang es mir, meine damals elfjährige Tochter Renana zu belauschen, als sie in ihrem Zimmer mit der gleichaltrigen Nachbarstochter Nava wichtige Dinge zu besprechen hatte:

»Sag mir«, flüsterte Nava höchst aufgeregt, »sind wir eigentlich Jungfrauen?«

Renana versank in tiefes Nachdenken und antwortete schließlich:

»Noch nicht.«

Wenn das ein elfjähriges Mädchen sagt, ist es nett, komisch, vielleicht sogar rührend. Dieselbe Äußerung einer Fünfzehnjährigen wäre geschmacklos.

Nein, schlimmer, es wäre der Humor eines Dilettanten.

★

In keinem anderen Berufszweig der Welt, mit der möglichen Ausnahme des klassischen Balletts, schreit der Dilettantismus derart zum Himmel. Eine humoristische Geschichte ist entweder amüsant, oder sie ist unausstehlich. Ein Mittelding ist unvorstellbar. Etwa so wie eine Telephonnummer, die ungefähr stimmt, oder eine Frau, die ein bißchen schwanger ist.

Am meisten leidet unter diesem Dilettantismus der Berufshumorist, wenn ihm seine guten Freunde bei jeder sich bietenden Gelegenheit Witze und nochmals Witze erzählen, dabei aber niemals begreifen werden, daß ein Satiriker keine Witze produziert. Er entdeckt sie nur.

Apropos Witze, da gibt es zum Beispiel die berühmte Geschichte vom traurigen Clown.

»Ich hätte ein Heilmittel für Sie«, sagt der Psychiater zu seinem Patienten, der unter schweren Depressionen leidet. »Gehen Sie doch einmal in den Zirkus um die Ecke. Dort tritt ein großartiger Clown auf, bei dem Sie Tränen lachen werden ...«

»Herr Doktor«, antwortet der Patient traurig, »der Clown bin ich.«

Ganz einfach. Sehr eindrucksvoll, sehr rührend, sehr bekannt.

Die Geschichte hat nur einen Haken: so stimmt sie nicht. Laut meinen Erfahrungen müßte die Geschichte folgendermaßen enden:

»Herr Doktor«, antwortet der Patient in meiner Fassung, »den Zirkus um die Ecke habe ich schon besucht, und dieser

Clown hat mir nicht das kleinste Lächeln entlockt. Das war der dilettantischste Clown, den ich je gesehen habe.«

»Schade«, sagt der Arzt traurig. »Der Clown bin ich.«

So ist es viel überzeugender. Humor wird nie ein Nebenberuf sein und schon gar nicht ein Hobby. Und um der Wahrheit die Ehre zu geben: ein depressiver Mensch muß nicht unbedingt ein Clown sein, er kann theoretisch auch Totengräber werden.

Vielleicht klingt es für diesen oder jenen enttäuschend, aber der Humorist unterscheidet sich von anderen Sterblichen grundsätzlich durch nichts. Von einer wesentlichen Eigenschaft abgesehen: er vertritt eine eigene Meinung. Er ist im günstigsten Fall nichts anderes als ein zweibeiniger Wahrheitsdetektor. Ein vollautomatisiertes Röntgengerät für die Durchleuchtung der Heuchelei. Vielleicht könnte man ihn auch als Lügenthermometer bezeichnen.

★

Mag sein, daß ich da aus der Schule geplaudert habe. Aber jetzt ist es zu spät, einen Rückzieher zu machen.

Die Satire kann als Gradmesser für den Wahrheitsgehalt großer und kleiner Worte dienen. Ob sich die Satire mit einem Kindergarten befaßt oder mit einem Zwillingsinstitut namens UNO: wenn sie ein Lachen hervorruft oder ein bescheidenes Lächeln, und sei es auch nur ein verschämtes Verziehen der Mundwinkel – so hat der Humorist die Wahrheit gestreift.

Denn die Lüge bringt niemanden zum Lachen, verursacht nicht den kleinsten Kitzel. Nicht einmal ihre kurzen Beine sind komisch ...

Dieses Gesetz gilt ganz besonders im größten Niemandsland der Menschheit, im Reich der Politik.

Das letzte Kapitel dieses Buches handelt von der künftigen Weltregierung und dem gescheiterten Versuch des Autors, mit dieser einigermaßen vernünftig zu koexistieren. Die Schlußfolgerung lautet:

»Der Kommunismus ist theoretisch wunderschön, er ist nur mit einem einzigen Mangel behaftet – er läßt sich praktisch verwirklichen.«

Nun versuchen Sie bitte, diesen Ausspruch mit dem Humorthermometer zu messen, in dem Sie den Begriff »Kommunismus« durch »Demokratie« ersetzen. Also: »Die Demokratie ist theoretisch wunderschön, sie hat nur einen einzigen Mangel – sie läßt sich verwirklichen.«

Nun, haben Sie gelacht? Natürlich nicht. Warum sollten Sie auch.

An einer anderen Stelle dieses Buches ist die Rede davon, daß der UN-Sicherheitsrat die Verurteilung Israels wegen der Besetzung Afghanistans durch die Russen erwägt. Das klingt, leider, ziemlich komisch. Nun stelle ich es dem verehrten Leser anheim, den Namen Israel gegen den irgendeines anderen Landes auszutauschen. Etwa Belgien oder Irak oder Honduras ...

Haben wir uns verstanden?

Im Bereich des Humors gibt es keinen Platz für die Täuschung, den Bluff, die Demagogie. Aus diesem einfachen Grund wird es auch niemals ein abstraktes Lachen geben, oder einen »progressiven« Satiriker oder gar einen Pop-Humoristen. Das Lächeln bedarf einer irdischen Realität, einer einfachen, unwiderlegbaren Wahrheit.

Somit scheint es, daß der Humor ein unheilbar konservatives Vehikel ist. Und wer diese These ablehnt, möge sich doch in den gesammelten Werken des Genossen Lenin von der Richtigkeit überzeugen.

Diese regelwidrige Analyse soll nichts anderes sein als der Versuch des Autors, sich vor seinem Leser zu rechtfertigen. Vielleicht liegt es daran, daß es sich hier um ein beängstigendes Jubiläum handelt: Was Sie eben in Ihren Händen halten, verehrter Leser, ist mein fünfundzwanzigstes Buch in deutscher Sprache. Vielleicht habe ich diese Tatsache zum Anlaß genommen, mich über dieses oder jenes Thema mehr zu ärgern, als es bisher in meinen Büchern üblich war.

Hin und wieder nahm ich mir ein Herz und schleuderte kaum verhüllte Spitzen auf große Führungspersönlichkeiten und ihre kleinen Fähigkeiten, auf Kapitalisten mit zwei linken Händen und auf Sozialisten mit beachtlichem Kapital, ebenso auf höchst aktive Streikende und kränkelnde Krankenkassen.

Dieses Buch versucht ferner, die unangenehme Frage zu beantworten, warum »demokratische Indolenz« sich auf »bürokratische Impotenz« reimt. Es verrät, wie man ohne Anstrengung Privattaschen mit öffentlichen Geldern füllt, und ebenso, wie man Hausbesitzer verfolgen und doch weiterhin in Höhlen wohnen kann.

Ihr ergebener Diener beehrt sich, seine unzweideutige Meinung über jene staatlichen Genies zu verbreiten, die von der Position ihrer Macht aus bemüht sind, unser Kamel durch ihr Nadelöhr zu schleusen, und dabei so tun, als wären sie außerordentlich erfolgreich.

Der Leser wird gebeten, den Inhalt dieses Buches mit Hilfe des beschriebenen Humorthermometers ständig zu prüfen.

Doch muß ich um Eile bitten.

Wir laufen nämlich allesamt Gefahr, daß auch noch das letzte Kamel gegen einen vergoldeten Rolls Royce ausgetauscht wird oder daß die unübertrefflichen Japaner demnächst eine dehnbare Nadel aus Kunststoff erfinden.

Nur in Israel

Um menschliche Schwächen registrieren zu können, bedarf es eines ruhigen Kopfes und einer ausgewogenen Haltung. Daher führe ich meine erste Klinge gegen jene Lokalmatadore, deren Handlungen und Denkvorgänge durchwegs das Gütesiegel »Made in Israel« tragen.
Eigentlich könnte man auf dieses Etikett getrost verzichten, da sämtliche in diesem Abschnitt zusammengetragenen Ereignisse ohnehin nur in meinem Heimatland geschehen können. Wir sind – wie soll ich sagen – eigenartig.
Soweit mir bekannt ist, existiert beispielsweise nirgends auf der Welt ein Staatsvolk, das aus neunzig verschiedenen, aus allen Ecken der Erde zusammengekratzten Völkerstämmen besteht, mit der Ausnahme der Vereinigten Staaten von Amerika, die ohnehin nur als mißlungene Kopie Israels anzusehen sind.
Der jüdische Staat erwies sich als Schmelztiegel im wahrsten und edelsten Sinne des Wortes. In diesem Gefäß wurden nach und nach alle aus der Diaspora Heimgekehrten zu einem einzigen Volk von Brüdern geschmiedet. Oberflächliche Beobachter mögen zwar den Verdacht äußern, daß es im Innern des glühenden Tiegels zu ewigen Reibereien zwischen den neunzig Ingredienzen kommen könnte, doch für diese haben wir jederzeit ein sachliches und treffendes Argument zur Hand: Mund halten!
Natürlich gibt es Reibereien! Wo in aller Welt gibt es keine? Was unsere neunzig Stämme vereint, ist vor allem die Verachtung für alle anderen Landsmannschaften. Obwohl ich persönlich noch nie unter der Ablehnung seitens der restlichen neunundachtzig Stämme zu leiden gehabt habe, eher schon unter der Zuneigung jenes seltsamen Tartarenstammes, unter dessen Fittichen meine Vorfahren seinerzeit leichtfertig ihre Zelte aufschlugen.

Der Schmelztiegel

Es muß einmal der Öffentlichkeit verkündet werden, daß ich eine kritische Phase meines Lebens, zwei Tage lang, als stolzer Besitzer eines Motorrades verbrachte.

Natürlich ist es unter etablierten Schriftstellern üblich, so einem Vehikel mit einer gewissen Geringschätzung zu begegnen. Man betrachtet es eher als standesgemäß, so lange an Autobushaltestellen Schlange zu stehen, bis die Tantiemen zur Anschaffung eines image-fördernden Straßenkreuzers reichen.

Bei näherem Hinsehen stellt sich aber oft heraus, daß besagte Schriftsteller im allgemeinen ihre zwei Beine als Fortbewegungsmittel in Anspruch nehmen.

Ich hingegen bin ein willensschwacher Mensch, der eher zu Kompromissen neigt. So begab es sich eines Tages, als mein Luxusgefährt noch nicht einmal als Silberstreif am Horizont zu sehen war, daß ich die Nerven verlor und ein Motorrad erwarb.

Ich taufte es »Dr. Kaltenbrunner«, denn es kam aus Deutschland und erinnerte mich irgendwie mit seinem schwarzglänzenden Äußeren an Leute, die vor kurzem noch Dr. Kaltenbrunner zu heißen pflegten.

Soweit die Einführung in die Geschichte meines Motorradbesitzerdaseins.

★

Sie beginnt damit, daß ich am zweiten Tag meines motorisierten Daseins, auf meinem Doktor reitend, elegant bei einer Tel Aviver Tankstelle einkehrte und dem an der Benzinpumpe stehenden Fachmann mit ostentativer Lässigkeit zurief:

»Fünf Liter Sprit und 200 Gramm Öl.«

Der Mann an der Pumpe begann zu strahlen, dann fiel er mir um den Hals:

»Sie kommen auch aus Ungarn? Sagen Sie nichts, ich habe das gleich an Ihrem furchtbaren Akzent erkannt. Mitbürger! Freund! Landsmann, wie geht es Ihnen?«

Es wäre müßig zu leugnen, daß auch ich nicht gleichgültig blieb. Es ist nun einmal nichts Alltägliches, wenn zwei bis dato einander völlig unbekannte Juden weit weg von ihrem heimatlichen Budapest zusammentreffen, um sich hemmungslos in ihrer stets auf der falschen Silbe betonten Muttersprache unterhalten zu können. Was Wunder also, daß wir beide einige Tränen der Rührung zerdrückten. Ja, das ist Israel, der Schmelztiegel.

Dann erzählte mir mein neuer Blutsbruder, daß sein Betrieb seit vierzig Jahren fest in ungarischer Hand sei. Der Boß sei zwar ein abscheulicher Litauer, das fiele aber nicht weiter auf, da er sich bereits die Grundkenntnisse der ungarischen Sprache angeeignet habe, und er sei sogar schon in der Lage, ein kurzes Kindergedicht von Vörösmarty Mihäly mit nahezu verständlicher Aussprache vorzutragen.

Nach einigen Minuten des Schwelgens in magyarischer Lyrik ging mein Landsmann auf ein aktuelleres Thema über:

»Hören Sie, liebster Freund, ich will Sie nicht beleidigen oder gar Gott behüte kränken, aber Ihr Motorrad ist ziemlich verschmutzt. Man sollte ihm eine gründliche Säuberung angedeihen lassen. Zwar gibt es bei uns Freitag nachmittags prinzipiell keine Motorradwäsche, aber bei einem ungarischen Kunden wird sich natürlich eine Ausnahme machen lassen.«

»Danke, aber ich habe es leider sehr eilig.«

»Es handelt sich nur um fünf Minuten, keine Sekunde mehr. Ich frage, wer soll schon wem unter die Arme greifen, wenn nicht ein jüdischer Ungar einem ungarischen Juden?«

Ohne weitere Vorwarnung klatschte mein Landsmann in die Hände und bewirkte damit, daß ein transsylvanischer Bär aus einer Höhle hervorkam, um mein am ganzen Leibe zitterndes Motorrad unverzüglich in die Werkstatt zu entführen. Dort angelangt, setzte sich der Bär eine Röntgenbrille auf, ergriff eine Spritzpistole und schaltete sie ein. Der Strahl, der hervorschoß, war stark genug, um Löcher in den Asphalt zu bohren. Der Bruderbär lächelte mir ermutigend zu und lenkte den Strahl auf Doktor Kaltenbrunner. Dieser fiel sofort um und blieb wie ein k.o.-geschlagener Boxer verkrampft auf der Seite liegen.

»Keine Sorge, mein Freund«, tröstete mich der Bär in einem eher rustikalen Ungarisch, »so kann der Strahl besser durchspülen, um den ganzen Schmutz zu vernichten. Wissen Sie, wenn Sie zum Beispiel ein Pole wären oder Gott behüte gar ein

Rumäne, nie im Leben hätte ich am Freitag nachmittag diese Schwerarbeit begonnen. Weil Sie aber Ungarisch sprechen, überwinde ich mich. Wir müssen zusammenhalten, um uns gegen den starken balkanischen Druck wehren zu können, verstehen Sie?« Doktor Kaltenbrunners Schaumgummisitz begann sich mittlerweile unter dem starken Druck des ungarischen Reinigungsstrahls zu wellen, und die Drähte des Scheinwerfers rissen wie strapazierte Nerven.

»Hören Sie auf«, schrie ich, »hier scheint etwas nicht zu stimmen ...«

»Nicht nervös werden«, erklang eine ungarische Stimme hinter mir. Wem sie gehörte, konnte ich nicht feststellen, da sich inzwischen das gesamte magyarische Personal des Betriebes in die Hände klatschend um mich geschart hatte.

»Wir Ungarn«, setzte einer fort, »wir sind berühmt für unsere einwandfreie Arbeit, besonders wenn wir für einen Landsmann arbeiten. Sehen Sie diesen ekelhaften Polen dort, wie er uns aus haßerfüllten Augen anstarrt?« Er zeigte mit seinem ölverschmierten Zeigefinger auf einen einsamen Arbeiter, der sich still in einer Ecke verkroch.

»Wer ist diese Fratze?« fragte ich.

»Er ist mein Schwager.« Dann wandte er sich an den transsylvanischen Bären: »Jancsikám, etwas mehr Druck!«

Jancsikám legte einige Dutzend Atü zu. Die Reinigungsmasse drang durch das Loch des Zündschlosses in die Dynamospulen und vernichtete dort alles, was zu vernichten war. Vermutlich auch den Schmutz. Aus einem der Ventile erklang ein zarter Pfeifton, kurz danach löste sich das Hinterrad von der Felge.

»Vorsicht!« schrie ich aus Leibeskräften, »was habt ihr vor?« Krachbumm!

Das Nummernschild des Motorrades wurde fortgeblasen und blieb in der Wand stecken. Der Putz fiel von der Decke. Der Fahrersitz war völlig verschwunden, so als hätte er niemals existiert. Aus dem Motor kamen klebrige Rauchschwaden hervor. Ich versuchte, dem Bären die Spritzpistole zu entreißen, aber der Strahl trennte mich von meinem dahinsiechenden Motorrad.

»Hören Sie, Mensch«, brüllte ich dem Bären mit einer Stimme zu, die fast noch lauter war als der aus der Spritzpistole dringende Lärm, »meine Mutter ist *Polin*, die dazu noch Rumänisch versteht! Ehrenwort! Hören Sie auf, es ist Freitag nachmittag ...«

Das transsylvanische Untier grinste mir freundlich zu und ließ dem allmählich zum Schrotthaufen werdenden Motorrad aus einem riesigen Feuerlöschgerät einen Strahl kochenden Wassers angedeihen. Die Lenkstange krümmte sich zusehends, der Rückspiegel nahm die Form eines Monokels an, der Scheinwerfer glich einem Aquarium, das ganze Gefährt schrumpfte vor meinen Augen ein.

»So, das wäre erledigt«, verkündete mein Bruderbär und warf mir mein ehemaliges Motorrad zu. »Aber sagen Sie keinem Menschen, daß wir am Freitagnachmittag noch gearbeitet haben. Das war ein Spezialservice für Sie, weil Sie eben ...«

Mein armer Kaltenbrunner sah aus, als wäre er irrtümlicherweise von einem Pogrom heimgesucht worden. Seine Bestandteile waren über die ganze Werkstatt verstreut, und der Rahmen war mit einer öligen Patina überzogen. Der Kilometerzähler hatte mit dem Stopplicht Platz getauscht, der Benzintank war voller Grübchen und die Batterie unauffindbar.

Ich pumpte das von meiner Landsmannschaft so vorsorglich behandelte Hinterrad wieder auf und versuchte, mein zwei Tage altes Fahrzeug in Gang zu setzen. Es gab einen kläglichen Seufzer von sich, der nach einem fürchterlichen Fluch klang.

Ich stand allein und verlassen da. Das magyarische Tankstellenpersonal wandte sich wieder seiner verantwortungsvollen Arbeit zu. Ich trat einigemal auf den Kickstarter des

Doktors seligen Angedenkens, in der waghalsigen Hoffnung, ihn vielleicht doch noch in Gang setzen zu können ...

Meine Landsleute betrachteten mein Treiben mit unverhohlener Verachtung. Sie rügten mich nicht direkt, schließlich war ich ja ihr Landsmann, aber ihren Blicken war unschwer zu entnehmen, daß sie sich vor den Polen oder gar Rumänen, wo immer diese auch sein mochten, meinetwegen genieren müßten.

»Fahren Sie doch endlich los, mein Herr«, tadelte mich der brüderliche Vorarbeiter, »hier wird ja schließlich gearbeitet. Oder?«

Ich wagte schüchtern anzudeuten, daß mein Gefährt aus unersichtlichen Gründen den Dienst verweigerte.

»Dann bringen Sie es doch zu einem Pannendienst«, riet mir mein magyarischer Freund, »in Jaffa finden Sie einen erstklassigen Mechaniker aus Ungarn. Wenn Sie ihm sagen, daß Sie ein Landsmann sind, wird er es Ihnen vielleicht schon nächste Woche reparieren. Wichtig ist nur, daß Sie zu keinem Polen oder gar zu einem Rumänen gehen. Diese Leute machen alles kaputt ...«

★

Während ich Kaltenbrunner nach Hause schleppte, musterten einige Straßenpassanten mich und mein verunglücktes Motorrad mit hämischem Lachen. Es dürfte sich offensichtlich um Polen oder vielleicht Rumänen gehandelt haben.

Daheim angekommen, blieb Doktor Kaltenbrunner als provisorisches Ersatzteillager liegen. Ich sammelte die verblichenen Überreste, begrub sie und schrieb auf den Grabstein:

»Hier ruht ein Motorrad mit zweieinhalb Pferdestärken. Es wurde nur zwei Tage alt. Es fiel in der ungarischen Abteilung des Schmelztiegels Israel auseinander.«

Wenn man Statistikern glauben darf, so besteht die eine Hälfte unserer Bürger aus Verkehrspolizisten, die andere fristet ihr Dasein als Babysitter. Alle übrigen sind Autofahrer oder Babys. Warum es bei uns so viele Verkehrspolizisten gibt, liegt klar auf der Hand: jedes Baby weiß, daß unser Staatshaushalt zur Gänze von Strafmandaten finanziert wird, wenn überhaupt. Unser Reichtum an Babysittern hingegen steht nicht unbedingt in ursächlichem Zusammenhang mit plärrenden Kleinstkindern, sondern vielmehr in der Bereitschaft der Eltern, möglichst oft auszugehen. Bei ruhigem Überlegen allerdings scheint ein gewisser Zusammenhang zwischen diesen beiden Faktoren nicht ganz ausgeschlossen.
Wie dem auch sei, Israel ist das einzige Land im Nahen, Mittleren und Fernen Osten, das keine Bevölkerungs-, sondern eine Babysitterexplosion aufzuweisen hat.

Renanas Weg zur finanziellen Unabhängigkeit

Unsere Tochter Renana faßte kürzlich einen folgenschweren Entschluß: Sie wollte nicht länger auf ihre verständnislosen Eltern angewiesen sein. Der kürzeste Weg hierzu war folgende Ankündigung, die eines Tages in einem Buchgeschäft unserer Nachbarschaft zu finden war:

»Verläßliches Mädchen aus guter Familie interessiert sich für Teilzeitbeschäftigung als Babysitter. Bitte melden.«

Wie nicht anders zu erwarten, meldete sich sehr bald ein potentieller Kunde namens Winternitz am Telephon. Er wollte zunächst einmal wissen, wie alt dieses verläßliche Mädchen aus guter Familie wäre und was unter der semantischen Implikation »Teilzeit« wohl zu verstehen sei.

Eine unerklärliche Loyalität zu meiner Tochter brachte mich dazu, ihr Alter auf dreizehneinhalb zu erhöhen, doch was seine zweite Frage betraf, so war ich bestenfalls auf Vermutungen angewiesen. Ich murmelte daher irgend etwas Beiläufiges von gelegentlichen Stunden, denn keinesfalls sei unter Teilzeit ein Rund-um-die-Uhr-Service zu verstehen.

★

Anschließend bat ich die beste Ehefrau von allen zu einer Notstandsitzung. Wir kamen einstimmig zu dem Entschluß, die Initiative unserer Tochter im Keim zu ersticken, wenn auch – das sei aber nur am Rande vermerkt – ihr Hang zu finanzieller Unabhängigkeit insgeheim zu begrüßen sei.

»Einerseits bin ich ja froh, daß Renana ehrliche Arbeit sucht und nicht so wie alle anderen Kinder unserer Nachbarschaft mit Börsenpapieren spekuliert«, sagte ich zu meiner Frau. »Andererseits bin ich entschieden gegen diesen Job, weil sie noch viel zu jung ist, um so eine Verantwortung zu tragen.«

Nicht, daß sie etwa kränklich wäre oder ähnliches. Unsere Renana ist springlebendig wie ein Floh. Leider nicht viel kräftiger. Mit anderen Worten, sie ist ein eher zartes Kind und benötigt daher mindestens zehn bis zwölf Stunden Schlaf pro Nacht.

Nachdem alle Für und Wider erwogen waren, kamen wir, bei aller Anerkennung ihrer Initiative, zu dem Schluß, daß sie nicht für professionelle Kinderbeaufsichtigung geschaffen wäre.

»Keine Sorge«, beruhigte mich die beste Ehefrau von allen, »ich rede ihr das Projekt in Minutenschnelle aus.«

Gesagt, getan. Oder zumindest versucht. Nach einem verhältnismäßig kurzen Tête-à-Tête, während dessen ein Tête vor Zorn anschwoll, berichtete mir die beste Ehefrau von allen folgendes:

»Wir haben uns auf einen Kompromiß geeinigt. Renana wird den Job als Babysitter annehmen, aber nicht allein, sondern gemeinsam mit ihrer besten Freundin Nava.«

»Wo ist da ein Kompromiß?«

»Ich weiß nicht«, sagte die beste Ehefrau von allen. »Vorhin hat's noch wie ein Kompromiß geklungen.«

In Gottes Namen, sagte ich mir, sollen sie eben die Teilzeitbeschäftigung unter sich aufteilen. Geteilte Wache ist noch immer besser als überhaupt kein Schlaf.

Es waren nur noch einige kleine technische Details zu klären. Zum Beispiel war es nicht ganz einfach, Navas Eltern davon zu überzeugen, daß die in Frage stehende Teilzeitbeschäftigung zum Wohle ihrer Tochter sein würde. Dann rief ich Herrn Winternitz an und teilte ihm vertraulich mit, daß ich bereit wäre, die vollen Kosten für Renanas Geschäftsteilhaberin zu übernehmen. Bei dieser Gelegenheit erfuhr ich, daß Herr Winternitz Nachtarbeiter ist und daß Frau Winternitz, die Mutter des zu bewachenden Babys, vor etwa acht Wochen starke Zahnschmerzen verspürte und kurzerhand zu ihrem seit zwei Monaten geschiedenen Zahnarzt gezogen war.

Die erste Arbeitsnacht kam und ging ohne größere Schwierigkeiten.

Renana zog ihren Trainingsanzug an und packte unsere Katze ein, um sie mitzunehmen. Die beiden können nämlich ohne einander nicht schlafen. Ich hingegen holte Nava ab und chauffierte die beiden Teilzeitbeschäftigten an ihren Arbeitsplatz, der etwa dreißig Häuserblocks entfernt war. Natürlich mußte ich den beiden ausdrücklich versprechen, sie um fünf Uhr morgens wieder abzuholen, denn inzwischen hatten wir erfahren, daß just zu diesem Zeitpunkt Herr Winternitz die Gepflogenheit hatte heimzukehren.

»Mach dir keine Sorgen«, teilte mir meine unabhängige Tochter mit, während sie vor Nervosität zitterte, »ich bin dieser Verantwortung durchaus gewachsen.«

★

Weder die beste Ehefrau von allen noch ich konnten in dieser Nacht auch nur eine Sekunde schlafen. Um vier Uhr morgens sprang ich aus dem zerwühlten Bett und raste mit Vollgas zum Haus des Herrn Winternitz. Ob ich dort oder daheim nicht schlafen konnte, blieb sich schließlich gleich.

Zuerst läutete ich an der Tür, dann klopfte ich. Dann läutete ich wieder, und schließlich trat ich gegen die Tür – aber niemand kam, um sie zu öffnen. Also brach ich ein Küchenfenster auf. Zu meiner Erleichterung stellte ich zunächst einmal fest, daß beide Teile des teilzeitbeschäftigten Babysitterteams anwesend waren, wenn auch im Tiefschlaf. Ein zartes Schnarchen entströmte dem Lehnstuhl, auf dem Nava die Nacht durchwachte, während das zu bewachende Objekt mitten im Zimmer auf dem Teppich lag und sich heiser brüllte. Renana hingegen lag friedlich in der Gehschule des brüllenden Babys mit der Katze in den Armen und dem Daumen im Mund. Ihrem Daumen, nicht dem der Katze.

Ich schaltete blitzartig. Das Bewacherteam wurde auf den Rücksitz meines Wagens verfrachtet und das Baby im Gitterbett verstaut. Nicht eine Sekunde zu früh, denn in diesem Augenblick kam Herr Winternitz daheim an. Er schien mit der Leistung der beiden Nachtwächterinnen höchst zufrieden zu sein und zahlte auf der Stelle die vereinbarte Gebühr. Die beiden schlaftrunkenen Nachtarbeiterinnen wußten zwar nicht recht, was ihnen geschah, aber das Geld war fraglos Geld.

»Siehst du, Papi«, verkündete Renana mit müder Stimme, aber höchst zufrieden mit ihrer Leistung, »ich hab's dir gesagt, daß ich dieser Verantwortung gewachsen bin.«

Das Geld in ihrer Tasche begann schon für Renana zu arbeiten. Sie selbst fiel, daheim angelangt, ins Bett und schlief bis kurz vor Schulbeginn.

★

Nach einer detaillierten Rekonstruktion der Ereignisse dieser Nacht stellte sich heraus, daß zunächst alles glatt verlaufen sein dürfte. Die beiden Babysitter scheinen erst nach etwa zehn Minuten eingeschlafen zu sein. Irgendwann in der Nacht dürfte die Katze sie aufgeweckt haben. Zu diesem Zeitpunkt war das Baby im Begriff, die Brüstung des Balkons zu erklimmen, um das Nachtleben der Stadt kennenzulernen. Der Ausreißer wurde unter lautem Protest zurückgeschleppt, und was weiter geschah, konnte nie ganz festgestellt werden, außer daß alle Beteiligten das Scharmützel einigermaßen heil überstanden haben dürften.

Angesichts des eben Geschilderten fanden wir, es wäre an der Zeit, Regina hinzuzurufen.

Unsere gute alte Babysitterin Regina wohnt, wie vielleicht einige meiner Leser noch wissen, ziemlich weit draußen in dem Vorort Holon. Es bedurfte einiger Überredungskunst meinerseits, um sie ihrem wohlverdienten Ruhestand zu entreißen. Schließlich willigte sie ein, getarnt als Tante des alten Winternitz das Babysitterteam zu bewachen. Allerdings unter zwei Bedingungen:

»Ich verlange ein Taxi von und nach Holon«, diktierte Regina, »und natürlich doppelte Bezahlung.«

»Warum doppelte Bezahlung?«

»Weil ich schließlich *drei* Babys zu bewachen habe.«

Dagegen war wenig vorzubringen. Ich setzte mich mit einem Taxiunternehmen in Verbindung, um Reginas allnächtlichen Transport in die Wege zu leiten, und erfuhr bei dieser Gelegenheit, daß nach zwei Uhr früh ein erhöhter Sondertarif in Kraft tritt.

Natürlich hatte ich keine Zeit, mich mit derlei Nebensächlichkeiten herumzuschlagen. Ich mußte mit einem Bewachungsunternehmen verhandeln, um eine Eskorte zu engagieren, welche die beiden Mädchen auf ihrem finstern Weg zum und vom Arbeitsplatz im Auge behalten sollte. Überflüssig zu vermerken, daß die Herrschaften für die Nachtstunden auch erhöhte Tarife berechneten. Ich frage mich, ob es nicht logischer wäre, wenn Nachtwächter bei Tag Überstunden berechneten, konnte mir aber keine Antwort geben.

Die beste Ehefrau von allen argumentierte, daß wir vermutlich Unkosten sparen würden, wenn wir das Winternitz-Baby für die Nachtstunden zu uns bringen ließen, aber ich wies darauf hin, daß daraus ein psychologischer Schaden für Renana erwachsen könnte, der nicht zu verantworten sei. Und schließlich wollen wir doch den Babysitter nicht mit dem Bad ausschütten, oder?

So groß die Versuchung auch gewesen sein mag, wir schütteten nicht. Obwohl in der Nacht darauf ein neues Problem auftauchte: die beiden Arbeitnehmerinnen verspürten gegen Mitternacht plötzlich einen Riesenhunger. Mehr als das, sie beschlossen, daß dieser Hunger nur durch Spaghetti zu stillen wäre. Aber Regina weigerte sich, die Küche zu betreten:

»Ich bin professioneller Babysitter«, verkündete sie uns tags darauf vorwurfsvoll, »und keine Köchin.«

Also engagierte ich die dicke Wirtschafterin der Seligs, um allnächtlich in Winternitzens Küche Vorsorge zu treffen, daß sowohl das Bewacherteam gefüttert würde als auch die dazugehörende Katze. Die daraus resultierende Forderung der dikken Haushälterin war natürlich unverschämt, aber was tun?

Somit war nur noch ein minderes Problem aus dem Weg zu räumen. Nava und Renana pflegten wie Schlafwandlerinnen mit geschlossenen Augen durch Winternitzens Wohnung zu torkeln, eine Spur von umgestürzten Möbeln, zerbrochenen Vasen und verstreuten Essensresten hinterlassend. Diesbezüglich mußte also etwas unternommen werden. Wir versuchten gar nicht, mit Regina über diesen Punkt zu verhandeln, wohl wissend, daß sie professioneller Babysitter war und keine Aufwartefrau. Also veranlaßten wir unsere eigene Raumpflegerin, täglich um vier Uhr früh bei Winternitz aufzukreuzen ...

★

»Genug!« schrie die beste Ehefrau von allen mit leicht hysterischem Unterton. »Wir müssen der Sache ein Ende setzen, bevor wir völlig den Überblick verlieren!«

Das Gespräch unter vier Augen mit Renana fand statt, und der diesmal erzielte Kompromiß lautete schlicht: Aufhören kommt überhaupt nicht in Frage.

Es scheint, daß das berauschende Gefühl eines festen Einkommens unserer Renana zu Kopf gestiegen ist. Soviel ich weiß, plant sie mit ihren Ersparnissen Aktien zu erwerben, diese mit gewaltigem Gewinn zu verkaufen und dafür Berge von Kaugummi anzuschaffen.

Die beste Ehefrau von allen suchte neulich den geschiedenen Zahnarzt auf und bat Frau Winternitz mit erhobenen Händen zu ihrem Mann zurückzukehren. Oder falls der Zahnarzt seine Zustimmung verweigern sollte, uns wenigstens das Baby adoptieren zu lassen.

Ich habe inzwischen für Renana einen Privatlehrer engagiert, weil sie neuerdings die Gepflogenheit hat, sämtliche Schulstunden durchzuschlafen. Außerdem sprach ich mit meinem Steuerberater. Dieser gab mir den Rat, die riesigen Unkosten, die mir aus der Erwerbstätigkeit meiner Tochter erwachsen, als Steuerabzugsposten zu deklarieren. Zu diesem Behufe wäre es allerdings notwendig, etwas darüber zu schreiben und eine Einnahmequelle daraus zu machen.

Was hiermit geschehen ist.

»Ein Feiertag kommt selten allein«, sagten schon unsere Altvorderen seligen Angedenkens vor etwa dreitausend Jahren Anfang Oktober. Sie begrüßten mit diesen Worten die alljährlich im Herbst anfallende Konzentration der jüdischen Feiertage. Vielleicht wollten auch sie, wie jeder normale Bürger, Ruhe und Freizeit genießen und etablierten somit jene hektische und mühsame Feiertagsserie, von der im Folgenden die Rede sein soll.

Feiertagsgedanken

In der Tat, wer immer es wagt, über diese alle Rekorde brechende Serie nicht in helle Verzückung zu geraten, kann nur ein gottloser Ketzer sein. Zumindest aber ein ausbeuterischer Arbeitgeber oder ein Briefträger, der jedes Jahr vor den Feiertagen tonnenweise Glückwunschkarten durch die Stadt zu schleppen hat.

Ich für meine Person bin weder Brief- noch sonst irgendein Träger, auch kein wie immer gearteter Ausbeuter, der nägelbeißend volle Gehälter zahlen muß, während deren Empfänger der Freizeit frönen. Nein, ich bin einfach ein freischaffender Mann bzw. Ehemann. Und es muß hier festgehalten werden, daß es auch für mich der Feiertage wegen alljährlich größere Schwierigkeiten gibt.

So vollzieht sich zum Beispiel schon etliche Tage vor dem hehren Fest bei der besten Ehefrau von allen eine merkwürdige Wandlung. Sie wird in zunehmendem Maße fahrig und nervös, ihr Zustand kulminiert in einer krankhaften Besessenheit von »Feiertagseinkäufen«. Aus unerfindlichen Gründen pflegt sie Kleider, Hüte, Blumentöpfe, Fußabstreifer, Bilderrahmen, eine neue Leiter und eine Kleiderbürste für mich einzukaufen. All dies mag sehr notwendig, vielleicht sogar nützlich sein, nur hat mir bis zum heutigen Tag niemand erklären können, warum diese Handelsgüter ausgerechnet vor den Feiertagen erstanden werden müssen.

Ich setzte mich hin, überprüfte jedes einzelne der 615 einschlägigen Gesetze unserer Torah und fand nicht den mindesten Anhaltspunkt für ein Gebot, das einer Ehefrau, sei es nun die beste oder die zweitbeste von allen, vorschreibt, vor irgendeinem Fest etwa einen blau-gelb gemusterten Wandteppich zu kaufen. Doch gäbe es zu diesem Thema noch weitere Beobachtungen festzuhalten. Wie jedermann weiß, kann es vorkommen, daß man zwei bis drei Wochen vor den Feiertagen Jascha Honigmann treffen möchte, um jene fünfzig Schekel von ihm zurückzufordern, die man ihm vor drei Monaten für eine Woche geborgt hat. Ich wette ein kaum gebrauchtes Gebetbuch gegen eine ebensolche Milchziege, daß Honigmann prompt zur Antwort gibt:

»Selbstverständlich, aber erst nach den Feiertagen.«

Ich frage warum. Warum *nach*, warum nicht *vor* den Feiertagen?

Warum in aller Welt muß alles, was einem wichtig erscheint, auf die Zeit nach den Feiertagen verschoben werden?

Ich ringe mir ein gewisses Verständnis dafür ab, daß ein religiöser Festtag unter gläubigen Menschen eine außergewöhnliche Stimmung hervorrufen mag. Aber keiner der sieben Weisen oder zweiunddreißig Gerechten hat meines Wissens irgendwo schriftlich festgelegt, daß es wider die Gebote sei, vor einem Festtag Schulden zu bezahlen.

Im Gegenteil. Die vor einem Feiertag unerläßliche Selbstläuterung sollte es einem orthodoxen Gläubigen zur Selbstverständlichkeit werden lassen, mir endlich meine lausigen fünfzig Schekel zurückzuzahlen, und womöglich ohne daß ich meinem Geld nachlaufen muß.

Aber es ist nicht nur Jascha Honigmann, der von dieser Seuche befallen ist. Aus unerfindlichen Gründen hält es die Reinigungsanstalt für selbstverständlich, daß die Kaffeeflecken aus meiner Hose erst nach den Feiertagen entfernt werden können. Mein Zahnarzt wird erst nach den Feiertagen die längst fällige Wurzelbehandlung in die Wege leiten. Natürlich ließ mich auch der Installateur Stucks wissen, daß er sich nicht in der Lage sähe, vor den Feiertagen meinen defekten Wasserhahn ...

Die Zeit scheint stillzustehen, und wenn schon nicht die Zeit, dann die frömmelnden Menschen.

Vielleicht erinnern sich meine Leser daran, daß die jüngste israelische Kabinettskrise in den letzten Tagen des Monats Oktober ausbrach. Nun, da alles vorbei ist, darf endlich enthüllt werden, daß schon Anfang Oktober sämtliche Schritte für den Zusammenbruch der Regierung eingeleitet waren. Doch bei der letzten entscheidenden Sitzung soll der Führer der Opposition gesagt haben:

»Diesmal schlagen wir ernsthaft los. Aber erst nach den Feiertagen.«

Sollte der verehrte Leser eine Erklärung für dieses Phänomen haben, wäre ich höchst begierig, diese zu erfahren. Ich bin täglich am späten Vormittag telephonisch erreichbar. Aber bitte nach Möglichkeit erst nach den Feiertagen.

Haben Sie sich schon einmal Gedanken darüber gemacht, wodurch sich ein israelischer diensthabender Polizist von einem diensthabenden Polizisten im fernen Ausland unterscheidet? Es gibt ein wesentliches Unterscheidungsmerkmal: Wenn ein israelischer Polizist ein Ermittlungsprotokoll aufnimmt, dann schreibt er es verkehrt, nämlich von rechts nach links, auch wenn er Linkshänder ist. Sollte es noch einen weiteren Unterschied geben, so habe ich ihn bis dato noch nicht feststellen können.

Beschwerdeführer leben gefährlich

Auch die merkwürdigsten Geschichten müssen irgendwie beginnen. Diese zum Beispiel beginnt mit dem Besuch zweier honoriger Herren. Sie läuteten eines Tages artig an meiner Wohnungstür und erkundigten sich, ob ich der wäre, den sie suchten. Dann stellten sie sich vor, sie seien Vertreter der Stadtverwaltung von Jaffa und wären beauftragt, mich zu einem Vortrag über die Pariser Architektur einzuladen.

»Wer wird diesen Vortrag halten?« erkundigte ich mich eher desinteressiert.

»Sie, mein Herr.«

Selbstverständlich lehnte ich ab.

Daraufhin wurde mir bedeutet, daß ich persönlich für sämtliche baulichen Mängel in der Stadt Jaffa verantwortlich gemacht würde, wenn ich mich weigerte, diesen Vortrag zu halten.

Also nahm ich selbstverständlich das ehrende Anerbieten an.

Das Rathaus von Jaffa liegt nicht allzuweit von meinem Wohnsitz entfernt. Demnach beschloß ich, statt der öffentlichen Verkehrsmittel die Dienste meines altbewährten Fahrrades in Anspruch zu nehmen.

Sicherheitshalber unterzog ich es vorerst einer technischen Überprüfung und mußte leider feststellen, daß die Antriebskette ziemlich viel Rost angesetzt hatte. Kurz entschlossen brachte ich das Fahrrad zu unserem Haus- und Hofmechaniker Awri mit der Bitte, die Kette zu erneuern, oder sonst etwas damit zu tun.

Awri betrachtete mißmutig die Kette, klopfte leicht gegen die Lenkstange und verkündete sein Urteil:

»Morgen früh.«

Am nächsten Morgen sprang ich munter aus dem Bett und erschien kurz danach mit Proviant und Gummiflickzeug, für alle Fälle, vor Awris Werkstatt. Sie war mit drei riesigen Vorhängeschlössern hermetisch abgeriegelt.

Ich ging eine Weile unruhig auf und ab und überlegte, was zu tun sei. Abwechselnd blickte ich auf die drei Schlösser und auf meine Uhr, bis aus dem benachbarten Lebensmittelgeschäft der dicke Ladenbesitzer hervorquoll, um mich mißtrauisch zu fragen:

»Was haben Sie hier zu suchen, mein Herr?«

»Den Mechaniker Awri«, teilte ich ihm mit.

»Er ist krank«, sagte der Dicke. »Was wollen Sie von ihm?«

»Mein Fahrrad. Er wollte es bis heute früh in Ordnung bringen.«

Der Dicke führte mich in den Hof und zeigte mir Awris Geräteschuppen. Genaugenommen war es nicht einmal ein Schuppen. Es handelte sich lediglich um eine Art Baldachin aus Teerpappe, der von vier Holzpfosten windschief abgestützt wurde. Darunter war ein knappes Dutzend Fahrräder zu sehen, die alle sehnsüchtig ihrer Reparatur entgegenharrten.

Meines war das fünfte von rechts.

»Wunderbar«, sagte ich, »ich werde mein Fahrrad gleich mitnehmen.«

»Hier werden Sie nichts mitnehmen«, verkündete der Krämer mit Stentorstimme. »Sie werden gefälligst warten, bis Awri wieder gesund ist.«

Einerseits freute ich mich über die staatsbürgerliche Wachsamkeit des Dicken, andererseits brauchte ich das Fahrrad. Also holte ich den amtlichen Zulassungsschein für meinen fahrbaren Untersatz hervor, um zu beweisen, daß es sich tatsächlich um mein Eigentum handelte. Aber der Mann war nicht umzustimmen, er blieb fest wie der Fels von Gibraltar.

Mir blieb nichts anderes übrig, als mich von dem sturen Kerl freundlich zu verabschieden. Dann spazierte ich einmal um den Häuserblock und kehrte unter Einhaltung sämtlicher Vorsichtsmaßnahmen auf Zehenspitzen zurück. Im Hof angelangt, ging ich schnurstracks zum Schuppen und begann, mein Fahrrad aus seiner Belagerung zu befreien. Es war nur noch ein einziges Rad zwischen mir und dem meinen ...

Da hörte ich plötzlich ein rabiates Brüllen hinter mir: »Wenn Sie nicht sofort verschwinden, hole ich die Polizei!«

»Lieber Freund«, versuchte ich den dicken Krämer zu beschwichtigen, »es geht um die städtebauliche Zukunft der Stadt Jaffa.«

Noch bevor ich ausgesprochen hatte, standen etliche aufgeregte Nachbarn um uns herum. Der wutschnaubende Zerberus erklärte jedem, der es hören wollte, er habe mich von Anfang an durchschaut, weil ich den verstörten Blick eines ausgekochten Sittenstrolches hätte. Seine Suada kulminierte in der wehmütigen Feststellung, solche Leute wären vor 30 Jahren gar nicht ins Land hineingelassen worden ...

Da plötzlich kam mir eine geniale Idee: Warum warten, bis mich der Mob an die Polizei ausliefert? Ich selbst würde zur Polizei gehen und auf meinem Recht bestehen. Wenn ein Polizist mein Fahrrad aus dem Schuppen holt, kann doch niemand ernsthafte Einwände vorbringen, oder? Gedacht, getan. Ich eilte zur nächsten Polizeiwache, um dem diensthabenden Beamten zu erklären, daß mein Fahrrad komischerweise ...

»Moment, mein Herr«, unterbrach mich der Ordnungshüter mit ausgesuchter Höflichkeit, »zunächst einmal bin ich angehalten, Ihre werten Personalien zu Papier zu bringen. Erst dann sehe ich mich in der Lage, Ihrer Beschwerde nachzugehen. Name? Geboren? Wo? Warum? Familienstand? Vorstrafen ...«

Schon nach einer Viertelstunde – das Formular war inzwischen mit vielen kleinen Buchstaben übersät – gab mir der Beamte zu verstehen, daß er nun bereit sei, meine Beschwerde entgegenzunehmen.

»Wer hat etwas von einer Beschwerde gesagt?« fragte ich. »Es geht um mein Fahrrad. Es befindet sich beim Mechaniker Awri in einem offenen Schuppen ...«

»Offener Schuppen«, wiederholte der Mann mit der Amtskappe und schrieb »offener Schuppen« ins Protokoll. Er begann offensichtlich, die Sache zu durchschauen. Dann wandte er sich wieder an mich: »Ist Ihnen bekannt, wer den Schuppen aufgebrochen hat?«

»Nein, nein, der Schuppen war ja schon immer offen ...«

»Identität des Täters nicht feststellbar«, notierte der gewissenhafte Beamte. Dann erkundigte er sich weiter: »Haben Sie irgendeinen begründeten Verdacht?«

»Warum soll ich irgendeinen Verdacht haben? Ich will nur mein Fahrrad zurück.«

Um die Prozedur zu beschleunigen, legte ich dem Mann meine amtliche Zulassung für »Inbetriebnahme und Benutzung eines zweirädrigen Gefährts ohne Motorantrieb« vor. Der Gesetzeshüter studierte das Dokument mit aller gebotenen Aufmerksamkeit.

»Die Papiere sind in Ordnung.«

»Gott sei Dank! Können wir jetzt endlich hingehen?«

»Eine diesbezügliche Entscheidung kann erst nach Unterzeichnung des Protokolls gefällt werden.«

Er reichte mir ein dicht beschriebenes Papier mit der Aufforderung, meinen Namen darunterzusetzen. Ich las: »Heute morgen um acht Uhr siebenundvierzig erschien hieramts der erregte Beschwerdeführer, um dem diensthabenden Journalbeamten zu hinterbringen, daß sich sein Fahrrad (die diesbezüglichen Begleitdokumente entsprechen den amtlichen Vorschriften laut gültigem Straßenverkehrsgesetz) in einem Schuppen befände, der von einem oder mehreren unbekannten Täter(n) aufgebrochen wurde. Der Beschwerdeführer besteht auf eingehender Untersuchung sowie auf angemessener Entschädigung.«

»Was soll das sein?« fragte ich.

»Ein ordnungsgemäßes Protokoll, welches der Behörde erst die nötigen Voraussetzungen schafft, entsprechend einzugreifen.«

»Aber ich wollte doch nur den Rost von der Kette entfernen lassen ...«

»Davon steht nichts im Protokoll, also ist es gegenstandslos. Unterzeichnen Sie bitte.«

»Wenn ich unterzeichne, gehen wir dann mein Fahrrad holen?«

»Herr Beschwerdeführer, ich fordere Sie hiermit zum letztenmal auf, die Amtshandlung nicht hintanzuhalten.« Während ich meine Unterschrift auf das Protokoll setzte, ging mir kurz die gescheiterte Stadtplanung von Jaffa durch den Kopf. Aber ich zwang mich zur Ruhe und ließ den Beamten wissen, daß ich in Zeitdruck wäre.

»Dann nehmen Sie Platz und warten Sie.«

»Worauf?«

»Soll ich etwa das Wachzimmer unbemannt lassen? Sobald die Funkstreife zurückkommt, werden Sie mit ihr an den Tatort fahren, um an Ort und Stelle den Hergang der Tat zu rekonstruieren.«

Ich versuche, die Schilderung des nun Folgenden sachlich und kühl zu gestalten. Nach etwa eineinhalb Stunden war noch immer keine Spur von der Funkstreife zu sehen.

Während dieser Zeit läutete nur ein einziges Mal das Telephon und der diensthabende Beamte meldete seinem Vorgesetzten, daß keine besonderen Vorfälle zu berichten wären. Lediglich ein Fall von Diebstahl eines zweirädrigen Zivilfahrzeuges sei angezeigt worden, und zwar in Tateinheit mit dem Aufbrechen eines Schuppens.

Während der gewissenhafte Ordnungshüter mit seinem Vorgesetzten sprach, pirschte ich mich an ihn heran und bat im Flüsterton, einige Worte mit dem Chef sprechen zu dürfen. Doch es wurde mir, ebenfalls im Flüsterton, der Bescheid zuteil: »Dafür sind keine gesetzlichen Vorkehrungen getroffen worden, Herr Beschwerdeführer.«

Zu diesem Zeitpunkt war ich nicht nur einigermaßen nervös, sondern auch hungrig. Ich versuchte also, trotz der mangelnden gesetzlichen Vorkehrungen mit dem Mann am anderen Ende der Leitung Kontakt aufzunehmen, indem ich wie wild in Richtung Telephon losbrüllte: »Herr Polizeichef, oder wer immer Sie sind, dieser verblödete Polizist hat mich überhaupt nicht verstanden! Hier gibt es keinen Diebstahl und keinen Einbruch! Es ist nichts weiter passiert, als daß Awri krank ist und der dicke Krämer mich nicht mein Fahrrad holen läßt. H-i-l-f-e!«

Natürlich war dieser Ausbruch sinnlos, denn der Mann hinterm Schreibtisch hatte abrupt die Telephonleitung unterbrochen. Er warf mir einen vernichtenden Blick zu und drohte mir mit Einzelhaft für den Fall, daß ich nicht sofort mein Toben einstellte.

»Wenn Sie imstande waren, eine derart gravierende Anklage zu erheben, Beschwerdeführer, dann werden Sie wohl auch in der Lage sein, geduldig zu warten, bis die Funkstreife kommt, um einen Lokalaugenschein vorzunehmen.«

Nach einer weiteren Dreiviertelstunde des bangen Wartens teilte ich meinem Folterknecht mit, daß ich mal müsse. Er verwies mich mißmutig an den diesbezüglichen Ort. Ich ging gemäßigten Schrittes bis ans Ende des Ganges, doch noch ehe ich an meinem Ziel angelangt war, machte ich eine resolute Kehrtwendung und schoß auf die Hintertür zu ...

»Wenn ich alles so sicher gewußt hätte.« Der an der Hintertür aufgetauchte Polizist grinste mich an. »Sie haben nämlich den verstörten Blick eines Sittenstrolches, Beschwerdeführer.«

»Herr Polizeidirektor«, murmelte ich auf dem Rückweg zu meiner Bank, »ich bitte Sie in aller Demut, meine Beschwerde rückgängig machen zu dürfen und den Akt des aufgebrochenen Schuppens zu schließen.«

»Das wäre ja noch schöner! Wie stellen Sie sich das vor, Beschwerdeführer? Erwarten Sie von mir, daß ich ein bereits unterzeichnetes amtliches Protokoll ignoriere?«

»Ich werde unter Eid aussagen, daß ich das Protokoll nur unter psychischem und physischem Druck unterzeichnet habe.«

»Darüber werden die Gerichte befinden, Beschwerdeführer. Von Ihnen wird hieramts erwartet, daß Sie sich gefälligst auf diese Bank setzen und ruhig warten, bis Ihr Fall einer Klärung zugeführt werden kann.«

Ich will auch weiterhin sachlich bleiben. Es dauerte nur noch eine halbe Stunde, während der ich gedankenverloren an der Tube mit dem Gummiklebezeug kaute, bis die Funkstreife mit lautem Karacho eintraf. Mein Bewacher wechselte einige geflüsterte Worte mit dem ranghöchsten Streifenmann, worauf dieser meinen Akt zur Hand nahm, um ihn sorgfältig zu studieren.

»Der Fall liegt klar«, faßte er schließlich zusammen, »wann haben Sie, Herr Beschwerdeführer, festgestellt, daß der Schuppen offen ist?«

»Der Schuppen ist offen, seit es ihn gibt.«

»Und das melden Sie jetzt erst?«

»Was gibt es da zu melden? Ein offener Schuppen ist ein offener Schuppen!«

»Sie sind ein Zyniker«, zischte mir der Streifenführer verachtungsvoll zu. Dann begab er sich mit seinen Kollegen in die andere Ecke, um mit ihnen längere Zeit zu flüstern. Als Ergebnis dieses Konziliums fragte einer der Polizisten den Streifenführer:

»Sollen wir ihm nicht Handschellen anlegen?«

»Natürlich«, antwortete der Vorgesetzte. Gleich danach klickten die Handschellen zu, und ich wurde in den Streifenwagen gestopft.

»Wohin bringen Sie mich?« wagte ich schüchtern zu fragen.

»Das geht Sie nichts an.«

Nach wenigen Minuten hielt der Streifenwagen vor dem Schuppen. Als erster verließ der Chef den Wagen, ihm folgten zwei Uniformierte mit Sturmgewehren. Dann erschienen meine Handschellen mit mir, eskortiert von zwei weiteren Polizisten, die sich an ihren Schlagstöcken festhielten.

Als ob er auf uns gewartet hätte, stand vor dem Schuppen der dicke Krämer und hielt seinen vor Erregung zitternden Zeigefinger unter meine Nase:

»Das ist er! Seine Sittenstrolchvisage ist nicht zu verkennen! Endlich hat man ihn erwischt!«

Durch den Lärm angelockt, strömten aus allen Richtungen wutentbrannte Nachbarn herbei. Vermutlich habe ich es nur dem großen Polizeiaufgebot zu danken, daß ich mit knapper Not der Lynchjustiz entging. Der dicke Krämer wurde aufgefordert, den Hergang der Tat zu schildern.

»Also, das war so: Heute in aller Herrgottsfrüh höre ich ein verdächtiges Rascheln, schau zum Fenster hinaus, und was seh' ich?« Er warf mir einen haßerfüllten Blick zu. »Ich sehe diesen Strolch! Ha! – denke ich mir, einer wie der kann nichts Gutes im Schild führen. Schon die Art, wie er seinen verstörten Blick hinter diesen dicken Brillen verbirgt ...«

»Danke, das genügt«, verkündete der Streifenführer und wandte sich an mich: »Ich an Ihrer Stelle würde schleunigst ein umfassendes Geständnis ablegen. Hatten Sie irgendwelche Helfershelfer?«

»Ja«, gestand ich und zeigte auf den dicken Krämer. »Er war es, der mir den vertraulichen Hinweis gab, daß dieser Schuppen offen steht.«

»Aha«, der Leiter der Lokalaugenscheins zeigte sich höchst befriedigt. »Wenn ich alles so sicher gewußt hätte. Der Dicke hat mir von Anfang an nicht gefallen.« Er wandte sich an den neuen Häftling: »Und jetzt heraus mit der Sprache! Machen Sie den Mund auf und beginnen Sie zu singen.«

»Ich denke nicht daran zu singen«, schluchzte der Dicke, »ich will mit meinem Anwalt sprechen.«

Soweit der Sachverhalt. Wir wurden in getrennten Zellen untergebracht, um uns nicht gegenseitig die Schädel einschlagen zu können.

Der Anwalt meint, daß meine Aussichten angesichts der mildernden Umstände zu gewissen Hoffnungen berechtigen. Schließlich hätte ich mich ja selbst der Polizeibehörde gestellt, wohingegen der dicke Krämer als der planende Kopf der Tat erst durch meine Aussage überführt werden mußte. Gegen mich spräche lediglich der mißglückte Fluchtversuch durchs Klo, andernfalls wäre es ihm vielleicht sogar gelungen, mich gegen Kaution freizubekommen.

Ich sagte, daß es darauf auch nicht mehr ankäme, da ich, als Beschwerdeführer, meinen Termin in Jaffa ohnehin versäumt hatte. Aber, fügte ich hinzu, ich hätte nicht die Absicht, mich je wieder zu beschweren.

Es ist eine weithin bekannte Tatsache, daß die Größe eines Landes in reziprokem Verhältnis zum Einfluß der Großmächte, also Amerika, steht. Mit anderen Worten, je kleiner, desto ausgelieferter. Dies umso mehr, wenn die Einwohner eines so kleinen Landes mindestens dreißig Sprachen sprechen, und das noch dazu gleichzeitig. Kein Wunder also, daß Israels Landschaftsbild von vielsprachigen Schildern verunstaltet wird und in unseren Hotels Aufschriften in nahezu allen Sprachen der Welt, außer natürlich Hebräisch, zu finden sind.

Ein wahrer Turm zu Babel. Mit dem wesentlichen Unterschied, daß seinerzeit im babylonischen Original kein Fahrstuhl eingebaut wurde.

»A« wie Aufzug

Dieser Tage geriet ich, während ich auf meinen Federhalter starrte, in eine nachdenkliche Stimmung. So sehr, daß ich in Ermangelung einer besseren Idee über die Freuden des Alterns zu meditieren begann.

Was immer junge Leute auch sagen mögen, das Alter hat gewisse Vorzüge. Schließlich und endlich gelingt es manchen Leuten erst im hohen Alter, den Grat ihres Lebenslaufs zu erklimmen, dann pflegen sie großartige Memoiren zu schreiben oder zweite Teile zum »Faust«. Sollte ihnen das zu mühsam sein, können sie immer noch irgendeine unbenutzte Nordwand in der Himalayagegend erstbesteigen.

Was mich betrifft, so habe ich das Steigen in jeder beliebigen Form schon längst aufgegeben. Die einfache Begründung dafür ist in der Tatsache zu finden, daß ich schon nach der ersten Stufe müde werde.

Das Ergebnis meines langen Meditierens und der intensiven Betrachtung meines Federhalters liegt auf der Hand: Es gibt keinen verläßlicheren Gradmesser für das Altern als die Stufen einer Treppe. In meiner Jugendzeit, ich erinnere mich nur ungern daran, erstürmte ich eine Treppe, indem ich drei Stufen auf einmal nahm, und pflegte ohne Atemnot das achte

Stockwerk zu erreichen. Zur Zeit meiner männlichen Reife konnte ich immer noch alles bewältigen, was unterhalb des vierten Stockwerks stattfand. Heutzutage, in meinen sogenannten besten Jahren, ermüdet mich schon die erste Stufe.

So preise ich nunmehr die Amerikaner, die der Menschheit den Lift gegeben haben. Auch wenn sie selbst diesen Lift Elevator nennen, um die Engländer zu ärgern.

Zum Zeitpunkt, als die Fahrstühle erfunden wurden – das war 1853, soweit ich mich erinnere –, wurden die Apparate von importierten Sklaven in die Höhe gezogen. Der Fortschritt brachte es mit sich, daß man seit Jahren schon auf Sklaven verzichtet und sich des elektrischen Stroms bedient.

Die Folge ist, daß Fahrstühle von Zeit zu Zeit beschließen, außer Betrieb zu sein. Bei solchen Gelegenheiten läßt sich wieder einmal die Überlegenheit der Sklavenarbeit gegenüber der modernen Technik feststellen. Bei Stromausfall pflegen nämlich diese Dinger steckenzubleiben. Dann ist man genötigt, irgendeinen Handwerker herbeizurufen, der gerade unerreichbar ist. Also begnügt man sich mit Feuerwehrleuten, die natürlich keine Ahnung vom Mechanismus der Fahrstühle haben, und warum sollten sie auch?

★

Natürlich geht die Welt nicht unter, wenn man ein bis zwei Tage zwischen dem achten und dem neunten Stockwerk eingeklemmt ist. Wenn es darum geht, Menschen einander näher zu bringen, dann ist eine steckengebliebene Fahrstuhlkabine geradezu der ideale Platz dafür. So manche dauernde Freundschaft mag da begonnen haben, Geschäfte wurden abgeschlossen, Baukontrakte unterzeichnet, Kinder gezeugt, wer zählt die Völker, kennt die Namen ...

Ich wage sogar die Behauptung, daß wir uns etliche blutige

Kriege erspart hätten, wenn die Verhandlungen über die Autonomie der Palästinenser in einen steckengebliebenen Lift verlegt worden wären.

Kurz, so ein Lift, ob er fährt oder steckt, hat unübersehbare Vorzüge. Vor allem in Wolkenkratzern und besonders für leidenschaftliche Nichtkletterer, wie ich einer bin. Die heutigen Fahrstühle sind überdies schnell wie der Blitz. Ein Knopfdruck und – huiii! – bist du am Dach des höchsten Hotels. Ein weiterer Knopfdruck und – hiuuu! – bist du irgendwo im Inneren der Erde, in einem tiefen Kellergeschoß oder einer unterirdischen Parkgarage oder sonstwo.

Und da ist auch schon der Haken.

Denn der Weg nach oben geht normalerweise reibungslos vor sich. Wenn du aber wieder hinunter willst, kommt der Moment, wo die Schwierigkeiten beginnen. Denn keiner hat mir bisher erklären können, welcher der vielen Knöpfe mich in jenes Geschoß befördert, in dem sich der Hotelausgang befindet.

Zugegeben, da ist zwar ein Knopf mit der Bezeichnung »E«, und es steht dir frei anzunehmen, daß damit das Erdgeschoß gemeint ist, doch darunter befindet sich ein weiterer Knopf mit einem »S«, und du beginnst zu schwanken. Ist damit vielleicht »Straße« gemeint? Oder ist es vielleicht das »P«, womit Parterre gemeint sein könnte? Oder bringt das »M«, wie Mezzanin, den Weg in die ersehnte Freiheit?

Ich habe schon Hochhäuser erlebt, in denen zu den bisher erwähnten Buchstaben noch ein Knopf mit einem »H« zu finden war. Ich wagte ihn nicht zu betätigen aus Angst, daß mit dem »H« Hades gemeint sein könnte. Jene Fahrstühle, in denen es Knöpfe mit der Negativbezeichnung »-1«, »-2« und »-3« gibt, will ich hier taktvoll übergehen.

★

Üblicherweise passiert folgendes: Man erledigt, was immer man im zehnten Stockwerk des neuen Luxushotels zu erledigen hat, stürzt anschließend in den Fahrstuhl und drückt hurtig einen Knopf mit einem der vielen Buchstaben des Alphabets. Natürlich hat man nicht die Zeit, lange nachzudenken, weil man ohnehin schon vierzig Minuten zu spät für das Rendezvous mit Lefkowitz dran ist. Wer Lefkowitz kennt, weiß, daß dieser Gauner imstande ist, mir nichts, dir nichts davonzugehen.

Und während man noch diesem schwarzen Gedanken nachhängt, bleibt der Fahrstuhl irgendwo stehen. Man eilt heraus und kracht in einen Kellner, der ein volles Tablett auf den Boden fallen läßt. Inmitten der zerbrochenen Suppenterrine und den auf dem Fußboden dampfenden Nudeln erscheint der Chefkoch und brüllt:

»Was suchen Sie in der Küche, Sie Trottel?«

Der Trottel befindet sich unerklärlicherweise in der Etage mit der Aufschrift »-1«, wo die Luxushotels normalerweise ihre Küchen zu verbergen pflegen. In panischem Schrecken suche ich mich in den Fahrstuhl zu retten und stelle mit Entsetzen fest, daß er sich schon längst in einem anderen Stockwerk befindet. Ich trete einige Male gegen die dicht verschlossene Fahrstuhltür, doch der einzig sichtbare Erfolg sind einige Suppennudeln, die nunmehr an der Tür kleben. Und Lefkowitz ist vermutlich schon im Ausland.

Es erhebt sich die nicht unberechtigte Frage, wieso ein Knopfdrücker von einigermaßen durchschnittlicher Intelligenz nicht in die Lage versetzt werden kann, zu gegebener Zeit den richtigen Knopf zu drücken.

Meiner Ansicht nach liegt es daran, daß man zu leicht geneigt ist, sich auf die Automatisierung zu verlassen. So ein moderner Aufzug fährt automatisch hinauf und hinunter, spielt automatisch dezente Musik, seine Türen öffnen und schließen sich automatisch. Ebenso automatisch drückt mein Finger auf den falschen Knopf.

Im Laufe der Zeit ist es mir gelungen, aus meinem Fahrstuhl in die verschiedensten Parkgaragen zu treten, in Lager, die nach unerwarteten Chemikalien dufteten, in Maschinenräume, die entweder die Luftzufuhr oder die Zentralheizung kontrollierten, in Großwäschereien und sonst noch allerhand. Vor einiger Zeit, als ein rumänischer Zirkus im Hilton-Hotel logierte, platzte ich in eine Gruppe von dressierten Seelöwen, die gerade gefüttert wurden. Wenn ich nicht irre, war der Knopf, den ich damals drückte, mit einem »F« behaftet. Vermutlich war damit »Fisch« gemeint.

Bei einer anderen Gelegenheit, als ich einige Stockwerke unter der Erde in einer Tischlerwerkstatt landete und in panischem Schrecken in den vierzehnten Stock zurückfuhr, traf ich den neuen Hotelmanager, der mir in meinem Fahrstuhl Gesellschaft leistete.

»Warum«, fragte ich ihn unwirsch, »warum in drei Teufels Namen könnt ihr nicht irgendwas Vernünftiges neben so einen blöden Knopf schreiben, wie zum Beispiel ›Ausgang‹?«

Der Blick des Managers streifte mich mit Verachtung:

»Verehrter Herr«, sagte er in berufsbedingt gedämpftem Tonfall. »Es ist das erste Mal, daß mir eine so dumme Beschwerde unterbreitet wird. Jedermann weiß, daß sich unterhalb des ersten Stockwerks die Hotelhalle befindet, und selbstverständlich ist dort auch der Ausgang zu finden. Hier sind wir schon, mein Herr ...«

Er warf mir ein höhnisches Lächeln zu, stieg aus dem Fahrstuhl ins Freie und wurde von einem grünen Sportwagen überfahren.

★

Gibt es eine Lösung meines Problems?

Eine Methode ist zum Beispiel die, wie weiland Hänsel und Gretel Brotkrumen zu verstreuen, um ganz sicher zu gehen, daß man aus dem dunklen Wald den Heimweg findet. Eine weitere Möglichkeit besteht darin, einen sorgfältigen Knopfdrucktest zu veranstalten, bevor man in die Höhe fährt. Dabei ist im Erdgeschoß jener Knopf zu finden, bei dem der Aufzug weder hinauf noch hinunter fährt. Er ist dann mit roter Farbe zu bezeichnen. Ich persönlich habe mich für das Feldenkrantz-Schritt-für-Schritt-Patent entschieden, das mir mein gleichnamiger Freund auf dem Totenbett verkauft hat. Der Modus ist denkbar einfach. Egal, in welch schwindelnder Höhe man einen Fahrstuhl betritt, man fährt zunächst vorsichtig nach unten und probiert Stockwerk für Stockwerk, Knopf für Knopf, jede Möglichkeit sorgfältig aus. Selbstverständlich muß man, wo immer der Lift hält, mit einem Fuß in der Tür erkunden, wo man sich befindet. Und so kommt man langsam, aber sicher abwärts, bis man im Erdgeschoß landet. Oder im Schwimmbad. Oder im Leichenschauhaus.

Mit der Zeit gewöhnt man sich an alles. Wenn ich nicht im Erdgeschoß landen sollte, gehe ich eben schwimmen. Wenn ich im Leichenschauhaus ankomme, lege ich mich hin und schlafe. Wenn die Fahrt beim Ausgang endet, gehe ich aus. Aber das kommt sehr selten vor.

Sigmund Freud war bekanntlich Jude, doch er hatte das Pech, in der Diaspora zu sterben, ohne in das naturgegebene Schlaraffenland seiner praktizierten Heilslehre zu gelangen. In das Land, wo jeder zehnte Bürger Psychoneurotiker und jeder fünfte Psychiater ist. Wenn diese Rechnung stimmt, dann kommt in Israel auf jeden praktizierenden Freudjünger ein halber Patient. Was mich betrifft, so geht es mir besser: ich besitze daheim eine ganze Kundin.

Freud und Praxis

Der Morgen begann mit dem falschen Fuß. Kaum daß er graute – der Morgen, meine ich –, kroch die beste Ehefrau von allen aus dem Bett wie ein Tausendfüßler, dem alle Füße eingeschlafen waren. Sie ertastete ihren Weg mit schlafverklebten Augen mühsam bis zur Kaffeekanne. Ihr Rücken war gebeugt, ihre Augen verschwollen, ich hielt es also für notwendig, mich höflich nach ihrem Wohlbefinden zu erkundigen. Aus Pflichtgefühl und aus meinem Bett.

»Ephraim«, murmelte sie, »laß mich in Ruhe, bitte. *Bitte*, laß mich in *Ruhe*!«

Bei näherem Hinhören fiel mir auf, daß sie gar nicht murmelte. Genau genommen brüllte sie sogar.

»Warum«, fragte ich, »was ist passiert?«

Die beste Ehefrau von allen füllte sich eine Tasse mit unglaublich schwarzem Kaffee und kam in ebensolcher Stimmung zurück ins Bett.

»Ich bitte dich, zur Kenntnis zu nehmen«, teilte sie mir zwischen Schlucken und Schluchzen mit, »daß ich dir niemals verzeihen werde, was du mir heute nacht angetan hast.«

Ich war zerknirscht. Soweit ich mich an die Ereignisse der letzten 12 Stunden erinnern konnte, tat ich nichts Ungehöriges. Im Gegenteil, ich führte gestern abend die beste Ehefrau von allen in ein standesgemäßes Restaurant, wo wir ein nach ungarischem Rezept gefülltes Kraut zu uns nahmen. Anschließend gingen wir im Vollmond heimwärts, suchten unser Ehebett auf und schliefen ein. Und nun am Morgen diese Bescherung! Ich war, wie gesagt, zerknirscht.

»Was habe ich dir angetan?« fragte ich. »Sag's mir doch.«

»Du hast dich benommen wie ein Berserker, Ephraim. Wie eine Bestie – nein, wie ein Schwein!«

»Aber wo?«

»In meinem Traum.«

Zögernd erzählte sie mir, was geschehen war. Die beste Ehefrau von allen hatte geträumt, sie wäre die Königin von Saba. Vermutlich war die Ursache eine Überdosis TV ...

»Ich wurde hingerichtet«, sie erschauerte unter der Erinnerung, »geköpft mit einer Guillotine.«

»Einen Moment«, unterbrach ich sie, »am Hof der Königin von Saba gab es noch keine Guillotinen.«

»Erzähl mir nichts! Mein Kopf wurde von einer Guillotine abgehackt. Und weißt du, wer diese Guillotine betätigt hat?«

»Du willst doch nicht etwa sagen ...«

»Du! Du warst es, Ephraim, du! Und zwar mit einem widerwärtigen Grinsen über das ganze Gesicht.«

Von ihren Anschuldigungen zum Schweigen gebracht, überlegte ich mir den Fall. Ich mußte zugeben, daß es unschicklich war, die Mutter der eigenen Kinder zu köpfen. Noch dazu grinsend. Langsam konnte ich ihre schlechte Laune verstehen.

»Vielleicht war ich das gar nicht.« Ich versuchte, Zeit zu gewinnen. »Diese Scharfrichter pflegten doch eine Maske vorm Gesicht zu tragen, soviel ich weiß, oder?«

»Ephraim! Die Maske ist noch nicht erfunden worden, die deinen Akzent verbergen kann!«

Natürlich, mein Akzent. Ich hätte schon vor Jahren etwas in der Sache unternehmen sollen. Jetzt war es zu spät, die Königin von Saba hätte meine seltsamen Betonungen immer und überall identifiziert. Mit oder ohne Maske.

»Als sie mich zum Schafott schleppten«, sie nahm den Faden wieder auf, »hast du mich noch gezwickt, du weißt schon wohin, und dann sagtest du ... dann sagtest du ...«

Ihre Stimme versagte.

»Sprich weiter«, stieß ich hervor, das Ärgste befürchtend, »was sagte ich?«

»Nein, Ephraim, diese Worte kann ich nicht wiederholen. Niemals, Ephraim, niemals ...«

Jetzt war ich ernsthaft beunruhigt. Zweimal »Ephraim« in einem Satz! Ich zermarterte mir den Kopf, was in aller Welt ich gesagt haben könnte, aber es fiel mir nichts Nennenswertes ein. Schließlich war es ihr Traum und nicht der meine.

Nur eine winzige Ewigkeit mußte ich warten, bis ich die schreckliche Wahrheit erfuhr. Schon nach dem zweiten Kaffee kam mein schändliches Verhalten zutage.

»Adieu, du Froschmaul«, soll ich gesagt haben, »bald spielen wir Fußball mit deinem Kopf.«

Das war's, was ich gesagt hatte, ich Schuft.

Was tun?

»Nun gut«, ich versuchte, die Schuld von mir abzuwälzen, »aber was war mit deinem Gemahl? Ich meine König Salomon, kam er dir nicht zu Hilfe?«

»Der?« Die Beste verbarg sich hinter einer Zornesfalte. »Nicht einen Finger hat er gerührt, das Schwein! Weißt du, was er während meiner Hinrichtung getan hat? Tennis gespielt hat er mit Gromyko!«

Damit eskalierte das Drama in die weltpolitische Sphäre. Nichtsdestotrotz blieb ich in ihren Augen der Oberbösewicht.

»Also nein«, resümierte die beste Ehefrau von allen, »das hätte ich niemals von dir erwartet. Dreiundzwanzig Jahre lang spielst du den Mustergatten, und dann, bei der ersten Gelegenheit, sagst du Froschmaul zu mir! Zu *mir* sagst du Froschmaul!«

»Unverzeihlich«, pflichtete ich ihr bei, während ich sicherheitshalber an das äußerste Bettende rollte, »aber wenn wir objektiv und leidenschaftslos Bilanz ziehen wollen, so war es ja doch nur ein Traum ...«

»*Nur* ein *Traum*?« zischte meine Beste. »Weißt du, was du da sagst, Ephraim? Denk doch an Freud und an die Elementarstufe der Psychoanalyse! Die Träume enthüllen den wahren Menschen, Träume zeigen dir, wie du wirklich bist, mit all deinen unterbewußten dunklen Trieben. Mir ist es wie Schuppen von den Augen gefallen. Tief in deinem finstersten Innern, Ephraim, schlummert längst schon der Drang, mit meinem Kopf Fußball zu spielen ...«

Fußballspielen mit ihrem Kopf? Ohne Zweifel, der Gedanke hat etwas. Ich meine, Freud *ist* Freud, das kann niemand leugnen. Obwohl ich persönlich kein Anhänger der Guillotine bin. Ich bin mehr ein Mann des elektrischen Stuhls. Auch eine langsame Steinigung hat gewisse Meriten. Andererseits, seit wann spielt Gromyko Tennis? Und überhaupt, was will sie von mir, dieses Froschmaul?

»Und weißt du, was die Krönung des Ganzen war?« Sie entfachte die Glut von neuem. »Nachdem du meinen Kopf abgehackt hast und die ganzen Sägespäne aus mir herausgequollen sind, was, glaubst du, sehe ich?«

»Keine Ahnung.«

»Stell dich nicht unwissend! Ich mußte mit eigenen Augen ansehen, wie mein Gemahl unter die Röcke von Erna Selig griff ...«

»Du meinst König Salomon?«

»Ich meine dich, Ephraim! Die Rede ist von dir und von Erna Selig! Ihr seid aneinandergeklebt wie zwei läufige Magneten ...«

Unglaublich, was ich alles in ihrem Unterbewußtsein vollbringe. Bei Gelegenheit sollte ich mich mit dem alten Freud darüber unterhalten.

Was tun?

»Nun, geschehen ist geschehen«, sagte ich, »schlafen wir noch eine Stunde, ja? Du weißt, daß ich in Wahrheit nicht so bin. Erstens spiele ich nicht Fußball, und das mit dem Froschmaul ist mir nur so herausgerutscht ...«

»Laß mich in Ruhe, Ephraim!«

Fünf Minuten später, ich bitte mir das zu glauben, schlief die beste Ehefrau trotz schwarzem Kaffee wie ein Sack voller Sägespäne, wohingegen ich hellwach blieb. Ich wollte nicht mehr in Schwierigkeiten geraten. Wer weiß, wozu ich imstande bin, wenn mir Gromyko im Traum wieder über den Weg läuft ...

Irgendwann muß ich aber doch eingedöst sein, denn kurz bevor der Wecker läutete, stand an meinem Bett ein bärtiger Professor, der mir irgendwie bekannt vorkam.

»Jetzt hör mir gut zu, mein Junge«, sagte Sigmund Freud. »Vergiß nie wieder das Alpha und Omega der Psychoanalyse: vor dem Schlafengehen ißt man kein gefülltes Kraut.«

Jetzt sagt er mir das!

Ein jahrtausendealtes Vorurteil besagt, daß Juden mit den Händen zu reden pflegen. Vielleicht ist daran sogar etwas Wahres. Jeder israelische Kriminalbeamte wird bestätigen können, daß ein Unterweltler, kaum daß er gefaßt und mit Handschellen versehen ist, zu reden aufhört und stumm wird wie ein Fisch. Unsere Oberwelt hingegen leidet an einer furchtbaren Krankheit namens Geschwätzdiarrhoe. Diese Krankheit ist unheilbar, ansteckend und kann schon durch bloßes Zuhören übertragen werden.

Fünf Minuten Redezeit

Es ist noch gar nicht so lange her, da wurde mir behördlicherseits eine außergewöhnliche Ehrung zuteil. Ein höchst bedeutender Mann lud mich ein, an einem Symposium teilzunehmen, das der Vermittlung jüdischer Traditionen an Neueinwanderer gewidmet war, oder so ähnlich.

Als Veranstalter zeichnete, wie nicht anders zu erwarten, das Traditionsministerium unseres Landes.

Zum Zeitpunkt, da ich am Veranstaltungsort eintraf, war der Saal bereits zum Bersten voll. Noch voller war, wenn möglich, das Podium, wo an einem langen Tisch etwa achtzig feierlich gekleidete Würdenträger Platz genommen hatten.

Der bedeutende Mann nahm meine Anwesenheit mit sichtbarer Erleichterung zur Kenntnis:

»Ich hatte schon Angst, daß Sie nicht kommen würden«, schüttelte er meine Hand, »eben ist mir ein Stein vom Herzen gefallen. Der Abend ist gerettet. Jetzt haben wir nur noch den Ihnen gebührenden Platz auf der Rednerliste zu finden.«

Der Mann holte eine Papierrolle hervor, die einigemal um seine Hüften gewickelt war:

»Lassen Sie mich nachsehen. Zunächst begrüßt der Leiter des Symposiums, Professor Chelm-Ashkalon, den Minister, dann eröffnet der Minister das Symposium und begrüßt den Professor Chelm-Ashkalon. Danach spricht Felix Schildlaus von der Sektion ›Brauchtumspflege‹ des zentralen Gewerkschaftsverbandes, gefolgt von seinen beiden Stellvertretern. Gleich anschließend begrüßen fünf Seminarteilnehmer die 210 geladenen Ehrengäste, und dann überbringt ein bereits ausgebildeter Neueinwanderer die Grüße der streikenden Studenten von der Universität Jerusalem.

Nach dem Schriftsteller Gabriel Max Moichel und der Dichterin Bo Winternitz treten die Teilnehmer des Symposiums mit einigen Kantaten, Einaktern, biblischen Legenden, Volkstänzen und Versteckspielen auf. Dann aber betritt Rabbi Zwicker das Podium, um die Veranstaltung zu segnen. Nach ihm spricht Laib Haftig namens des Dachverbandes der Reformtraditionalisten, dann Zwi Spältig vom Institut gegen Nachrichtenvertuschung, dicht gefolgt von Sarah Bernardi als Senior-Vertreterin des Verbandes berufstätiger Mütter.«

»Ich würde vorschlagen«, wagte ich schüchtern einzuwerfen, »daß ich hier ...«

»Das geht nicht«, sagte der Bedeutende, nachdem er tief Luft geholt hatte, »denn vorher kommen noch die Vertreter des öffentlichen Lebens, der Sprecher der Aufsichtsbehörde, der stellvertretende Gouverneur der Provinz Negev, der Abgesandte der Handelsmarine sowie einige Delegationen der wichtigsten Naturschutzbewegungen. Wenn das geschafft ist, treten nur noch die Vertreter des Generalstabs-Chefs und des Unterrichtsministers sowie der Unterrichtsminister persönlich auf. Da kommen Sie noch nicht dran, denn an dieser Stelle ist ein musikalisches Intermezzo vorgesehen: Einige Kammbläser spielen Rokoko-Kammermusik, dazu werden antike Dichtungen von antiken Schauspielern vorgetragen. Nach einem imposanten Feuerwerk erteile ich das Wort dem Abgeordneten Ejsik-Kalt, der es nach einer kurzen Ansprache über die brennenden Energieprobleme an den Bürgermeister von Akko weitergibt ...«

»Entschuldigen Sie bitte, ich kann mich nicht mehr konzentrieren.«

»Nicht nötig«, sagte der Bedeutende, »ich bin sicher, daß das Publikum zu diesem Zeitpunkt noch unter Hochspannung stehen wird, daher werde ich Sie an dieser Stelle einsetzen. Nach Ihnen kommen noch weitere achtunddreißig Redner, und zum Abschluß findet eine allgemeine Massenbesichtigung der näheren Umgebung statt. Ich habe nur eine Bitte: Sie müssen sich, so wie alle anderen Redner, fest verpflichten, nicht länger als fünf Minuten zu sprechen.«

Nach dieser Suada sank der bedeutende Mann erschöpft auf seinen Stuhl nieder. Es war bereits acht Uhr. Ich setzte mich an das Ende des Honoratiorentisches, jemand läutete eine Glokke, der Saal wurde verdunkelt, und mir wurde schwarz vor den Augen.

★

Stürmischer Applaus half Herrn Professor Chelm-Ashkalon, sich mühsam aus seinem Stuhl emporzuquälen.

»Herr Minister, verehrte Vertreter des öffentlichen Lebens, meine lieben Damen und Herren«, begann er, »ich habe die außergewöhnliche Ehre sowie das besondere Vergnügen, Sie alle im Namen des Symposiums für Vermittlung von jüdischen Traditionen an Neueinwanderer begrüßen zu dürfen. Insbesondere freue ich mich, den Herrn Minister persönlich willkommen zu heißen sowie die verehrten Vertreter des öffentlichen Lebens und alle lieben Damen und Herren, die sich heute eingefunden haben, um an dem Symposium für Vermittlung von jüdischen Traditionen an Neueinwanderer teilzunehmen ...« Es dauerte etwa eine gute Viertelstunde, ehe es dem Professor gelang, sich von diesem

Satz zu befreien, wobei es ihm zwischendurch widerfuhr, daß er versehentlich in die aramäische Sprache abschweifte.

Das Publikum unterbrach ihn immer wieder mit lautem Beifall, da es von der Rede sowieso nichts verstand und seine Begeisterung nach der Lautstärke regelte. Besonders stieg der Applaus an den aramäischen Stellen, was den Vortragenden dazu bewog, einige Dacapos zu geben.

Er sprach zwei Stunden und fünf Minuten.

Im Anschluß daran erhob sich der Minister persönlich und hielt seine Eröffnungsansprache:

»... es mag zwar zutreffen, daß die Teilnehmer dieses Symposiums keine Werke für die Ewigkeit geschaffen haben. Sie haben keinen Schacht in die Tiefen des Erdballs getrieben, um einen Zugang zu den Schätzen unserer Natur zu gewinnen, keine Manufaktur für die Herstellung von Aluminiumrohren für die Landwirtschaft errichtet, ja nicht einmal leichtfüßige Vollblüter gezüchtet ...«

Und so beschrieb der Minister alles, was die Teilnehmer des Symposiums nicht getan hatten. Das, was sie hingegen getan hatten, werde ich leider nie erfahren. Meine Augenlider wurden schon nach den ersten dreißig Minuten der Ministerrede so schwer, daß ich sie nur mit meinen Zeigefingern offen halten konnte.

»Im Namen des allgemeinen Gewerkschaftsverbandes begrüße ich das Symposium zur Vermittlung jüdischer Tradition an Neueinwanderer«, hörte ich gedämpft Felix Schildlaus, als er seine Ansprache eröffnete. »Ich möchte Ihre kostbare Zeit nicht über Gebühr in Anspruch nehmen und werde mich daher im Telegrammstil ...«

Als das Telegramm des Gewerkschaftsvertreters die erste halbe Million Worte und den Preis von 160 000 Dollar erreicht hatte und die Uhr Mitternacht schlug, stand ich leise auf und schlich verstohlen zum Ausgang. Ich wollte mir vor meinem

Auftritt etwas Sauerstoff zuführen, um nicht während meiner eigenen Ausführungen einzuschlafen.

Nicht auszudenken, sagte ich mir, wie lange diese Veranstaltung dauern würde, wenn sich die Redner nicht samt und sonders verpflichtet hätten, keinesfalls länger als fünf Minuten zu sprechen.

Nach einer Serie von Alpträumen erwachte ich gegen drei Uhr morgens in einem Schirmständer am Ende des Korridors. Schreckensbleich eilte ich in den Saal zurück und stellte zu meiner Beruhigung fest, daß ich nichts versäumt hatte. Frau Sarah Bernardi war eben dabei, einige Schnurren aus dem Jahrbuch des Verbandes berufstätiger Mütter vorzulesen.

Kaum saß ich wieder erwartungsvoll auf meinem Platz, bedeutete mir der bedeutende Mann, daß die Veranstaltung vielleicht etwas länger dauern würde als geplant.

Der Saal war bereits zur Hälfte geleert. Hin und wieder konnte man im Dunkeln einige Gestalten wahrnehmen, die hofften, unbemerkt zum Ausgang zu gelangen. Aus den letzten Reihen war ein heimeliges, atonales Schnarchen zu vernehmen.

»Ich begrüße die Teilnehmer des Symposiums für Vermittlung jüdischer Traditionen an Neueinwanderer«, sagte eben der Abgeordnete Ejsik Kalt, der sich zu diesem Zeitpunkt vor Müdigkeit kaum noch auf den Beinen halten konnte. »Ich verspreche, ich verspreche Ihnen, Ihnen, meine Damen und Herren, daß mein Vortrag, mein heutiger Vortrag, nur eine Prise, quasi eine Messerspitze ...« Der Abegeordnete beschränkte sich auf eine so minuziös genaue Beschreibung jenes Riesenmessers, dessen Spitze in den Himmel ragte, von der er eine Prise unter das Volk zu streuen gedachte, daß ich unter den Honoratiorentisch kroch, um möglichst unbemerkt den Ausgang erneut zu erreichen.

Keine Sekunde zu früh. Wie mir später berichtet wurde, befahl der Vorsitzende sofort nach meinem Abgang, die Türen hermetisch zu verriegeln und sie nur gegen Vorlage einer von ihm eigenhändig unterzeichneten Ausreisegenehmigung zu öffnen.

★

Daheim angelangt, schlief ich einige Stunden. Als der Briefträger kam, stand ich auf, rasierte mich, erledigte meine Post, las die Zeitungen und erwarb eine Wohnung in einem Mehrfamilienhaus. Gegen 12 Uhr 30 kehrte ich zum Symposium zurück.

Vor dem Gebäude standen einige Krankenwagen, die eben mit etlichen ehemaligen Symposiumsteilnehmern beladen wurden.

Im Saal waren noch etwa ein Dutzend menschliche Wracks übriggeblieben, während auf dem Podium rund vierzig energiegeladene Redner ihrem Auftritt entgegenfieberten.

Nachher habe ich erfahren, daß zahlreiche Gäste in Ermangelung einer legalen Ausreisegenehmigung die Ordner mit astronomischen Summen bestochen hatten, um von diesen über einen Geheimgang durch den Keller ins Freie geschmuggelt zu werden.

Als auch der für die Lautsprecheranlage zuständige Elektriker um das Wort bat und es ausnahmsweise auch erhielt, wurden weitere vier Gäste bewußtlos aus dem Saal getragen. Die übrigen bekamen zur Stärkung eine heiße Gulaschsuppe verabreicht.

Dennoch erlitt eine ältere Dame während der Ansprache des Elektrikers einen Nervenzusammenbruch und riß sich sämtliche Kleider vom Leibe.

Während ich gerade darüber meditierte, warum das niemals einer jüngeren Person passieren kann, ergriff der Bürgermeister von Akko das Wort. Im Saal saß nur noch ein einziger kostbarer Zuhörer, ein hagerer Mann, der uns regungslos mit glasigen Augen fixierte.

»Es ist mir eine ganz besondere Freude, den Teilnehmer dieses Symposiums für Vermittlung von jüdischen Traditionen an Neueinwanderer persönlich begrüßen zu dürfen«, begann der Redner mit feuriger Stimme, worauf der glasige Zuhörer zusammenzuckte und nach vorn zu Boden fiel. Wie sich herausstellte, war er schon längst tot. Über die Todesursache gibt es geteilte Meinungen. Manche behaupten, daß er schon während des Begrüßungssatzes von Professor Chelm-Ashkalon einem Gehirnschlag erlegen sei, andere vermuten, daß er an der Messerspitze von Ejsik Kalt umgekommen sein könnte.

Natürlich ignorierten wir den unliebsamen Zwischenfall. Die gelungene Veranstaltung endete nach weiteren zwei Tagen mit dem Absingen der Staatshymne, die der letzte, allein im Saal verbliebene Fünfminuten-Redner temperamentvoll intonierte.

Das Volk Israel unterscheidet sich von allen anderen Völkern auf mannigfache Weise, besonders aber durch seine Tanzbegeisterung. Soweit ich informiert bin, ist die jüdische Religion die einzige, die das Tanzen am Werktag empfiehlt und das Weintrinken am Sabbat gebietet. Unsere Orthodoxen ergehen sich in würdevollen chassidischen Tänzen, unsere Kibbuz-Mitglieder bilden Kreise und tanzen Hora, und die moderne Jugend der Großstadt Tel Aviv tanzt bei mir daheim.

Wie die Würmer nach dem Regen

An einem dieser langen Abende saßen wir im trauten Familienkreis beisammen, blätterten in Zeitungen, taten nichts Besonderes, und plötzlich passierte es. Ich hatte das Verlangen nach einer musikalischen Geräuschkulisse und warf unseren alten Plattenspieler an.

Kurz nachdem ich wieder in meinem Lehnstuhl Platz genommen hatte, klingelte es plötzlich an der Tür, und eine mir völlig unbekannte Gesellschaft von jungen Leuten beiderlei Geschlechts strömte herein.

Noch ehe ich mich erkundigen konnte, um wen oder was es sich da handelte, begannen die Eindringlinge in der Mitte unseres Wohnzimmers wild draufloszutanzen. Ich überlegte gerade, wie lange unser Teppich das aushalten würde, da wandte sich einer der Tänzer, ein etwas korpulenter Teenager, an mich:

»Onkel, deine Musik ist höchstens für Begräbnisse zu gebrauchen. Habt ihr nichts von den ›Stranglers‹?«

»Tut mir leid«, erwiderte ich, »Stranglers kenne ich keine.«

»Dann bring uns wenigstens eine Runde Wodka-Martini.«

»Ich habe weder das eine noch das andere«, teilte ich dem jungen Schwergewichtler mit. »Und überhaupt, was suchen Sie hier?«

Die jungen Leute schauten mich verdutzt an, dann stellten sie nach und nach ihre Bewegungstherapie ein.

»Entschuldigen Sie«, fragte ein verhältnismäßig unschuldig wirkendes Mädchen, »ist das hier keine Disco?«

»Nein. Das ist eine Privatwohnung, in der sich zufällig ein Plattenspieler befindet. Die Disco ist, soviel ich weiß, einen Stock tiefer, bei Frau Zwicker.«

Solche und ähnliche Vorkommnisse wurden zur Regel. Seit Frau Zwicker ihre »Travolta-Disco« eröffnet hat, wagen wir es nicht mehr, unseren Plattenspieler zu bedienen. Kurz nach den ersten Tönen erscheinen die ersten Tanzwütigen und beginnen seltsame Bewegungen zu vollführen. Wenn es sein muß, sogar zu klassischer Musik.

Die Discos haben eben Hochkonjunktur.

Sogar der Radiotechniker an der Ecke beklagte sich neulich bei mir, daß er nur noch dann Rundfunkgeräte reparieren könne, wenn im Radio Vorträge gehalten würden. Sobald irgendeine Musik gespielt wird, erscheint eine Meute tanzwütiger junger Leute, die unter entsetzlichen Verrenkungen »Whisky on the rocks« verlangt.

»Ich bin schließlich zu beschäftigt, um solche Dienste zu leisten«, erklärte der Radiotechniker indigniert. Vorgestern, nachdem wieder einmal eine besonders laute Nacht über uns hinweggegangen war, verlor ich die Geduld und befestigte an meiner Wohnungstür ein Schild mit dem Hinweis:

HIER IST KEINE DISCO!

Der Erfolg war nicht der Rede wert. Ein Gast der »Queens Disco«, die sich einen Stock über uns im Badezimmer von Aaron Leibowitz befindet, dürfte sich diese Tafel als Souvenir mitgenommen haben.

Der monotone Lärm wird von Nacht zu Nacht stärker. Dazu kommt noch die Neonlichtreklame einer »Disco chez Weinreb« des gleichnamigen Soziologiestudenten, die gegenüber von unserem Schlafzimmerfenster die ganze Nacht rhythmisch aufleuchtet. Angeblich soll dieser junge Weinreb drauf und dran sein, im Leben raschen Erfolg zu haben, da er der einzige ist, der seinen Gästen »Gooso-Booso«-Platten vorspielen kann. Platten, die so neu sind, daß noch kein Mensch diesen Tanz beherrscht. Sie drehen sich nämlich rückwärts.

Disco ist *das* Geschäft dieser Tage. Allein in der vorigen Woche wurden auf unserer Straßenseite sechs neue Discos eröffnet. Wieviel es auf der gegenüberliegenden sind, weiß ich nicht, denn ich wage nicht, bei Nacht hinüberzugehen.

»Wenn ich's recht bedenke«, sagte ich dem korpulenten Teenager, »könnt ihr ruhig hier bleiben.«

Ich beauftragte die beste Ehefrau von allen, alkoholische Getränke zu servieren. Die Kinder leisten Schichtarbeit am Plattenspieler. Wir heißen »Ephraim-à-gogo«.

Der Betrieb wird täglich um 21 Uhr geöffnet. Geschlossen wird in zwei Monaten.

In diesem Buch haben wir uns bereits darauf geeinigt, daß Israel ein Schmelztiegel ist. Der Leser gestatte mir eine wesentliche Korrektur: gemeint war natürlich *Druckkessel*.

Der Mann am Drücker

Josef K., ein israelischer Durchschnittsbürger, kam unter größten Anstrengungen an seinem Geburtstag zur Welt. Vor diesem Zeitpunkt weilte er an einem engen und dunklen Ort.

Schon bei seinen ersten Bewegungen übte er mit allen ihm zur Verfügung stehenden Kräften einen starken Druck auf seine direkte Umgebung aus und erblickte zum vorgesehenen Zeitpunkt mit einem schrillen Schrei das levantinische Tageslicht.

Über die näheren Umstände seiner Geburt hatte sich der kleine Jossi niemals Gedanken gemacht. Er lernte die Bedeutung des Wortes »Druck« erst im zarten Alter von drei Jahren kennen. Und zwar an jenem denkwürdigen Tag, als er, kaum der Sprache mächtig, seinen Eltern unwirsch mitteilte, daß er dringend eine Trommel brauchte.

Aus verständlichen Gründen waren Jossis Eltern nicht bereit, diesem Wunsch Rechnung zu tragen. Also brach der kleine Jossi, von einem sicheren Instinkt geleitet, in Tränen aus und begann, einige Stunden lang aus Leibeskräften draufloszubrüllen.

Jossis Vater blieb unnachgiebig: »Von mir aus kannst du plärren, solange du willst, du Dickschädel«, sagte der pensionierte Schlittschuhschleifer, »wir werden ja sehen, wer von uns beiden als erster genug hat.«

Nach knapp 48 Stunden bekam der Kleine seine Trommel. Schließlich wollten seine Eltern endlich Ruhe im Hause haben. In diesem Augenblick wurde Josef K. schlagartig bewußt, welche Funktion der Druck im täglichen Leben spielen kann.

In der siebenten Schulklasse sollte er ein »Ungenügend« in Betragen bekommen. Jossi ging zu seinem Klassenvorstand und teilte ihm mit, daß von einem ungenügenden Betragen seinerseits keine Rede sein könne, denn er sei, ganz im Gegenteil, schon immer höchst folgsam und brav gewesen. Der Klassenvorstand war anderer Ansicht. Daher sah sich Jossi gezwungen, heftige Hustenanfälle einzusetzen und zusätzlich eine Zeugin für sein vorbildliches Betragen ins Treffen zu führen. Seine Mutter ging zum Klassenvorstand und teilte diesem mit, daß ihr Junge schon immer höchst folgsam und brav gewesen sei. Sie schlug dem Klassenvorstand einen großen Regenschirm über den Schädel. Es war Herbst mit kapriziösem Wetter. Der Getroffene beharrte weiterhin auf seiner Meinung, also bekam er es mit einem zusätzlichen Zeugen zu tun, nämlich Jossis Vater. Dieser warnte den sturen Pädagogen, daß sein Sprößling wie irr zu toben beginnen würde, wenn das Schulzeugnis nicht auf sein stets auffallend braves Benehmen Bedacht nähme. Bei dieser Gelegenheit zeigte er dem Klassenvorstand auch ein ärztliches Zeugnis, daß er, d.h. der Vater, nicht zurechnungsfähig sei. Der Klassenvorstand begann zu schwanken und versprach, den Fall noch einmal zu überdenken.

Als Jossi ihm freundlich andeutete, daß er noch eine ganze Reihe von ebensogut präparierten Verwandten als Zeugen aufbringen könnte, taute der Klassenvorstand endlich auf und korrigierte die Note auf »Genügend«, womit sich Jossi widerwillig zufriedengab.

★

Als Jossi in das Alter kam, da er seinen Wehrdienst absolvieren sollte, weigerten sich die Militärärzte, ihn für tauglich zu erklären, weil ihnen sein Gesundheitszustand bedenklich erschien. Jossis Stolz war zutiefst verletzt. Er holte sich bei einem befreundeten Arzt ein Attest, aus welchem hervorging, daß gerade er besonders tauglich wäre, und legte es dem Militärarzt vor. Dieser blieb unbeeindruckt. Also holte sich Jossi ein Attest von einem befreundeten Oberarzt und legte es dem Militärarzt vor. Vergebens. So sprang Jossi zum Fenster hinaus und brach sich ein Bein.

Da erkannte der Militärarzt den Ernst der Lage, korrigierte sein Urteil und erklärte Jossi für volltauglich, so daß er ordnungsgemäß seinen Wehrdienst antreten konnte. Kurz nach seiner Genesung mußte der gemeine Soldat Josef K. doch erkennen, daß das Soldatenleben nicht annähernd so bequem war, wie er es sich immer vorgestellt hatte. Vor allem die Kampfübungen fand er so ermüdend, daß er sich wieder zum Militärarzt begab, um aus gesundheitlichen Gründen seine Versetzung in eine Verwaltungseinheit zu beantragen. Der Militärarzt stellte nach gründlicher Untersuchung fest, daß hierfür kein Grund vorläge, da der Antragsteller völlig gesund wäre. Um Zeit und überflüssige Worte zu sparen, sprang Jossi sofort zum Fenster hinaus, fiel jedoch auf einen Komposthaufen und blieb unverletzt. Der Militärarzt aber wollte Komplikationen vermeiden und setzte Jossis Tauglichkeitsgrad wegen unüberwindlicher Sprungsucht um zwei Stufen herab. Worauf der gemeine Soldat Josef K. in den Stallungen der Bürohengste verschwand.

★

Nach seiner Entlassung aus der Armee faßte Jossi den Entschluß, sich im bürgerlichen Leben zu etablieren. Er begab sich also zur Stadtverwaltung und bat den für ihn zuständigen Unterabteilungsleiter um Zuweisung einer Wohnung. Dieser teilte ihm bedauernd mit, daß Wohnungen ausschließlich an gediente Soldaten vergeben würden. Daraufhin ging Jossi stehenden Fußes zur Schwester des Unterabteilungsleiters, die er zufällig kannte, und erzählte ihr von seinen Nöten. Worauf die Schwester ihren Bruder anrief, um ihm mitzuteilen, daß Josef K. ein gedienter Soldat sei.

Der Unterabteilungsleiter blieb hart. In forschem Ton teilte er seiner Schwester mit, daß es bei ihm keine Protektion gäbe. Dies umso mehr, als die Fenster seines Büros mit Gittern versehen wären.

Josef K. war so leicht nicht zu beugen. Er ersuchte die Schwester, auch weiterhin mindestens einmal pro Tag anzurufen, damit die Sache auch aktuell bliebe, während er selbst sich vor dem Rathaus zu einem Sitzstreik niederließ. Neben sich pflanzte er ein großes Plakat auf mit der Aufschrift: »Warum bekommen nur gediente Soldaten Wohnungen?« Zur Sicherheit warf er jede Nacht ein paar verblichene Katzen durch das Schlafzimmerfenster des Unterabteilungsleiters, um diesen davon zu überzeugen, daß er, Josef K., ein gedienter Soldat sei.

Er verließ sich mehr und mehr auf persönlichen Druck. Die besagte Schwester wurde gebeten, drei bis viermal täglich anzurufen. Josef setzte sich hingegen vor die Bürotür des Unterabteilungsleiters und schlug während der gesamten Bürozeit auf seine Trommel ein. Nachts warf er zusätzlich zu den verblichenen Katzen auch noch einige alte Schuhe durch das Schlafzimmerfenster des unkooperativen Beamten. Donnerstag war endlich der Zeitpunkt gekommen, wo ihm keine andere Möglichkeit zu bleiben schien, als die Bürotür aufzustemmen, um mit einem Drei-Zoll-Leitungsrohr die Zertrümmerung der Büroeinrichtung zu beginnen.

Der verängstigte Unterabteilungsleiter rief sofort nach der Polizei, doch die Beamten waren mit der Fußballmeisterschaft überbeschäftigt. Also blieb ihm nichts anderes übrig, als endlich zur Kenntnis zu nehmen, daß Josef K. ein gedienter Soldat war.

So kam unser Held zu einer netten, zentral gelegenen Zwei-Zimmer-Wohnung mit Küche und Nebenräumen. Er richtete die Wohnung äußerst geschmackvoll ein, was sogar der Unterabteilungsleiter zugeben mußte, als er ihn zur Einweihungsparty, gemeinsam mit seiner Schwester, besuchte.

In jenen Tagen lernte Josef K. ein für allemal, daß Druck nicht nur ein Mittel ist, das vom Zweck geheiligt wird, sondern auch eine Art von Lebensform, die ihre eigenen orientalischen Spielregeln und Statuten hat.

★

Wie nicht anders zu erwarten, hatte sich Josef K. inzwischen in die Schwester des Unterabteilungsleiters verliebt und wollte sie sogar ehelichen. Doch die hochgewachsene junge Frau lehnte seinen Antrag mit der Begründung ab, daß er kein Einkommen hätte. Daraufhin ging Josef zum Unterabteilungsleiter und ersuchte ihn, seine Schwester zweimal täglich anzurufen, um ihr zu erklären, daß er, Josef, sehr wohl ein Einkommen habe. Doch die Angebetete blieb kalt. Daraufhin verfaßte Josef ein vierundzwanzig Strophen langes Liebesgedicht in Hexametern und sandte es an seine spröde Auserwählte. Vergebens, denn sie blieb auch weiterhin bei der Meinung, daß er kein Einkommen habe. »Ein Liebesgedicht, egal welcher Länge, sei keine Garantie für die Fähigkeit, eine Familie zu ernähren«, sagte die hochgewachsene junge Frau.

So wurde Josefs nächstes Gedicht achtundvierzig Strophen lang. Er sandte es gemeinsam mit einem überdimensionalen Blumenstrauß an seine Angebetete, mit demselben Mißerfolg. Auch eine sechsundneunzig Strophen lange Ode in Verbindung mit einem riesigen eingetopften Kaktus erreichte keinen Meinungsumschwung, besonders da Josefs künftige Braut sich mittlerweile weigerte, mit ihrem Bruder telephonisch zu sprechen.

Was konnte Josef K. anderes tun, als mit einem Band selbstverfaßter Sonette in der Hand persönlich bei seiner Geliebten aufzutauchen? In der anderen Hand hielt er ein geladenes Luftdruckgewehr.

»Geben Sie endlich zu, daß ich ein Einkommen habe?« fragte er die hochgewachsene junge Frau, während er den Mündungslauf an seine Schläfe preßte.

»Natürlich«, flüsterte Shoshanna hold errötend, und die beiden schritten spontan zum Rabbiner des nächstgelegenen Standesamtes.

Josef K. wurde somit zum Ehemann, der sein Weib streng, wenn auch nicht ganz lieblos behandelte.

★

Sofort nach der Eheschließung ging Josef K. auf die Suche nach einem Einkommen. Nach einigen Überlegungen suchte er um die Konzession für die Eröffnung eines Eiskremkiosks im Zentrum von Tel Aviv an. Selbstverständlich wurde ihm diese Konzession nicht so ohne weiteres erteilt, denn solche Vergünstigungen waren ausschließlich jungen, verheirateten Männern vorbehalten, die nachweisbar ihren Militärdienst absolviert hatten. Josef K. wußte schon, was zu tun war. Er holte sich sofort ein Empfehlungsschreiben von seinem Onkel und ging damit zum zuständigen Beamten. Dieser sah den Zettel lange an und behauptete, den Onkel nicht zu kennen. Ohne Zeitverlust wandte sich unser Held an ein Mitglied der Gewerkschaftsexekutive mit der Bitte um ein persönliches Schreiben, in dem ausdrücklich vermerkt sein sollte, daß der zuständige Beamte besagten Onkel sehr wohl kenne. Doch der Beamte erwiderte, daß er auch von jenem Herrn der Gewerkschaftsexekutive noch niemals gehört habe. Daraufhin machte Josef den Beamten mit dem Gewerkschaftsführer bekannt, letzterer hinwiederum stellte dem Beamten Josefs Onkel vor, und alles schien sich auf eine positive Entwicklung hinzubewegen. Aber just zu diesem Zeitpunkt wurde der Beamte in den Süden versetzt, um dortselbst die Leistungsfähigkeit des Staatsapparats zu vermindern. Sein Nachfolger war zufällig ein alter Freund von Josefs Onkel und ließ daher sein Empfehlungsschreiben unbeachtet liegen, woraufhin Josef K. sofort den Schreibtisch des neuen Beamten in Brand steckte.

Die damit erzielte Regelung war leider nur provisorischer Natur. Der neue Beamte gab zwar Josef K. eine Empfehlung an sich selbst, aber in unleserlicher Handschrift. Der enttäuschte Jossi entschied sich für das juristische Vorgehen und erhob beim Bezirksgericht Anklage gegen die ganze Bande. Gleichzeitig beantragte er beim Obersten Gerichtshof eine Einstweilige Verfügung, derzufolge das Bezirksgericht begründen sollte, warum es nicht bereit sei, die Klage des Josef K. zuzulassen. Darüber hinaus beantragte er beim Obersten Rabbinat einen Bannfluch gegen das Oberste Gericht, falls dieses nicht bereit sei, die Einstweilige Verfügung gegen das Bezirksgericht zu erlassen. Um aber ganz sicher zu sein, ging er nochmals zum zuständigen Beamten. Bei dieser Gelegenheit brachte er einen verrosteten Kanister mit und begoß den Staatsdiener mit einer Mischung aus Wundbenzin und giftgrüner Acrylfarbe.

Zum Erstaunen aller Beteiligten wurde er daraufhin verhaftet und verbrachte fast eine ganze Woche im Gefängnis. Als er endlich gegen stark ermäßigte Kaution entlassen wurde, rannte er unverzüglich mit dem verrosteten Kanister zum Beamten zurück und erhielt sofort die Konzession für die Errichtung eines Eiskremkiosks im Zentrum von Tel Aviv. Zwar handelte es sich nur um ein bescheidenes Unternehmen, doch sicherte es Herrn K. und seiner kleinen Familie ein angemessenes Einkommen.

★

Mittlerweile war die hochschwangere Gattin des Josef K. bereits ins Krankenhaus eingeliefert worden. Der werdende Vater stürzte sich sogleich auf den Oberarzt mit dem Ersuchen, dafür Sorge zu tragen, daß seine Frau unbedingt einen Sohn in die Welt setze.

»Warum einen Sohn?« fragte der Mediziner.

»Weil nur ein Mann in der Lage ist, den nötigen Druck im Leben auszuüben«, antwortete Jossi K.

Der Oberarzt behauptete, darauf keinen Einfluß zu haben. Also ging Jossi mit dem verrosteten Kanister wieder zu seinem Freund, dem Beamten von der Konzessionserteilung, um diesen durch die bewährte Mischtechnik um einige telephonische Empfehlungen zu bitten.

Der Oberarzt blieb ungerührt und weigerte sich unsinnigerweise, auf die warmen Empfehlungen einzugehen. Und zwar so lange, bis Josef K. einen gut vorbereiteten Nervenzusammenbruch erlitt, in die Oberschwester biß und laute Klagelieder anstimmte. Damit erreichte er endlich sein Ziel, der Arzt gab seinen Widerstand auf, und Josef K. wurde Vater eines strammen Sohnes.

In diesem gemächlichen Stil ging das Leben des mediterranen Durchschnittsbürgers Josef K. jahrelang weiter. Viele seiner Bekannten glaubten, daß Josef K. ein Glückspilz wäre, dem Fortuna Erfolg beschert, doch er selbst wußte genau, daß jedes Gelingen eine neue Kraftprobe gefordert hatte.

Der andauernde Druck unterwanderte schließlich seine Gesundheit, und eines Tages brach er zusammen. Ehe Josefs müdes Herz zu schlagen aufhörte, lächelte er vor sich hin und dachte: »Endlich erreiche ich hierzulande etwas, ohne Druck auszuüben.«

Und damit schloß er seine Augen für immer.

Der Arzt notierte als Todesursache: hoher Blutdruck.

Die heilige Bürokratie

Unter den vielen Geißeln, die sich die Menschheit ausgedacht hat, um sich das Leben zu erschweren, erscheint die Bürokratie als die unnatürlichste aller Naturkatastrophen. Der längst schon vom Verfolgungswahn befallene Bürger empfindet das hypertrophe Beamtentum als eine unerträgliche Plage und erwartet ungeduldig eine Änderung zum Guten.

Die wird er aber nie erleben.

Wer immer da glaubt, daß eine Wendung zum Besseren herbeigeführt werden kann, unterliegt nämlich einem grundlegenden Irrtum. Bürokratie ist nicht etwa eine Schattenseite des Regimes, nein, sie *ist* das Regime. Das hat nichts mit politischen Systemen zu tun. Die herrschende Klasse, die gewaltige, straff organisierte Mehrheit – egal, ob im demokratischen Westen oder im volksdemokratischen Osten – ist ausschließlich die Beamtenklasse.

So ziemlich auf der ganzen Welt, im Nacken jedes produktiven Menschen, sitzen gemütlich dreieinhalb vom Staat besoldete Aufseher. Ein Beamter registriert seine Existenz, der zweite sorgt für seine höchstmögliche Besteuerung, der dritte macht aus ihm einen organisierten Arbeitnehmer, und der halbe ist damit voll ausgelastet, ständig neue Formulare zu erfinden.

Dieser sich selbst aufblasende Wunderballon ist allerdings keine israelische Erfindung. Wir sind nur gute Schüler. Wir haben dieses System von den Beamten der britischen Mandatsregierung gelernt, die Engländer erbten es von den Türken, und diese hinwiederum wurden von den Deutschen unterrichtet.

Ja, in sämtlichen Ministerien der Welt, in Rathäusern, Landesgremien, Bezirkshauptmannschaften, Gewerkschafts- und Parteizentralen, kurz, überall, wo öffentliche Gelder vergeudet werden dürfen, bietet sich dem aufmerksamen Beobachter der gleiche herzerfrischende Anblick. Ein schäbiges Büro, in dem sich ein vereinzelter Beamter von früh bis spät die Seele aus dem Leib rackert, während in sieben weiteren Büros sieben gut gekleidete Herren gelassen die Tageszeitungen studieren oder ihren glasigen Blick, im Stile eines indischen Yogi, in tiefster Meditation, an die Decke haften.

Sehen wir doch den Tatsachen ins Auge: Diese Herrschaften haben nichts zu tun. Es wurden viel mehr Leute angestellt, als Arbeit vorhanden ist. Also sorgt man für Arbeitsbeschaffung. Anstelle eines Formulars pro Beamten wurden sieben Formulare für sieben Beamten erfunden. Diese Formulare müssen, wenn sie einmal ausgefüllt sind, siebenmal gestempelt werden, und natürlich in sieben verschiedenen Amtsstuben. Vielleicht ist in diesem System noch ein Überbleibsel des gottseligen Kolonialismus zu finden, dessen wesentlichste Aufgabe bekanntlich darin bestand, das Erwachsenwerden der Eingeborenen zu verhindern. Eines der erprobtesten Mittel dazu war die Ausdrucksweise: je komplizierter die Verwaltungssprache, desto leichter das Herrschen. Für die wenigen, die es nicht wissen, sei hier als Beweis der genaue

Wortlaut eines amtlichen Rundschreibens wiedergegeben, das meine Regierung vor einiger Zeit den Oberschullehrern während ihres Kampfes um die Tarifverträge zukommen ließ:

»Rückwirkend, vom achten Monat des Katastraljahres, entspricht die 6 %ige Teuerungszulage zum Grundgehalt einer 2,52 %igen Erhöhung der Gesamtvergütung. Hinzu kommt eine Angleichung des vorangegangenen 2,8 %igen Preisteuerungszuschlages, abzüglich einer 5,3 %igen Geldentwertungsabgabe. Die so errechnete Summe wird mit dem Sozialbeitragsfaktor der Studienbeitragsabgabe in der Höhe von 2,13 % multipliziert, abzüglich der 4 %igen Erhöhung der Pflichtversicherung des Arbeitnehmer-Ausgleichsfonds. Daraus ergibt sich die Grundkalkulation für die staatliche Ausgleichszulage, die gemeinsam mit dem reinen Gehaltsfaktor von 0,77 Prozent bis auf Widerruf die effektive Teuerungszulage zu bestimmen hat.«

Was Sie eben zur Kenntnis nahmen, verehrter Leser oder bezaubernde Leserin, ist nicht etwa eine psychopathische Studie, die im Auftrag einer Irrenanstalt vorgenommen wurde, sondern ein offizielles Rundschreiben einer hochbezahlten Amtsstelle.

Bürokratie ist nichts anderes als die tagtägliche Rechtfertigung einer überflüssigen Kaste, deren Unfähigkeit ein viel stabilerer Faktor geworden ist als jedes politische Regime. Es gibt auch nicht die geringste Hoffnung auf Besserung. Im Gegenteil, wie jede andere Oligarchie ist auch die konstitutionelle Bürokratie stets bemüht, ihre Infrastruktur auszubauen. Aus diesem Grund fließen Jahr für Jahr neue Ströme frischgebackener Yogis dem Mehrheitsregime zu ...

Ob es da noch eine Lösung gibt?

Mitmachen, meine Herrschaften, alle mitmachen!

Erst, wenn sämtliche Bürger Beamte sind, nur Beamte und nichts als Beamte, dann besteht vielleicht die Chance, daß sich irgend jemand etwas Neues ausdenken muß. Inzwischen geht der nationale Hürdenlauf weiter.

Drei Spaziergänge durch die Bürokratie

Paßverlängerung

Ich habe wohl das Recht, meinen Paß verlängern zu lassen, oder?

Keine Aufregung, Freunde, ich will gar nicht ins Ausland, es geht mir nur um die weitere Gültigkeit meines Reisepasses.

Also nahm ich meinen Reisepaß und begab mich mit demselben auf das Einwohnermeldeamt. Bezirksniederlassung, Innenministerium, Jerusalem, Staat Israel, Nahost, Vorderasien.

Wir wollen ehrlich sein. Im Vergleich zu den türkischen Zuständen des Jahres 1890 sind doch erhebliche Verbesserungen und Fortschritte zu verzeichnen. Keine langen Menschenschlangen, kein Zeitverlust, anstatt in kleinen Folterkammern wird man jetzt in einem geräumigen Saal bei einem Klima der friedlichen Koexistenz empfangen. Der allgemeine Ton ist geradezu höflich. Eine ältere Beamtin gab mir einen Paßverlängerungsantrag. Ich füllte ihn aus und ging außerhalb der Schlange wieder zu ihr hin. Wie im Traum.

Die Beamtin blätterte geübt den Reisepaß durch und sagte:

»Ihr Reisepaß ist völlig in Ordnung, mein Herr, aber denken Sie daran, daß Sie nur noch ein paar leere Seiten für Visa haben. Reicht das?«

»Leider nein«, antwortete ich, »ich brauche eine Menge Visa.«

»Wenn es so ist«, so die ältere Beamtin, »müssen Sie einen neuen Paß beantragen.«

Nach Landesbrauch und im Gegensatz zum nichtjüdischen Ausland werden dem Paß also keine zusätzlichen Seiten einverleibt, sondern man muß jedesmal einen neuen beantragen. Ich fragte die Beamtin nach den Gründen, und sie erklärte mir, daß es schon immer so war. Ein neuer Paß koste 250 Schekel ... Ist denn das die Möglichkeit? ... Vielleicht deswegen? ...

»Da hilft gar nichts«, murmelte ich, »geben Sie mir einen neuen Paß.«

Sie gab mir sofort das entsprechende Antragsformular, und ich füllte es ebenso schnell aus.

»Langsam, langsam«, sagte die Beamtin, »für einen neuen Paß brauchen wir auch einen Zeugen mit Personalausweis, der uns bestätigt, daß Sie auch Sie sind.«

Das drückende Büroklima bemächtigte sich nun allmählich meiner:

»Gnädige Frau«, sagte ich mit rotem Kopf, »ich besitze ja einen gültigen Paß. Wenn ich mit den Diamanten verschwinden will, so kann ich es heute noch tun. Ich beantrage einen neuen Paß einzig und allein wegen der zusätzlichen Visablätter.«

»Das ist mir bekannt«, meinte die ältere Beamtin. »Diese Vorschrift ist idiotisch. Wenden Sie sich an den Innenminister.«

Ich wandte mich an den Amtsleiter und erklärte ihm, daß ich einen Paß hätte, nur wegen der Blätter, wozu Zeugen, wo ich doch ich bin?

»Jeden Tag das gleiche Theater«, antwortete der Leiter, »wenden Sie sich an den Innenminister.«

Ich hatte keine Zeit, mich an den Minister zu wenden. Ich brauchte einen handfesten Zeugen an Ort und Stelle, da ich nicht die geringste Lust verspürte, ein weiteres Mal dorthin zu gehen. Mein prüfendes Auge glitt die Schlange entlang. Die Menschen senkten ihren Blick und preßten sich schutzsuchend an die Wand. Ich war einsam, sehr einsam. Ich ging an einen jungen Mann heran, der mir am sympathischsten erschien, stellte mich vor und erklärte ihm, er brauche lediglich zu unterschreiben, daß ich lebe und nicht tot sei, und Gott würde es ihm vergelten. Der junge Mann war angesichts der ihm zuteil gewordenen Ehre angetan und erklärte, er würde niemals und für niemanden unterschreiben. Ich kam zu der Erkenntnis, daß es um den Pioniergeist der Jugend schlecht bestellt war, und wandte mich an die Gründergeneration.

Eine ältere Dame war sofort bereit, für mich als Zeugin einzuspringen, allerdings nur mit der Zustimmung ihres Anwalts, der am Mittwoch oder Donnerstag zurückkehren sollte. Demgegenüber erklärte sich ein einfacher Arbeiter bereit, eine Unterschrift für mich zu leisten, ohne jedoch seine Personalausweisnummer dabei preiszugeben, und zwar aus Erfahrung mit der Regierung. »Verzeihen Sie mir«, sagte er, »ich möchte keinen Ärger mit dem Finanzamt.« Ich versuchte es bei der älteren Beamtin, doch es stellte sich heraus, daß eine Begünstigung des Publikums verboten sei. Ich machte mich an eine junge Frau heran, die prompt einen Polizisten herbeirief. Schließlich packte ich einen hageren Mann am Kragen und schüttelte ihn gehörig durch:

»Sie werden mir unterschreiben«, schrie ich. »Sie sind mein Zeuge, daß ich ich bin und nicht der Graf von Monte Christo. U n t e r s c h r e i b e n! ...«

Er war stärker und bezwang mich. Im Handgemenge fiel sein Paß zu Boden, und ich sah sofort, daß auch dort kein Platz mehr für Visa war. »Wir sehen uns wieder«, brummte ich, »ich erwarte Sie dort in der Ecke!« Der hagere Mann ging zur Beamtin, füllte ein Verlängerungsformular aus, ging zurück, füllte ein zweites Formular aus, errötete, ging zum Amtsleiter, stellte fest, daß Reisepaß, Gültigkeit, Visa ... und wurde kurz und bündig an den Innenminister verwiesen. Mit eingezogenem Schweif kam der Mann zu mir in die Ecke. Wir unterzeichneten sofort und bezeugten einander ethisch, moralisch und juristisch, daß sämtliche Angaben im Vordruck die reinste Wahrheit darstellten und daß ungenaue Angaben mit dem Strang oder einer Geldstrafe von 3000 Schekel, beziehungsweise beides oder auch gar nichts, geahndet würden.

Herzliche Grüße an den Innenminister. Gelegentlich wollen wir ihn doch einmal aufsuchen. Obwohl er seit gestern Minister für Energiesparen ist.

Wassersparmaßnahmen

In der vergangenen Woche stieg ich morgens als vollberechtigter Bürger der Stadt Tel Aviv aus meinem Bett, begab mich ins Badezimmer und drehte den Wasserhahn auf. Dieser gab ein Geräusch von sich, das sich etwa so anhörte: »Frrrrrskl.«

Wasser kam keines heraus. Ich stand ein Weilchen mit der Zahnbürste im Mund herum und wartete auf ein Wunder. Ein solches ereignete sich nicht. Nun stellte sich heraus, daß es in der ganzen Wohnung nicht einen einzigen Tropfen Wasser gab, außer in den Blumenvasen, deren Inhalt jedoch einen recht stengligen Geschmack aufwies. Die beste Ehefrau von allen erlitt einen leichten Nervenkoller: »Leben wir denn in der Wüste?« fragte sie mich, »will man uns umbringen?«

»Kann sein, oder auch nicht«, verteidigte ich die Behörden, »sie haben wohl das Wasser gesperrt.«

Die Morgenzeitungen gaben meiner gemäßigten Haltung recht. Die Wasserversorgungsbehörde hatte nämlich festgestellt, daß die Einwohner der Stadt Tel Aviv mit dem lebenswichtigen Naß überaus großzügig umgingen und pro Durchschnittsfamilie fast *drei Kubikmeter* täglich durch die Leitungen jagten. Daher wurde beschlossen, strenge Sparmaßnahmen einzuführen, indem man den Wasserdruck in den Versorgungsleitungen der Sündenstadt drastisch herabsetzte. Ich und die beste Ehefrau von allen hätten die Maßnahme durchaus mit bürgerlicher Lethargie hingenommen, wenn wir nur parterre gewohnt hätten. Doch wir leben nun einmal in Himmelsnähe, im dritten Stock, wo lediglich das erwähnte Frrrrrskl ankam. »Die Methode der verbrannten Erde«, fauchte die Frau, die immer noch an der Zahnpasta kaute, »tu etwas, in Gottes Namen.«

Anfangs wollte ich eine Einstweilige Verfügung gegen den Gesundheitsminister erwirken, doch dann beschloß ich, statt dessen unsere betagte Putzfrau in das bodennahe Paradies zu schicken, um dort den Freudenbecher zu füllen. Unsere Putzfrau nahm zwei Eimer und ließ sich in den zweiten Stock hinab, doch auch da tobte die städtische Dürre. Im ersten Stock, in der Wohnung des Parteibezirks-Sekretärs, entdeckte unsere Wasserträgerin einen stark tropfenden Hahn auf Kniehöhe, doch unter ihm lagen bereits Haus- und Putzfrauen aus allen benachbarten Häusern. Unsere betagte Putzfrau stieg die Treppe in den Keller hinab, und erst dort wurde sie fündig.

»Diese paar Tropfen sind nicht für dich«, beschloß die beste Ehefrau von allen, »damit wird aufgewischt.«

Ich sagte »schade«, während der Eimer um die Ecke verschwand. Zum Mittagessen gingen wir in ein tiefgelegenes Restaurant, und hinter uns die Sintflut. Damit will ich sagen, daß wir kaum das tiefgelegene Restaurant wieder verlassen hatten, als wir ein gewaltiges Rauschen hörten. Es war Wasser, das sich aus allen Hähnen der Wohnung, die aufgedreht geblieben waren, in Strömen ergoß. Dieses Mal sorgten wir für den morgigen Tag vor. Die Badewanne wurde abgedichtet und bis zum Rand gefüllt, gleiches galt für alle Waschbecken, Töpfe, Schüsseln und Flaschen, und selbst das Plastikplanschbecken unserer Tochter faßte leicht eine Reserve von rund sechs Kubikmetern. Mit dem herrlichen Gefühl, gute zwanzig Kubikmeter Wasser auf die hohe Kante gelegt zu haben, traten wir die Nachtruhe an.

Aber der Mensch denkt und Gott lenkt.

Am folgenden Morgen sprudelten die Hähne reichlich Wasser. Wir atmeten auf, ließen das überflüssige Grundwasser aus der Badewanne, den Waschbecken, Schüsseln und dem Planschbecken der Tochter abfließen. Zur gleichen Zeit hörte man aus allen Wohnungen des Hauses ein gewaltiges Glukkern und Rauschen, das Erinnerungen an die Niagarafälle aufkommen ließ. Aber, wie gesagt, der Mensch denkt und Gott lenkt. Mittags ließ der Wasserdruck plötzlich nach und stieg erst zwei Stunden später wieder an. Sofort ließen wir Badewanne, Waschbecken und alles andere vollaufen. Abends kam der Druck wieder, und wir entleerten. Das Wasser. Morgens gab es kein Wasser ... An dieser Stelle wurden die Wassersparmaßnahmen für die Bewohner Tel Avivs eingestellt, da bei einer Fortsetzung das gesamte Land innerhalb von zwei Tagen völlig trocken geblieben wäre. Ein recht erfolgreiches Unternehmen.

Zerschlagung des Briefträgerstreiks

Egal, ob man mich als verwöhnt, reaktionär oder gar sadistisch darstellt, ich liebe es ganz einfach, die an mich gerichteten Briefe zu erhalten. So bin ich nun einmal, ungeduldig, durch die Errungenschaften der modernen Zivilisation völlig verdorben. Der Gedanke, daß alle Postsendungen, die ich üblicherweise im Laufe der Woche aus dem In- und Ausland erhalte, wie offizielle Mitteilungen, terminierte Einladungen, Theaterfreikarten und sonstige wichtige Briefe jetzt irgendwo auf dem privaten Friedhof des Postministeriums begraben liegen, läßt meine Sympathien für das Thema Streik schlechthin und für die Briefträger insbesondere erheblich schwinden. Anscheinend teilte auch das Postministerium diese Ansicht. »Streikt nur, ihr Dummköpfe, streikt nur«, sagte man den Briefträgern, »wir werden ohne euch glänzend auskommen! Wir werden euch in die Knie zwingen.«

Gesagt, getan. Gestern morgen erfuhr ich aus der Presse, daß improvisierte Briefausgabestellen für das breite Publikum eröffnet worden seien.

Die Bemühungen der Post, das Leid der Zivilbevölkerung zu lindern, waren herzergreifend. Ich eilte zum benachbarten Postamt und bat um meine Briefe. Ich war ehrlich überrascht, keine Schlangen, kein Gedränge. Auch keine Briefe. Der Postamtsleiter teilte mir persönlich mit, daß es noch verfrüht sei, die eigentlichen Briefe zu erwarten: »Die letzte Klarheit ist noch nicht geschaffen worden. Es wäre vielleicht ratsam, sich in die Zentrale im Norden der Stadt zu begeben, wo man eventuell Näheres weiß ...«

Ich ging nordwärts zur Zentralpost, vor deren Eingängen

sich eine erregte Menschenmenge zusammengefunden hatte. Der normale Postbetrieb war völlig eingestellt worden, da alles verfügbare Personal bis zur letzten Aushilfskraft die 90 000 Briefe, die zehn Minuten zuvor eingetroffen waren, emsig sortierte. Hin und wieder tauchte die edle Gestalt des Zentralpostdirektors auf und beruhigte die Menge:

»Meine Herrschaften, die Lage ist außer Kontrolle. Wir sind machtlos. Hilfe.«

Hier und da erlitt einer der Wartenden einen leichten Ohnmachtsanfall infolge des Gedränges und wurde an die frische Luft gezerrt. Die bei der Briefausgabe angewandte Methode war vielleicht etwas primitiv, dafür aber recht wirksam. Die Anwesenden riefen ununterbrochen ihre Namen laut aus, und wenn der Sortierer durch ein Wunder einen Umschlag mit einem solchen Namen gerade in der Hand hielt, so wurde der Brief ohne Zeitverlust an den richtigen Ausrufer ausgegeben. Der Neid des Mobs konzentrierte sich auf den jeweiligen Glückspilz, sofern dieser nicht feststellte, daß der Brief gar nicht an ihn adressiert war und ihn mit verständlichem Zorn in Stücke zerriß. Ich erwischte einen recht günstigen Platz in der Mitte, am Ende des Paketabfertigungsschalters, und brüllte etwa alle fünf Sekunden:

»Kishon! Kishon! Kishon! Kishon! Kishon! Kishon!«

Wie lange kann man schon so brüllen? Zwei Stunden. Vielleicht drei, aber nicht mehr. Zu meinem Glück durchbrach die Menge gegen Mittag die Beamtenkette und ging zur Selbstbedienung über. Mir gelang es, einen der stellvertretenden Direktoren am Nacken zu packen und von ihm zu erfahren, daß meine Straße überhaupt nicht hierhin gehörte, sondern höchstwahrscheinlich in die Zuständigkeit des südöstlichen Postamts fiel, wer kann es schon wissen?

Im südöstlichen Postamt herrschten dank peinlichst präziser Planung Zucht und Ordnung. Alles ging nach Buchstaben. Auf der anderen Seite der Schalter stand der geplagte Postamtsleiter bis zum Hals tief im Briefmeer und rief in beliebiger Reihenfolge, ein »Wunschprogramm« sozusagen, Namen in den Raum. Genauer gesagt rief er wiederholt den Buchstaben aus, nach dem die meisten Publikumsstimmen verlangten, ein Beweis für den im Postministerium herrschenden demokratischen Geist. Es war ein erfrischender und gleichzeitig herzerhebender Anblick, etwa wie die Sammlung der Zerstreuten der Diaspora. Dort rief ein bärtiger alter Mann: »Te! Te! Te!«, hier piepste ein kleiner Struwwelpeter: »Em! Em! Em!«, eine Frau mit buntem Kopftuch meinte: »Jot! Jot! Jot!«, und ein rot angelaufener bebrillter Satiriker ächzte: »Ka! Ka! Ka!« ...

So mancher Brief fand auf diese Weise zu seinem Adressaten, meinte man. Bis sich herausstellte, daß die meisten bei einem achtjährigen Briefmarkensammler gelandet waren. Eine dreistündige Ermittlungsarbeit war dieser Enthüllung vorausgegangen, nachdem die Tatsache, daß der Junge gleichzeitig für I. Kunststätter, Ingenieur Glück, Dr. Löwengrube, Frau Spitz und die Hotelkette Hilton Briefe entgegennahm, gewisse Verdachtsmomente hatte aufkommen lassen. Der junge Mann wurde streng gerügt, seine Sammlung sichergestellt und teilweise wieder in Umlauf gesetzt. Ich begab mich kurz nach Hause, holte die beste Ehefrau von allen, ihren Bruder und unsere Putzfrau, und so konnten wir eine stabile und laute Mehrheit für den Buchstaben »Ka« im Postamt bilden. Doch unter den vom Postamtsleiter ausgerufenen Briefen befand sich kein einziger für mich.

»Wie ist das nur möglich«, trug ich dem Leiter klagend vor, »wohin sind denn meine Briefe verschwunden?«

»Mein Herr«, antwortete der Mann energisch, »so ist's eben.«

Und dann geschah das große Wunder.

Ein gutherziger Bürger trat aufgeregt auf mich zu und erzählte, er habe im westlichen Postamt von Jaffa gehört, wie mein Name von einer Postkarte abgelesen wurde. Ich konnte nicht schnell genug nach West-Jaffa gelangen. Doch zu meiner Enttäuschung mußte ich dort erfahren, daß das besagte Postamt infolge eines bedauerlichen Mißverständnisses nur Briefe bis zum Buchstaben »De« erhalten hatte, und auch diese nur aus der Stadt Jericho. Der Beamte zeigte echtes Mitleid und wollte mich mit zwei alten Briefen eines unbekannt verzogenen Empfängers entschädigen, doch ich verweigerte die Annahme wegen Desinteresse. Anstatt dessen nahm ich zum Generaldirektor des Postministeriums höchstpersönlich telephonischen Kontakt auf:

»Sagen Sie mir nur eines«, brüllte ich mit letzter Kraft in den Hörer, »ich wohne im Norden mit ›Ka‹, zu welchem Postamt gehöre ich?«

»Bürger«, wurde mir gesagt, »der Staatsapparat kann nicht alles für Sie übernehmen. Wir haben zahlreiche Ausgabestellen, und Ihre Briefe können jeden Augenblick in irgendeiner von ihnen auftauchen. Sie müssen sich schon etwas bemühen, sich interessieren, geschickter bewegen.«

»Will ich nicht«, antwortete ich, »ich rufe einen Streik aus.«

»Bitte schön.«

So hat man *uns* bei dem Briefträgerstreik zerschlagen. Irgend etwas muß man doch zerschlagen, oder?

Als da vor einiger Zeit wieder einmal Gewerkschaftswahlen vor der Tür standen und die intensive Propaganda der diversen Gewerkschaftsfraktionen das Fernsehprogramm überflutete, kam selbstverständlich wie immer bei solchen Anlässen die Heilige Kuh unserer Wohlstandsgesellschaft zur Sprache – die Allgemeine Krankenkasse. Mit der Zeit erreichten die Lobgesänge über diese wohltätige Institution ein solch penetrantes Fortissimo, daß ich es nicht mehr aushielt. Ich erhob mich von meinem bequemen Fernsehsessel und begab mich in mein Privatarchiv, um Leserbriefe zum Thema »Krankenkasse« durchzublättern. Und da stellte sich heraus, daß von neun Leserbriefschreibern im Durchschnitt neun etliches an der Krankenkasse auszusetzen hatten. Vielleicht ist dieser erstaunliche Mittelwert darauf zurückzuführen, daß die Zufriedenen keine Briefe zu schreiben pflegen. Andererseits ist auch die Möglichkeit nicht ganz von der Hand zu weisen, daß die Zufriedenen auch nicht so ganz zufrieden sind.

Eine kranke Kasse

So teilte mir zum Beispiel der erste Leser aus der Gegend von Haifa mit, daß es der Krankenkasse gelungen sei, »die Vorzüge einer hypermodernen Poliklinik mit denen einer veralteten Fabrik in sich zu vereinen«.

Nach Angaben des Mannes leidet sein Freund seit etwa zwei Jahren an einer unangenehmen Hautkrankheit, die regelmäßig von einem überlasteten Arzt der Allgemeinen Krankenkasse behandelt wird. Diesen Arzt wollen wir der Einfachheit halber Dr. Siegmund Wasserlauf nennen. Der kranke Freund war ob der Erfolglosigkeit der langen Behandlung schon völlig verzweifelt. Da gaben ihm einige erfahrene Menschen den Rat, endlich erwachsen zu werden und besagten Dr. Wasserlauf zur Abwechslung einmal in seiner Privatordination aufzusuchen.

Hier übergebe ich dem Leserbriefschreiber das Wort:

»Dr. Wasserlauf empfing meinen Freund mit aller Hochachtung, die er für einen Privatpatienten erübrigen konnte, und nahm, zum erstenmal seit er ihn kannte, väterlich lächelnd eine gründliche Untersuchung vor. Dann bekam Dr. Wasserlauf fast einen Tobsuchtsanfall. ›So ein Fall von sträflicher Vernachlässigung einer Krankheit ist mir überhaupt noch nie untergekommen. Daß Ihre Krankheit dieses gefährliche Stadium erreichen konnte, ist ausschließlich dem Arzt zuzuschreiben, der Sie bisher behandelt hat. Wenn es nach mir ginge, müßte ihm sein Arztdiplom entzogen werden! Wer zum Teufel hat Sie bisher behandelt?‹ Der Patient gestand verlegen, daß er seit zwei Jahren von einem gewissen Dr. Siegmund Wasserlauf in der Allgemeinen Krankenkasse ärztlich betreut worden sei ...«

Hier endete der Leserbrief. Wie dieser Dialog weitergegangen sein mochte, bleibt unserer krankhaften Phantasie überlassen. Mein Vorschlag für eine Ergänzung der Geschichte sieht so aus: Dr. Siegmund Wasserlauf blickt den unverantwortlichen Patienten strafend an und sagt:

»Und da kommen Sie erst jetzt in meine Privatordination?«

★

Der zweite Leserbrief kam aus der Steakmetropole Tel Aviv und beinhaltete einen erstaunlich sachlichen und präzisen Bericht über den gegenwärtigen Entwicklungsstand der fortschrittlichen Heilpraktiken:

»Ausnahmsweise war einmal keine Schlange vor der Tür des Ordinationszimmers. Also klopfte ich an und ging hinein. Hinter dem Schreibtisch saß der Arzt und füllte irgendwelche Formulare aus.

›Guten Morgen‹, sagte ich.

›Haben Sie eine Nummer?‹ fragte er.

›Ja, bitte‹, sagte ich und reichte ihm meine Nummer.

›Wo fehlt's?‹ fragte der Arzt, während er meine Nummer mißtrauisch betrachtete. Ehe ich etwas sagen konnte, erkundigte er sich nach meinen Daten und trug sie sorgfältig in einen Fragebogen ein. Dann endlich sah er mich an.

›Also.‹

Ich begann ihm zu erklären, daß ich seit einigen Tagen starke Schmerzen im Hinterkopf hätte.

›Im Hinterkopf?‹ fragte der Arzt.

›Im Hinterkopf‹, sagte ich.

›Waren Sie schon einmal hier?‹

›Schon öfters.‹

Der Arzt betrachtete daraufhin eingehend die Nummer, die ich ihm gegeben hatte. Dann wollte er Näheres über uns, die Nummer und mich, erfahren. Zu diesem Zweck begab er sich zur Kartei, um irgendwelche Papiere zu suchen. Nach einer Weile wandte er sich an mich:

›Heißt es da 083?‹ fragte er.

›Ja‹, antwortete ich, ›es sieht mir nach 083 aus.‹

Er wühlte erneut und gab auf:

›Haben Sie eine Ahnung, wo Ihre Krankengeschichte abgelegt sein könnte?‹

›Da, in der Kartei.‹

›Haben Sie Lust nachzuschauen, wo Ihre Papiere sind?‹

Ich ging hin, fand meine Papiere und reichte sie ihm.

Er nahm einen Stempel und drückte ihn auf eine leere Zeile. Dann wandte er sich wieder an mich:

›Also, was fehlt Ihnen?‹

›Ich weiß nicht‹, antwortete ich wahrheitsgemäß. ›Ich hab Schmerzen im Hinterkopf.‹

Ich fügte hinzu, daß meine Tochter zufällig dasselbe habe, auch sie klage seit gestern über ähnliche Schmerzen.

›Wie alt ist das Kind?‹ fragte er.

›Zwölfeinhalb Jahre‹, antwortete ich. ›Ich gehe mit ihr zur Kinderärztin.‹

›Zu Dr. Friedmann?‹ fragte er.

›Nein‹, antwortete ich, ›zu einer anderen!‹

›Und was stellte sie bei ihr fest?‹ fragte der Doktor.

›Ich war noch nicht dort‹, antwortete ich.

›Gehen Sie, gehen Sie nur hin‹, sagte der Arzt und begann laut nachzudenken, was wohl meine Schmerzen hinten sein könnten.

›Wann haben die begonnen?‹ erkundigte er sich.

›Vor einem Monat.‹

›Sind Sie bei uns behandelt worden?‹

›Ja.‹

›Wieso haben Sie dann noch immer Schmerzen?‹

›Das war so‹, erklärte ich ihm, ›eines Tages kam ich ungefähr eine Viertelstunde vor Dienstschluß hierher, und da sagte man mir, daß der für mich zuständige Arzt weggegangen sei und sein Vertreter schon am Vormittag die Arbeit von drei abwesenden Ärzten bewältigen mußte. Daher war er nicht mehr bereit, weitere Patienten zu behandeln.‹

›Das ist verständlich‹, sagte der Arzt. ›Was war weiter?‹ ›Ich fragte ihn, wann ich wieder kommen könnte, und er bestellte mich für die frühen Nachmittagsstunden des nächsten Tages.‹

›Wie spät ist es jetzt?‹ fragte der Arzt.

Ich sagte ihm, wie spät es ist, und fuhr fort:

›Als ich am nächsten Tag pünktlich zur angegebenen Zeit hinkam, um eine Nummer zu bekommen, sagte mir der Beamte im Vorzimmer, daß ich heute nicht mehr drankäme, weil mein Arzt plötzlich zum Zollamt mußte wegen dem Staubsauger. Ich fragte, ob man nur dann erkranken darf, wenn es der Krankenkasse paßt, und sagte ihm alles, was ich von seiner Institution denke. Darauf teilte mir der Beamte mit, daß er für diese Misere nicht zuständig sei, denn er wäre auch nur in Vertretung hier, anstelle seines Onkels mütterlicherseits.‹

Der Arzt blickte von seinen Formularen auf: ›Warum haben Sie nicht gleich gesagt, daß Sie hier schon in Behandlung waren?‹

›Das nennen Sie Behandlung?‹

Der Arzt war indigniert.

›Also, was wollen Sie?‹ fragte er.

›Ich will, daß Sie nachschauen, warum ich Schmerzen im Hinterkopf habe.‹

›Gut, machen Sie den Mund auf, damit ich hineinschauen kann.‹

Ich sperrte den Mund auf, und er schaute sich meinen Hals an. Dann sagte er: ›Sie haben große Mandeln.‹

›Ja‹, gab ich zu, ›ich weiß.‹

›Sehr große Mandeln‹, sagte der Arzt und erkundigte sich: ›Was soll ich Ihnen da verschreiben?‹

›Ich weiß nicht. Sie sind doch der Arzt.‹

Eine nachdenkliche Stille setzte ein. Dann fragte er:

›Also wollen Sie jetzt ein Medikament.‹

›Ich will, daß die Kopfschmerzen weggehen.‹

›Haben Sie irgend etwas zu Hause, Tropfen oder ähnliches?‹

›Nein.‹

›Schade‹, bemerkte der Arzt, ›wissen Sie irgendein Medikament, das Ihnen hilft?‹

›Magenbitter.‹

›Gut, dann verschreibe ich Ihnen Magenbitter‹, sagte der Arzt und verschrieb erleichtert Magenbitter.

Ich bedankte mich.

›Keine Ursache‹, sagte der Helfer der Menschheit. ›Wenn ich Ihnen raten darf, kommen Sie nach den Feiertagen wieder, dann wird Ihr zuständiger Arzt wieder da sein. Ich bin nur seine Vertretung.‹

›Dankeschön‹, sagte ich und ging.

Wenn ich wieder einmal krank werden sollte« – so endete der Leserbrief – »dann werde ich mich auch nach einem Vertreter umsehen.«

Man kann nicht darüber hinwegsehen: Die Entlohnung der Staatsdiener ist nicht immer allzu üppig. Doch ihre lebenswichtige rationale Aufgabe bringt eine enorme individuelle Genugtuung mit sich, und darauf kommt es ja schließlich an.
Gelegentlich ist es ein kleiner Bauunternehmer, der diese enorme Genugtuung unter der Hand vermittelt, manchmal ein Luftfahrtgigant, der seine Hand im Spiel hat. Doch nicht selten schöpft der Staatsdiener auf einen Schlag eine astronomische Genugtuung auch aus der Tasche Tausender Steuerzahler nach dem Muster des nun folgenden Märchens über eine legendäre individuelle Genugtuung par excellence.

Sieg der menschlichen Solidarität

Es war einmal ein kleines Land. Genaugenommen war es ein sehr kleines Land, und in diesem sehr kleinen Land gab es ein großes Amt.

Genaugenommen war es ein sehr großes Amt.

Dieses große Amt wurde errichtet, um alle möglichen wichtigen Dinge zu behandeln. Nun begab es sich eines Tages, daß das Öffentliche Amt beschloß, einer wohltätigen Regung nachzugeben und eine große Menge von Bonbons unter arme Kinder zu verteilen.

Einer der Direktoren, Herr Jakob Schultheiß, wurde beauftragt, die Aktion »Bonbons für die Kleinen« durchzuführen. Er entledigte sich seiner Aufgabe mit bemerkenswertem Erfolg. Jedes arme Kind des kleinen Landes erhielt ein Bonbon. Manche dieser Kinder lutschten an diesen Bonbons, andere wieder zerkauten sie, einige sagten sogar »Dankeschön«.

So weit so gut. Aber etwa zwei Jahre danach kam irgendein öffentlicher Buchprüfer auf die Idee, die Bücher des Öffentlichen Amtes zu prüfen, und er entdeckte etwas gar Seltsames.

Es erwies sich nämlich, daß Direktor Schultheiß die Bonbons zu einem ziemlich hohen Preis erworben hatte. Genaugenommen zahlte er aus dem Fonds des Öffentlichen Amtes nicht weniger als 2000 Silberzechinen für jedes einzelne Bonbon, obwohl zum Zeitpunkt des Ankaufs ebensolche Bonbons in jedem einschlägigen Laden für höchstens einen halben Kupferling angeboten wurden.

Die Aufsichtsbehörde des Öffentlichen Amtes trat in mehreren Sitzungen zusammen und beschloß, mit acht gegen drei Stimmen, daß die Untersuchungen fortgesetzt werden müßten. Es schien schließlich mit den ökonomischen Grundsätzen des Öffentlichen Amtes schwer vereinbar, Silberzechinen im Wert von 520 Dollar für ein Bonbon zu verrechnen, angesichts der Tatsache, daß für den Gesamtbetrag fast eine Bonbonfabrik erhältlich gewesen wäre.

★

Im Zuge der intensiven Untersuchungen, die nun begannen, kamen doch noch einige interessante Fakten zutage. So stellte sich zum Beispiel heraus, daß Schultheiß die besagten Bonbons von einem bestimmten Händler erwarb, der sich zufällig als sein Schwager erwies. Dieser Schwager kaufte vierzehn Tage nach der besagten Transaktion zwölf vollblütige Rennpferde, Schultheiß hingegen erwarb zur gleichen Zeit die Mehrheitsaktien der englischen Firma »Rolls Royce«.

Sobald diese Fakten bekannt wurden, trat die Aufsichtsbehörde des Öffentlichen Amtes wieder zusammen und beschloß einstimmig, die Untersuchungen zu stoppen. Gleichzeitig nahm man den Vorschlag eines der Aufsichtsräte namens J. Schultheiß an, dem bislang verdächtigten Direktor als symbolische Wiedergutmachung den Betrag von 10 Kupferlingen zu überschreiben.

Als die Nachricht von der Übergabe der Kupferlinge in die Presse kam, erregte sie gewaltiges Aufsehen.

»Sind unsere Öffentlichen Ämter so reich«, murrten die

Leute, »daß sie ganze Kupferlinge für symbolische Aktionen verprassen können?«

Ein Wirrkopf von Reporter nutzte in unverschämter Weise die Pressefreiheit aus und begann, in dieser leidigen Angelegenheit auf eigene Faust zu recherchieren. Nach einigen Tagen des Suchens traf er auf einen geschwätzigen Beamten, der ihm die Geschichte von den Zweitausend-Silberzechinen-Bonbons zusteckte.

Die Geschichte wurde veröffentlicht, und ein Sturm der Entrüstung fegte über das kleine Land hinweg.

★

Das Direktorium war von der Forderung, daß ein höherer Beamter bestraft, vielleicht sogar entlassen werden sollte, zutiefst erschüttert. Denn seit Menschengedenken ist es noch nicht vorgekommen, daß ein Mitarbeiter eines Öffentlichen Amtes jemals entlassen worden wäre. Die Aufsichtsbehörde tagte in Permanenz, und nach einer nächtelangen Debatte stimmte man dem Antrag von Direktor Schultheiß zu, ihn nicht dem Mob auszuliefern. Schon gar nicht sollte er entlassen werden, da dies einem Eingeständnis gleichkäme, daß innerhalb dieses Amtes nicht alles so wäre, wie es sein sollte.

Die öffentliche Meinung aber gab sich damit nicht zufrieden. Im Gegenteil, die Zeitungen schrieben endlose Artikel über »undurchsichtige Transaktionen«, die »von einem der Direktoren« durchgeführt worden wären. Ja, mehr noch, sie betonten bei jeder sich bietenden Gelegenheit, daß sich dieser Direktor immer noch im Amt befände, und ähnliche Verleumdungen mehr.

Schließlich kam die Aufsichtsbehörde schweren Herzens zu der Erkenntnis, daß es angesichts der bestehenden Schwierigkeiten vielleicht doch das Einfachste wäre, Herrn Direktor Schultheiß in den temporären Ruhestand zu entsenden.

Schultheiß, der sich zu diesem Zeitpunkt gerade im Ausland befand, um größere Kakaoeinkäufe zu tätigen, war natürlich entrüstet. Er verkündete lauthals, daß er es nicht einsähe, warum gerade er zum Sündenbock in dieser leidigen Affäre gemacht werden sollte.

Die Aufsichtsbehörde jedoch beharrte ausnahmsweise auf ihrem Entschluß und berief eine Sondersitzung ein.

Es kostete einige Tage der Überlegungen, doch wurde schließlich eine Lösung gefunden, die alle Beteiligten befriedigen mußte. Schultheiß würde entlassen werden, um die öffentliche Meinung zufriedenzustellen, aber die Affäre solle nicht breitgetreten werden. Also durfte der Name Schultheiß nirgends erscheinen, und um kein Risiko einzugehen, wurde Schultheiß aufgefordert, mindestens noch etwa zehn Jahre lang, natürlich gegen volle Bezahlung, täglich ins Büro zu kommen, Anrufe zu tätigen, Briefe zu diktieren und an Konferenzen teilzunehmen. Durch diese weise Maßnahme würden die Reporter niemals erfahren, welcher der Direktoren de facto entlassen worden war.

★

Diese Strategie erwies sich als zielführend. Die Öffentlichkeit gab sich mit der Nachricht von der Entlassung zufrieden, wenn auch die Zeitungsleute nie in Erfahrung bringen konnten, welcher Direktor entlassen worden war. Schultheiß kam wie besprochen täglich in sein Büro und benahm sich in Theorie und Praxis genauso wie ein wirklicher Direktor. Aber die Zeitungsleute gaben immer noch nicht auf. Ein findiger Reporter ging hin und entdeckte eines Tages ein Kind, das aus Schultheißens eigenen Händen ein echtes Bonbon in Empfang genommen haben soll. Der nette Onkel, so sagte das Kind, habe einen kleinen schwarzen Schnauzbart unter der Nase gehabt. Diese Sensationsmeldung wurde am nächsten Tag in der

Zeitung als Titelschlagzeile veröffentlicht, aber ergebnislos. Denn sämtliche Direktoren des Öffentlichen Amtes erschienen von diesem Tage an mit kleinen schwarzen Schnauzbärten im Amt.

Ein anderes Kind erinnerte sich, daß der Bonbon-Onkel einen lustigen kleinen Sprachfehler gehabt hätte. Am nächsten Tag, wie nicht anders zu erwarten, hatten alle Direktoren einen lustigen kleinen Sprachfehler. Aber die Reporter blieben hartnäckig. Sie forschten und suchten und suchten und forschten, sie drehten jeden Stein um, und endlich entdeckten sie, was das besondere und unverwechselbare Merkmal dieses mysteriösen Direktors gewesen sein mußte. Er besaß nämlich eine höchst luxuriöse Villa am Meeresstrand. Doch auch diese Information brachte die Zeitungsleute nicht weiter, denn es stellte sich heraus, daß alle Direktoren dieses Amtes schon seit vielen Jahren höchst luxuriöse Villen am Meeresstrand hatten. Um es kurz zu machen, der Direktor, den sie suchten, wurde bis zum heutigen Tag nicht gefunden. Die Solidarität der öffentlichen Beamten hat sich wieder einmal bewährt.

Und wenn sie nicht gestorben sind ...

Und wenn ja? Ihre Nachfolger wären auch nicht viel anders.

Es sei mir gestattet, die Aufmerksamkeit des Lesers auf die Tatsache zu lenken, daß sich unter den vielen Privilegien, die dem politischen Funktionär zwanglos in den Schoß fallen, eine befindet, die sämtliche herkömmliche Rahmen sprengt. Gemeint ist die Alterslosigkeit der politischen Führungsspitze. Für alle anderen Beschäftigungen gelten strenge Einschränkungen. Der Armeeoffizier beispielsweise muß vor Vollendung des fünfzigsten Lebensjahres ausscheiden, Universitätsprofessoren werden mit sechzig und Krankenhausärzte mit fünfundsechzig in Pension geschickt.

Nur ein einziger Berufsstand ist von jeglicher Beschränkung frei, jener der gewählten Volkstribunen. Sie treten nur dann freiwillig in den Ruhestand, wenn sie Wahlen verloren haben. Nicht einen Tag früher.

Ich frage, welche Eltern wären wohl damit einverstanden, daß ihre Kinder bei einem zweiundsiebzigjährigen Lehrer Geographie lernen? Aber ein einundneunzigjähriger Ministerpräsident wird akzeptiert. Mehr noch, man ist stolz auf ihn.

Es war also kein Zufall, daß wir diesem Buch den Titel »Das Kamel im Nadelöhr« gaben. Es ist das große Buch der Absurditäten.

Frisches Blut in den Apparat

Ministerpräsident: Ich glaube, Freunde, daß wir uns früher oder später ernsthafte Gedanken machen müssen, was mit unserer alten Garde geschehen soll.

Berater: Tja, die alte Garde.

Ministerpräsident: Im Prinzip ist ja nichts dagegen einzuwenden, wenn die Staatsdiener dem Staat bis zur Erschöpfung dienen. Aber irgendwann während der letzten zwanzig Jahre ist mir plötzlich klar geworden, daß es langsam an der Zeit wäre, dem Apparat ein bißchen frisches Blut zuzuführen.

Berater: Genau! Frisches Blut, das ist es. Niemand hätte es besser formulieren können.

Ministerpräsident: Wenn ich mir zum Beispiel unseren alten Slutschkowski anschaue, den Subventionsminister meine ich, es gibt nichts gegen ihn zu sagen. Er ist ein hervorragender Minister, aber das schon seit dreiunddreißig Jahren.

Berater: Was? So lange ist das schon her ...

Ministerpräsident: Ja, so lange. Ich weiß es genau, weil wir seinerzeit gemeinsam unsere Karrieren begonnen haben. Warum zum Teufel kommt er nicht von selbst auf die Idee, daß seine Ablösung längst fällig ist? Ich frage mich, worauf wartet er noch, der alte Slutsch?

Berater: Wirklich ärgerlich. Worauf wartet er noch?

Ministerpräsident: In der letzten Zeit hat Slutsch einige recht merkwürdige Dinge getan. Als er zum Beispiel diese Verordnung erließ, wonach die Lebensversicherungsprämien auch nach dem Ableben des Versicherten weiterzuzahlen sei, da habe ich ihn gewarnt, daß es Schwierigkeiten geben könnte.

Berater: Natürlich! Es lohnt sich nicht mehr zu sterben.

Ministerpräsident: Oder nehmen wir den Sportminister, den steinalten Tischbein. Ich habe nichts gegen ihn persönlich, er ist eine überragende Kapazität auf seinem Gebiet. Aber als er im Oktober auf die Idee kam, alle Gymnasiallehrer zu einem sechsmonatigen Gymnastikkurs zu verpflichten, da wurde ich nachdenklich. Wenn das keine altersbedingte Verfallserscheinung war, dann weiß ich nicht.

Berater: Ich auch nicht.

Ministerpräsident: Tischbein ist heute mindestens dreiundsiebzig Jahre alt. Das weiß ich genau, denn als ich ihm zu seinem sechzigsten Geburtstag gratuliert habe, war ich sechsundsechzig.

Berater: Ja, es wird langsam Zeit, die alten Gäule in den Stall zu tun.

Ministerpräsident: Kein Zweifel, aber das ist nicht leicht. Ich kann doch nicht einfach zu ihnen hingehen und sagen: Schaut, daß ihr weiterkommt, ihr Mummelgreise. Schließlich sind wir gemeinsam aufgewachsen und haben gemeinsam für das Land gearbeitet. Ich weiß noch genau, im Jahr

1917 zum Beispiel habe ich gemeinsam mit Slutschkowski den türkischen Kamaikam bestochen ...

Berater: Ja, ja, die guten alten Zeiten.

Ministerpräsident: Wann immer ich Slutsch sehe, deute ich ihm zart an, daß es für ihn das Beste wäre, in den wohlverdienten Ruhestand zu gehen ...

Berater: Vielleicht ist er schon schwerhörig.

Ministerpräsident: Nein, nicht wirklich. Vor acht Jahren habe ich ihm wörtlich gesagt: »Slutsch, denk doch einmal ernsthaft an ein Erholungsheim.« Was tut er? Er unterstellt den gesamten Sanatoriumsbereich der Aufsicht seines Ministeriums. Seitdem ist die Zahl der Erholungsuchenden wesentlich zurückgegangen.

Berater: Wieso?

Ministerpräsident: Jetzt müssen alle Erholungsheime eine Zwangsdiät servieren, die Slutschkowski für richtig hält. Und er leidet an chronischem Sodbrennen.

Berater: Vielleicht sollte man etwas deutlicher werden.

Ministerpräsident: Zwecklos. Was ich ihm schon alles angedeutet habe. Erst unlängst sagte ich zu ihm: »Hör zu, Slutsch, nimm dir ein Beispiel an Ben Gurion. Das war ein großer Mann, der wußte genau, wann man sich von seiner Verantwortung zu trennen hat!«

Berater: Sehr gut. Wie hat Slutschkowski darauf reagiert?

Ministerpräsident: Er hat sich am nächsten Tag von seiner Frau getrennt.

Berater: Der Mann ist ruhebedürftig.

Ministerpräsident: Das habe ich ihm auch schon gesagt.

Berater: Und?

Ministerpräsident: Er hat mir versprochen, täglich ein Nachmittagsschläfchen zu halten.

Berater: Richtig! Ich habe ihn bei der letzten Nachmittagssitzung im Parlament schlafen gesehen ...

Ministerpräsident: Und so was will auch noch stellvertretender

Ministerpräsident werden! Wie soll das nun enden? Wer befreit mich endlich von diesen Greisen! (Das Telephon läutet.) Hallo? Shalom, Slutsch. Eben wollte ich dich anrufen ... Was, du mich auch? Na, warum hast du nicht? Ah, du hast. Also erzähl, was ist los ... Nein, das kannst du mir nicht antun ... Bitte, tu das nicht, warte wenigstens, bis wir ein Gespräch unter vier Augen geführt haben ... Slutsch, wo bist du jetzt? ... Bleib, wo du bist, ich bin schon unterwegs zu dir. (Er legt kreidebleich den Hörer auf.)

Berater: Was ist passiert?

Ministerpräsident: Slutschkowski erwägt, seinen Rücktritt einzureichen.

Berater: Nein!

Ministerpräsident: Doch! Diesmal scheint er es ernst zu meinen.

Berater: Man muß sofort etwas unternehmen.

Ministerpräsident: Ich gehe gleich zu ihm. Er kann doch nicht so ohne weiteres seine besten Freunde im Stich lassen.

Berater: Bitte, reden Sie ihm ins Gewissen.

Ministerpräsident: Ich werde mein Bestes versuchen. Und für Sie gilt absolutes Stillschweigen, vor allem kein Wort an die Presse. (Er rast zu Slutschkowski.) Slutsch, alter Freund, was ist in dich gefahren?

Slutsch: Ich finde, es ist einfach an der Zeit, daß ich abgelöst werde.

Ministerpräsident: Lächerlich! Du bist doch in Top-Form. *Slutsch:* Wenn ich ehrlich sein soll, muß ich dir sagen, daß ich eigentlich schon vor achtzehn Jahren zurücktreten wollte. Aber weil ich ein disziplinierter Mensch mit Parteigehorsam bin, habe ich diese schwere Entscheidung bis heute vertagt.

Ministerpräsident: Das kannst du mir nicht antun, Slutsch. Du bist unser Pfeiler, der starke Hammer, das Licht Israels.

Slutsch: Was bin ich?

Ministerpräsident: Du weißt genau, daß ohne dich die Grundfesten des Staates mit ohrenbetäubendem Krach zusammenbrechen würden.

Slutsch: Das mag einerseits stimmen, aber andererseits bin ich ein bißchen schwerhörig geworden.

Ministerpräsident: Dann bleib wenigstens noch zwei bis drei Jahre.

Slutsch: Wozu? Deine jungen Berater werden mich schon würdig vertreten.

Ministerpräsident: Was, diese jungen Idioten sollen dich vertreten? Lächerlich! Das Land braucht eine Persönlichkeit mit deiner Erfahrung. Wo finde ich heute noch einen Mann, der so wie du mit einem Schlag die gesamte Versicherungsbranche ins Wanken bringen kann? Erinnerst du dich noch?

Slutsch: Das war im Februar. Seither bin ich gealtert.

Ministerpräsident: Und wenn! Jedesmal, wenn du gähnst, bewundere ich dein starkes Gebiß. Erinnerst du dich noch, wie wir gemeinsam den Kamaikam bestochen haben? Bringst du es über dich, so etwas zu vergessen?

Slutsch: Ich bin ausgebrannt, mein Freund.

Ministerpräsident: Mein Gott, wo nehme ich jetzt einen stellvertretenden Ministerpräsidenten her?

Slutsch: Was hast du gesagt?

Ministerpräsident: Wußtest du nicht, daß ich dich für diesen Posten vorgesehen habe?

Slutsch: Nein. Aber jetzt, wo du es sagst, scheint es mir selbstverständlich zu sein.

Ministerpräsident: Soll das heißen, daß du bleibst?

Slutsch: Ich brauche Bedenkzeit.

Ministerpräsident: Bleib wenigstens für eine Probezeit.

Slutsch: Tut mir leid, mein Arzt hat mir ausdrücklich verboten, weiterzumachen. Es sei denn, so sagte der Professor, daß mir heuer der Chaim-Nachmann-Bialik-Preis für Literatur zuerkannt wird.

Ministerpräsident: Das geht nicht, Slutsch. Dieser Preis ist schon der liberalen Partei versprochen worden.

Slutsch: Also dann wenigstens ein Ehrendoktorat für Philosophie oder etwas Ähnliches. Dazu den Geschäftsbereich des Polizeiministers ...

Ministerpräsident: Warum nicht?

Slutsch: Gut. In diesem Fall würde ich eventuell in Erwägung ziehen ...

Ministerpräsident: Danke, Slutsch! Ich habe gewußt, daß ich mich auf dich verlassen kann. Ich werde dir das nie vergessen.

Slutsch: Und einen neuen Pontiac.

Ministerpräsident: Mit Klimaanlage (eilt zu seinen Beratern zurück). Freunde, es ist mir gelungen, ihn definitiv zu überzeugen. Er bleibt. Es ist wirklich eine Katastrophe.

Aus den Annalen geht hervor, daß es meist die vorlaute Presse ist, welche die solide Regierungsarbeit am empfindlichsten stört, weil sie es ist, die ihre freche Nase in jedes Nadelöhr stecken muß. In totalitären Staaten bringen wortkarge Zensoren die Stimme der Presse blitzartig zum Schweigen, doch im freien Westen kommt so etwas nicht in Frage. Bei uns gibt es keinen Platz für offene oder getarnte Zensur, wenn wir von der Militärzensur absehen wollen, deren Zuständigkeitsbereich lediglich Sicherheit, Moral, nationale Einheit, Skandale, Gerüchte und ähnliches umfaßt. Und auch bei diesen, es handelt sich eher um entschlossene staatliche Überzeugungstaktik, um eine freundliche Aufforderung an den Patrioten und den Intellekt im Herzen eines jeden würdigen Journalisten, der keinen Tritt in den Hintern bekommen will.

Streng geheim

Die Schwierigkeiten begannen damit, daß der Geburtstag unseres Ministerpräsidenten wieder einmal bevorstand. Aus diesem hehren Anlaß nahm der Pressesprecher des Kabinett-Chefs Kontakte zu den Zeitungen auf und ersuchte die Herren Redakteure, in ihren Glückwunschartikeln das Alter Begins nicht zu erwähnen.

Der Grund für diesen außergewöhnlichen Schritt war die Befürchtung, daß die öffentliche Meinung in den USA brüskiert werden könnte, wenn ruchbar würde, daß sich Israel einen Regierungschef leistet, der fast so alt ist wie der amerikanische Präsident.

»Unserer Vorsicht sind keine Grenzen gesetzt«, bekannte der Pressesprecher mit ungewöhnlicher Offenheit, »da wir derzeit in besonders heiklen Verhandlungen mit amerikanischen Regierungsstellen stehen. Wir würden es daher den verehrten Herren von der Presse besonders hoch anrechnen, wenn es ihnen möglich wäre, die Veröffentlichung von Begins Alter zu unterbinden.«

Die Reaktion der Zeitungsleute war vorauszusehen:

»Kommt gar nicht in Frage! Wenn an diesem Geburtstag überhaupt etwas Berichtenswertes ist, dann ist es das Alter.«

»Ganz im Gegenteil, meine Herren«, erwiderte der Pressesprecher. »Die Hauptsache ist, daß es einen Geburtstag gibt. Wen interessiert schon das Alter? Wer hat etwas davon, wenn solche Dinge in aller Öffentlichkeit breitgetreten werden? Und überhaupt, wann werden Sie endlich die freiwillige journalistische Selbstzensur akzeptieren, meine Herren?«

Die Diskussion dauerte bis in die frühen Morgenstunden, ohne greifbare Ergebnisse zu zeitigen.

Der Pressesprecher war gekränkt und kündigte an, daß er sich angesichts der mangelnden Kooperation sämtlicher Pressevertreter in Hinkunft ebenso schäbig verhalten würde wie jene.

Der Herausgeberverband berief eine außerordentliche Sitzung des Redakteursrates ein, um eine gemeinsame Marschroute festzulegen. Der Druck von oben wurde immer stärker, und die Interventionen begannen.

Die staatliche Fremdenverkehrsstelle verlangte entschieden, das Geheimnis von Begins Alter zu wahren, da sonst der zu erwartende Touristenstrom versiegen könnte.

Dann schloß sich Professor Wasserlauf dieser Forderung an und drohte, die ärztliche Betreuung des Ministerpräsidenten einzustellen, wenn dessen hohes Alter publik gemacht würde.

Aber Zeitungsleute können auf Nebensächlichkeiten keine Rücksicht nehmen. Die einzige nationale Pflicht, die sie anerkennen, besteht darin, die Auflagen ihrer Zeitungen zu erhöhen.

Daher legten sie anderntags dem militärischen Zensor folgenden Text vor:

MENACHEM BEGIN WIRD 68

Geburtstagsfeier im intimen Freundeskreis geplant

Diese aufsehenerregende Meldung wurde vom Zensor leicht geändert und in folgender Form an die Redaktionen zurückgegeben:

MENACHEM BEGIN WIRD
Feier im intimen Freundeskreis

Die Presse protestierte einmütig gegen diese willkürliche Beschneidung der freien Meinungsäußerung. Um so mehr als hier eine Nachricht von weltweiter Bedeutung dergestalt verfälscht wurde, daß sich dem wachen Leser zwielichtige Assoziationen aufdrängen müssen.

Der Exekutivausschuß des Herausgeberverbandes wies in einem Kommunique darauf hin, daß man unter solchen erschwerten Bedingungen dem Leser keine glaubhaften Informationen liefern könne. Daraufhin schlug die Militärzensur als Kompromiß vor, daß man der Einfachheit halber folgende Überschrift wählen könnte:

MENACHEM BEGIN WIRD DEMNÄCHST

Den Rest könne sich der Leser nach Belieben dazudenken, vorausgesetzt, daß er damit keine lebenswichtigen Interessen des Staates gefährde.

Während noch der Katastrophenausschuß des Herausgeberverbandes an einem geharnischten Protest gegen diese irreführende Formulierung feilte, kam folgende Weisung aus dem Verteidigungsministerium:

»Auf keinen Fall darf das Wort ›Freundeskreis‹ veröffentlicht werden, da dies der Preisgabe eines Sicherheitsgeheimnisses gleichkommt.«

Fast gleichzeitig kam ein Fernschreiben des zionistischen Weltkongresses aus New York:

»Begins Geburtstag darf mit keinem Wort erwähnt werden.

Die Vertreter des Nationalfonds befürchten angesichts der Tatsache, daß dieses Datum in die Saure-Gurken-Zeit fällt, ein Mißlingen der demnächst beginnenden Spendenaktion. Wir schlagen vor, das freudige Ereignis auf den späten Herbst zu verlegen, wenn sämtliche New Yorker Kaufleute vom Urlaub zurückgekehrt sind.«

Zusätzlich ersuchte das Büro des Ministerpräsidenten, in dieser ernsten Zeit von der Verwendung des hochtrabenden Begriffes »Feier« abzusehen.

Hingegen gab der Militärzensor bekannt, daß er gegen folgende endgültige Formulierung keine Einwände hätte:

MENACHEM BEGIN
Ministerpräsident

Die Redakteure gingen auf die Barrikaden und drohten mit der Veröffentlichung etlicher sarkastischer Artikel zum Thema »Pressefreiheit«. Als Folge dieser Drohung berief der nationale Sicherheitsausschuß eine dringende Notstandssitzung ein.

Der Pressesprecher des Kabinetts unternahm übermenschliche Anstrengungen, um in letzter Minute vielleicht doch noch irgendeine gemeinsame Lösung zu finden:

»Meine Herren! Als Privatmann kann ich Sie durchaus verstehen«, sagte er den versammelten Journalisten kurz vor Mitternacht, »doch als Beamter ist es meine Pflicht, darauf zu achten, daß der Öffentlichkeit keine Staatsgeheimnisse preisgegeben werden. Solche Informationen können unter Umständen in die Hände unserer Feinde gelangen.«

»Blödsinn«, brummte ein Reporter, »in jedem beliebigen Lexikon ist Begins Geburtsdatum abgedruckt.«

»Das mag sein«, entgegnete der Pressesprecher, »aber in keinem Lexikon ist sein Alter angegeben!«

Die Herausgeber holten die letzte Nummer von »Time« und »Newsweek« hervor. Dort war nicht nur die staatsgefährdende Zahl »68« abgedruckt, zu allem Überfluß war dort auch je ein Meuchelphoto des Jubilars zu finden.

»Das ist etwas ganz anderes«, erläuterte der Pressesprecher. »Hier handelt es sich offensichtlich um Publikationen des Auslands, auf die wir leider nur geringen Einfluß ausüben können. Gerade deshalb müssen wir umso größere Anstrengungen unternehmen, um wenigstens im eigenen Haus, soweit möglich, Ordnung zu halten ...«

Da wurde plötzlich die Tür aufgerissen, und der stellvertretende Chef der Spionageabwehr stürzte herein. Er meldete sichtlich erregt, daß der Auslandsdienst von »Radio Israel« die grobe Fahrlässigkeit begangen habe, dem Ministerpräsidenten anläßlich seines 68. Geburtstages in kroatischer Sprache zu gratulieren.

Allgemeines Entsetzen machte sich breit.

Der stellvertretende Sicherheitschef beruhigte die Anwesenden mit dem Hinweis, daß der verantwortliche Redakteur demnächst vor ein Kriegsgericht gestellt würde und mit einer langjährigen Gefängnisstrafe zu rechnen habe. Angesichts dieser Katastrophe trat die oberste Zensurbehörde zu einer Notstands-Sitzung zusammen und verfügte, daß »Radio Israel« zu jeder vollen Stunde folgende Durchsage auszustrahlen habe:

»Die Meldung, wonach ein gewisser ranghoher Politiker soundsoviel Jahre alt geworden sei, ist eine infame, aus dem Finger gesogene Erfindung einer exilkroatischen Terrororganisation. Wahr ist vielmehr, daß kein Politiker älter geworden ist.«

Dieser Zwischenfall hatte zur Folge, daß sich die Sturheit der staatlichen Zensurbehörde potenzierte. Die Presseorgane wurden angewiesen, den Redaktionsschluß bis zum übernächsten Geburtstag Begins zu verschieben.

Der Regierungssprecher machte einen letzten Versuch, die widerspenstigen Redakteure zu beschwichtigen:

»Lohnt sich denn dieses ganze Theater, meine Herren? Könnten Sie nicht irgendeine andere Sensation bringen? Schreiben Sie doch beispielsweise ein unterhaltendes Feuilleton mit dem Titel: ›Das Leben beginnt mit 68‹.«

»Das kommt überhaupt nicht in Frage«, protestierten die Redakteure, »unsere Pflicht ist es, das Alter des Ministerpräsidenten zu veröffentlichen.«

»Also gut, dann veröffentlichen Sie in Gottes Namen das Alter, aber nicht im Zusammenhang mit Begin. Drucken Sie zum Beispiel ›Jemand wurde 68‹.«

»Das ist keine präzise Information!«

Die Lage wurde immer gespannter.

Die Armee wurde in Alarmbereitschaft versetzt.

Eine Ausgangssperre wurde verhängt.

Doch knappe fünf Minuten vor Ausbruch des Bürgerkriegs kam eine neue Nachricht, die erfreulicherweise eine schnelle Beilegung der Auseinandersetzungen mit der freien Presse zur Folge hatte.

Der Ministerpräsident rutschte in seinem Badezimmer aus und erlitt einen Oberschenkelbruch. Er wurde erstens ins Spital, zweitens in Gips gelegt und war völlig unbeweglich.

Diese Nachricht wurde natürlich höchst ausführlich in allen Morgenzeitungen verbreitet, als Kompromiß blieb jedoch das Alter des Staatsmannes unerwähnt. Ende gut, alles gut.

Nicht einmal ein Staatsmann kann es also vermeiden, gelegentlich mit den Problemen des Lebens und des Ablebens konfrontiert zu werden. Letzteres ist besonders interessant, vor allem als begehrte Einnahmequelle für den Fiskus.

Aber wenn ein Staatenlenker einmal an den Tod denkt, dann sicherlich nur an den anderer. Was sein eigenes, vollkommen unwahrscheinliches Lebensende betrifft, so hält er sich an den berühmten Ausspruch des Generals Douglas MacArthur, der kurz vor seinem Tod gesagt haben soll: »Good politicians never die.«

Der Tag, an dem Mammon verblich

Dr. Steinherz: Es ist mir eine Ehre, in meiner Eigenschaft als Vorsitzender des Obersten Beirates für Finanzgerechtigkeit, die heutige, als wahrhaft historisch zu betrachtende Sitzung zu eröffnen. Laut Tagesordnung übergebe ich das Wort dem Referenten unseres Beirates, Herrn Direktor Schultheiß.

Schultheiß: Herr Vorsitzender, verehrte Beiräte! Wir sind hier und heute zusammengekommen, um der in unserem Lande herrschenden Anarchie auf dem Sektor Erbschaftsrecht ein für allemal Einhalt zu gebieten. Die hierzulande gültigen diesbezüglichen Gesetze sind zum Teil noch aus der Türkenzeit in Kraft, sie tragen demnach in keiner Weise den Erfordernissen eines sozialistischen Staates Rechnung.

Glück: Sind wir ein sozialistischer Staat?

Schultheiß: Was denn sonst?

Glück: Pardon, man wird doch noch fragen dürfen.

Schultheiß: Wir stehen sogar ziemlich weit links von der Mitte, da gibt es keine Frage. Und deshalb sträubt sich mein ganzes Wesen gegen das überalterte Gesetz, demzufolge ein Mensch, nur weil er zufällig begabter und fleißiger ist als seine Mitbürger, in die Lage versetzt wird, Vermögenswerte an seine Nachkommen zu vererben.

Glück: Wo bleibt denn hier die Gleichheit vor dem Gesetz?

Slutschkowski: Da gibt es nur eins: an die Wand mit diesen Parasiten, Kugel durch den Kopf und Feierabend.

Dr. Steinherz: Ich fürchte, das könnte unter Umständen gewisse Auslandsinvestoren verschrecken. Unsere Aufgabe ist es, ein neues, subtiles Erbschaftssteuergesetz zu erarbeiten, nach dessen Inkrafttreten die derzeit herrschende Anarchie beendet sein muß. Dieses Gesetz wird Mammons Herrschaft ein abruptes Ende setzen. Es soll gewährleisten, daß alle Bürger dieses Landes ihren Lebensweg unter den gleichen Voraussetzungen beginnen können.

Slutschkowski: Am Nullpunkt, verdammt noch einmal!

Dr. Steinherz: Das soll nicht heißen, daß ein hoher Lebensstandard unerreichbar sein wird. Wenn einer diesbezügliche Ambitionen hat, warum nicht? Die Tore der Parteiorganisationen stehen jedermann offen. Dienstwagen, Dienstwohnung, Auslandsreisen, Spesen, Diäten und Entschädigungen, all das steht im Bereich des Möglichen. Aber nur für den, der, so wie einst wir, bereit ist, als gewöhnlicher Speichellecker in unserer Bewegung ganz unten anzufangen.

Sulzbaum: (singt) »Wacht auf, Verdammte dieser Erde, die stets man noch zum Hungern zwingt ...«

Dr. Steinherz: Noch nicht.

Schultheiß: Ich kann Ihnen versichern, meine Genossen, daß das neue Erbschaftsrecht in Zukunft sämtliche Erben mit der ganzen Härte des Gesetzes bestrafen wird. Bisher war es doch so, daß der Erbe eines Hauses, angesichts der unerträglich hohen Erbschaftssteuervorschreibung, sagen konnte: »Ich nehme die Erbschaft nicht an. Holt euch das verdammte Haus und laßt mich damit in Ruhe!«

Mit solch simplen Tricks konnte man sich bisher seinen staatsbürgerlichen Pflichten der Öffentlichkeit gegenüber entziehen. Das, meine Herren, soll nun anders werden. In Hinkunft muß er zahlen, egal, ob er das Erbe annimmt oder nicht.

Slutschkowski: So ist es richtig, Genossen! Ohne Federlesen an die Wand mit ihnen, Kugel durch den Kopf und Feierabend.

Sulzbaum: Einen Augenblick, meine Herren. Bei allem Verständnis für die soziologische Umwälzung, die das neue Erbschaftsrecht herbeiführen wird – nein, muß! –, gibt es da noch einen weiteren Aspekt, der mich ernsthaft beschäftigt.

Dr. Steinherz: Fasse dich kürzer, Sulzi. Worum geht's?

Sulzbaum: Mein Onkel hat ein Haus.

Schultheiß: Ein großes Haus?

Sulzbaum: Mittelgroß.

Glück: Und?

Sulzbaum: Ich bin der Alleinerbe.

Glück: Maseltow, herzlichen Glückwunsch!

Sulzbaum: Danke.

Dr. Steinherz: Mir scheint, Genossen, daß hier ein klarer Grenzfall vorliegt. Wieviel mag das Haus des Onkels wert sein?

Sulzbaum: Vielleicht eine halbe Million.

Dr. Steinherz: Wie wir alle wissen, meine Herren, muß ein Gesetz flexibel sein. Wir werden also eine zusätzliche Novelle erarbeiten, derzufolge mittelgroße Häuser bis zum Wert einer halben Million von der Erbschaftssteuer befreit sind. Irgendwelche Gegenstimmen?

Genosse: Keine.

Schultheiß: Aber darüber hinaus darf es kein Erbarmen geben. Für jedes einzelne Schmuckstück muß bezahlt werden!

Sulzbaum: Länge mal Breite!

Glück: Langsam, langsam, Genossen! Meine Frau besitzt zwei Ohrringe ...

Dr. Steinherz: Kein Problem. Sie soll die Ohrringe einfach dem Dachverband der Gewerkschaft vermachen. Der Gesetzentwurf sieht vor, daß Vermögenswerte, die vom Erblasser an die Gewerkschaft, beziehungsweise an die Koalitionsparteien vermacht werden, von der Erbschaftssteuer befreit sind.

Glück: Schön und gut, aber meine Frau sagt, daß sie nicht bereit ist, die Ohrringe an die Öffentlichkeit zu vererben.

Dr. Steinherz: Warum nicht?

Glück: Was weiß ich? Weiber sind seltsam. Sie will diese Ohrringe ausgerechnet ihrer Tochter vermachen.

Dr. Steinherz: Merkwürdig.

Schultheiß: Grenzfall?

Dr. Steinherz: Eher schon. Also bitte, Ohrringe bleiben steuerfrei. Aber was Teppiche betrifft ...

Glück: Das ist gefährlich. Wir alle haben Teppiche zu Hause.

Dr. Steinherz: Dann also Bilder.

Sulzbaum: Sind auch vorhanden.

Dr. Steinherz: Füllfederhalter!

Slutschkowski: Sogar zwei.

Dr. Steinherz: Elektrische Toaster!

Schultheiß: Gestern habe ich einen gekauft.

Dr. Steinherz: Aber irgend etwas muß es doch geben, was wir nicht haben. Also denken Sie nach, Genossen, was fehlt uns?

Slutschkowski: Warum soll *uns* etwas fehlen?

Sulzbaum: Weil es einen Unterschied geben muß zwischen uns und den widerlichen Reaktionären.

Glück: Ich hab's! Wir haben keine Krawatten.

Dr. Steinherz: Das ist es!

Slutschkowski: Genial! Wir, als alte Kämpfer gegen die Bourgeoisie, tragen seit eh und je keine Krawatten, sondern Ausschlaghemden.

Schultheiß: Bitte notieren: »Erben von Luxuskrawatten jedweder Art entrichten eine einmalige und retroaktive Erbschaftsstrafe in der Höhe von 200 Prozent der amtlich festzustellenden Kragenweite.«

Dr. Steinherz: Ausgezeichnet! Und was Briefmarkensammlungen betrifft ...

Slutschkowski: Briefmarken? Ganz schlecht, ich habe welche.

Schultheiß: Wieso?

Slutschkowski: Mein Sohn, der rothaarige, hat mich gebeten, für ihn Briefmarken zu sammeln. Vor einigen Wochen, als er Bar-Mitzwah feierte, hab ich sie ihm geschenkt.

Dr. Steinherz: Was für Briefmarken, Genosse?

Slutschkowski: Afrikanische.

Dr. Steinherz: Hmmm ...

Schultheiß: Wenn Sie gestatten, Herr Vorsitzender, mir schwebt da eine Formulierung für Grenzwerte vor. Wir befreien Sammlungen afrikanischer Briefmarken von der Erbschaftssteuer, vorausgesetzt, daß der Erbe rothaarig ist.

Slutschkowski: Das ist ein Blödsinn, Schultheiß. Was ist, wenn sich im Laufe der Jahre die Haarfarbe meines Sohnes ändern sollte?

Dr. Steinherz: Keine Probleme. »Von der Erbschaftssteuer befreit sind Sammlungen afrikanischer Briefmarken, wenn der Erbe zum Zeitpunkt seiner Bar-Mitzwah rothaarig war und er gleichzeitig der Sohn eines Mitglieds des Obersten Beirates für Finanzgerechtigkeit ist.«

Slutschkowski: Dieser Gesetzentwurf scheint mir unklar formuliert zu sein. Was ist, wenn ich zum Zeitpunkt meines Ablebens nicht mehr Mitglied des Obersten Beirates für Finanzgerechtigkeit bin?

Schultheiß: Ein berechtigter Einwand. Ich schlage daher folgenden endgültigen Wortlaut vor: »Von der Erbschaftssteuer befreit sind alle Sammlungen afrikanischer Briefmarken zur Zeit der Bar-Mitzwah von rothaarigen Erben, wenn der Erblasser Jehiel Slutschkowski heißt.«

Slutschkowski: Das scheint mir annehmbar zu sein.

Dr. Steinherz: Ich stelle mit Freude und Genugtuung fest, Genossen, daß wir bei unserer verantwortungsvollen Arbeit im Dienste der Öffentlichkeit gute Fortschritte zu verzeichnen haben. Wir haben nur noch die endgültige Fassung der Gesetzesvorlage zu formulieren und können dann mit Stolz im Geschichtsbuch unseres Landes vermerken, daß wir der Verwirklichung des Sozialismus einen großen Schritt nähergekommen sind.

Schultheiß: Vorsicht, ich besitze ein Geschichtsbuch.

Wen wundert es noch, wenn das Verhältnis der Öffentlichkeit zu den Regierungsmannen von erheblichem Mißtrauen gekennzeichnet ist, das nicht selten an offene Verachtung grenzt. Hand aufs Herz, wir würden doch niemals die Politiker wählen, denen wir unsere Stimme geben, wenn die anderen nicht noch viel ärger wären, nicht wahr?
Und tatsächlich, es ist schwer, jemanden zu bewundern, dessen Berufsausbildung sich auf zwanzigtausend Schlafstunden bei Sitzungen, Versammlungen und Parteitagen beschränkt und dessen besondere Fähigkeiten das Schlafen mit offenen Augen und das Gähnen bei geschlossenem Mund sind.
Obwohl es nicht selten vorkommt, daß ein Parteidilettant nach seiner Ernennung sich seines Amtes würdig erweist. Nehmen wir als Beispiel das Pferd des Kaisers Caligula. Als der römische Herrscher seinerzeit das ehrgeizige Tier zum Senator ernannte, gab es gemischte Meinungen darüber, obwohl das Pferd, nach historischer Überlieferung, seine Aufgabe gar nicht so schlecht erfüllt haben soll.

Das Volk und sein Tribun

Es tut mir aufrichtig leid, Herrschaften«, verkündete unser Gastgeber Dr. Mück, »aber unser Ehrengast Avigdor Bopkes hat eben angerufen und mitgeteilt, daß er nicht kommen kann, weil er heute bei einer Tagung der Gesellschaft für ethische Erneuerung den Vorsitz führen muß.«

Uns allen entfuhr ein Seufzer der Erleichterung.

»Hätte ich gewußt, daß dieser Halunke auf der Einladungsliste steht, wäre ich daheim geblieben«, knurrte Felix Selig.

Ich empfand ähnliches. Zwar kenne ich Bopkes nur vom Wegsehen, besonders, wenn er auf dem Fernsehschirm auftaucht, aber das genügt mir. Der Mann hat bekanntlich eine Verbrechervisage mit den eiskalten Augen eines Scharfrichters.

»Ich habe gehört, daß er von allen Parlamentariern die meisten Verkehrsübertretungen begangen hat«, erzählte Erna Selig. »Seine beiden Chauffeure sollen im vergangenen Jahr über 480 Strafmandate bekommen haben, die er als Abgeordneter nicht bezahlen muß.«

Flugs versammelte sich in unserer Ecke ein aufrechtes Fähnlein von rabiaten Bopkes-Beschimpfern. Irgendwer vermerkte, daß es eine öffentliche Schande sei, vor einigen Tagen ausgerechnet Bopkes mit dem Vorsitz eines der wichtigsten Ausschüsse zu betrauen.

»Es war eine glatte Erpressung von ihm«, informierte uns Professor Marom, der Historiker. »Als man ihm den Vorsitz verweigern wollte, drohte er, eine neue Fraktion zu gründen, und zwar die PIS, ›Die Partei ideologischer Sauberkeit‹.«

Jemand schlug vor, daß diese PIS als Parteiabzeichen eine Wetterfahne verwenden sollte.

Ein anderer erzählte, daß Bopkes kürzlich aufgefordert wurde, seinen riesigen Benzinfresser gegen ein kleineres Auto einzutauschen, worauf er bei Versammlungen der »Neuen Linken« auftauchte und Reden hielt, in denen »eine realistischere Einstellung zur Lösung der Palästinenserfrage« gefordert wurde.

»Und was war«, fragte ich, »hat er jetzt einen kleineren Wagen?«

»Natürlich nicht. Lesen Sie doch die Zeitungen. Vorigen Montag stand er im Abgeordnetenhaus auf und verlangte die sofortige Annexion sämtlicher besetzten Gebiete sowie einen Präventivschlag gegen die Ölfelder in Saudiarabien ...«

Dann erzählte Beni Rotholz die Geschichte von der letzten Wahlschlacht. Die Partei verweigerte ihm einen sicheren Platz auf der Kandidatenliste, worauf sich Bopkes sowohl den Kommunisten als auch den Großindustriellen als Mitarbeiter angeboten haben soll. Letzten Endes gründete er das »Lager der Moralischen Gesetzeshüter« und landete an dritter Stelle der Kandidatenliste.

»Außerdem ist er ein notorischer Lügner«, berichtete Felix. »Seit Jahren erzählt er, daß er Major bei der Fallschirmspringertruppe war und daß er das Terroristen-Nest Abu-Jilda praktisch eigenhändig ausgeräuchert hat. In Wahrheit mußte man ihn wegen erwiesener Debilität aus der Armee entlassen.«

Erna begann zu kichern: »Sein Intelligenzquotient beträgt höchstens 23. Sogar unser Kater hat mehr.«

»Ich weiß nicht«, Professor Marom kratzte nachdenklich sein Ohr, »ich höre aus informierten Kreisen, daß er seinen Schwachsinn nur simuliert hat, um der Armee zu entkommen.«

Wie dem auch sei, wenn es um persönliche Vorteile geht, weiß sich Bopkes zu helfen, darüber waren sich alle einig. Zum Beispiel verlangte er anläßlich der letzten Budget-Debatte für alle Abgeordneten steuerfreies Taschengeld sowie ein frei verfügbares Kontingent von Milch und Honig.

Es wird ihm auch nachgesagt, daß er niemals Briefe verschickt, sondern nur Telegramme. Er vertritt nämlich den Standpunkt, daß die Porto-Befreiung der Abgeordneten nur dann sinnvoll ist, wenn die Post auch schnell befördert wird.

»Zu allem Überfluß ist er auch noch ein widerlicher Speichellecker«, stellte Erna fest. »Habt ihr im Fernsehen gesehen, was er neulich tat, als Begin mit seiner Rede fertig war? Bopkes eilte schluchzend vor Rührung zum Rollstuhl und verkündete, daß neben Begins Rhetorik die von Churchill für immer verblaßt sei. Nachher soll er in der Milchbar des Parlaments vor Zeugen behauptet haben, daß Begin ›ein rollender Zwerg‹ wäre.«

»Der Jammer ist, daß alle vor seinem dreckigen Mundwerk Angst haben«, fügte Beni Rotholz hinzu. »Ich sehe den Tag kommen, da man ihm den Posten eines Ministers anbietet, nur damit er endlich sein ungewaschenes Maul hält.«

»Was?« Die Bildhauerin Ilana Wasser-Mayim war empört. »Dieser Ausbund an Kulturlosigkeit soll in die Regierung? Seine hübsche Sekretärin hat mir, kurz nachdem sie von ihm geschwängert wurde, erzählt, daß sie einmal eine Reproduktion von Rembrandts Selbstporträt an die Wand seines Büros gehängt hat. Wißt ihr, was geschah? Bopkes kommt ins Büro, sieht das Bild und fragt, wo das Bild von dem alten Knacker herkommt. Die Sekretärin erklärt ihm, daß es von Rembrandt ist. Darauf gibt er ihr den Auftrag, es an den alten Trottel zurückzusenden.«

Während wir uns noch vor Lachen ausschütteten, kam unser Gastgeber Dr. Mück aufgeregt zu uns und rief freudestrahlend:

»Eben hat er angerufen, daß er doch noch kommt! Zwar nur für einige Minuten, aber immerhin ...«

Vermutlich war es nur eine Reflexbewegung, daß ich meine Krawatte richtete. Ilana holte einen Spiegel aus ihrer Handtasche, um ihre Konturen nachzuziehen. Schließlich geschieht es nicht jeden Tag, daß man einem waschechten Abgeordneten persönlich gegenübersteht. Einem Mann, dem einmal Nixon die Hand geschüttelt haben soll. Außerdem ist er mindestens zweimal pro Woche im Fernsehen ...

Auch Professor Marom zupfte nervös an seinen Hemdärmeln. Die beiden Seligs hingegen begaben sich unbemerkt zur Eingangstür, um die ersten zu sein, denen der Volkstribun die Hände reichen würde.

Dr. Mück stand am Fenster Wache.

»Eben fährt sein Wagen vor«, berichtete er. »Jetzt bleibt er stehen ... Sein Chauffeur geht eben um den Wagen herum ... Jetzt öffnet er die Türe ...«

Ich überlegte mir, was ich ihm sagen würde. Vielleicht sollte ich ihn zu seiner letzten großen Rede beglückwünschen? Aus meinen Augenwinkeln konnte ich sehen, wie sich Professor Maroms Lippen stumm bewegten. Offensichtlich feilte er an einer improvisierten Festrede.

Was Ilana betraf, so stellte sie fest, daß der Taschenspiegel nicht ausreichte. Sie verschwand blitzschnell im Badezimmer des Gastgebers.

Die Tür ging auf, und Bopkes strömte herein.

»Wie schön, daß du doch noch kommen konntest, mein lieber Avigdor«, Dr. Mück blickte stolz umher, um sich zu vergewissern, daß alle den vertraulichen Ton würdigten. Die beiden Seligs schüttelten ergriffen Bopkes Hand.

»Herr Major«, begann Erna nach einem tiefen Knicks, »springen Sie noch immer mit Ihrem Fallschirm?«

»Gestatten Sie, unserer Hoffnung Ausdruck zu verleihen«, stieß Beni Rotholz hervor, »daß wir Sie bei unserem nächsten Zusammentreffen schon mit ›Herr Minister‹ ansprechen dürfen.«

Ilana stürzte aus dem Badezimmer hervor, packte Bopkes am Ärmel und beschwor ihn ekstatisch, demnächst ihr Studio zu besichtigen.

Dann war ich an der Reihe.

»Gesegnet der Staatsmann, welcher ein Volk ... ich meine ... gefolgt der Segen, welchen eine Führerpersönlichkeit ... verzeihen Sie ... verführt der Segen ... nein ... verfrüht das Volk, welches sägt ...«

Mit einem beiläufigen Lächeln blickte der Abgeordnete Bopkes durch mich hindurch, so als ob ich Luft wäre. Offensichtlich dachte er an ganz andere Dinge.

»Also Freunde«, sagte er endlich, »will mir denn keiner etwas zu trinken anbieten?«

Wie von der Tarantel gestochen, stürzten Dr. Mück und Felix gleichzeitig zur Bar, stießen zusammen und wanden sich auf dem Teppich.

Professor Marom nutzte die Verwirrung, indem er sich von hinten an Bopkes heranschlich. Er erkundigte sich nach der nächsten Versammlung von Bopkes »Neuer Patriotischer Allianz«, welcher er demnächst beizutreten beabsichtige ...

Bopkes sagte nichts. Er erhob mit einer müden Geste sein Glas und trank dem Gastgeber zu. Dann erschien sein Leibwächter und flüsterte ihm etwas ins Ohr, worauf beide davoneilten, um einer Sitzung zur »Revision des Wiederaufbaus« beizuwohnen.

★

Wir waren wieder unter uns. Erschöpft, aber glücklich, wenn auch ein bißchen enttäuscht, weil der Besuch zu kurz war. Meine Hände zitterten noch immer. Erna fächelte mit einer Zeitung ihre vor Erregung glühenden Wangen. Felix stand vom Teppich auf und staubte seine Hose ab:

»Keine Frage«, sagte er, »ein Halunke durch und durch.«

Und nun etwas sehr Persönliches, das mit dem Inhalt dieses Kapitels nicht unbedingt in Zusammenhang steht. Oder vielleicht doch?

Zwischenbilanz

Entschuldigen Sie, Herr Professor, wenn ich mich etwas unbeholfen benehme, ich liege nämlich zum erstenmal auf der Couch eines Psychiaters. Ja, ich weiß, ich hätte schon längst zu Ihnen kommen sollen, aber bisher habe ich immer versucht, mir einzureden, daß ich völlig gesund wäre.«

»Fahren Sie fort, mein Herr.«

»Die ersten Anzeichen merkte ich vor vier oder fünf Jahren. Mir fiel auf, daß ich von Tag zu Tag ruhiger und gelassener wurde.«

»Gelassener?«

»Ja. Bis dahin war ich ein Hitzkopf. Es gab keinen Streit, dem ich aus dem Weg ging, Herr Professor. Der kleinste Verstoß gegen meine Prinzipien konnte mich zur Raserei treiben. Und dann plötzlich wurde ich immer ruhiger und gelassener. Ich möchte fast sagen ausgeglichen.«

»Was hat diese Metamorphose herbeigeführt?«

»Das weiß ich nicht. Anscheinend handelt es sich hier um einen schrittweisen Prozeß, den man gar nicht wahrnehmen kann. Eines Morgens am Frühstückstisch schlägt man die Zeitung auf und liest einen Bericht über irgendeinen Fabrikanten, der eine ungeheure Mehrwertsteuerhinterziehung begangen hat. ›Den armen Teufel hat's erwischt!‹ murmelt man vor sich hin und blättert um. Dann plötzlich, nach einigen Minuten, fällt einem erst auf, was man da eben gedacht hat. ›Um Gottes willen, was heißt hier armer Teufel? Der Schuft hat doch den Staat, also auch mich bestohlen. Wieso ist er arm?‹«

»Ja wirklich, wieso?«

»Das weiß ich nicht. Plötzlich erscheint er mir als armer Teufel. Deshalb komme ich ja zu Ihnen, Herr Professor. Seit einiger Zeit reagiere ich nicht mehr auf Gesetzesübertretungen. Sie lassen mich einfach kalt. Wenn man zum Beispiel am Flughafen einen heimkehrenden Touristen erwischt, der sechs Transistorradios schmuggeln wollte, sage ich mir plötzlich: ›Aha, es wird kontrolliert, also muß man aufpassen.‹«

»Pflegen Sie auch zu schmuggeln, mein Herr?«

»Aber nein, das ist ja das Unbegreifliche an der ganzen Sache. Ich bin immer noch ein anständiger Staatsbürger. Früher einmal war ich sogar stolz darauf, aber jetzt, ich schäme mich, es einzugestehen, jetzt sind mir anständige Menschen beinahe suspekt geworden.«

»Suspekt?«

»Gut, ich werde es anders formulieren. Wenn Sie mir von jemandem sagen würden, er sei ein ehrlicher Mensch, der noch nie in seinem Leben eine Lüge hervorgebracht hat, dann werde ich höchstwahrscheinlich sehr beeindruckt dreinschauen, aber da drin in meinem Inneren werde ich ihn eher bemitleiden. Aufrichtige, ehrliche Menschen, habe ich festgestellt, sind schwache, phantasielose Tölpel, die kein Risiko im Leben eingehen wollen. Sie gehen einfach den Weg des geringsten Widerstandes. Sagen Sie, Herr Professor, bin ich ein Unmensch?«

»Nicht unbedingt.«

»Herr Professor, ich ertappe mich ständig dabei, daß ich meine Wertmaßstäbe über Bord werfe. Wenn ich zum Beispiel mit jemandem ein Rendezvous vereinbare, und ich warte eine Stunde und noch eine halbe Stunde dazu, und der kommt noch immer nicht, dann gehe ich mit einem merkwürdigen Gefühl der Genugtuung nach Hause. So als wäre alles in bester Ordnung. Oder wenn Sie, Herr Professor, mir versprechen würden, daß Sie mich morgen anrufen, und dann tun Sie es auch wirklich, dann wüßte ich nicht, wo oder wie ich Sie einordnen sollte. Vermutlich würde ich am Telephon nur noch stottern können. Wenn mir gegenüber jemand Vereinbarungen einhält, Verträge erfüllt und Zahlungen termingerecht überweist, dann erzeugt er bei mir nur ein Gefühl der Unsicherheit. Plötzlich habe ich den Eindruck, daß er irgend etwas Niederträchtiges gegen mich plant. Ich weiß, daß das nicht sehr logisch ist, aber was soll ich tun? So empfinde ich neuerdings. Sagen Sie, Herr Professor, ist das krankhaft?«

»Das läßt sich leicht feststellen, mein Herr. Ich werde Ihnen einige Begriffe nennen, und Sie sagen ohne nachzudenken, was Ihnen spontan dazu einfällt. Fertig?«

»Ja.«

»Also. Unabhängigkeit?«

»Petrodollar.«

»Freiheit?«

»Porno.«

»Wirtschaft?«

»Schulden.«

»Jugend?«

»Hasch.«

»Urlaub?«

»Stau.«

»Kunst?«

»Schrott.«

»Heimatland?«

»Zoll.«

»Religion?«

»Sammelbüchse.«

»Zukunft?«

»Video.«

»Planung?«

»Pille.«

»Danke, Sie haben völlig normale Reflexe. Träumen Sie manchmal?«

»Ja. Da gibt es einen Traum, den ich immer wieder habe. Ich bin plötzlich wieder in meiner Schule ...«

»Auf der Schulbank?«

»Nein, ich bin der Lehrer. Auf den Schulbänken vor mir sitzen wildfremde Menschen aus aller Welt. Ganze Völkerscharen sitzen mit offenem Mund vor mir und warten auf mein Wort. Vor mir liegt die Heilige Schrift, daneben der Talmud und ›Das Kapital‹. Ich stehe auf, erhebe meine Rechte ... die Welt starrt wie gebannt auf meinen Mund ... und ich sage ...«

»Nun, was sagen Sie?«

»Herr Ober, noch ein Filetsteak, halb durch!«

»Das verstehe ich nicht.«

»Ich auch nicht. Ich mag nämlich gar keine Steaks. Am liebsten esse ich Bananen. Warum sage ich dann ›Steak‹? Erklären Sie mir das, Herr Professor.«

»Vielleicht ersehnen Sie im Unterbewußtsein einen Regierungswechsel.«

»Ich? Einen Regierungswechsel? Vor zehn Jahren vielleicht. Aber jetzt wünsche ich mir überhaupt keine Veränderungen mehr. Ich bin, wie gesagt, ruhig und gelassen. Daß unsere Regierung vor den Wahlen goldene Berge versprochen und nichts verwirklicht hat, das finde ich völlig in Ordnung.«

»Tatsächlich?«

»Ja, es ist doch klar, daß man uns vor den Wahlen irreführen muß, sonst hätten wir ja diesen Leuten unsere Stimme nicht gegeben. Daher bin ich auch gar nicht in der Lage, mich über die Regierung wirklich zu ärgern. Ich möchte keine Änderung. Alles, was ich möchte, ist, daß man mich in einvernehmlichem Mißtrauen in Ruhe läßt. Ich habe für alles Verständnis. Herr Professor, bin ich noch normal?«

»Ohne Zweifel.«

»Dann erklären Sie mir doch, warum ich so traurig bin. Manchmal gehe ich in mich und denke nach. Zum Beispiel über dieses wunderbare kleine Land. Ich suche Dinge, die mich vielleicht an die guten Zeiten erinnern können, als ich noch ein ungeduldiger Hitzkopf war, aber ich finde nichts mehr. Alles hat sich konsolidiert. Pioniere wurden zu Staatsbürgern, die Stürmer und Dränger sind Vorstopper geworden, und unsere glorreiche Armee bedeutet nur noch drei Jahre Militärdienst. Vorgestern habe ich gehört, daß irgendein Mensch der Sozialversicherung seine Frührente zurückgeschickt hat, mit der patriotischen Begründung, daß es Zeit wäre zu sparen. Ich möchte mich so gerne für diesen Menschen begeistern, ihn hochleben lassen, aber ich bringe es nicht fertig. Ich glaube, er ist übergeschnappt. Herr Professor, ich habe Angst vor mir selbst. Bin ich seelisch erkrankt?«

»Nein, mein Herr, Sie sind völlig gesund. Sie haben sich einfach der Zeit angepaßt.«

»Ist das gefährlich?«

»Nein, es ist die einzige Chance, zu überleben.«

»Die ganze Welt ist Zirkus«

Um ein für allemal schwarz auf weiß zu dokumentieren, daß ich nicht zu jenen chauvinistischen Lokalpatrioten zähle, die nur bereit sind, sich über die Mängel im eigenen Land zu empören, möchte ich den geneigten Leser einladen, gemeinsam mit mir einen Blick auf einige andere Länder zu riskieren.
Als erste Station begeben wir uns in ein kleines Land, das dem meine Heimat Israel sehr ähnlich sein könnte, wenn es andere Nachbarn hätte. Die Rede ist von der Schweiz.
Dieses schöne Land ist in mehrfacher Hinsicht vom Glück verfolgt. Erstens ist es von hohen Bergen umgeben, die einen gewissen Schutz bieten, und zweitens hat es dort meines Wissens noch nie eine fortschrittliche, sozial planende Regierung gegeben. Als Folge dieser beiden wesentlichen Umstände gibt es in der Schweiz keine Arbeitslosigkeit und keine politische Krise, aber sehr viele Katzen. Warum die lieben Schweizer ihre Haustiere so sehr vergöttern, weiß ich nicht. Wohl aber glaube ich, die Frage beantworten zu können, warum die Katzen die lieben Schweizer so sehr mögen.

Die Katze als Wille und Vorstellung

Seltsam, was einem so alles widerfahren kann an einem unscheinbaren Sonntagabend. Es begann damit, daß das israelische Nationaltheater Habimah anläßlich einer Europa-Tournee ein Drama unseres Nobelpreisträgers Agnon spielte und ich mich im Zürcher Schauspielhaus einfand, um, voll des patriotischen Stolzes, diesem künstlerischen Ereignis beizuwohnen.

Der Vorhang ging hoch, das Spiel begann, und als er sich nach zwei Stunden unter tosendem Beifall senkte, da wußte ich alles Wissenswerte über die wunderbare Welt der Schweizer Katzen.

Meine diesbezüglichen Bildungslücken begannen sich just in dem Moment zu schließen, da sich auf der Bühne die erste zarte Knospe der Liebe entfaltete. Mein Nachbar zur Linken beugte sich an mein Ohr und flüsterte mir leidenschaftlich zu:

»Wissen Sie, ich bin zwar nicht mosaischen Glaubens, und ich verstehe auch kein Wort Hebräisch, aber ich bin hingerissen!«

Ich ordnete den Mann gedanklich in die schütteren Reihen der sympathischen Philosemiten ein. Mein dankbarer Blick fiel auf einen der typischsten Schweizer unserer Tage. Sein schnurgerader Mittelscheitel schien vom Erbauer eines alpinen Tunnels gezogen worden zu sein. Seine Begeisterung erschien mir durchaus ehrlich zu sein. Umso erstaunter war ich, als er plötzlich mitten im ersten Akt aufstand und sich mit etlichen »Pardons« an den Knien der Zuschauer vorbei dem Ausgang entgegenzwängte.

»Bitte, mein Herr«, flüsterte er mir vor seinem Abgang zu, »halten Sie meinen Platz frei.«

Vielleicht ist's die Natur, die auf ihr Recht pocht, sagte ich mir. Doch nein, eine kurze Weile danach – auf der Bühne tobte eben ein höchst dramatischer Konflikt – da hörte ich wieder etliche »Pardons« näherkommen, und eine mir völlig unbekannte Dame nahm den Sitz zu meiner Linken ein.

»Grüezi, alles in Ordnung«, wisperte sie mir zu, »ich bin seine Gattin.«

Des Rätsels Lösung wurde mir in der Pause offenbart, als mich meine neue Nachbarin im Foyer zu einer Erfrischung einlud, um mir über ihr Limonadenglas hinweg folgendes zu erläutern:

»Es ist wegen Lucy«, begann sie, »so heißt unsere Katze. Einfach Lucy. Sie verträgt es nicht, allein gelassen zu werden. Also wechseln wir uns immer ab, Martin und ich.«

Ich suchte nach irgendeiner versteckten Ironie in ihren Worten, aber vergebens. Oder vielleicht war sie zu gut versteckt. Martins Gattin war offensichtlich nicht nach Scherzen zumute. Sie blieb völlig ernst. So ernst, wie eben nur eine Zürcher Bürgerin zwischen zwei Akten eines hebräischen Theaterstückes sein kann.

»Gestatten Sie mir die Frage«, gestattete ich mir zu fragen, »was würde geschehen, wenn Sie Lucy allein ließen?«

»Sie würde sich langweilen. Sie ist an unsere Gesellschaft gewöhnt, seit sie ganz klein war.«

Und wieder: die totale Sachlichkeit. Keine Ironie, kein Schimmer eines Lächelns, nicht einmal die Spur eines Gänsefüßchens vor den Worten.

Ich nahm zur Kenntnis, daß die Dame Schweizerin ist und als solche andere Probleme hat als unsereiner. Aber ...

»Aber«, versuchte ich es nochmals vorsichtig, »bringt das nicht Ihre Lebensgewohnheiten durcheinander? Ich meine Ihre Ehe und so ...«

»Das wohl«, konzedierte meine Sitznachbarin, »aber schließlich haben wir gegen Lucys Willen geheiratet.«

Und nun enthüllte sie mir die ganze Geschichte. Als Martins heutige Gattin noch Junggesellin war, ließen sich ihre Eltern scheiden. Papa erhielt das Sorgerecht für die Villa und den Wagen, Mama hingegen bekam Lucy. Dann aber verliebte sich Mama in einen Arzt, der seine Wohnung nie verlassen konnte, weil sein Papagei sonst melancholisch würde und sich die Federn ausrupfen könnte.

Also mußte Mama beim neurotischen Papagei einziehen, während das Sorgerecht für Lucy an die Tochter delegiert wurde. Woraufhin die Tochter nie mehr ihre Wohnung verlassen konnte, aus Angst, daß sich die Katze langweilen könnte.

»Martin«, vertraute mir meine Nachbarin an, »hat mir übrigens zwei Jahre lang über die Gegensprechanlage an der Haustür den Hof gemacht.«

Fast gegen meinen Willen begann mich die Sache zu faszinieren.

Ich hatte einmal eine haarsträubende Gruselgeschichte von Edgar Allan Poe gelesen, die davon handelte, daß ein Mann sich einen Keller baute und in einem Anfall von Zerstreutheit eine schwarze Katze einmauerte. Zum erstenmal begann ich dieser Zerstreutheit ein gewisses Maß von Verständnis entgegenzubringen.

»Ich hoffe, Sie nicht mit meiner Neugier zu belästigen«, sagte ich, »aber warum konnte Martin nicht heraufkommen? Ich meine, warum mußte er bei der Gegensprechanlage verweilen?«

»Weil er einen Hund hatte.«

Überflüssig anzumerken, daß auch dieser Hund Schweizer war und sich daher strikt weigerte, von irgend jemand anderem spazierengeführt zu werden als von Martin.

An dieser Stelle dürfte es sich als opportun erweisen, den Fluß der Handlung zu unterbrechen, um die Lage kurz zusammenzufassen.

Also der Arzt hatte Hausarrest wegen Polly, dem traurigen Papagei. Mama zog es zu dem in seiner Bewegungsfreiheit eingeschränkten Arzt, ihre Tochter hingegen wurde als Gesellschaftsdame für die einsame Lucy verpflichtet, wohingegen Martin mit seinem Hund auf der Straße stand und durch einige kleine Löcher in der Haustür süße Worte wisperte.

Was mich betraf, so stieg meine Ehrfurcht vor Edgar Allan ins Unermeßliche.

»Natürlich hätten wir gerne geheiratet, Martin und ich«, erinnerte sich Frau Martin, »aber wir mußten wegen Lucy und dem Hund noch manches Jahr warten.«

»Aber«, ich blieb hartnäckig, »haben Sie, gnädige Frau, niemals erwogen, einen von beiden aufzugeben? Ich meine den Hund oder die Katze ...«

»Was? Sich von einer lebenden Kreatur trennen, die von einem abhängig ist? Niemals!«

Es handelt sich um Schweizer, wie gesagt. Martin und sein Hund, Frau Martin und Lucy, die Katze, ebenso wie die Mama und der Arzt. Sogar Polly, der Papagei. Alles Schweizer. Sie haben 700 Jahre lang keinen Krieg geführt und mit irgend etwas *muß* sich der Mensch doch befassen, oder?

Gegen Ende der Pause zeichnete sich die ersehnte Lösung ab. Martins Hund segnete wegen hohen Alters das Zeitliche. Der gebrochene Mann wollte sich das Leben nehmen und erhängte sich, doch seine stark entwickelte Nackenmuskulatur rettete ihn, und es kam endlich zu jener langersehnten Hochzeit, die ja schon über die Gegensprechanlage in allen Details besprochen worden war.

»Die Schwierigkeit war nur die«, erklärte meine Nachbarin, »daß Lucy gewisse Vorbehalte gegen Martin hatte.« Wer weiß, vielleicht roch sie den verblichenen Hund an seinen Kleidern. Vielleicht nahm sie aber auch Anstoß an seinem alpinen Mittelscheitel. Wie auch immer, Martin mußte lange Monate um Lucys Zuneigung ringen. Noch heute geht Martin täglich in die Altstadt, um beim Katzenfleischer für Lucy frische Hühnerleber zu erstehen.

Stolz holte Frau Martin einige Photos von Lucy hervor. Ich merkte sofort, an wen mich Lucy erinnerte: an jede beliebige andere Katze dieser Welt.

Frau Martin blickte auf die Uhr.

»Du meine Güte, ich habe doch meinem Mann versprochen, ihn um zehn Uhr abzulösen!«

»Haben Sie«, ich wagte noch einen letzten Versuch, »haben Sie es jemals mit einem Babysitter für Katzen versucht?«

»Aber natürlich. Es war ein sehr nettes Mädchen, eine diplomierte Katzen-Nurse. Wir nahmen sie für einen ganzen Monat ins Haus, damit sich Lucy an sie gewöhnen könnte, aber es war zwecklos. Wenn Lucy nur ihre Stimme hörte, wurde sie ganz blaß. Das arme Tier reagierte nämlich allergisch auf ihre Haare. Es war übrigens nett, Sie kennenzulernen. Auf Wiedersehen.«

Ich stand allein da und ließ mir die Probleme durch den Kopf gehen. Schließlich ist doch niemand vollkommen. Die Briten etwa sind unzurechnungsfähig, wenn's um Cricket geht, und die Österreicher sind leicht intrigenanfällig. Warum also sollen die Schweizer keine Katzen-Narren sein? Ich glaube, irgendwo gehört zu haben, daß jede Schweizer Stadt ihren eigenen Katzenfriedhof mit marmornen Grabsteinen und echten Goldbuchstaben besitzen soll. Soweit ich unterrichtet bin, hat man den Katzen noch kein Wahlrecht eingeräumt, aber es ist nur eine Frage der Zeit. Es wird gemunkelt, daß man in absehbarer Zeit wenigstens den Katern ...

Eine gewisse diesbezügliche Unruhe läßt sich nicht vertuschen. Ein bekannter Schauspieler aus Schaffhausen wollte vor zwei Jahren seine Siamkatze heiraten. Es gab einen Riesenskandal in der Presse, als die »Blick«-Zeitung herausbekam, daß das Brautkätzchen noch minderjährig war. Fragen Sie lieber nicht ...

Martin erschien wieder. Mit einem frischgezogenen Scheitel und einem Lied von Lucy auf den Lippen.

»Sie dürfen nicht etwa annehmen, daß wir sie blindlings lieben«, versicherte er mir. »Natürlich sehen wir auch alle ihre Fehler. Aber für uns stellt sich eine einfache Frage: Wollen wir ein frustriertes Haustier in unserer kleinen Wohngemeinschaft oder eine fröhliche und lebenslustige Kameradin? Es ist doch klar, daß uns letzteres einige kleine Opfer aufbürdet ...«

Etwa damals, als Martin – der nebenberuflich übrigens ein anerkannter Architekt ist – das begehrte Band der französischen Ehrenlegion bekommen sollte, und zwar für den Bau der einen Hälfte der französischen Botschaft in Bern. Die andere Hälfte mußte von einem anderen gebaut werden, da Lucy zu der Zeit an Lungenentzündung erkrankt war.

Das ist jedoch unwichtig. Wichtig ist vielmehr, daß die aufregende Nachricht kam, der Termin festgesetzt wurde und Martin dann feststellen mußte, daß die Feierlichkeit ausgerechnet an jenem Tag stattfinden sollte, an dem Lucys Geburtstag war ...

»Ich bat die Leute, die Ordensverleihung um einen Tag zu

verschieben«, erzählte mir Martin traurig, »aber Frankreichs Präsident schlug mir meine kleine Bitte ab.«

»Ach«, ich heuchelte Verständnis, »was kann man von einem französischen Präsidenten schon anderes erwarten? Aber hätten Sie Lucy nicht zu dieser Zeremonie mitnehmen können? Vielleicht hätte sie gedacht, daß die Militärparade zu Ehren ihres Geburtstages stattfindet.«

»Natürlich haben wir auch das erwogen. Aber wer weiß? Wenn es da geregnet hätte ...«

Eine Katze im Regen? Sogar ich mußte die Absurdität meines Vorschlags einsehen.

»Wir haben sogar auf Kinder verzichtet«, fügte Martin auf dem Weg zurück in den Saal hinzu, »denn es hätte sich mit Lucys Tagesordnung einfach nicht vereinbaren lassen. Ihre festen Spielstunden sind von drei bis halb acht ...«

»Morgens?«

»Nein, nachmittags. Außerdem leiden wir beide an chronischer Erschöpfung, da Lucy uns nicht schlafen läßt. Jede Nacht springt sie einige Male zu uns ins Bett und leckt uns die Nasen. Sie sucht halt auch Liebe ...«

Anscheinend bekommt sie bei Familie Martin nicht genug davon.

Auf der Bühne ist inzwischen das Drama voll erblüht. Ich aber versank in meinem Stuhl und dachte über die Mentalität der Schweizer nach. Wie funktionieren sie eigentlich, wenn überhaupt? Auf den ersten Blick hatten sie mit uns Israelis ziemlich viel Gemeinsamkeiten.

Auch die Schweiz ist ein kleines Land mit ethnischen Problemen. Auch die guten Schweizer müssen, so wie wir, jedes Jahr ihren Militärdienst leisten. Auch in der Schweiz hat sich die Inflation, wie bei uns, im letzten Jahr verdreifacht und beträgt nun beachtliche sechs Prozent. Und doch, alles in allem, unterscheiden sich die Schweizer irgendwie von uns Israelis. Vielleicht steckt eine Frage der Motivation dahinter. Wir werden langsam erwachsen, die Schweizer haben das nicht nötig. In Israel ist alles für die Katz, in der Schweiz ist alles für das Kätzchen.

Vorhin war die Rede davon, daß sich die Schweizer bis heute nicht überwinden konnten, eine progressive Regierung zu wählen, die sämtliche Finanzmagnaten und Kapitalinvestoren des Landes verbannt. Aus dem daraus erwachsenden Schuldgefühl ließen die Schweizer wenigstens eine progressive Jugend heranreifen. Diese jugendlichen Weltverbesserer frönen, wo immer sie können, dem Fortschritt. Vor allem schreiten sie an Sonn- und Feiertagen beherzt auf den Zürcher Hauptstraßen fort, wenn der nachlassende Werktagsverkehr das Geräusch splitternder Schaufensterscheiben und umgeworfener Autos besser zur Geltung kommen läßt.

Warum die Polizei kaum eingreift? Der Grund liegt auf der Hand: die führenden Köpfe des Schweizer Bürgertums denken eben liberal. Besonders an Werktagen.

Mendel, der Schandfleck

Ein Märchen für infantile Erwachsene

Ganz plötzlich, ohne jede Vorwarnung, tauchten in unserer Gegend Rowdies auf. Zunächst duldeten wir still vor uns hin, hoffend, daß wir uns mit der Zeit an sie gewöhnen würden. Doch an irgendeinem Montag, nach etwa zweieinhalb Jahren, riß uns die Geduld. Bis dahin hatten sich die Herren Halbstarken damit begnügt, aus den Autoreifen die Luft herauszulassen und Fensterscheiben einzuschlagen. Doch als sie eines Tages dazu übergingen, unserem Nachbarn, Herrn Fleischhacker, einige seiner Zähne einzuschlagen, da machten wir uns schweren Herzens auf zu unserem alten Nachtwächter Mendel.

»Lieber Freund Mendel«, sagten wir händeringend, »das Maß ist voll. Wir bitten dich inständig, Ordnung zu schaffen. Du, als pensionierter Polizist, hast doch Erfahrung. Es wird ein Kinderspiel für dich sein, diese Burschen in die Knie zu zwingen ...«

Der alte Mendel pflegt üblicherweise die Nacht damit zu verbringen, irgendwo im Dunkeln herumzusitzen und die Häuser zu bewachen. Vermutlich, damit sie nicht davongetragen werden. Seine diesbezügliche Prädisposition besteht aus drei Klassen Volksschulbildung und einem dicken Stock. Bekleidet ist er mit den Rudimenten einer alten Uniform und den Resten einer ehemaligen Polizeimütze, entsprechend seiner miserablen Rente.

»Warum kommt ihr ausgerechnet zu mir?« fragte Mendel. »Ich bewache Häuser und keine Menschen.«

»Lieber Mendel, du mußt uns diesen kleinen Gefallen tun!«

Der Alte stand seufzend auf, ging zum Schlupfwinkel der Rowdies und schlug ihnen in der Reihenfolge ihres Erscheinens die Zähne ein.

Am nächsten Morgen war die Hölle los. Wie ein Mann standen die Bewohner unseres Viertels auf und protestierten gegen diese schändliche Gewalttätigkeit.

Herr Fleischhacker faßte die allgemeine Empörung in Worte: »Ssähne einsslagen ist Vandalismus«, schrie er, »eine Ssande ist das, unmensslich! ...«

Er wußte natürlich, wovon er sprach, denn ihm selbst waren, wie bereits erwähnt, sämtliche Vorderzähne eingeschlagen worden, was zur Folge hatte, daß er mit der Artikulation des »sch« gewisse unüberhörbare Schwierigkeiten hatte.

Ich ließ Mendel, den alten Sünder, zu mir kommen und belehrte ihn in aller Güte:

»Jetzt hör mir gut zu, Mendel. Wir leben in einer zivilisierten, liberalen Gesellschaft, verstehst du? Du kannst hier nicht wie ein wilder Stier herumtoben. Nimm das gefälligst zur Kenntnis!«

»Aber«, murmelte der Alte, »aber ihr habt mich doch gebeten, Ordnung zu machen, oder nicht?«

»Wir haben dich sehr freundlich darum ersucht, Ordnung zu *schaffen*«, korrigierte ich. »Und jetzt geh nach Hause, Mendel, und stell dich in die Ecke. Drei Tage lang werde ich nicht mit dir sprechen ...«

★

Aber noch vor Ablauf der drei Tage erbarmte ich mich seiner. Es fügte sich nämlich, daß schon in der ersten Nacht die jungen Rowdies sämtliche Fenster unserer Straße einschlugen und einen Passanten an die Straßenlaterne hängten, nur weil er Lampel hieß. Als sie dann auch noch die Wäscherei in Brand setzten und einige Kinderwagen aufschlitzten, waren wir bereits händeringend um den alten Nachtwächter versammelt. Mendel stand brav in seiner Ecke, um die über ihn verhängte Strafe abzubüßen. Höflich sprachen wir ihn an:

»Lieber Mendel, entschuldige bitte die Störung. Diese Burschen sind Bestien und keine Menschen. Geh hin, edler Freund, und belehre sie eines Besseren ...«

Niemand kann erklären, was in den alten Mendel gefahren sein mag. Er nahm wortlos seinen Stock und schlug einige Köpfe ein. Unter anderem auch den Kopf eines völlig unbeteiligten Burschen, der sich lediglich darauf beschränkt hatte, aus einem zertrümmerten Schaufenster einige Transistorradios zu stehlen.

Am nächsten Tag wagten wir uns vor lauter Scham nicht auf die Straße. Ich entwarf sofort ein Inserat für die meistgelesene Tageszeitung mit der Schlagzeile »Gewalt ist keine Antwort«. Darin führte ich unter anderem aus, daß es Leute vom Schlage des Nachtwächters Mendel sind, welche die horrende Inflation verschuldet haben.

Das Inserat löste in progressiven Kreisen einen wahren Begeisterungstaumel aus. Der abgebrannte Wäschereibesitzer schüttelte mir enthusiastisch die Hand und sagte mit Tränen der Rührung in den Augen:

»Sie haben mir aus der Seele geschrieben, mein Freund. Ein Berserker wie dieser Mendel sollte öffentlich verbrannt werden.«

Mendel wurde in Ketten dem Disziplinargericht unseres Wohnblocks vorgeführt.

»Ich wollte überhaupt nicht zuschlagen«, stotterte der Alte, »aber die Burschen haben Messer hervorgeholt ...«

»Na und? In so einem Fall hat ein anständiger Wächter die Anzahl der gezückten Messer zu notieren«, belehrte ich ihn, »und, falls er wirklich losschlagen muß, für jeden eingeschlagenen Kopf eine Quittung zu verlangen. Schließlich sind wir doch nicht im Urwald!«

Der alte Mendel wurde bis ans Ende seiner Tage aus der menschlichen Gemeinschaft ausgestoßen.

★

Oder zumindest bis zur kommenden Nacht. Denn da begannen die Rowdies Handgranaten zu schleudern. Zuerst ins Lebensmittelgeschäft, dann in die Stadtbibliothek, zuletzt in den Kindergarten. Wir gingen zu Mendel und knieten vor ihm nieder:

»Was stehst du noch herum?« schrien wir verzweifelt. »Geh hin und bringe die Bande um! Jeden einzelnen von ihnen, ohne jede Schonung! Zeig ihnen, was Recht und Ordnung ist! Wenn es sein muß, erschieße die Verbrecher, aber geh endlich ...«

Der Alte nahm mir wortlos das Gewehr aus der Hand, setzte sich die alte Polizeimütze auf und begann auf die Rowdies zu schießen. Ich folgte ihm wie ein Schatten und notierte jeden einzelnen Schuß für die freie Presse. Ich photographierte jeden Volltreffer und nahm als zusätzliches Belastungsmaterial Gipsabdrücke von jeder verirrten Kugel ab.

Erschöpft, aber befriedigt kam ich im Morgengrauen nach Hause und begann sofort einige Transparente zu bemalen. Schon zu Mittag marschierte ich an der Spitze eines mächtigen Demonstrationszuges durch die Hauptstraße und dirigierte den zornigen Sprechchor der Menge:

»Haut den Ex-Bullen in die Fresse!«

★

Mendel verstand die Welt nicht mehr.

»Aber«, weinte er, »ihr habt mir doch gesagt ...«

Mein Blick schmetterte ihn nieder:

»Mußt du denn alles tun, was ich dir sage?« rügte ich den alten Schuft. »Was bist du eigentlich, ein Mensch oder ein seelenloser Roboter?«

Alle waren sich darüber einig, daß diesem seelischen Bankrotteur mit konventionellen Methoden nicht mehr beizukommen war. Wir errichteten am Hauptplatz einen Pranger und stellten den alten Mendel daran. Um seinen Hals hängten wir ein Plakat mit der Inschrift:

»So soll es jedem ergehen, der sein menschliches Antlitz verliert!«

Die Passanten gehen an ihm schimpfend vorbei und knipsen Bilder von Mendel, dem Schandfleck. Manche bespucken sogar seine vergammelte Polizeimütze.

Gott sei Dank kommt es unter den schimpfenden Passanten zu keinen wie auch immer gearteten Schlägereien, denn die Straße ist, abgesehen vom alten Mendel, für alle Zeiten frei von sämtlichen Übeltätern und Rowdies.

Zumindest bis zum nächsten Samstag.

Da wir uns schon einmal in mitteleuropäische Gefilde gewagt haben, begeben wir uns ein bißchen nach Norden, genaugenommen in die bayerische Metropole, um dort dem umstrittensten Politiker der deutschen Gegenwart einen kleinen Besuch abzustatten. Es handelt sich zweifellos um eine gewichtige Persönlichkeit in mehrfacher Hinsicht.

Ein Strauß ohne Blumen

Vor ungefähr zwei Jahren, kurz vor den Wahlen, erhielt ich eine überraschende Einladung. Franz Josef Strauß, damals Kanzlerkandidat, verlieh seinem Wunsch Ausdruck, mich zu einem privaten Abendessen zu treffen. Ich fragte Herrn Strauß, ob ich darüber schreiben dürfte. Es wurde von ihm genehmigt, natürlich. Ich wußte alles über Franz Josef Strauß, was ein gut informierter Mensch wissen sollte, nämlich, daß er dick und ein Schattenkanzler mit sonnigen Aussichten ist. Ich rief unser Auswärtiges Amt in Tel Aviv an, um mir Instruktionen geben zu lassen. Dort sagte man mir, der Strauß-Experte sei zufällig gerade außer Haus, möglicherweise in Singapur. Dann fiel mir der vernichtende Artikel einer besonders progressiven Wochenschrift ein, die den bayerischen Ministerpräsidenten als ein haargenaues Ebenbild des Satans darstellte. Das entschied die Sache zugunsten von Strauß.

Wir trafen unsere Verabredung, und ich verbrachte die darauffolgenden Tage damit, Erkundigungen bei informierten Kreisen in Deutschland einzuholen. Sie ergaben ein ziemlich einheitliches Bild. Von zehn Befragten waren im Schnitt neun gegen Strauß, und der Rest enthielt sich der Stimme. Der schwerwiegendste Grund gegen ihn war sein Gewicht. Mindestens 100 Kilo, wenn nicht mehr, sagten sie. Ein erfahrener Journalist ließ mich streng vertraulich wissen, daß Strauß auch praktisch Analphabet sei. Ich antwortete milde, daß er, soviel ich wüßte, den akademischen Abschluß in Geschichte und Altphilologie habe. Worauf er sagte, das möge sein, aber ich könne nicht leugnen, daß der Mann dick sei.

Wir trafen uns also in München zum Essen. Als Herr Strauß ein bißchen verspätet erschien, war ich erstaunt festzustellen, daß er dick ist. Oder besser, weniger dick als *rund*. Ein runder menschlicher Dynamo, so energiegeladen, daß es unmöglich ist, in seiner Gegenwart über die Energiekrise zu sprechen. Er kam von selbst auf dieses Thema: »Ich bin der Meinung«, sagte Herr Strauß, »daß für die gegenwärtige Ölkrise drei Pseudo-Finanzfaktoren verantwortlich sind, nämlich:

- das substanzlose wirtschaftliche Vakuum, das durch unwirksame diplomatische Maßnahmen entstanden ist;
- die zunehmende Auswirkung der Inflationskurve auf entwicklungshilfegierige Industrieländer;
- die Unfähigkeit subventionierter Wirtschaftszweige, globalpragmatische Denkungsweisen anzuwenden.«

Ich sagte Herrn Strauß, daß ich in jeder Hinsicht mit ihm übereinstimme. Mein Gastgeber sei schließlich beides gewesen, Finanzminister und Energieminister, ich jedoch noch nicht. Es ist also gar nicht erstaunlich, daß seine Meinung besser fundiert sei als meine. Seine Antworten kamen prompt, als ob er sich auf diesen Tag vorbereitet hätte.

Wir begannen unser Menü mit Schildkrötensuppe. Draußen standen bewaffnete Wachen, die ab und zu nach uns schauten. Herr Strauß ist eine bevorzugte Zielscheibe für europäische Freiheitskämpfer und eine großflächige noch dazu.

Während wir unsere Suppe aßen, wurde ich immer neugieriger auf den Menschen hinter dem Politiker, auf sein Privatleben, seine Träume, seine Sehnsüchte.

»Ich glaube, Sie im Fernsehen auf einem Motorrad gesehen zu haben, Herr Strauß«, sagte ich deswegen. »Ich bin auch ein begeisterter Motorradfahrer.«

Es war offensichtlich, mit welcher Freude Herr Strauß auf

die persönliche Ebene umzuschalten bereit war. »Motorradfahren«, antwortete er, »hat fünf funktionelle Grundvorteile:

• den unmittelbaren Kontakt zur sauerstoffreichen Umgebung;

• das sportliche Hochgefühl, das durch die Kontrolle über ein hochentwickeltes Instrument von ungeheuer dynamischer Potenz entsteht;

• die innere Befriedigung, seine eigenen psychosomatischen Ängste durch die Bewältigung des Fahrrisikos zu überwinden;

• die Aspekte des durcheilten Panoramas individuell zu entblößen;

• die relative Wirtschaftlichkeit des Brennstoffverbrauchs dieses zweirädrigen Fahrzeugs.«

Ich stimmte ohne jeden Vorbehalt zu. Ich erkannte ganz einfach, daß Herr Strauß ein absoluter Experte auf dem politisch-sozial-militärisch-finanziell-motorradsportlichen Gebiet ist, der seine Gedanken präzise zu layouten weiß. Deshalb beginnt jedes seiner Argumente mit einem fetten Punkt und einer neuen Zeile.

Ermutigt machte ich einen zweiten Versuch, den Menschen hinter den fetten Punkten zu entdecken, und fragte ihn nach seinem Familienleben. Wie sich herausstellte, hat Herr Strauß die Absicht, mit seiner Familie zu einem zweitägigen Urlaub nach Peking zu fahren. Er kennt wirklich jede bekannte und unbekannte Größe aus dem *Who is Who?*, von Fidel Castro bis Shimon Peres.

Wohlwollend fragte mich Herr Strauß dann nach meiner Familie. Ich erzählte ihm stolz, daß ich drei Kinder habe:

• Rafi;

• Amir;

• Renana.

Daraufhin kamen wir auf die Bevölkerungsexplosion in der dritten Welt zu sprechen, ein umfangreiches Thema, das nach sechs fetten Punkten seitens Herrn Strauß verlangte. Die Bereitschaft meines Gastgebers, jedes Thema bis zum letzten fetten Punkt auszuschöpfen, beeindruckte mich. Er ist wirklich ein Bulldozer, dachte ich im stillen, aber ein herziger.

Als wir beim Dessert angelangt waren, hatte ich mich sogar dafür entschieden, daß er eigentlich nicht dick ist, eher horizontal. Ich meine, seine Höhe geht in die Breite, das ist alles.

Dennoch, nach einem raschen Streifzug durch den Mittleren Osten mit zwei palästinensischen Semikolons und einem Schrägstrich für Reparationszahlungen an Israel, überkam mich der unwiderstehliche Drang, Herrn Strauß eine Frage zu stellen, auf die er nicht mit einer seiner eloquenten Antworten parieren konnte. Ich überlegte angestrengt und kam auf Schildkrötensuppe.

»Die Suppe war köstlich«, sagte ich, »obwohl es, soviel ich weiß, Probleme mit Schildkröten gibt, weil sie sich im Winter nicht fortpflanzen.«

»Schildkrötenfortpflanzung im Winter«, sagte Herr Strauß, »bedarf vier geopolitischer Grundvoraussetzungen:

• eines Gebietes mit genießbarer Vegetation, das mit ausreichender Geländeabwechslung zwecks Ehestand und Nistmöglichkeiten ausgestattet ist;

• des biologischen Fortpflanzungs- und Arterhaltungstriebes, der auf bestimmte Jahreszeiten beschränkt ist;

• eines Klimas mit Temperaturen, die nicht unter 25 Grad Celsius im Schatten absinken.«

»Ohne Zweifel«, stimmte ich zu, »aber sagten Sie nicht, Herr Strauß, zur Schildkrötenfortpflanzung im Winter seien vier Dinge nötig? Was ist denn nun das vierte?«

»Schildkröten«, sagte Herr Strauß. Ich gab es auf, ich war ihm eben doch nicht gewachsen. Wenn man seine erstaunliche Energie je für friedliche Zwecke nutzen sollte, könnte man eine ganze Straße damit beleuchten.

Bevor wir uns trennten, machte ich einen letzten Versuch,

ihm eine Antwort ohne fette Punkte auf eine sehr persönliche Frage zu entlocken. »Herr Strauß«, sagte ich, »was werden Sie tun, wenn Sie nicht zum Kanzler gewählt werden?«

Zum erstenmal während unseres Gesprächs verschlug es meinem erlauchten Gastgeber die Sprache. Sein fassungsloser Gesichtsausdruck ließ erkennen, daß er offenbar den Sinn meiner Frage gar nicht recht verstanden hatte. Schließlich murmelte er etwas wie, in diesem ganz unvorstellbaren, hirngespinstigen, fast grotesken Fall würde er wahrscheinlich öfter auf die Jagd gehen.

Mit einem Gefühl des Triumphs stellte ich fest, daß er auf den fetten Punkt verzichtete und nicht zu einer neuen Zeile ansetzte. Ich beschloß also, es dabei zu belassen, keine weiteren Fragen.

Es war Zeit, zu gehen. Herr Strauß wirkte etwas bedrückt, trug seine Niederlage aber wie ein Mann. Er schüttelte mir die Hand und wünschte mir und meiner Familie alles Gute. Vorsichtig löste ich die Finger meiner rechten Hand wieder voneinander und wandte mich zum Gehen. Nach einigen Schritten drehte ich mich noch einmal nach dem Politiker Strauß um und wollte auch dem Menschen Strauß auf Wiedersehen sagen, aber ich gewahrte nichts als einen runden Kanzlerkandidaten inmitten eines Haufens fetter Punkte.

Eine der aufregendsten Begleiterscheinungen unseres Jahrhunderts ist wohl der technische Fortschritt im Hinblick auf die zwischenmenschlichen Beziehungen. Noch vor einigen Jahrhunderten benötigten die Kreuzritter ganze sechs Monate, um im Rahmen einer organisierten Gesellschaftsreise von Frankfurt nach Jerusalem zu gelangen. Heute hingegen kann man innerhalb von Minuten über dieselbe Distanz eine telephonische Verbindung herstellen, ohne daß Sultan Saladdin die Leitung stören könnte. Mit den modernen Möglichkeiten der Kommunikation brach eine völlig neue Ära herein. Nur die Telephonistinnen sind leider die alten geblieben.

Die wundersamen Begleiterscheinungen der Elektronik

Gedächtnisprotokoll, erstellt im Auftrag des bundesdeutschen Ministers für das Post- und Fernmeldewesen. Betrifft: Aufnahme des direkten telephonischen Durchwahldienstes zwischen der Bundesrepublik und Israel.

Bonn 10.55 Uhr.

Pünktlich zur vereinbarten Uhrzeit griff Seine Exzellenz der Minister für das Post- und Fernmeldewesen der Bundesrepublik nach dem Telephon, das auf dem Schreibtisch stand. Rundfunk- und Fernsehreporter waren zugegen, die Kameraleute der Tagesschau schalteten ihre Geräte ein, und Seine Exzellenz der Minister wählte unter atemloser Spannung aller Anwesenden auf direktem Weg die Nummer seines Amtskollegen, des israelischen Ministers für Post- und Fernmeldewesen in Jerusalem.

Im Monitor der Kamera erschien in Großaufnahme der Zeigefinger Seiner Exzellenz, und man konnte die von ihm gewählte Nummer genau verfolgen: 009722/3044512307. Doch die Leitung war leider besetzt.

Um 11.02 Uhr wählte der Minister erneut die Nummer 009722/3044512307, doch die Leitung war noch immer besetzt.

Seine Exzellenz lächelte verlegen in die surrenden Kameras und begann wieder die obige Nummer zu wählen. Um Punkt 11.09 Uhr meldete sich Jerusalem.

»In diesem langersehnten Moment, der den guten Willen unserer beiden Völker dokumentieren soll«, sagte der Postminister in deutscher Sprache, »da die erste direkte Fernmeldeverbindung zwischen unseren beiden durch ein weites Mittelmeer getrennten Länder eröffnet wird, ist es mir ein Bedürfnis, Ihnen, Exzellenz, zum Ausdruck zu bringen, daß dieses Ereignis von höchster politischer Tragweite dem Verständnis unserer freundlichen Beziehungen für immer ...«

»Alle Anschlüsse sind besetzt«, meldete sich über die Direktleitung eine hebräische Stimme. »Bitte warten, bitte warten.«

»Danke«, sagte der Minister. »Ich glaube, im Namen unserer beiden Völker zu sprechen, Exzellenz, daß dieser Moment der Beginn einer immer enger werdenden Zusammenarbeit zwischen unseren beiden Ministerien werden könnte ...«

An dieser Stelle meldete sich der Chefdolmetscher des deutschen Postministeriums, Rabbi Fledermaus, zu Wort und lenkte die Aufmerksamkeit Seiner Exzellenz des Ministers auf den nebelhaften Charakter des empfangenen hebräischen Textes.

Der Postminister schluckte einmal kurz, lächelte beherzt in die Kameras und wählte wieder mit eigenem Zeigefinger die Nummer 009722/3044512307. Zum größten Erstaunen aller Umstehenden wurde die direkte Verbindung zum Amtssitz des israelischen Ministers für das Post- und Fernmeldewesen sofort hergestellt.

»In diesem langersehnten Moment, der den guten Willen unserer beiden Völker dokumentieren soll ...«, begann der Minister, aber weiter kam er nicht, denn er wurde von einer resoluten Frauenstimme unterbrochen.

Im Folgenden wird der genaue Wortlaut der Unterhaltung wiedergegeben, die teils hebräisch, teils in einem mediterranen Gebrauchsenglisch geführt wurde.

Fräulein Zippi: »Legen Sie sofort den Hörer auf. Shimon erwartet jetzt einen Anruf aus Deutschland! Sie sollen auflegen, oder sind Sie schwerhörig?«

Minister: »Ich melde mich aus Bonn ...«

Fräulein Zippi: »This is direct line, you hear? Away with you!«

Minister: »Ich bin der Minister für Post- und Fernmeldewesen der Bundesrepublik Deutschland.«

Fräulein Zippi: »Warum haben Sie das nicht gleich gesagt? Ich verbinde!«

Minister: »Exzellenz, in diesem langersehnten Moment, der den guten Willen unserer beider Völker ...«

Fräulein Zippi: »Wait a little, Mister Minister, ich hab meinen Chef noch nicht gefunden. Wo kann er nur sein? Jossel, hast du eine Ahnung, wo Shimon steckt? Ich halt das mit den Nerven nicht aus, alle gehn fort und lassen mich da allein ohne Techniker in der Zentrale sitzen. Wie komm ausgerechnet ich dazu, mit einem deutschen Bonzen reden zu müssen. Mein Ehrenwort, wenn das noch einmal passiert, schmeiß ich alles hin ...«

★

Bonn 11.17 Uhr.

Im Protokoll ist vermerkt, daß an dieser Stelle die direkte Fernmeldeverbindung unterbrochen wurde.

Der Herr Minister wählte ein weiteres Mal die direkte Durchwahlnummer (009722/3044512307), worauf der diensthabende Arzt den Finger des Ministers mit einem Verband essigsaurer Tonerde versah. Aus der Leitung kam dezente Unterhaltungsmusik. Der Chefdolmetscher Rabbi Fledermaus verlieh seiner Meinung Ausdruck, daß in Jerusalem die Telephonnummer geändert worden sein könnte.

Die Kameras wurden abgestellt, und die Festgäste wurden ans Büffet gebeten. Da läutete das Telephon:

Fräulein Zippi: »Pinchas, sag mir, ist Shimon vielleicht bei euch? Mensch, warum sagt denn keiner was! Shimon, hör zu, der Bonner Jecke will mit dir reden ... Mach dir keine Sorgen, er kann dich nicht hören, ich habe die Leitung gesperrt ... Hallo, ich verbinde! Mister Minister, I make the connection now.«

Israels Postminister: »Exzellenz, es ist mir eine Ehre, Ihnen den freundschaftlichen Gruß unserer Hauptstadt Jerusalem übermitteln zu dürfen ...«

Minister: »In diesem langersehnten Moment des guten Willens, da unsere beiden Völker ...«

In dieser Phase des hochoffiziellen Gespräches zwischen den beiden Ministerexzellenzen war plötzlich eine weitere Stimme in der Direktverbindung zu vernehmen:

»Hör zu, Rappaport, wenn ich nicht bis Montag den Kaufvertrag habe, kannst du Platschek sagen, daß er nicht einen Piaster zu sehen bekommt!« Darauf antwortete eine nicht näher zu identifizierende Stimme: »Robitschek, ich hab immer schon gewußt, daß du ein mieser Baldower bist. Mich brauchst du nicht mehr zu grüßen, Shalom!«

Fräulein Zippi: »Mir scheint, da ist jemand in die Leitung hineingekommen. Bitte um Entschuldigung, ich werde ihn sofort hinauswerfen.«

★

11.44 Uhr.

Das Protokoll vermerkt, daß an dieser Stelle der telephonische Kontakt zwischen den beiden Ministerien endgültig abbrach.

Nach einigen weiteren Minuten meldete sich der israelische Postminister über die konventionelle Fernvermittlung und sagte dem Herrn Minister in feierlichem Tonfall: »Verehrter Herr Kollege, es freut mich aufrichtig, daß die modernen Errungenschaften der Technik sowie die hochentwickelten elektronischen Apparaturen, die uns neuerdings zur Verfügung stehen, die Kommunikation zwischen unseren beiden Ländern zu einem Kinderspiel machen. Gestatten Sie mir, Exzellenz, auf diesem Wege meiner Hoffnung Ausdruck zu verleihen, daß dies erst der Beginn ...«

Fräulein Zippi: »Ferngespräch! Auflegen! You stop speak now, Mister.«

Und damit endete die feierliche Einweihungszeremonie. In beiderseitigem Einvernehmen wurde beschlossen, alle weiteren Kontakte auf brieflichem Wege abzuwickeln.

Einer meiner längstgehegten Träume, einmal dem berühmten Karneval von Rio beizuwohnen, wurde in diesen Tagen wahr. Noch dazu unter völlig unerwarteten, sensationellen Umständen und obendrein zu Hause.

Conchita

Wer suchet, der findet unter Umständen die seltsamsten Dinge, vor allem in Tel Aviv. Da gibt es zum Beispiel ein Hallenbad, das im hinteren Teil eines großen Hotels untergebracht ist. Ob es dort Hotelgäste gibt, weiß ich nicht, aber Badegäste gibt es.

Das Wasser ist lauwarm, und es tummeln sich darin Scharen von sportlichen, rheumakranken Männern aller Altersklassen. Es ist 15 Uhr 30 im Schatten. Bis etwa 14 Uhr ist das Schwimmbecken so überfüllt, daß es aus allen Nähten zu platzen droht, denn jedermann in der Stadt weiß, daß um die Mittagszeit niemand schwimmen geht, daher gehen alle nur mittags schwimmen.

Wenn die Bürostunden wieder beginnen, pflegt sich die Halle wieder zu leeren, so daß um 15 Uhr 30 nur noch der junge Bademeister Zwika allein und verlassen die Schwimmhalle bevölkert.

Außer heute.

Wodurch unterscheidet sich der heutige Tag von den übrigen Tagen?

Zunächst einmal durch gar nichts. Wie an jedem anderen Tag fanden wir uns am Rande des Schwimmbeckens zusammen. Wir, das ist eine kleine Gruppe von Stammgästen: der stellvertretende Präsidialchef im Finanzministerium, dessen Kugelgelenke irgendwann laut zu knirschen begannen, der Chirurg Professor Zloczower, dessen Rückgrat neuerdings eine leichte Linkstendenz hat, Tibi, der Tennisspieler, der zu viele Bandscheiben zu haben scheint, und ich. Beschwerden habe ich zwar keine, aber Zeit.

Um dreiviertel vier, nachdem wir unsere dreißig lauwarmen Längen hinter uns gebracht hatten, falteten wir unsere Badetücher zusammen und wollten nach Hause gehen. Da plötzlich fielen unsere feuchten Blicke auf einen einsamen Liegestuhl, der am südlichen Ende des Schwimmbades stand. Darin ruhte ein uns unbekannter weiblicher Corpus. Angetan war die Erscheinung mit einem rabenschwarzen Bademantel, der Kopf war in ein mehr als feuerrotes Badetuch gehüllt.

Diese rätselhafte Erscheinung bedurfte der Aufklärung. Als wir zu viert an Zwika vorbeigingen, fragte Tibi, das Bandscheiben-As, so ganz beiläufig:

»Wer ist das dort?«

»Ich glaube«, meinte der junge Bademeister nach einem prüfenden Blick, »das dürfte Conchita sein.«

»Conchita?«

»Ja, Conchita, von der brasilianischen Tanztruppe, die bei uns im Hotel wohnt.«

Die Vorwärtsbewegung unseres Vierertrupps verlangsamte sich zusehends. Nachdem wir zum Stillstand gekommen waren, ließ ich mich auf dem Startblock mit der Nummer drei nieder. Eine seltsame Schwäche hatte mich befallen. Erst vorgestern hatte ich, wie auch die übrigen, die dunkelbraune Primadonna auf der Bühne gesehen, als sie mit ihren unendlich langen Beinen – teils Großzügigkeit der Natur, teils unmöglich hohe Absätze – unter atemberaubenden Verrenkungen den Karneval in Rio besang.

Und nun ruhte sie hier, fast zum Greifen nahe, vor meinen Augen und hauchte – zwar von Badetüchern eingehüllt – rhythmische, nach Kaffeearoma duftende Atemzüge in unsere Richtung ...

Auch meine Kollegen hatten ähnliche Gedanken.

»Ich glaube, ich werde noch ein bißchen bleiben«, bemerkte

der stellvertretende Präsidialchef, »die Notstandssitzung in meinem Büro kann auch eine halbe Stunde später stattfinden.«

Tibi verkündete daraufhin, daß er aus gesundheitlichen Gründen noch einige Längen schwimmen wolle.

Der Professor bückte sich, um an seinen Holzpantinen etwas in Ordnung zu bringen.

Ich für meinen Teil blieb auf dem Startblock mit der Nummer drei sitzen. Hier hatte ich nämlich einen besonders günstigen Beobachtungsposten, falls Conchita beschließen sollte, sich aus dem Liegestuhl zu erheben. Vor meinem geistigen Auge erschien der schwarze Diamant, natürlich mit einem schneeweißen Bikini bekleidet, der nicht einmal annähernd in der Lage war, diese schwellenden Formen zu bändigen ...

»Ich glaube, ich werde mich noch etwas ausruhen«, murmelte der Professor gesenkten Blickes, »mein Rückgrat bedarf der Schonung.«

Ich ließ meinen Blick von Conchita durch die Schwimmhalle streifen und mußte feststellen, daß rings um das Becken plötzlich kleine Gruppen von Männern aufgetaucht waren. Sie verteilten sich auf diverse strategische Punkte im Raum und harrten geduldig der Auferstehung. »Es ist doch beschämend«, dachte ich mir, »daß erwachsene Menschen mitten an einem Arbeitstag ihre kostbare Zeit damit vergeuden, auf den Anblick langer Beine zu warten.«

Ich hatte Zeit und Muße, über dieses traurige Phänomen nachzudenken, denn die Uhr an der Stirnseite der Halle zeigte erst 16 Uhr 15. Conchitas rotes Badetuch hatte sich noch nicht bewegt. Ebensowenig wie die Männer, die ohne triftigen Grund das Schwimmbad bevölkerten.

»Ich fürchte, daß unsere Regierung die Wirtschaftsprobleme nie und nimmer in den Griff bekommen wird«, sagte Professor Zloczower im Bestreben, Reste seines Gesichtes zu wahren.

»Das glaube ich auch nicht«, erwiderte Tibi, während er fieberhaft seine Brillengläser putzte. »Der nächste Finanzminister ist nicht zu beneiden.«

»Wenn man die Inflation überhaupt stoppen will, muß man Preise und Löhne einfrieren«, meinte der stellvertretende Präsidialchef, während er seine knirschenden Kugelgelenke nach rechts verlagerte, um seinen brasilianischen Blickwinkel zu verbessern.

»Wir werden ja sehen«, irgend etwas mußte ich auch sagen, »alles hängt von der Lage ab.«

In Wahrheit bewegten mich in diesem Augenblick Probleme ganz anderer Natur. »Woran mag es nur liegen«, dachte ich insgeheim, »daß das Gesäß der einheimischen Frau so sehr auf die Anziehungskraft der Erde anspricht und einen unübersehbaren Abwärtstrend aufweist, während die prachtvoll gerundeten Bäckchen der brasilianischen Tänzerinnen den Gravitationsgesetzen zu trotzen scheinen?«

»Meine letzte Hoffnung ist Levinsohn«, äußerte sich Ingenieur Glück, der während meiner Meditationen unserer Loge beigetreten war, »er ist ein begnadeter Wirtschaftsfachmann.«

»Nach meiner bescheidenen Meinung«, bemerkte Tibi, »wird er eine entscheidende Rolle bei der Konsolidierung zu spielen haben.«

»Zweifellos.«

So sprachen wir über schicksalhafte Sachen bis etwa 16 Uhr 45. Wenn mich meine Erinnerung nicht trügt, so konnte sich bis zu diesem Zeitpunkt keiner der anwesenden Männer überwinden, die Schwimmhalle zu verlassen. Irgendwann, mitten in unserer wirtschaftspolitischen Diskussion, ging der stellvertretende Präsidialchef ans Telephon, um die Notstandsitzung abzusagen.

Kurz danach rief die beste Ehefrau von allen an und wollte wissen, ob mir irgend etwas zugestoßen wäre. Ich klärte sie darüber auf, daß Wassersport mein ein und alles sei.

Professor Zloczower bat einen seiner Patienten ans Telephon und riet ihm, seine Operation auf den folgenden Tag zu verlegen. Dann wandte er sich an uns:

»Solange auch nur die leiseste Hoffnung besteht, daß die Natur sich gegen die Krankheit durchsetzt, soll man das Skalpell nicht in die Hand nehmen.«

Wir pflichteten ihm bei. In Ermangelung eines anderen Gesprächsthemas fuhr der Professor fort:

»In der modernen Medizin sind die konventionellen Methoden längst dem Bankrott anheimgefallen. Man könnte fast sagen, sie sind über das eigene Bein gestolpert ...«

Das mit dem Bein hätte er nicht sagen sollen. Allen anwesenden Männern, soweit sie sich in Hörweite befanden, lief es kalt und heiß über den Rücken. Zu einem Zeitpunkt, da sich dort unter den Badetüchern das unendlich lange Beinwunder räkelte und wir alle diesem Anblick entgegenfieberten, sollten Beine jeglicher Art gefälligst unerwähnt bleiben. Schon vorher hatte jemand enorme Aufregung verursacht, als er vom Cappucino sprach, und wir alle konnten nur hoffen, daß es keinem einfallen würde, ein Wort auszusprechen, das auch nur im entferntesten so klang wie »Bikini«.

»Was ist Ihre Meinung über die neue Zentrumspartei?« versuchte Ingenieur Glück abzulenken.

Meine ausgewogene Meinung war, daß Conchita unter den Badetüchern fast nackt sein müsse. Ihr voller Körper konnte von diesen beiden weißen Mini-Tüchlein nicht einmal annähernd verhüllt werden. Abgesehen davon war ich zu diesem Zeitpunkt – es ging bereits auf 18 Uhr zu – wegen des gewaltigen Hungergefühls, das an meinen Innereien nagte, bereits dem völligen Zusammenbruch nahe. Zu meiner Beruhigung merkte ich, daß sich auch andere Karnevalsteilnehmer aus ähnlichen Motiven krampfartig zu krümmen begannen.

Die rücksichtslose Exotin hingegen schlummerte weiter still vor sich hin. Ein einziges Mal konnten wir unter den Badetüchern eine leichte Bewegung – geschmeidig wie die eines Geparden – beobachten, und das schwere Atmen um mich herum steigerte sich zu einem leichten Röcheln. Die sanitären Anlagen des Schwimmbades stellten eine zusätzliche Problematik dar, denn niemand wagte sich dorthin, aus der berechtigten Sorge, daß die kaffeebraune Schönheit just in diesen Minuten aufstehen und davongehen könnte.

Also sprangen wir ins Wasser und drehten eine kurze Runde.

Draußen wurde es langsam dunkel.

Der stellvertretende Präsidialchef schien als erster aufzugeben. Er erhob sich und verließ gemessenen Schrittes das Hallenbad. Ebenso gemessen kehrte er gleich darauf wieder zurück, nachdem er telephonisch im benachbarten chinesischen Restaurant eine leichte Mahlzeit bestellt hatte. Er verschlang die exotischen Viktualien mit einem Appetit, der die Aufmerksamkeit eines Psychiaters verdient hätte. Irgend jemand brach zusammen und wurde von Zwika hinausgetragen.

Was mich betrifft, so hatte ich mich noch einigermaßen in der Gewalt. Zumindest physisch. Meine Psyche hingegen war auf Abwege geraten. Ich ertappte mich dabei, wie ich einen Schlagertext zu entwerfen begann: »Ein Dekolleté / Braun wie Kaffee ...«

Aber ich war wohl doch schon etwas müde geworden. Um Punkt 18 Uhr 30 beschloß Tibi, sich von seiner Frau scheiden zu lassen. Ingenieur Glück ging tief in eine orientalische Hokke und weinte leise vor sich hin:

»Was soll aus diesem Land werden, wie soll das nur weitergehen?«

Die Antwort auf diese Frage wurde uns kurz nach sieben Uhr zuteil. Plötzlich glitt der rabenschwarze Bademantel ebenso wie das mehr als feuerrote Badetuch von der schlummernden Exotin. Aus dem Liegestuhl erhob sich Riwka Weinreb, ein Eigenprodukt des Landes, barfuß, mollig und im zweitbesten Alter. Die Gesetze der Gravitation kamen bei ihr zur vollen Geltung. Sofern man im Zusammenhang mit Riwka überhaupt an Kaffee denken konnte, dann höchstens in Verbindung mit Zichorie.

Wutentbrannt richteten sich unser aller Blicke auf diesen unverantwortlichen Rotzbuben Zwika.

»Das ist eben die heutige Jugend«, zischte der stellvertretende Präsidialchef. »Conchita!«

Wir zuckten alle noch einmal zusammen und strömten dann auf die Umkleidekabinen zu. Teils aufrecht, teils auf allen vieren, wie die Geparden.

»Es hätte nicht viel gefehlt, und ich hätte portugiesisch gelernt«, sagte Professor Zloczower, »wenigstens ist mir das erspart geblieben.«

Was mich betrifft, so freue ich mich enorm, daß Brasilien nicht ins Finale der Fußballweltmeisterschaft gekommen ist. Süß ist die Rache.

In der guten alten Zeit, also vor zwei bis drei Generationen, pflegten die Eltern ins Ausland zu verreisen, und die traurigen Kinder mußten bei Oma und Opa zurückbleiben. Dann aber brach mit aller moralischen Großzügigkeit das Zeitalter der antiautoritären Erziehung an, die Kinder fuhren allein ins Ausland und machten aus ihren Eltern traurige Omas und Opas. Heutzutage verreisen Eltern und Kinder gemeinsam, und die Depression wird unter allen Familienmitgliedern gleichmäßig aufgeteilt.

Reisen bildet

Als mein Töchterlein Renana zwölf Jahre alt wurde, also nahezu an der Schwelle der weiblichen Reife stand, nahm ich sie zur Seite und fragte sie, mit welchem Geschenk ich sie an diesem außerordentlichen Geburtstag wohl am meisten erfreuen könnte. Natürlich war die tragbare Mini-Stereo-Apparatur nicht als Geschenk zu bezeichnen, weil sie ja heutzutage als unumgängliche Lebensnotwendigkeit betrachtet werden muß.

»Ich«, sagte meine herangereifte Tochter, ohne auch nur eine Sekunde zu zögern, »ich will nach Paris.«

Damit konnte kein Mensch rechnen. Nicht einmal ich. »Paris?« Ich wollte es bestätigt haben. »Wieso Paris?«

»Was?«

Sie sagt immerzu »was?«, ehe sie eine Frage beantwortet. Sie scheint das für ihre persönliche Note zu halten, eine Art von Vorwahlnummer.

»Ich habe dich gefragt«, wiederholte ich geduldig, »warum du nach Paris willst.«

»Weil es im Ausland ist.«

»Im Ausland ist vieles«, sagte ich. »Vergiß diesen Unsinn und denk dir ein vernünftiges Geschenk aus. Schließlich bist du kein Baby mehr.«

Dieses Gespräch hatte ich völlig verdrängt, bis meine Tochter an ihrem Geburtstag an der Hand ihrer Mutter einem Flugzeug entstieg und Pariser Boden betrat. Ich ergriff ihre freie Hand, und wir begaben uns zu dritt in unser Hotel, um uns in einem Eineinhalb-Zimmer-Apartment gemütlich einzurichten. Für das Pariser Geburtstagsfestival hatten wir ganze fünf Tage vorgesehen, also begann die beste Ehefrau von allen, mit meiner Unterstützung in unserem halben Zimmer die Koffer auszupacken, während Renana sich malerisch in das Recamier-Sofa des ganzen Zimmers drapierte und blasiert zur Dekke starrte. »Uff«, schien ihr Blick zu sagen, »was jetzt?«

Der Vorwurf in ihren Augen war unübersehbar. Wozu in drei Teufels Namen hatten wir sie in diese verlauste Stadt verschleppt?

»Hör mir zu, mein Kind«, sagte ich zu meinem Kind, »wir sind nicht zu deiner persönlichen Unterhaltung da. Also such dir eine Beschäftigung, bis wir mit dem Auspacken fertig sind. Da drüben steht ein Fernsehapparat.«

»Was?«

»Fernsehapparat.«

Renana schleppte sich zum TV-Gerät und drückte mißmutig einige Knöpfe. Nach wenigen Sekunden waren auf dem Bildschirm die markanten Züge des Präsidenten Mitterrand zu sehen.

»Der spricht ja französisch.« Renana war angewidert.

In der Schule hatte sie drei Jahre lang Französisch gelernt, meine Renana. Der Taxichauffeur am Flughafen entdeckte – vielleicht wegen ihrer roten Haare – eine gewisse Affinität zu meiner Tochter, also fragte er sie auf französisch, ob sie Französisch könne?

»*Yes*«, antwortete meine Tochter und beendete damit die Konversation.

Was Mitterrand seiner Nation mitzuteilen beabsichtigte, werde ich nie erfahren, denn Renana drehte ihn mitten im Satz einfach ab.

»Diese Stadt ist zum Kotzen langweilig«, verkündete sie.

Ich suchte sämtliche hebräischen Zeitungen zusammen, die ich in den letzten vierzehn Tagen erworben hatte, und warf sie ihr vor die Füße.

»Uff«, gähnte mein Töchterlein, »da steht doch nichts als Begin, Begin, Begin.«

»Hast du dir nicht irgendein Buch mitgenommen?«

»Was?«

»Ein Buch. Zum Lesen.«

»Lesen? Das kann ich auch daheim, oder?«

Ich schlug vor auszugehen, um irgend etwas zu essen, aber sie war nicht hungrig. Ich fand ein großes Kreuzworträtsel in einer unserer Wochenzeitschriften und hielt es vor ihre gelangweilte Nase.

»Ich habe keinen Bleistift«, murmelte Renana und fügte ein Uff hinzu.

Mag sein, daß sie ein bißchen beschränkt ist. Vielleicht sollte ich irgendwann mit einem Arzt darüber sprechen. »Ich langweile mich noch zu Tode«, bemerkte Renana.

Ich hielt die Zeit für gekommen, endlich meine Sensation zu produzieren. Ein ganzes Jahr lang hatte ich, wo immer ich auch ging und stand, Rubiks berühmten Zauberwürfel in der Tasche. Obwohl es mir noch nie gelungen ist, alle Farben auf die gleiche Seite zu drehen, oder vielleicht gerade deshalb. Um mein Dekorum zu wahren, drehte ich die Farben des Würfels einige Male hin und her, dann reichte ich ihn der kleinen Madame Recamier:

»Schau einmal, ob du die Farben ordnen kannst.«

»Was?«

»Ordnen.«

Meine grenzdebile Tochter nahm den Würfel mit trotziger Miene in Empfang, drehte seine Bestandteile kurz hin und her, um ihn mir herablassend zurückzureichen. Überflüssig zu bemerken, daß natürlich alle Farben dort waren, wo ich sie noch nie hingebracht hatte.

Offenbar war es Anfängerglück. Anfängerglück oder Zufall. Wie dem auch sei, sie war wieder gelangweit. Zugegeben, zehn Pariser Minuten waren vergangen, aber wir hatten noch fünf Tage zu bewältigen.

»Uff«, sagte meine Tochter, »was mach ich nun?«

»Was würdest du daheim tun?«

»Was?«

»Daheim. Was würdest du tun?«

»Daheim habe ich Nava.«

Nava ist, wie erwähnt, ihre Busenfreundin von gegenüber. Nichts Außergewöhnliches, aber immer da, wenn man sie braucht.

Einen Moment spielte ich mit dem Gedanken, Navas Eltern anzurufen, damit sie ihre Tochter nach Paris schicken konnten. Ich kann sie zwar nicht ausstehen, aber darauf war jetzt keine Rücksicht zu nehmen.

»Ich glaube nicht, daß ich Nava hier haben möchte«, sagte meine kleine Gedankenleserin, während sie flach auf dem Rücken lag und an ihren Nägeln kaute, »sie geht mir furchtbar auf die Nerven.«

»Warum versuchst du nicht, hier im Hotel irgendeine Freundin zu finden«, schlug ich ihr, einfallsreich wie immer, vor. »In der Hotelhalle habe ich einige sehr nette Mädchen aus Pakistan gesehen.«

Renanas Gesichtsausdruck sagte eindeutig: »Der Mann ist nicht bei Trost.« Ich schlug ihr verschiedene Spiele vor: Blinde Kuh, Verstecken, Personen raten ... irgendwas ... Renana würdigte mich keiner Antwort. Ich eilte hinunter zur Rezeption, um Spielkarten zu besorgen. Als ich zurückkam, war Renana in Tränen ausgebrochen. Aus Langeweile vermutlich.

»Also«, rief ich mit meiner fröhlichsten Lieb-Väterchen-Stimme, »wer spielt mit mir Karten?«

»Was?«

»Karten. Spielen wir ›Ziehen‹.«

»Ziehen« ist ein hochgeistiges, aufregendes Kartenspiel für beliebig viele Teilnehmer. Jeder zieht eine Karte aus dem Paket, und wer die höchste Karte hat, gewinnt.

»Uff«, sagte Renana, »ein besonders blödes Spiel.«

»Aber Liebling«, warf ihre Mutter ein, »daheim spielst du es doch immer stundenlang.«

»Daheim«, erwiderte Renana mit mühsam unterdrücktem Zorn, »wir sind nicht daheim, sondern in Paris, oder?«

Ich nahm ihren Gedanken auf: »Wenn schon Paris, dann sollten wir doch in ein Museum gehen ...«

Nie im Leben werde ich diesen Blick vergessen:

»Museum?« sagte Renana angewidert. »Ich will nach Hause!«

Das war die erste vernünftige Äußerung, die sie seit ihrer Ankunft von sich gab. Wenn das Kind nach Hause will, soll sie nach Hause. Der Haken war nur das Datum auf ihrem verbilligten Rückflugticket. Von jener Stunde der Glückseligkeit trennten uns ganze fünf Tage.

Die beste Ehefrau von allen schlug vor, etwas zu singen, damit die Zeit schneller verging. Ohne nachzudenken, stimmte ich in ein frohgemutes »Hava-Nagila-Hava« ein, aber das Lied erstarb auf unseren Lippen, als wir Renanas gerunzelte Stirn sahen.

Was nun?

Ich beherrsche keine Kartenkunststücke, für Eiscreme war es zu kalt, und das Bolschoi-Theater ist nicht in Paris. Also was tun?

»Möchtest du vielleicht Schnurspringen?« fragte meine Frau behutsam. Renana stand wortlos auf, ging ans Fenster und starrte auf den Pariser Antennenwald. Uff!

»Ich glaube, daß es hier im Hotel einen Swimmingpool gibt«, versuchte ich es aufs neue.

»Was?«

»Schwimmen.«

»Ödet mich an.«

Ich weiß nicht, was als nächstes geschah. Oder besser, ich weiß es genau. Ich packte eine große Alabastervase, die auf dem Tisch stand, erhob sie hoch über meinen Kopf und schmetterte sie auf den Boden.

»Das ödet dich an?« brüllte ich, von patriarchalischem Zorn übermannt. »Von mir aus kannst du angeödet bleiben bis ans Ende deiner Tage. Ich habe genug!«

Renana bückte sich, hob einige Scherben der Vase vom Teppich auf und eilte in eine Ecke des Zimmers.

»Schön«, sagte sie, während sie sich in den Türkensitz begab, »damit kann ich ›Steinchen‹ spielen.«

Und schon begann sie, die Alabasterscherben einzeln in die Höhe zu werfen, um sie nach einem unergründlichen Spielritual wieder aufzufangen. Sie warf und fing, warf und fing ...

Ich fragte mich, wie lange man das um Gottes willen betreiben könnte!

Die Antwort war einfach. Fünf Tage lang. Fünf Tage in der herrlichen Stadt Paris verbrachte Renana damit, am Boden des Hotelzimmers zu sitzen, um kleine Stücke einer zerbrochenen Vase in die Luft zu werfen und aufzufangen ...

»Danken wir Gott für diese Scherben«, flüsterte die beste Ehefrau von allen.

»Was?«

»Scherben.«

Nach fünf Tagen kehrte Renana glückselig heim.

»Es war großartig«, erzählte sie ihrer Freundin Nava am nächsten Tag. »Paris ist Spitze.«

Reisen bildet.

Renanas grenzenlose Euphorie angesichts der Schönheiten von Paris beschränkte sich auf fünf wundersame Scherben einer x-beliebigen Alabastervase, keinesfalls aber auf die Franzosen. Das ist kein Zufall. Es ist nicht so leicht, sich für fünfzig Millionen Franzosen uneingeschränkt zu begeistern.

Turnen um Taxis

Die Franzosen sind seltsame Leute. Man kann sie bewundern, weil sie so geistreich sind und ihre wunderschöne Sprache so perfekt beherrschen, man kann sie verachten, weil sie eingebildete Schurken sind, doch es gibt etwas, das man keinesfalls kann: nämlich einen Franzosen dazu bringen, daß er *dich* mag. Egal wer du bist, Franzosen verachten dich mit einer Intensität, die ihresgleichen sucht, und zwar aus dem einfachen Grund, weil du ein schäbiger Ausländer bist, der sich womöglich auch noch einbildet, französisch zu können.

Den ersten Geschmack dieses Abscheus bekommt man schon am Flughafen zu kosten. Die riesige Eingangshalle, die vermutlich wegen ihrer Länge nach De Gaulle benannt wurde, erstreckt sich über etliche Kilometer und beinhaltet nur einen einzigen Gepäckwagen namens Suzanne. Wenn man sich vor Augen hält, daß einige Millionen Touristen jedes Jahr nach Paris pilgern, kann man sich die Feindseligkeiten vorstellen, die Tag für Tag um besagte Suzi ausgefochten werden. Und zu allem Überfluß quietscht sie auch noch.

Doch eines muß man ihr lassen, diese Suzi bereitet auf all das vor, was man später mit den Pariser Taxifahrern zu erleben hat. Wenn der Leser jemals in Paris gewesen ist, kann ich mir weitere Erklärungen sparen. Wenn nicht, helfen auch Erklärungen nichts.

Denn das Pariser Straßenbild ist förmlich gespickt mit Taxis. Hier finden wir das genaue Gegenteil der Story von der einsamen Suzi. Es gibt in Paris Taxis wie Flöhe auf einem französischen Pudel. Aber man kann die Taxis nicht erwischen, weil sie alle besetzt sind. Und sollten sie es wider Erwarten nicht sein, nehmen sie dich nicht mit, weil ihnen dein Gesicht nicht gefällt. Paris dürfte die einzige Stadt der Welt sein, in der die Taxifahrer eine traditionelle Art von Gesichtsforschung betreiben.

Zwar sind auch in der übrigen Freien Welt die Taxichauffeure wählerisch und anspruchsvoll. In New York zum Beispiel mußte eine eigene Gesetzesnovelle verfaßt werden, welche die Taxichauffeure dazu anhält, *jeden* Fahrgast mitzunehmen, und zwar ohne Rücksicht auf Hautfarbe, Rasse oder Geberlaune. Vorausgesetzt, daß der Fahrer nicht gerade zum Essen fährt. Deshalb führen die New Yorker Taxifahrer auch ein besonderes Hunger-Licht auf ihren Dächern mit. Es ist eine Lampe, die automatisch angeht, wann immer ein hungriger Fahrer nach einer größeren finanziellen Beute ausschaut, als du ihm bieten kannst.

In Frankreich braucht man kein Licht auf dem Dach. Man erkennt dich auch so. Der herkömmliche Pariser Taxler sieht auf den ersten Blick, ob du ein lausiger Tourist bist oder nicht, ob du mit ihm – Gott steh dir bei – über Land fahren willst, ob dein Hotel in einer belebten Straße liegt, vor allem aber, ob du großzügig bist oder ein Amerikaner. Also stehst du am Gehsteig in Paris und turnst herum wie eine einarmige Windmühle. Die ersten fünf Taxis rauschen zunächst garantiert vorbei, ohne auch nur mit dem Winker zu zucken. Das sechste bleibt in der Regel stehen, aber der Fahrer hält die Türklinke von innen fest:

»Wohin?« fragt er aus einem Mundwinkel. Natürlich ist es jener Mundwinkel, in dem seine Zigarette steckt.

Was immer du ihm jetzt sagst, er antwortet *»Merde«* und fährt weiter, weil er in der entgegengesetzten Richtung zu tun hat. Aus Prinzip. In Wahrheit kann er dich nicht ausstehen. Er ist nämlich Taxifahrer und du, für gewöhnlich, nicht. Du bist ein verdammter Tourist. Zuerst dachte ich, daß es da einen geheimnisvollen Code geben könnte, der besagt, daß sie keine Männer ohne Westen oder keine Brillenträger transportieren dürfen. Nach einer Woche in Paris habe ich erfaßt, daß es nur ein einziges Gesetz für sie gibt: sie fahren *dich* nicht. Punktum.

Eines Tages, nachdem ich schon eine halbe Stunde lang auf den regenfeuchten Champs-Elysées vergebens geturnt hatte, kam endlich Nummer Sechs des Weges und fragte: »Wohin?«

Durchnäßt bis auf die Haut stammelte ich:

»Egal, fahren Sie mich, wohin Sie wollen.«

»Liegt nicht auf meinem Weg.«

Und weg war er. Sie durchschauen dich sofort, diese Pariser Taxler. Natürlich wußte der Mann, daß ich, wenn ich einmal in seinem Wagen säße, Wünsche äußern und Ansprüche stellen würde, irgendwohin mit seinem Taxi zu fahren.

Also änderte ich meine Taktik. Ich versuchte intuitiv zu erraten, welchen Weg der Chauffeur fahren könnte. Nichts lag mir nämlich ferner, als ihm zur Last zu fallen. Einmal ist es mir sogar beinahe gelungen, meinen Plan zu verwirklichen.

Das kam so: Ich wollte zur Oper und hatte wieder einmal gute zwanzig Minuten gewunken und geturnt. Da plötzlich blieb ein echter Pariser Taxifahrer neben mir stehen. Jean-Pierre, mit Zigarette im Mundwinkel, steckte den Kopf durchs Fenster und fragte:

»Wohin?«

Und da geschah es: PSI stand mir bei. Er fährt in die entgegengesetzte Richtung von der Oper, sagte der kleine Uri Geller in mir. Meine Handlungsweise war demnach vorgezeichnet. Ich spürte sie in allen Knochen.

»Montmartre«, bestimmte ich mit Brustton.

Jean-Pierre lüftete eine Augenbraue – natürlich wußte er genau, daß ich zur Oper wollte – und sagte:

»Herein mit Ihnen!«

An diesem Tage fuhr ich leibhaftig in einem echten Pariser Taxi. Egal wohin, egal wozu, ich fuhr. Ich war höchst zufrieden mit mir und genoß mein stilles Taxiglück. Tagelang, auch heute, durchströmt mich noch diese enorme Befriedigungswelle. Vergessen ist der stundenlange Fußmarsch durch die Pariser Nacht, nachdem ich in einem obskuren kleinen Theater ein unverständliches Stück ansehen mußte, statt in der Oper gewesen zu sein ...

Egal, ich fuhr. Opern gibt es viele.

Nun aber stand ich wieder in dieser Vollmondnacht am Rande von Montmartre und turnte wie üblich, rief und jammerte, ich habe sogar hebräisch gebetet und ungarisch geflucht, aber Taxis kamen und gingen. Auch nach einer Stunde intensiver Gymnastik war ich noch immer zu Fuß unterwegs ...

Um drei Uhr nachts sank ich endlich mitten auf der Fahrbahn in die Knie und begann zu weinen. Keiner blieb stehen. Sie sind nicht von gestern, diese Pariser Taxifahrer, natürlich kennen sie den billigen Trick mit Knien und Tränen. Im Morgengrauen erreichte ich endlich mein Hotel.

»Das nächste Mal, Monsieur«, sagte mir der Nachtportier, »suchen Sie sich ein Zimmer in der Nähe des Theaters.« Und dann passierte es eines denkwürdigen Tages, daß das allererste von mir angerufene Taxi tatsächlich stehen blieb. Der Kerl dürfte besoffen gewesen sein oder sonst was. Ich hechtete hinein und sagte ihm den Namen des Kinos, das ich besuchen wollte.

»Tsss«, erklärte Marcel, »liegt nicht auf meinem Weg.«

»Da kann ich Ihnen leider nicht helfen.«

Marcel stieg aus, steckte seinen Kopf durch das Fenster und blies mir eine Wolke von Zigarettenrauch ins Gesicht. »Mein Motor ist abgesoffen«, zischte er. »Raus, *cochon*.« Ich weiß nicht, was in mich fuhr, doch ich blieb, wo ich war. Bleich, aber gefaßt.

»Dann reparieren Sie eben Ihren Motor«, zischte ich zurück, »ich warte.«

Marcel, sichtlich beeindruckt, änderte daraufhin seine Taktik.

»Schaun Sie, Monsieur«, appellierte er an das Gute in mir, »von diesem Taxi muß ich leben. Ich habe eine Familie, etliche Kinder und eine alte Konkubine zu ernähren. Wenn ich Sie zu Ihrem dreckigen Kino fahre, verliere ich bares Geld, weil ich auf dem Rückweg keinen Fahrgast finde und leere Kilometer fahren muß. Also seien Sie ein Mensch und steigen Sie aus.«

Ich blieb hart. Er war um einen Kopf kleiner als ich.

Marcel zuckte mit der Schulter und verschwand in einem Bistro auf der anderen Straßenseite, um sich an einigen Pernods zu laben. Ich aber wich nicht von der Stelle. Ich war bereit zu ertragen, was auch kommen möge. Aber kapitulieren? Nie.

Über eine Stunde saß ich da. Schließlich kam Marcel zurück, setzte sich wortlos hinter das Steuerrad, startete den abgesoffenen Motor und fuhr mich schnurstracks zu meinem Kino. Er hatte mich als würdigen Gegner anerkannt.

Ich gab ihm ein beachtliches Trinkgeld. Überflüssig zu sagen, daß ich den Film versäumte und wieder zu Fuß in mein Hotel zurück mußte. Aber das Gefühl des Triumphs, das mich in dieser Nacht befiel, das lasse ich mir von keinem Menschen mehr rauben.

Mein letzter Tag in Paris brachte auch meine letzte Erfahrung mit Pariser Taxifahrern.

Der Chauffeur, der kurz nach Mitternacht am Montparnasse neben mir stehen blieb, dachte gar nicht daran, irgendwelche Instruktionen von mir abzuwarten.

»Nach Norden fahre ich nicht«, informierte er mich durch seine Zigarette. »Aber auch nicht nach Süden. Der Etoile kommt nicht in Frage, und was das Trinkgeld betrifft, so ist es schließlich mitten in der Nacht ...«

»Bemühen Sie sich nicht«, unterbrach ich ihn. »Da haben Sie zehn Francs Trinkgeld. Ich gehe zu Fuß.«

Mißmutig nahm der Taxler mein Geld.

»Das soll ein Trinkgeld sein?« fragte er. *»Merde.«*

Damit steckte er meine *merde* in die Tasche und fuhr davon.

Ich liebe sie alle, ich kann mir nicht helfen, ich liebe die Pariser Taxifahrer.

Es ist kein Geheimnis, daß der durchschnittliche Israeli liebend gern in der ganzen Weltgeschichte herumreist. Egal warum und egal wohin. Um dieses hehre Ziel zu verfolgen, bedient man sich der fadenscheinigsten Vorwände. Als beispielsweise Ministerpräsident Begin vor einigen Jahren den Friedensnobelpreis erhielt, und das auch noch in Oslo, ließ einer unserer zahlreichen Reiseunternehmer ein Rieseninserat veröffentlichen: »Verbilligte Nobelreisen!« Ein anderer inserierte: »Zum Fjord wie ein Lord!« Also fuhr die halbe Bevölkerung Israels gen Norden, um an der feierlichen Zeremonie teilzunehmen, oder wenn das schon nicht möglich wäre, wenigstens einige Elektrogeräte zu erstehen. Kurz danach kam man glücklich und zufrieden mit dem Autogramm Alfred Nobels wieder nach Hause, während die andere Hälfte der Bevölkerung auf der Warteliste stand und vor Neid platzte. Als Entschädigung für den versäumten Nobel fuhren die letzteren schließlich zum Cupfinale der Basketballer in die Hauptstadt Jugoslawiens, um dort Elektrogeräte zu kaufen. Der einfache Bürger Israels ist eben auf solche Anlässe angewiesen.

Die führenden Köpfe des Landes hingegen haben sich ein anderes System erarbeitet. Sie fahren zu Symposien nach Singapur und Helsinki, oder sie veranstalten Freundschaftsbesuche, wo immer man ihnen das nicht verbietet. Im Folgenden versuche ich, eine aus solchem Anlaß stattgefundene Besprechung zwischen zwei verschreckten Gastgebern auf dem schwarzen Kontinent wiederzugeben.

Notstand in Zombia

Herr Protokollminister, Sie wollten erinnert werden, daß morgen Seine Exzellenz, der israelische Außenminister, in unserem Land eintreffen wird.«

»Zombia wird ihn mit allen ihm gebührenden Ehren empfangen. Hat unser Blasorchester schon die Noten der israelischen Hymne erhalten?«

»Leider nicht. Aber ein israelischer Exportkaufmann hat sich bereit erklärt, unseren Musikern die Hymne so lange vorzupfeifen, bis sie sie blasen können.«

»Wir werden auch noch das Ausrollen des roten Teppichs proben müssen. Reicht er bis zum Flugzeug?«

»Wenn es gleich neben dem Flughafengebäude stehenbleibt, ja.«

»Wir werden auch siebzehn Kanonenschüsse brauchen.«

»Selbstverständlich, Exzellenz. Wir haben uns schon die Kanone von Dahomali ausgeborgt.«

»Gut, dann wollen wir also die Details der Empfangszeremonie festlegen. Der Außenminister wird mit seiner Begleitung die Ehrengarde unseres Fallschirmjägers abschreiten, anschließend begeben sich die Herren in den VIP-Raum. Wie groß ist die Begleitung des israelischen Außenministers?«

»Vierzig Personen, Exzellenz.«

»Also, dann wird im VIP-Raum ein Begrüßungstrunk ... wie viele haben Sie gesagt?«

»Vierzig Begleiter, Exzellenz. Diese wiederum werden von weiteren dreißig Begleitern begleitet.«

»Warum so viele?«

»Damit sich das Charterflugzeug amortisiert.«

»Was soll das heißen? Wollen diese Leute Zombia erobern?«

»Soviel ich weiß nicht, Exzellenz. Aber sie reisen gern, die Israelis.«

»Wenn ich mich recht entsinne, bestand die Begleitung der Queen Elizabeth aus zehn oder zwölf Leuten.«

»Kein Wunder, Exzellenz, in Großbritannien gibt es nur drei Parteien.«

»Könnten wir nicht lieber die Queen wieder einladen?«

»Sicher, aber nicht für morgen. Soviel ich weiß, wurden die Israelis schon geimpft.«

»Alle siebzig?«

»Einundsiebzig. Mit dem Außenminister.«

»Wie sollen wir die in die Stadt transportieren?«

»Ich habe bereits alle zombischen Kraftfahrzeuge requirieren lassen.«

»Das wird nicht genügen. Sogar wenn alle unsere Regierungsmitglieder ihre Dienstwagen zur Verfügung stellen und sich auf Fahrrädern in die Stadt begeben, werden wir mit unseren Autos nicht auskommen. Was tun?«

»Man könnte die Gäste vielleicht in zwei oder drei Schichten befördern.«

»Gut, aber wo werden wir sie unterbringen?«

»Dieses Problem ist noch nicht konsequent durchdacht worden. Ich fürchte, daß wir das Wohnviertel der Stadt beschlagnahmen müssen.«

»Und was machen wir mit den Bewohnern?«

»Die könnten wir in den Urwald transportieren, bis die Krise gebannt ist.«

»Also dann wäre das wenigstens gelöst. Jetzt fragt sich nur noch, wo wir das Bankett für unsere Gäste veranstalten werden.«

»Natürlich im größten Saal der Hauptstadt, im Kino.«

»Sagen Sie, pflegen diese Leute viel zu essen?«

»Alles deutet darauf hin, daß sie sich eines gesunden, mediterranen Appetits erfreuen, Exzellenz.«

»Entsetzlich.«

»Ich habe gehört, daß die Regierung von Ghanovia nach dem letzten israelischen Staatsbesuch bei der UNO um eine dringende Nahrungsmittelhilfe ansuchen mußte, um eine Hungersnot unter der Bevölkerung hintanzuhalten.«

»Wenn ich das früher gewußt hätte! Sagen Sie mir, wer begleitet eigentlich den Außenminister?«

»Hier ist die Liste, Exzellenz.«

»Lassen Sie mich nachsehen. Also zwei Generaldirektoren, vier Nebendirektoren, drei stellvertretende Nebendirektoren, erster Sekretär, zweiter Sekretär, dritter Sekretär, vierter, fünfter, sechster, siebenter. Siebzehn Photographen, dreiundzwanzig Journalisten, ein Zauberer, achter Sekretär, zwei Ärzte. »Wieso zwei Ärzte?«

»Wenn einer von ihnen krank wird, behandelt ihn der andere, Exzellenz.«

»Aha. Vier Landwirtschaftsexperten, zwei Steuerberater und zehn Experten für staatliche Sparförderungsmaßnahmen. Ja, das ist bekannt, auf dem Gebiet des Sparens sollen sie tonangebend sein.«

»Dann hätten wir noch fünf Gewerkschaftsfunktionäre sowie drei Versicherungsagenten, acht Feuerwehrleute und Birnbaum.«

»Wer ist Birnbaum?«

»Birnbaum ist versehentlich mitgefahren. Er wollte eigentlich nach New York reisen, wurde jedoch auf dem Flughafen von der Begleitung des israelischen Außenministers in das Charter-Flugzeug gespült.«

»Du meine Güte!«

»Was ist passiert?«

»Eben ist mir die Ehrentribüne eingefallen ...«

»Daran habe ich auch schon gedacht, Exzellenz. Die Ehrentribüne wird ringsherum mit Eisentraversen gepölzt und erhält ein neues Betonfundament. Ferner habe ich dem Gästebuch drei weitere Bände hinzugefügt.«

»Jetzt fragt sich nur noch eines: wo sollen wir die Verleihung der Ehrendoktorwürde an den Außenminister vornehmen?«

»Im Fußballstadion.«

»Sehr gut, ist sonst noch irgendein Programmpunkt vorgesehen?«

»Jawohl, Exzellenz. Die israelische Delegation beabsichtigt, die jüdische Gemeinde von Zombia zu besuchen.«

»Interessant. Wie viele Mitglieder zählt diese Gemeinde?«

»Drei Familien, Exzellenz. Allerdings sind zwei dieser Familien, nachdem sie von der Ankunft der israelischen Delegation gehört haben, spurlos verschwunden.«

»Und die dritte?«

»Steht unter Hausarrest.«

»Sehr gut. Jetzt bleibt nur noch zu hoffen, daß sich unsere

Wirtschaft innerhalb der nächsten Jahre von den Folgen dieses Staatsbesuches erholen kann.«

»Man darf die Hoffnung nie aufgeben.«

»Ist die Begrüßungsansprache des Präsidenten schon schriftlich fixiert?«

»Jawohl, Exzellenz. Er hat sie zum Teil sogar schon auswendig gelernt.«

»Was wird er sagen?«

»Der Präsident wird unser aller Gefühle mit folgenden tief empfundenen Worten zum Ausdruck bringen: ›Ich begrüße im Namen aller mir untertanen Zombies die Männer, Frauen und Kinder des Volkes Israel. Mit Stolz darf ich darauf hinweisen, daß noch zu keinem Zeitpunkt der Menschheitsgeschichte so viele für so kurze Zeit so wenige besucht haben. Shalom und schnellen Rückflug!‹«

Am Anfang gab es den Kaiser, die Erdbeben und die Samuraikämpfer, die mit ihren Söldnerschwertern die Leinwände der Kinos eroberten. Dann kamen die Pearl-Harbour-Schande, die Kamikazeflieger, General MacArthur und die Transistoren. Knapp einige Jahre nach dem verlorenen Krieg entdeckte die altehrwürdige japanische Nation, daß sich die Welt auch über das Stromnetz erobern läßt.

Made in Japan

In jener primären Phase des an empfindliche Mikroprozessoren angekoppelten nationalen Erwachens trug dieses begabte Volk auf seiner Stirn noch das Kainsmal des Besiegten. Es überschlug sich förmlich, um mit den Amerikanern gemeinsame Unternehmen zu gründen, wobei die Japaner Talent und Mittel, die Amerikaner den Namen des Unternehmens beisteuerten. So entstanden Panasonic, Sony, Sharp, Canon, National und die restlichen Geheimcodes aus Texas. Manchmal ging es auch zu weit. Das Riesenunternehmen, das etwa 100 000 schlitzäugige Arbeiter, Ingenieure und Direktoren beschäftigt und etwa ein Drittel der weltweiten Produktion an Büromaschinen liefert, heißt bis heute Brother. Ein Name, der sich beim besten Willen nicht auf Harakiri reimt.

Sie wollten schlicht und einfach von der Welt als Sieger, als Amerikaner betrachtet werden. Das ist letzten Endes nicht verboten. Eines Tages beschloß Japan, den Uhrenweltmarkt unter die Lupe zu nehmen, und es begann, Schweizeruhren herzustellen, die genauso aussahen, genauso exakt liefen und genauso glänzten, allerdings nur die Hälfte kosteten. Die Fabrik wurde natürlich Citizen genannt, um die gelblichen Elemente des Mechanismus zu vertuschen. Danach entdeckten die Japaner Taschenrechner und Videogeräte. Und die Welt wurde im Einheitsrhythmus eines selbstverständlich ebenfalls in Japan hergestellten Metronoms mit diesen elektronischen

Wundern überflutet, die sich im Vergleich mit europäischen Erzeugnissen als ebenbürtig erwiesen. Vielleicht deshalb, weil auch die europäischen Erzeugnisse in Japan hergestellt werden. Zumindest ihre Innereien, der Mechanismus innerhalb der schneeweißen Hülle.

★

Und dennoch wurde der Westen allmählich etwas nervös angesichts dieser Eindringlinge, die alles ein wenig besser, ein wenig früher und sehr viel preiswerter machen. Was mag wohl ihr Geheimnis sein, fragte sich die freie Welt in berechtigter Panik, genügt es denn, einen Krieg zu verlieren, um so einen industriellen Aufschwung zu erleben, oder braucht man noch etwas darüber hinaus? Ist etwa, wie beim Fernsehen, die Farbe ausschlaggebend: schwarz-weiß nein, farbig ja? Einige westliche Gesellschaften, deren Bankrott unmittelbar bevorstand, legten mit letzten Kräften Rechenschaft vor sich selbst ab und griffen zur Statistik. Dabei erreichten sie Zahlen, die das Geheimnis in grellem Licht, wie das eines Heliumscheinwerfers, erscheinen ließen. Im holländischen Riesenwerk Philips, beispielsweise, stellen 1200 gut ausgebildete Arbeitskräfte rund 320 000 Fernsehröhren jährlich her. In dem vergleichbaren japanischen Werk wird im gleichen Zeitraum nur eine Viertelmillion Fernsehröhren von 168 Arbeitern hergestellt. In Worten: einhundertachtundsechzig. Weitere Fragen?

Darin besteht also der große Vorsprung dieser asiatischen Hundesöhne. Sie führen einen unlauteren Wettbewerb, sie arbeiten während der Arbeitszeit. Das ist so eine Art blöder Tradition bei ihnen, das Erbe fanatischer Vorfahren, fossiler religiöser Gesetze. Diese japanischen Eindringlinge haben nicht so viel Freizeit oder Feiertage wie wir. Bei ihnen werden an Wochenenden keine zwischen zwei Feiertagen liegende Werktage überbrückt. Bei ihnen werden Brücken gebaut.

Furchtbar – rauft sich der Westen die Haare – wie kann man mit einem Land konkurrieren, dessen Gewerkschaften so schwach sind?

★

Der Wildwest hat recht. Mit ihnen ist kein Wettbewerb möglich. Langsam, aber sicher zeichnet sich Japan in den Augen der Menschen als eine gehobene Rasse ab, und nicht unbedingt im Einklang mit den Kolonialgesetzen des weißen Mannes. Bei den Japanern ist alles nur eine Frage des Beschlusses. Des Beschlusses nämlich, welcher Markt im kommenden Jahr erobert werden soll.

Eines trüben Abends beschloß beispielsweise der Besitzer einer armseligen Werkstatt auf einer kleinen Insel, das bereits verstorbene Zweiradvehikel – zu Lebzeiten »Motorrad« genannt – zu neuem Leben zu erwecken. Er veränderte die Welt gleich in zweifacher Hinsicht. Zunächst brachte er diese lauten Monster auf die Straßen zurück, zweitens borgte er sich nicht wie üblich eine amerikanische Tarnung, sondern riskierte den eigenen Namen. Honda. Der Rest ist Historie. Oder Hysterie, je nach Standpunkt. Seit einem Jahrdutzend gelten die internationalen Motorradrennen als interner japanischer Wettkampf. Wird nun Suzukis Maschine gewinnen, oder wird es Kawasaki oder Yamaha sein, das ist die Frage. In den letzten Jahren begann sich das Werk Yamaha auch für andere Artikel zu interessieren und wurde nebenbei zu einem der führenden Orgel- und Klavierhersteller der Welt. Eine Frage des Beschlusses, wie gesagt. Der Pianist Arthur Rubinstein erzählte mir, das Philharmonische Orchester Tokio sei eines der besten der Musikwelt. Eines Tages beschloß es schlicht und einfach, eben wunderbar zu spielen, und da wird eben wunderbar gespielt. Auch ihre Filme sind vernichtend geworden. Vor ca. 50 Jahren kopierten sie die Hollywood-Schnulzen, heute läuft es in umgekehrter Richtung. Von dem berühmten »Rashomon« produzierten die Amerikaner bisher drei eigene Imitationen. »Die sieben Samurai« übernahm man in Hollywood mit stammelnden Dankesworten und verwandelte sie in »Die glorreichen Sieben« ...

Jetzt kam Subaru anstelle des Samurai.

Das war der Augenblick, in dem den westlichen Imperien der Atem stockte und die Augen zu zwinkern begannen. Die Japaner hatten beschlossen, von zwei auf vier Räder umzusteigen und eigene Automobile herzustellen. »Wir haben gut zehn Jahre Vorsprung«, trösteten sich die Produktionsspezialisten in Detroit, »Autos sind weder Transistorgeräte noch Kameras, nicht einmal Kopiergeräte«. Es dauerte ganze zwei Jahre. Dann erschienen die Inserate mit den unmöglichen Namen wie Datsun, Toyota, Mazda und so fort. Heute befinden sich alle anderen Autohersteller in einer schweren psychologischen Krise. Volkswagen entläßt Arbeiter am laufenden Band, Chrysler versinkt in Schulden, Ford weist zum Jahresschluß ein Defizit von 1,5 Milliarden Dollar auf – und Mitsubishi kommt erst jetzt in Schwung. Das japanische Auto ist hübscher, schneller, besser, preiswerter und und und. Sie sind der Konkurrenz stets einen kleinen Schritt voraus. Honda hat vor kurzem den ersten Kleinstwagen mit Servolenkung herausgebracht, Mazda stellt die revolutionären Wankelmotoren her ...

Wie kommt es? – fragt man sich in Industriellenklubs und auf sozialistischen Kongressen – wie kommt es, zum Teufel noch mal, daß sie so erfolgreich sind, während wir doch größer und weißer sind? Vor 80 Jahren wußten diese armen Schlucker nicht einmal, wie eine Flachzange aussieht, und heute produzieren sie automatisch Automaten für die automatische Produktion ...

★

Was tun? Wirklich! Mehr arbeiten kommt wegen Marx und Spencer nicht in Frage, die Produktionskosten senken kann man wegen der Gewerkschaften nicht. Übrig bleiben Schutzzölle, das heißt, Japan zu verbieten, sämtliche Lokalmärkte durch die hohe Qualität seiner Produkte zu zerstören. Allerdings ist es etwas peinlich, sich vor diese lächelnden Gelben zu stellen und ihnen zu sagen: Hört mal zu, aus familiären Gründen sind wir leicht in Verzug geraten ...

Vorerst versucht jedoch der Westen noch, sein Gesicht zu wahren:

Ein wenig Verständnis, bitte – flüstern sie diesen anderthalb Meter großen Riesen ins Ohr – beherrscht euch, in Gottes Namen. Beschränkt euch auf eure Ausfuhren, sonst bricht bei uns mit ohrenbetäubendem Lärm alles zusammen. Wir haben Familie, Kinder, erbarmet euch unser, bitte ...

Japan besitzt nicht ein einziges Körnchen an Naturschätzen, alles muß im Ausland gegen harte Devisen erworben werden. Bald werden sie den ersten Platz unter den Stahlproduzenten der Welt einnehmen. Ärgerlich, nicht? Gerüchten zufolge erwägen die Führer der freien Welt, bei verzweifelten Maßnahmen Hilfe zu suchen. Ähnlich wie die Deutschen nach Ende des Ersten Weltkrieges Lenin in einem geschlossenen Waggon in das zaristische Rußland schmuggelten, beabsichtigen sie angeblich, einige Streikexperten des israelischen Gewerkschaftverbands nach Japan einzuschleusen, um dort wirksame Betriebsräte zu organisieren. Anders seien sie nicht zu bremsen, lautet die allgemeine Ansicht.

★

Inzwischen flattern die Nerven. Beruft der Generaldirektor von Toshiba oder Sanyo das Direktorium zur Besprechung der Programme für das folgende Jahr ein, bleibt in den Apotheken Europas nicht eine einzige Beruhigungstablette übrig.

Der verschleierte Blick wandert über die Märkte: »Nein!« schreien die Kaugummihersteller überall auf. »Bitte, Kaugummi nicht, keinen Kaugummi herstellen!« Denn man weiß, wie es weitergehen würde. Der japanische Kaugummi kommt in einem Papier verpackt, das an dem Gummi nicht kleben bleibt, und er enthält Vitamine. Er behält seinen Geschmack über zwölf Stunden lang und spuckt sich dann von selbst aus. Hilfe! Es hängt lediglich von einem Beschluß ab. Widerstand ist aussichtslos. Wird heute in Italien eine neue Badewanne auf den Markt gebracht, die Badeöl ausscheidet und mittels eines Thermostats die Wasserwärme konstant hält, so erscheinen morgen in Italien die Badewannen von Mitsubishi, die alle diese Funktionen auch haben, darüber hinaus eine Reisegeschwindigkeit von dreißig Stundenkilometern bieten und Puccinis Opern in Quadrophonie spielen ...

Angeblich soll eine kleine Fabrik in Nagasaki kürzlich mit der Herstellung von Sacher-Torten begonnen haben, die nach Wien exportiert werden. Sie sollen schmackhafter sein, sagt man.

Die Welt ist völlig entsetzt, beschämt und verzweifelt. Im Laufe der Jahre haben sich die Menschen daran gewöhnt, daß an der Unterseite eines jeden hübschen, ausgeklügelten und preiswerten Artikels »Made in Japan« steht, manchmal auch »in Hongkong« oder »in Taiwan«, sofern hier eine Zusammenarbeit mit Japan vorliegt.

Es geht noch weiter. In den letzten Jahren schmuggelte sich ein neues Modell der deutschen Opel-Werke namens Manta in den Automarkt hinein. Merkwürdiger Name, was? Er klingt so exotisch. Und das ist wahrlich die Endphase der technologischen Entwicklung im Westen. Man borgt sich bereits japanische Namen, um das Vertrauen der Käufer zu gewinnen. Bald bringt Volvo sein Modell »Coyotta« auf den Markt, und General Motors bereitet insgeheim den Schlager der nächsten

Saison vor, den typischen amerikanischen Sportwagen mit dem Namen »Pishimishi« ...

Der Verfasser dieser Zeilen nimmt seine in Tokio gedruckten Bücher in die Hand und betrachtet seine Humoresken, die in jenen merkwürdigen Schriftzeichen von oben nach unten laufen. Großer Gott, sagt er in seinem Innersten, ich fürchte, daß es in japanisch besser ist, es *muß* in japanisch besser sein.

Was für eine Wirtschaft

Bekanntlich ist Israel ein gemäßigt sozialistisches Land mit einer unübersehbaren Orientierung zum kapitalistischen Bankenwesen.
So war es immer schon, einmal mehr und einmal weniger, aber seit vor einiger Zeit gewisse antisozialistische, man könnte fast sagen rechtsgerichtete Kräfte die Wahlen gewonnen haben, ist die Grundhaltung des Landes noch sozialistischer geworden. Vermutlich, um sich ein schlechtes Gewissen zu ersparen.
Den Geschichtsbüchern ist zu entnehmen, daß kurz nach Ausrufung des Staates die damals herrschende Arbeiter-Regierung in enger Zusammenarbeit mit den Gewerkschaften ein sorgfältig durchdachtes Aktionsprogramm ausgearbeitet hat, welches den kompromißlosen Kampf gegen die ausbeuterische Klasse zu einem siegreichen Ende führen sollte.
Diese ausbeuterische Klasse, die in unbeschreiblicher Willkür über Produktionsmittel verfügte – man sprach von zwei Nähmaschinen in Haifa und einer handbetriebenen Wasserpumpe in Herzliah – mußte ein für allemal ausgeschaltet werden.
Zunächst einmal verlief alles programmgemäß. Der öffentliche Fuhrpark war fest in den Händen der Genossenschaften, und wo immer sich ernstzunehmende Investoren aus dem Ausland zeigten, wurden sie mitsamt ihren dreckigen Dollars massenweise höflich hinausgeekelt.
Aber nach einigen Jahren des Aufbaus etlicher kollektivwirtschaftlicher Betriebsgenossenschaften tauchten plötzlich einige unerwartete Probleme auf, mit denen sich schon der alte Marx auseinandersetzen mußte, unter anderem die Frage der Ausbeutung des Menschen durch den Menschen. Und umgekehrt.

Der heilige Krieg gegen die feisten Hausbesitzer

Nachdem einige Jahre lang ein unerbittlicher Klassenkampf geführt worden war, stellte sich nämlich das erstaunliche Faktum heraus, daß sich so ziemlich sämtliche funktionierenden Produktionsmittel des Landes im Besitz der beiden größten Arbeitgeber des Mittelmeerraumes befanden. Diese waren, und sind, der allgemeine israelische Gewerkschaftsbund einerseits und die Arbeiter-Regierung Israels andererseits. Die Erkenntnis dieses Faktums führte verständlicherweise zu gewissen ideologischen Schwierigkeiten, die den Weg zum Sozialismus zu verbauen drohten. Man könnte sich sogar zur Behauptung versteigen, daß angesichts dieser Tatsache der proletarische Charakter des Landes in Frage gestellt wurde.

»Was tun?« fragte sich die Arbeiter-Regierung, während sie sich nachdenklich den Kopf kratzte, »gegen wen in drei Teufels Namen sollen wir eigentlich kämpfen?«

Das Problem schien unüberwindbar. Jüdische Großkapitalisten gab es höchstens in Amerika, und gegen die konnte man nicht kämpfen, sonst würden sie, Gott behüte, den Spendenfluß ihrer dreckigen Dollars abwürgen. Investoren waren, wie oben erwähnt, höflichst hinauskomplimentiert worden. Und gegen die unzähligen kleinen Banken des Landes konnte man auch nichts unternehmen, weil der Kampf gegen sie die Großbanken gegen die Regierung aufgewiegelt hätte.

Die maßgebenden Männer der Nation setzten sich also hin und dachten lange nach, wie, in welcher Form und gegen wen ein funktionierender Klassenkampf zu führen wäre, um die sozialistische Tendenz auch weiterhin zu dokumentieren. Bis an jenem schicksalsträchtigen Mittwoch einer der führenden Ideologen aufsprang und ausrief:

»Heureka, ich hab's! Die feisten Hausbesitzer!«

Das Kabinett stand auf wie ein Mann und brach in donnernden Beifall aus. Der Vorschlag erwies sich als absoluter Volltreffer. Der feiste Hausbesitzer ist, wie jeder weiß, der Prototyp des geborenen Ausbeuters. Er erpreßt von unschuldigen Menschen Geld unter dem fadenscheinigen Vorwand, für sie irgendwann ein Miethaus gebaut zu haben. Außerdem hat der feiste Hausbesitzer als Angriffsziel auch noch den Vorteil, für ewige Zeiten in der Minderheit zu bleiben, denn es gibt bekanntlich unter den Wählern mehr Mieter als Hausbesitzer.

Unter dieser Prämisse entstand kurz nach jener denkwürdigen Kabinettsitzung das Mieterschutzgesetz 1949. Diesem Gesetz zufolge darf der feiste Hauseigentümer zwar formell sein

Haus auch weiterhin behalten, doch die in dem Haus befindlichen Wohnungen werden kurzerhand den Mietern übertragen. Gleichzeitig wurde die Monatsmiete pro Zimmer auf fünfundzwanzig Piaster vereinheitlicht und eingefroren, hingegen wurden Ausreisegenehmigungen für Hausbesitzer vorübergehend eingeschränkt.

Kurzum, die sozialdenkenden Bürger Israels hatten endlich einen Feind, den sie bekämpfen konnten. Manch inzwischen in Ehren ergrauter Klassenkämpfer erinnert sich vielleicht noch mit Wehmut jener revolutionären Hymne, die damals im Parteiblatt erschien:

Unser größtes Mißgeschick
ist der Hausherr, feist und dick.
Er hat uns genug gepeinigt,
jetzt ist Zeit, daß man ihn steinigt.
Wozu soll man ihn verschonen?
Laßt uns froh und gratis wohnen!

Die Begeisterung der Massen war grenzenlos. In gewissen Außenbezirken soll sogar von Lynchjustiz an Hausherren die Rede gewesen sein. Der allgemeine Mieterverband proponierte einen dringlichen Antrag an die Legislatoren, wonach alle feisten Hausbesitzer des Landes dazu gezwungen werden sollten, sich jeden Morgen im Polizeirevier zu melden. Ferner sollten diese Parasiten veranlaßt werden, sämtliche Wohnungen ihrer Häuser jedes Jahr neu zu tapezieren. In Jaffa wurde sogar ein revolutionärer Mietergeheimbund gegründet, der sich die Statuten des Ku-Klux-Clan zu eigen machte ...

Ältere Semester werden sicherlich gerne an diese glücklichen Tage zurückdenken. Es waren die Tage des siegreichen Klassenkampfes. Nichts konnte diese Freude trüben.

Nichts, außer einer winzigen Kleinigkeit. Es wurden nämlich im ganzen Land keine Mietshäuser mehr gebaut.

Im Trubel der dramatischen Ereignisse wurde dieser Aspekt

glatt übersehen. Ebenso wie die Tatsache, daß Menschen irgendwo ein Dach über dem Kopf haben sollten.

Ferner stellte sich heraus, daß die Strenge des Gesetzes gegen den Erbauer eines Miethauses nur dann sinnvoll angewendet werden kann, wenn dieser erst einmal ein Haus baut. Doch diese Parasiten, wie gesagt, bauten nicht mehr. Und warum, meine Damen und Herren? Weil diese Schurken Tag und Nacht nur eines im Kopf haben, nämlich Geld, Geld und nochmals Geld. Es ist ekelerregend. Die Regierung verlor nicht die Fassung:

»Wenn sie nicht bauen wollen, dann eben nicht«, sagte sich die Arbeiterpartei. »Wir können sehr wohl auf die Mietskasernen der feisten Hausherren verzichten. Es wird sich eben jeder sein eigenes Haus bauen.«

Die Idee war so glänzend, daß alle Augen davon geblendet waren. Das ist Sozialismus in der Urform, möchte man sagen. Anstatt jeden Monatsersten sein gutes Geld in den unersättlichen Schlund des feisten Hausbesitzers zu stopfen, ging der kleine Bürger fortan mit stolzer Gelassenheit zu den autorisierten Geldinstituten, nahm eine Anleihe von hunderttausend Dollar auf, verpfändete seine Habe ebenso wie sich selbst bis ans Ende seiner Tage, verkaufte seine Kinder an den Meistbietenden, belehnte seine Lebensversicherung an der Börse und erwarb sich somit seine eigene Wohnstätte, völlig unbelastet von jeglichem ausbeuterischen Hausbesitzer, der noch dazu feist war.

Der Trend zum Eigenheim schien allen Beteiligten der sicherste Ausweg zu sein. Zumal inzwischen auch die wenigen zur Zeit des pseudo-kapitalistischen Interregnums gebauten Miethäuser verfallen waren, die Hauswirte in biologischer Reihenfolge das Zeitliche gesegnet hatten und ihre Erben rechtzeitig ins Ausland geflüchtet waren.

»Sollen sie doch«, sagte sich die Arbeiter-Regierung auf einer ihrer unvergeßlichen Kundgebungen zum 1. Mai. »Und wenn sie auch samt und sonders krepieren oder flüchten, unser ideologischer Kampf gegen sie wird unverändert weitergeführt!«

Noch etwas blieb unverändert. Der Wohnungsmangel.

Darüber hinaus hatte sich im Lauf der Jahre durch die Geldentwertung das Verhältnis zwischen Zahlungsfähigkeit des Bürgers und seiner Lebensdauer gründlich gewandelt. Wenn er vor dem Inkrafttreten des sozialistischen Wirtschaftssystems lediglich das Entgelt eines dreißigjährigen Arbeitslebens für den Erwerb einer Wohnung benötigte, so sind es heute mindestens dreihundert Jahre, ein Alter, das man auch mit intensiver Frischzellentherapie nur schwer erreicht.

Die Wirtschaftsexperten der Regierung zerbrechen sich gequält die Köpfe:

»Wie werden wir mit dem Problem nur fertig? Wie sollen wir Wohnungen für Zehntausende Familien errichten, *wie?*«

Bis Drucklegung dieses Buches wurde noch keine umfassende Lösung gefunden. Doch wird derzeit ein erster entscheidender Schritt erwogen. Die feisten Besitzer der drei noch bestehenden Miethäuser werden in Kürze mit einer erhöhten Vermögensteuer belegt. Wenn die maßgebenden Legislatoren zielbewußt und schnell arbeiten, könnte dieses Gesetz vielleicht schon vor dem endgültigen Zerfall der drei Häuser in Kraft treten. Der Rest ist Schweigen.

Unter diesen Umständen ist es daher keineswegs so wunderlich, daß in Israel um jedes bewohnbare Mauseloch ein Kampf auf Leben und Tod ausgetragen wird. Was diesen Kämpfen eine zusätzliche Würze verleiht, das sind etliche antiquierte Beduinengesetze, die in unserem Land noch aus den Zeiten der osmanischen Herrschaft her Rechtsgültigkeit besitzen.

Der Eindringling und der Wohltäter

An irgendeinem dieser seltsamen Tage hatte ich eine folgenschwere Idee. Ich entschloß mich, meinen Wohnsitz aus der Vorstadt ins Zentrum Tel Avivs zu verlegen, um mir die Parkplatzsuche bei den Kinos zu ersparen.

Ich bin ein Mann des schnellen Handelns. Noch ehe meine Idee ganz ausgegoren war, veröffentlichte ich einige Inserate in mehreren Zeitungen, und schon nach wenigen Wochen hatte ich Glück. In einem Kino traf ich zufällig meinen alten Freund und Schulkollegen Bummi Bar-Goldfisch, der mir unter dem Siegel der Verschwiegenheit mitteilte, daß er die Absicht habe, seine Drei-Zimmer-Wohnung im Herzen von Tel Aviv für die Dauer eines Jahres gegen eine Monatsmiete von 5000 Schekel zu vermieten. Er hatte nämlich irrtümlicherweise ein Staatsstipendium erhalten, das ihm die Möglichkeit geben sollte, an einer finnischen Hochschule das Design von Skisprungschanzen zu studieren.

Ich erklärte mich zu unserer beiderseitigen Freude spontan bereit, seine Wohnung zu mieten. Ein Handschlag besiegelte die Abmachung, und schon wollte ich fröhlich trällernd nach Hause gehen, um zu packen, als mich Bummi am Rockzipfel zurückhielt:

»Ich bitte dich um alles in der Welt, es nicht als Zeichen meines Mißtrauens aufzufassen«, sagte mein Freund, »aber ich glaube, es wäre für alle Beteiligten klüger, die Formalitäten von einem Anwalt regeln zu lassen. Ich möchte nämlich nicht, daß es nachher irgendwelche Mißtöne gibt. Unsere alte Freundschaft soll unbefleckt bleiben wie eh und je, verstehst du?«

Natürlich verstand ich. Wir verabredeten uns für den folgenden Tag beim Rechtsanwalt Dr. Avigdor Wichtig. Wie gesagt gilt in unserem schönen orientalischen Land, noch aus der Zeit der Türkenherrschaft, ein altertümliches Gesetz, welches besagt, daß man aus einer unbewohnten Behausung unter keinen Umständen entfernt werden darf, sobald man darin ein Bett aufgestellt hat. Daher rührt die nahezu animalische Angst jedes heutigen Wohnungseigentümers, daß sein Mieter sich weigern könnte, die Wohnung zum vereinbarten Termin zu räumen. Das Leben im Orient ist eben voll der Tücken und Fährnisse, auch ohne Türken.

★

Als ich tags darauf beim Anwalt eintraf, war mir sofort klar, daß mein Freund Bar-Goldfisch von diesem schon einige juristische Hinweise erhalten haben mußte. Er war schreckensbleich und zitterte am ganzen Körper. Dr. Wichtig setzte, sobald er mich erblickte, seine wichtigste Miene auf:

»Die Lage ist ernst«, begann der erfahrene Jurist. »Ihr Freund Bar-Goldfisch hat mich bereits informiert, worum es sich handelt. Die monatliche Miete von 7500 Schekel scheint mir etwas zu niedrig, doch darüber hat ausschließlich mein Klient zu befinden. Ich muß Sie nun fragen, mein Herr, welche Sicherheit haben Sie anzubieten, daß Sie in einem Jahr, wenn Herr Bar-Goldfisch als der erste israelische Skisprungschanzendesigner aus Finnland zurückkehrt, die besagte Wohnung auch tatsächlich räumen werden?«

»Aber das ist doch kein Problem unter alten Freunden«, sagte ich freundlich lächelnd, »nicht wahr, Bummi?«

Bummi wollte vermutlich »Ja« sagen, aber ein strenger Blick des Anwalts versiegelte ihm den Mund.

»Wohnungsangelegenheiten haben nichts mit Freundschaft zu tun«, stellte Dr. Wichtig nachdrücklich fest. »Zumal es unsere Gesetze nicht zulassen, Sie, mein Herr, auf die Straße zu setzen, wenn Sie, mein Herr, nicht damit einverstanden sind, auf der Straße zu sitzen. Ich muß Sie daher um Hinterlegung einer Bankgarantie in Höhe von 800 000 Schekel ersuchen, damit eine zeitgerechte Räumung der fraglichen Wohnung gesichert ist.«

»Wieso so viel?« fragte ich. »Diese Wohnung ist doch allerhöchstens halb soviel wert.«

»Richtig«, konzedierte mir Dr. Wichtig, »eben deshalb muß ich auf 800 000 Schekel bestehen, damit es sich für Sie, mein Herr, keinesfalls lohnen kann, nach Vertragsende in der Wohnung zu bleiben. Fassen Sie es bitte nicht als Mißtrauen gegen Ihre Person auf, wenn ich darauf bestehe, die Bankgarantie bei mir in Bargeld zu hinterlegen.«

»Bitte.«

»Weiter muß ich darauf bestehen, die vereinbarte Summe ein ganzes Jahr nach ihrem fristgerechten Auszug bei mir zu behalten, als Sicherheit dafür, daß Sie keinesfalls beabsichtigen, sich eine Rückkehr in die Wohnung zu erschleichen.«

»Selbstverständlich.«

»Sobald diese Kleinigkeiten geregelt sind, werde ich veranlassen, daß die Wohnungsschlüssel Ihnen, mein Herr, zu treuen Händen ausgefolgt werden.«

Wie erwähnt, war es niemals meine Gepflogenheit, Probleme auf lange Bänke zu schieben. Ich verkaufte anderntags meine Villa und ging schnurstracks zum Anwalt. Als ich ihm den Koffer voller Geldscheine übergab, entfuhr meinem eingeschüchterten Freund Bummi ein markerschütternder Schrei, worauf er kollabierte und unterm Schreibtisch des Dr. Wichtig verschwand.

»Die Bankgarantie scheint in Ordnung«, sagte der Rechtsgelehrte, nachdem er mit Unterstützung zweier Schreibkräfte mein Geld gezählt hatte, »aber da wäre noch ein Punkt, welcher der Klärung bedarf. Was geschieht, wenn die Inflation in diesem Lande weiterhin anhält und wenn nach Ablauf der vereinbarten Zeit Ihr Geld nicht einmal mehr den Wert einer Streichholzschachtel haben sollte?«

»Dann schwöre ich hier vor Zeugen, daß ich die Wohnung dennoch räumen werde.«

»Bei Wohnungsangelegenheiten werden Schwüre nicht anerkannt«, verkündete der Fachmann. »Daher muß ich Sie, mein Herr, höflichst ersuchen, uns Ihre Genehmigung für gewisse Vorsichtsmaßnahmen zu erteilen.«

»Sehr gern.«

»Zuerst müssen Sie Herrn Bar-Goldfisch als Sohn adoptieren. Sodann werden Sie, Zug um Zug, ein neues Testament bei mir deponieren, aus dem hervorgeht, daß Sie Herrn Bar-Goldfisch Ihr gesamtes bewegliches und unbewegliches Vermögen hinterlassen, einschließlich und insbesonders der Nutzungsrechte der von Herrn Bar-Goldfisch Ihnen überlassenen Wohnung, und zwar rückwirkend zum Tag des Vertragsabschlusses.«

»Ich hab auch schon daran gedacht.«

»Sie verstehen vollkommen richtig, es handelt sich natürlich nur um eine Formsache mit juristischen Folgen.«

Nachdem diese kleinen, aber nötigen Formalitäten erledigt waren, ersuchte mich Dr. Wichtig, die Erbschaftssteuer im voraus zu hinterlegen, worauf ich ihm den Familienschmuck übergab, den ich sicherheitshalber gleich mitgebracht hatte. Es folgte ein kurzes Zeremoniell, danach wurde mir bedeutet, daß ich am folgenden Tag die Wohnungsschlüssel erhalten sollte.

Mein Adoptivsohn saß indessen nägelbeißend in der Ecke des Anwaltsbüros und wandte nicht eine Sekunde seinen haßerfüllten Blick von mir.

★

Der nächste Tag kam und ging vorbei, ohne daß ich die Wohnungsschlüssel bekommen sollte.

Dr. Wichtig erklärte in freundlichem Ton, es könnte ja auch der Fall eintreten, daß sein Klient vor mir sterbe, und dann würden die Erben von Herrn Bar-Goldfisch durch die unverantwortlichen Transaktionen ihres Erblassers einen Verlust erleiden. Daher müßte ich mir auch noch einige moralische Bürden freiwillig auferlegen, etwa das Ober-Rabbinat darum bitten, einen schweren Bann gegen mich auszurufen, für den Fall, daß ich nach einem Jahr noch immer in der bewußten Wohnung anzutreffen wäre. Widerspruchslos unterzeichnete ich das Formular den Bann betreffend, während mein Freund Bummi einen schweren Nervenzusammenbruch erlitt.

Er begann um sich zu schlagen und brüllte, daß Dr. Wichtig viel zu leichtfertig mit fremdem Eigentum umgehe, daß ich nicht orthodox wäre, jederzeit auf den rabbinischen Bann pfeifen würde, und überhaupt fühle er es in seinem tiefsten Innern, daß ich nie im Leben seine Wohnung aufgeben würde, schon gar nicht nach einem Jahr. Dann fiel er zu Boden. Aus seinem Mund quoll gelblicher Schaum hervor.

Dr. Wichtig versank in tiefes Brüten. Dann teilte er mir folgendes mit:

»Bei allem Respekt vor Ihrer Integrität, mein Herr, kann ich mich nicht dazu bringen, die gerechten Befürchtungen meines Mandanten zu übergehen. Ich sehe mich daher leider gezwungen, zusätzlich eine Garantie von einer ausländischen Großmacht zu verlangen, die sich verpflichtet, sogleich den Krieg zu erklären, wenn Sie, mein Herr, im Folgenden ›Der Eindringling‹ genannt, nach Ablauf eines Jahres nicht bereit sein sollten, die Wohnung zu verlassen. Sobald Sie diese unwiderrufliche Garantie vorlegen, wird man Ihnen die Schlüssel unverzüglich aushändigen.«

Die Interventionsmacht, auf die wir uns einigten, war Frankreich. Durch Vermittlung eines aus Algier stammenden

Teppichhändlers erhielt ich am folgenden Tag die beglaubigte Unterschrift des französischen Botschafters.

Nun bedurfte es nur noch einer Kleinigkeit. Ich hatte mich nämlich verpflichtet, im Zentrum von Tel Aviv eine standesgemäße Drei-Zimmer-Wohnung zu kaufen und sie als Sicherheit für die von Herrn Bar-Goldfisch gemietete Wohnung dem Rechtsanwalt Dr. Wichtig für die Dauer eines Jahres zur Verfügung zu stellen.

Ferner mußte ich ein Formular unterzeichnen, wonach eine Kammerjägerfirma beauftragt wurde, die von mir gemietete Wohnung genau ein Jahr nach Vertragsabschluß mit Zyan-Gas auszuräuchern, um meinen zeitgerechten Auszug zu gewährleisten.

Dann kam es endlich zum Vertragsabschluß zwischen mir einerseits und Herrn Bar-Goldfisch andererseits. Das 128 Seiten starke Aktenwerk legte fest, daß besagte Wohnung dem »Eindringling« lediglich für die Dauer eines einzigen Jahres (bestehend aus maximal 365 Tagen) überlassen werde. Die Transaktion sei als Wohltätigkeit seitens Herrn Bar-Goldfischs zu werten, im Folgenden »Der Wohltäter« genannt, wofür der »Eindringling« je Monatsersten 10 000 Schekel bei sonstiger Exekution zu begleichen hätte.

Ich hatte zwei Tage lang Zeit, den Vertrag zu studieren, und als ich auf Seite 72 angelangt war, kam der große Moment, da wir beide zu gleichen Teilen und zu treuen Händen die Urkunde unterzeichnen durften.

Bar-Goldfisch stand kurz von seiner Bahre auf und übergab mir leise fluchend mit zitternden Händen die Wohnungsschlüssel.

Dann sank er wortlos zu Boden.

Meine erste Vermutung war, daß er vor Angst, seine Wohnung nie wieder betreten zu dürfen, gestorben wäre. Doch der schnell herbeigeholte Notarzt stellte nur einen Schlaganfall mit zerebralen Lähmungserscheinungen fest.

Und so kam ich zu einer Wohnung im Zentrum von Tel Aviv.

Bedauerlich ist nur, daß ich nicht berechtigt bin, in diese Wohnung einzuziehen. Der Artikel 397 unseres Vertrages besagt nämlich in aller Klarheit: »Der Eindringling verpflichtet sich hiermit unwiderruflich, während der Mietdauer unter keinen Umständen in besagte Wohnung einzuziehen.«

Dr. Wichtig erklärte mir auf Befragen, daß dieser Paragraph nur eine reine Formalität wäre, die mir überdies das kostspielige Ein- und Ausziehen ersparen würde. Vielleicht hat er recht. Mich stört nur, daß ich nach wie vor bei jedem Kinobesuch stundenlang einen Platz für meinen Wagen suchen muß. Anscheinend hatten die alten Türken keine Parkprobleme.

Die allmächtige bürokratische Mehrheit, der es seit Jahren gelingt, das Leben der produktiven Minderheit dank eines ungewöhnlichen Erfindungsreichtums tagtäglich zu erschweren, sie hat schon vor zwei oder drei Generationen eines der widersinnigsten Gesetze der modernen Geschichte erfunden. Es ist eine der mißlungensten Institutionen der Gegenwart, mit der erhabenen Mission, anständige Bürger scharenweise in schleichende Betrüger zu verwandeln.

Ich rede natürlich von der Lohn- und Einkommensteuer. Oder genauer gesagt, vom absurden Ausmaß, das sie in der sogenannten freien Welt heutzutage angenommen hat. Diese Steuergesetzgebung kann man ohne Übertreibung als amtlich organisiertes Verbrechen bezeichnen.

Die ideologische Grundlage der Gesetzesurheber war, wie üblich, von rührenden Motiven getragen und zum Heulen erhaben: die Verwirklichung der egalitären Gesellschaft. Nicht etwa auf dem Umweg über die Diktatur des Proletariats östlicher Prägung, der es bekanntlich so gut gelungen ist, jeglichen Unterschied zwischen den Menschen zu eliminieren. Nein, bei uns versuchte man, dieses hehre Ziel über eine gerechtere Verteilung des nationalen Einkommens zu erreichen, und so erfand man die progressive Besteuerung. Auf einen einfachen Nenner gebracht, bedeutet das, daß kein Mensch wesentlich mehr verdienen darf als sein zuständiger Steuerreferent.

Das war, wie gesagt, das erhabene Ziel. Doch die Verwirklichung dieses Zieles vollzieht sich nur teilweise.

Zwar ist die gesellschaftliche Gleichheit insofern erreicht, als ausnahmslos alle, Männer wie Frauen, Junge wie Alte, Arbeitnehmer wie Selbständige, Produktive wie Beamte, Schnorrer wie Importeure, kurz alle, die irgendwie zu Geld kommen, ihr bestes tun, um das Finanzamt zu betrügen, wann und wo immer es nur geht.

Somit wäre also eine echte Gleichheit erreicht.

Auch was die Progression betrifft, so wurde sie insofern verwirklicht, als die Armen Groschen hinterziehen und die Reichen Millionen.

Progression ist also ebenfalls durchaus erreicht.

Und all das, weil die heilige Bürokratie von ihrem Wesen her stets wachsen und mächtiger werden muß, um ihre Kolonialherrschaft aufrechterhalten zu können. Sie braucht ständig große Einnahmen, um den sich immer mehr aufblähenden Apparat finanzieren zu können.

Also was tut man? Man erhöht die Lohn- und Einkommensteuersätze.

Die produktive Minderheit versucht natürlich, jeder zusätzlichen Belastung zu entkommen. Die Beamtenschaft kann sich dies nicht bieten lassen und vergrößert ihren Machtapparat, um die Volksschädlinge ertappen zu können. Die weitere Vergrößerung des Apparates kostet natürlich Geld. Also werden die Lohn- und Einkommensteuersätze angehoben.

Die Herde der Steuerpflichtigen krümmt und windet sich. Und zwar so lange, bis sie in die Sümpfe der Schwarzgeld-Wirtschaft ausweicht.

Dies hat natürlich eine weitere Aufblähung des Machtapparates zur

Folge, denn die Untergrundbewegung der Schwarzgeld-Besitzer muß zerschlagen werden.

Das hinwiederum kostet Geld. Also werden die Lohn- und Einkommensteuersätze erhöht ...

Wann und wo, auf welcher Höhe dieser seltsame Teufelskreislauf endlich zum Stillstand kommen wird? »The sky is the limit«, sagen die Engländer, und von diesem Geiste beflügelt erreichte bekanntlich die britische Labourparty auf dem Gipfel ihres Erfolges einen Grenzsteuersatz von 99 Prozent.

Der schwedische Wohlfahrtstaat begnügte sich mit bescheidenen 102 Prozent. Wohingegen dem israelischen Einkommensteuergesetz vor der jüngsten Reform zugute zu halten ist, daß es im Laufe eines ganzen Jahrzehnts niemals, an keinem einzigen Tag, die moralische Grenze von 107 Prozent überschritt. Außer natürlich in berechtigten Fällen.

Die dahinter verborgene Logik ist durchaus fundiert. Das Ganze ist nichts weiter als eine Frage des mathematischen Spürsinns:

»Wenn 10 000 Steuerbeamte pro Jahr 10 Milliarden einheben können«, sagt die eiserne Logik der Haushaltsplaner, »so müßten 20 000 Steuerbeamte 20 Milliarden einheben können. 200 000 Beamte kassieren demnach mit Gottes Hilfe ...«

Und so baut die heilige Bürokratie eine Gummizelle um uns herum, deren Wände mit Abertausenden Formularen in unverständlicher Hieroglyphenschrift tapeziert sind.

In dieser riesigen Gummizelle zappelt die gesamte aufgeklärte Menschheit mit schlechtem Gewissen und florierenden Magengeschwüren, während ihr Hirn sich nur mit einer einzigen Frage befaßt: Wie in aller Welt entgeht man diesem Würgegriff, und wo findet sich eine steuerfahndungssichere Zufluchtsstätte?

Die Erhaltung der Gummizellen aber kostet inzwischen viel Geld. Also muß man die Lohn- und Einkommensteuersätze ...

Das Land der Betrüger

... Und als es endlich so weit war, daß man keine Gelder mehr herauspressen konnte und die Staatsverschuldung schon dreimal so hoch war wie das Bruttosozialprodukt, waren sich alle Wirtschaftsexperten darüber im klaren, daß etwas Einschneidendes unternommen werden müßte.

Also ging der Finanzminister in sich und kam nach einigen Tagen des intensiven Nachdenkens mit einem neuen Gesetzesentwurf wieder hervor, der in höchst lapidarer Form folgendes besagte:

»Ab kommenden Montag ist es allen Bürgern des Staates, ebenso wie allen nichtansässigen Bewohnern, deren Aufenthalt im Land zehn Minuten überschreitet, gesetzlich untersagt, die Luft des heiligen Landes ein- bzw. auszuatmen, egal ob auf dem Weg durch die Nase, den Mund oder irgendwelche anderen Öffnungen des Körpers. Ausgenommen von dieser gesetzlichen Regelung sind ausländische Diplomaten, offizielle Gäste der Regierung sowie die Gesetzgeber des Landes. Bei Zuwiderhandeln gegen das Gesetz des nationalen Atemanhaltens wird eine Geldstrafe bis zu 10 000 Schekel bzw. Freiheitsentzug bis zu drei Jahren bzw. beides verhängt.«

Begründet wurde diese Gesetzesvorlage des Finanzministers mit dem Hinweis, daß auf dem Weg über die zu erwartenden Geldstrafen ein Betrag von rund 60 Milliarden Schekel pro Jahr aufgebracht werden konnte, ohne dabei gegen das Prinzip zu verstoßen, die Steuerlast im laufenden Haushaltsjahr nicht weiter zu erhöhen.

Doch die Abgeordneten des Parlaments hatten schwerwiegende Bedenken.

Der Sprecher der Arbeiterpartei wies darauf hin, daß es den Werktätigen, insbesondere jenen, die mit manueller Arbeit befaßt seien, nicht möglich wäre, während der Produktion gänzlich auf das Atmen zu verzichten, und schlug daher vor, dem Gesetz eine diesbezügliche Novelle hinzuzufügen.

Die Linkssozialisten beantragten, daß auch die Bewohner der Kibbuz-Siedlungen einen Ausnahmestatus erhalten müßten, da sie ihre landwirtschaftliche Tätigkeit vornehmlich im Freien ausübten, wo die verbrauchten Ozonmengen den nationalen Bestand an Luft nur unwesentlich verringern würden.

An dieser Stelle erfolgte im Parlament ein Zwischenruf von Abg. Singer (»Liberale«):

»Warum sollen ausgerechnet die Kibbuzim nicht bezahlen?«

Darauf der Abg. Feinholz (»Für ethische Sauberkeit«): »Arschloch!«

Der Sprecher der religiösen Splitterparteien verlieh der Hoffnung Ausdruck, daß das Atemanhalten endlich zur Folge haben könnte, die Fußballspiele am Sabbat einzustellen. Der Vertreter der kommunistischen Partei steuerte hingegen eine vernichtende Kritik am amerikanischen Geheimdienst bei. Nach ihm meldeten sich noch 18 weitere Sprecher von 18 weiteren Parteien zu Wort, die, wie alle anderen auch, ihrer entschiedenen Ablehnung des neuen Gesetzes Ausdruck verliehen.

Dann erst konnte man zur Abstimmung schreiten. Das Gesetz des nationalen Atemanhaltens wurde mit überwältigender Mehrheit angenommen und verabschiedet. Dennoch war nicht zu übersehen, daß innerhalb der Bevölkerung die Befürworter des neuen Gesetzes eher in der Minderzahl waren. In Regierungskreisen schrieb man es der Nachlässigkeit des Propagandadienstes zu, daß nicht rechtzeitig hochwertiges Informationsmaterial an das Publikum verteilt wurde. Auch die Oppositionsparteien nutzten den unpopulären Charakter des Gesetzes, veranstalteten Protestaktionen und brachten überall Plakate an, in denen sie die Bevölkerung zynisch aufriefen, auch weiterhin zu atmen.

Die Fachpresse erhob ebenfalls ihre Stimme gegen das Gesetz: »... wie dem auch sei«, warnte der Leitartikel einer einflußreichen Wirtschaftszeitung, »und egal, wie hoch das Defizit im Haushalt auch sein mag, ein vorzeitiges Atemverbot wird es nicht verringern. Es wird lediglich die inflationäre Kaufkraft von der einen Gesellschaftsschicht in die andere verlagern, ohne die wachsende Arbeitslosigkeit zu beseitigen ...«

Das Gewerkschaftsorgan reagierte hart auf die mißtrauischen bürgerlichen Stimmen. Es stellte fest, daß das Gesetz zwar noch nicht den erwünschten Stand erreicht habe, in dem sämtliche wirtschaftlichen und biologischen Faktoren optimal aufeinander abgestimmt seien, dennoch sei es unverantwortlich, eine dermaßen harte Kritik an einem Gesetz zu üben, das im wesentlichen der sozialen Entwicklung des Landes dient.

Der Finanzminister selbst zog die nötigen Konsequenzen und installierte in sämtlichen Sälen des Nationalen Museums eine großzügig dimensionierte Zentralstelle für Atmungsdelikte mit einer Sünderkartei und dazugehörigem Riesencomputer. Ferner stellte er 1800 neue Beamte ein sowie rund 2000 Zivilfahnder zur Entlarvung aller, die nach Inkrafttreten des Gesetzes immer noch atmeten.

Das erste Opfer, das der Strenge des neuen Gesetzes anheimfiel, war ein Apotheker aus Haifa. Es ging in der Zentralstelle ein anonymes Schreiben ein, welches den Behörden mitteilte, daß besagter Apotheker in aller Öffentlichkeit beim regelmäßigen Atmen angetroffen wurde. Unterzeichnet war das Schreiben mit »Ein Patriot«.

Zwei der gewieftesten Fahnder wurden zwecks Überprüfung des Beschuldigten an den Tatort entsandt. Sie mußten feststellen, daß die Angaben des Patrioten auf Wahrheit beruhten. Der aufmüpfige Apotheker wurde unverzüglich in das Büro des Fahndungsdirektors zitiert und einem eingehenden Verhör unterzogen.

Nachstehend das wortgetreue Vernehmungsprotokoll:

Direktor: Sie wissen hoffentlich, weshalb Sie hier sind?

Apotheker: Nein. Ich hab keine Ahnung.

Direktor: Sie wollen also den Unschuldigen spielen? Nun, mir liegen Berichte vor, denen zufolge Sie den Bestimmungen des Gesetzes auf unverfrorenste Weise zuwiderhandeln und weiteratmen, wann immer Ihnen der Sinn danach steht.

Apotheker: Ich? Ich habe das Atmen pünktlich am vorigen Montag eingestellt, so wie das Gesetz es vorschreibt.

Direktor: Sie leugnen also? Na schön! (Er konsultiert seine Unterlagen.) Sie wurden vorgestern sowie gestern von zuverlässigen Zeugen dabei beobachtet, wie Sie sowohl ein- als auch ausgeatmet haben. Im ersteren Fall geschah dies in Ihrer Apotheke und das zweite Mal im Autobus Nr. 7 um 12.35 Uhr mittag.

Apotheker: Bitte, das ist unmöglich. Hier muß ein Irrtum vorliegen.

Direktor: Können Sie beweisen, daß Sie an diesen beiden Tagen *nicht* geatmet haben?

Apotheker: Natürlich verfüge ich über keine Zeugen. Aber ich gebe Ihnen mein Ehrenwort, daß ich mir das Atmen vollkommen abgewöhnt habe.

Direktor: Sie halten mich wohl für einen Trottel, was? Wenn Sie tatsächlich, so wie Sie hartnäckig behaupten, seit einer Woche nicht atmen, dann frage ich Sie, wieso sind Sie überhaupt noch am Leben?

Apotheker: Ich hatte Luftreserven in der Lunge.

Direktor: Mit so plumpen Mitteln wollen Sie *mich* irreführen? Glauben Sie, ich sehe nicht, daß Sie sogar jetzt, in diesem Augenblick, atmen?

Apotheker: Ich? Atmen? Niemals! Das ist doch lächerlich ...

Direktor: Ihnen wird das Lachen noch vergehen! (Er befestigt eine rote Plastik-Wäscheklammer an des Apothekers Nase und stopft ihm ein imprägniertes Taschentuch in den Mund. Dann setzt er sich wieder hinter seinen Schreibtisch.) Wir werden ja sehen. Ich habe Zeit! (Er beginnt Zeitung zu lesen.)

Apotheker: (hält etwa zwei Minuten den Atem an, dann verfärbt sich sein Gesicht, erst rot, dann blau. Er spuckt das Taschentuch aus und holt tief Luft.) Aaaahhhh ...

Direktor: (blickt von der Zeitung auf, zornig, aber würdevoll) Sie sind ein elender Betrüger, Freundchen!

Der erwischte Atemhinterzieher bekam eine Geldstrafe von

9462 Schekel aufgebrummt. Die Behörde lernte aus diesem Vorfall, daß sie ihre Wachsamkeit um etliches verschärfen müsse.

Auf der Straße erschienen Plakate mit dem Slogan: »Wer das heilige Land liebt, hält die heilige Luft an!«

Die Bevölkerung aber legte eine unerschütterliche Gleichgültigkeit an den Tag. Man setzte allerorten die Luftveratmung fort. Zuweilen sogar ganz schamlos, in aller Öffentlichkeit. Die Zentralstelle für Atmungsdelikte sah sich gezwungen, die Zahl der Zivilfahnder auf 5000 zu erhöhen. Diese erarbeiteten sich verfeinerte Methoden der Kontrolle. Zum Beispiel hielten sie bei einem verdächtigen Atemsünder beide Nasenlöcher mit den Fingern zu und setzten ihm so lange eine Trillerpfeife an den Mund, bis der Gesetzesbrecher sein Vergehen gestehen mußte. In schwierigen Fällen wurde der Verdächtige einer Untersuchung mit dem Lügendetektor unterworfen, Kronzeugen gegenübergestellt oder von Agenten überführt, die als Fahrer oder Hausgehilfin getarnt den Missetäter entlarvten. Die Außenbüros der Zentralstelle für Atmungsdelikte funktionierten munter und führten in den verschiedenen Bezirken systematische Razzien durch.

Aber auch das half nicht. Die Zahl der Betrüger wuchs von Tag zu Tag. Ganz besonders nahm ihre Zahl unter den Selbständigen zu, die, wenn man der Statistik glauben durfte, nicht weniger als 65 % aller Atemsünder ausmachten. Unter den Gehaltsempfängern wurden viel weniger beim Atmen ertappt, und sie wurden eher milde bestraft, indem ihre Gehälter von der verhängten Strafsumme abgezogen wurden.

★

Sechs Wochen nach Inkrafttreten des Gesetzes konnte das erste Resümee gezogen werden. Alle Fachleute stimmten darin überein, daß die Bevölkerung des Landes einen noch nie dagewesenen moralischen Tiefstand erreicht habe. Selbst jene Menschen, die Jahre hindurch als Symbol der Rechtschaffenheit angesehen werden konnten, die alten Pioniere und Erbauer des Landes, selbst sie mißachteten das Gesetz und atmeten hemmungslos weiter, als wäre nichts geschehen.

»Nicht einmal auf die Elite ist noch Verlaß«, seufzte erbittert der Finanzminister.

Tatsächlich, mit Ausnahme einiger weniger Staatsgetreuen, konspirierte fast jeder Bewohner des Landes bei Tag und bei Nacht, wie er das Gesetz umgehen und geheime Atmungshinterziehung begehen konnte.

Der Finanzminister wurde immer trauriger angesichts dieses Volkes, das die Gesetze so kaltblütig mißachtete. Soziologen führten die Ursache dieses Mißstandes auf die alte Ghetto-Mentalität zurück, die den kleinen Mann über Jahrhunderte hinweg dazu gebracht habe, in Verfügungen der Obrigkeit automatisch Raub und Unterdrückung zu erblicken, der es um jeden Preis zu entkommen gilt. Andere wiederum erklärten die Disziplinlosigkeit der Bevölkerung mit dem jahrelangen Leben in der Levante. Wie dem auch sei, sämtliche enttäuschte Regierungsmitglieder wurden sich darüber einig, daß nicht festzustellen sei, wer die Schuld daran trägt, daß die Bewohner des heiligen Landes zu einem Volk von Drückebergern degeneriert sind.

Auf der Grundlage dieses lustigen Alptraums über die krankhafte Neigung der Bürger, Gesetze zu brechen, schrieb ich in den Siebzigerjahren ein Theaterstück, das später zu einer Opera Buffa umgestaltet und in dieser Form sogar im Opernhaus von Tel Aviv aufgeführt wurde. Überflüssig zu vermerken, daß fast neun Zehntel meiner Tantiemen den Protagonisten meines Werkes, nämlich den Steuereintreibern, zugeflossen sind.

Die Oper war ein bemerkenswerter Erfolg. Vielleicht deshalb, weil zum Zeitpunkt der Uraufführung sogar ahnungslose Kleinkinder schon mit dem Faktum vertraut waren, daß das soziale Fundament westlicher Steuergesetzgebung zwar die Gynäkologen und die Installateure außerordentlich begünstigt, aber ein leidgeprüfter Schreiberling wie ich nicht umhin kann, Verlegern sowie Theaterdirektoren Empfangsbestätigungen für jeden bezahlten Groschen auszustellen.

Demzufolge pflegt ein Bürger in meiner Lage einen Monat und eine Woche im Jahr für sich und seine Familie zu arbeiten. Während der restlichen zehn Monate und drei Wochen, ab 7. Februar also, arbeitet er für wildfremde Menschen.

Eine äußerst herzerquickende Bilanz.

Aber so wie bei jedem anderen Übel läßt sich, mit etwas Mühe, auch dieser Bilanz ein positiver Aspekt abgewinnen.

Um diese überraschende Feststellung etwas verständlicher zu machen, sei der interessierte Leser daran erinnert, daß es uns Juden gegeben ist, eine furchteinflößende Daueraktivität an den Tag zu legen. Unsereins ist ohne weiteres in der Lage, drei Posten gleichzeitig zu bekleiden und von morgens früh bis nach Mitternacht durchzuarbeiten.

Deshalb erfand der alte Moses in der Wüste Sinai den Sabbat, vermutlich um das jüdische Perpetuum mobile ein bißchen einzubremsen. Ehefrauen flehen uns seither an, Ärzte ermahnen uns, unser mörderisches Arbeitstempo drastisch zu reduzieren, auf daß es uns etwas länger wohlergehe auf Erden – doch seit Jahrtausenden predigt man hier tauben Ohren.

Aber das Finanzministerium hat es nun endlich geschafft! Was die geballten Überzeugungskünste von Moses, den besten Ehefrauen und den medizinischen Kapazitäten nicht erreichen konnten, das haben nun die absurden Steuersätze endlich zustande gebracht. Hekatomben israelischer Steuerpflichtiger, die dank des ihnen angeborenen Schaffensdranges in ernster Gefahr waren, ihre Kräfte vorzeitig abzuwirtschaften, sie haben plötzlich den berauschenden Reiz eines Liegestuhles am Meeresstrand, die Freuden eines Familienausflugs sowie den Zauber des »Dolce far niente« für sich entdeckt.

Kein Zweifel, die Steuersätze haben uns vor jenem physischen und psychischen Zusammenbruch gerettet, der bei unserem bisherigen Arbeitstempo unausweichlich schien. Man könnte sich vielleicht sogar zu der Behauptung versteigen, daß es die Steuerbehörden waren, die unser Volk einer staatlichen Gesundenvorsorge um ein gutes Stück näher gebracht haben.

Natürlich mögen da oder dort einige weniger erfreuliche Begleiterscheinungen auftauchen, aber wie sagte doch seinerzeit Die Sonne der Völker, unser aller Genosse Stalin? Er sagte: »Werden Bretter gehobelt, so fliegen Späne und Splitter.«

Ein solcher Splitter ist kürzlich ausgerechnet in mein Auge gedrungen ...

O Tannenbaum

In letzter Zeit komme ich nicht darum herum, mich mit dem Problem der Arbeitslosigkeit zu befassen, das in den westlichen Industrienationen wie ein Lauffeuer um sich greift.

Der Ausgangspunkt meines Interesses war mein Badezimmerspiegel, der urplötzlich während des Rasierens herabfiel und auf heimatlichen Fliesen zersplitterte. Dieser Spiegel war nämlich nach rein mediterranen Kriterien an der Wand befestigt worden, das heißt, mit eineinhalb statt mit vier Schrauben.

Wie gesagt, das Ding fiel also herunter. Ich nahm seine ehemaligen Maße und begab mich stadtwärts in eine einschlägige Werkstatt, um mir einen neuen Spiegel anfertigen zu lassen.

In der Werkstatt summten etliche Maschinen fröhlich vor sich hin, und rege Hände schliffen liebevoll an großen Glasplatten. Ich begrüßte den Inhaber des Betriebs, Herrn Tannenbaum, und teilte ihm mit, daß mein Spiegel in Brüche gegangen sei, worauf er mir versprach, in Windeseile einen Ersatz erstellen zu wollen. Fröhlichen Gemüts verließ ich Tannenbaums Betrieb und wanderte heimwärts.

Das war am Freitag.

Montag mittag griff ich nach dem Telephon und fragte Herrn Tannenbaum, ob ich den Spiegel schon abholen könnte?

»Leider nein«, antwortete Tannenbaum, der Spiegelschleifer. »Er ist noch nicht fertig. Sie müssen wissen, ich bin hier ganz allein. Heute früh ist kein einziger meiner Arbeiter in der Werkstatt erschienen.«

»Wieso denn?« fragte ich.

»Am Montag pflegen die meisten Arbeiter gern zu Hause zu bleiben«, erklärte mir Herr Tannenbaum. »Heute ist kein einziger erschienen.«

»Was werden Sie tun?«

»Einer meiner Arbeiter wohnt nicht weit von hier. Ich werde zu ihm gehen und versuchen, mit ihm zu sprechen. Sollte es mir gelingen, ihn zu überreden, dann fahre ich ihn in die Werkstatt. Das ist mir schon hin und wieder gelungen. Wenn ich Sie bitten dürfte, mein Herr, rufen Sie mich doch morgen um dieselbe Zeit wieder an.«

Das war am Montag. Dienstag versuchte ich es wieder.

»Tut mir wirklich leid«, verkündete Herr Tannenbaum, »ich bin noch immer allein in der Werkstatt.«

»Und dieser Arbeiter, von dem Sie gestern erzählt haben, der nicht weit von Ihrem Betrieb wohnt ...«

»Ich habe bei ihm geläutet, aber er ging nicht an die Tür.«

»Sind Sie sicher, daß er daheim war?«

»Natürlich, ich habe ja gehört, wie er seiner Frau verboten hat, die Tür zu öffnen.«

»Und die übrigen Arbeiter?«

»Einer hat Telephon, den habe ich angerufen. Seine Mutter erklärte mir, daß ihr Sohn meditiert. Also bin ich zu einem anderen Arbeiter gefahren, der in einem Außenbezirk wohnt, aber irgend jemand muß ihn gewarnt haben, daß ich unterwegs zu ihm bin, und so ist er über die Dächer geflüchtet. Könnten Sie nicht vielleicht morgen wieder anrufen, mein Herr?«

»Wozu?«

»Ich habe da noch die Adresse eines weiteren Arbeiters. Ich werde ihm ein Telegramm schicken.«

Das war am Dienstag. Am Mittwoch rief ich wieder an.

»Es ist mir sehr peinlich«, teilte mir Herr Tannenbaum mit, »aber ich bin noch immer ganz allein.«

Seine Stimme klang ein bißchen müde.

»Herr Tannenbaum«, fragte ich ihn, »können Sie mir erklären, warum Ihre Leute nicht zur Arbeit erscheinen?«

»Weil sie am Wochenende ihren Lohn bekommen haben. Oder besser gesagt das, was nach Abzug von Steuern und sonstigen Abgaben überhaupt übriggeblieben ist. Es ist leider immer dasselbe. Nach dem Zahltag ohne Bezahlung verschwinden sie für einige Tage und sind nirgends zu finden.«

»Und wenn sie wiederkommen, fragen Sie nicht, warum sie weggeblieben sind?«

»Wozu denn? Damit ich vor Wut zerspringen kann? Ich habe mir das Fragen ganz abgewöhnt. Wenn die Leute kommen, sind sie eben da. Dann sind sie wieder wochenlang verschollen, dann kommen sie wieder. Ich sage nichts, und sie sagen nichts. Das ist der Brauch in allen Werkstätten dieser Gegend. Jeden Morgen ist es wie ein Totospiel. Wie viele Arbeiter werden heute kommen, wie viele nicht? Ich habe mir angewöhnt, die dringenden Arbeiten auf den Zahltag zu verlegen.«

»Sind alle so?«

»Nein, einmal hatte ich einen Sonderling, der sogar am Montag zur Arbeit erschienen ist. Dann, eines Tages, hat er sich einen Kanarienvogel gekauft, und seither habe ich ihn nicht mehr gesehen. Mein Vorarbeiter kam vor zwei Jahren zu mir und bat mich, ihm die Abfertigung und das Urlaubsgeld vorzustrecken, weil er für zwei Wochen nach Amerika reisen mußte. Bis heute ist er noch nicht zurückgekommen. Könnten Sie bitte übermorgen noch einmal anrufen, mein Herr? Vielleicht erscheint doch noch jemand.«

Das war am Mittwoch. Am Freitag meldete ich mich wieder:

»Sind irgendwelche Arbeiter gekommen?«

»Ja, gestern abend war einer da«, berichtete Herr Tannenbaum. »Er sah, daß keiner seiner Kollegen erschienen war, und verlangte auf der Stelle eine hundertprozentige Lohnerhöhung in Schwarzgeld. Darauf fragte ich ihn, ob dies ein Ultimatum sei, und er sagte mir: ›Natürlich.‹«

»Was taten Sie darauf?«

»Ich habe ihm angekündigt, daß ich die Werkstätte schließen werde.«

»Was sagte er dazu?«

»Er sagte ›Auch gut‹ und verschwand. Meine Firma habe ich inzwischen im Firmenregister streichen lassen, und der Sozialversicherung habe ich gemeldet, daß ich nach 35 Jahren Schluß mache. Außerdem habe ich Magengeschwüre. Es reicht mir.«

»Und mein Spiegel?«

»Tut mir leid, mein Herr, den neuen Spiegel werde ich leider nicht liefern können.«

Das war am Freitag. Am Montag darauf beschloß die Regierung eine radikale Erhöhung der Lohnsummensteuer zwecks Finanzierung öffentlicher Arbeiten. Diese Maßnahme war dringend nötig, um der drohenden Arbeitslosigkeit entgegenzuwirken.

Ich möchte nicht, daß Kamele und Nadeln durcheinander gebracht werden, daher eine kurze Interpretation:

Wenn der geneigte Leser vermuten sollte, daß der Schreiber dieser Zeilen sich nur deshalb so sehr am Thema Einkommensteuer erhitzt, weil er selbst, der Gauner, keine Lust hat, die öffentlichen Lasten mitzutragen, dann unterliegt eben dieser geneigte Leser einem gewaltigen Mißverständnis.

Es ist nicht das Prinzip der Besteuerung, gegen das dieses Buch polemisiert. Wir wissen natürlich alle, daß jeder Staatshaushalt, und besonders der eines kleinen Landes, das sich seit seiner Gründung in chronischem Kriegszustand befindet, irgendwie finanziert werden muß. Es ist daher weder die Lohn- noch die Einkommensteuer, die hier prinzipiell in Frage gestellt wird, sondern ihre surrealen Progressionsziffern, die den arbeitenden Menschen um den größten Teil, manchmal sogar um alle Früchte seines Schuftens bringen.

Man ist ja verpflichtet, zu wettern gegen ein System, das Begriffe wie Fleiß, Begabung und Ehrlichkeit in Synonyme für Dummheit verwandelt. Gegen ein System, das in krassestem Gegensatz zur menschlichen Natur steht.

Ich ziele auf ein heuchlerisches Regime, dessen Ziel nicht ausschließlich die Deckung des Staatshaushaltes ist. Als Nebenprodukt geht es den Amtsinhabern um einen legalisierten Würgegriff an jedem einzelnen Bürger. Und zwar so lange, bis dieser gegen seinen Willen, zu einem gerissenen Betrüger umgemodelt wird.

Wie erquicklich muß es doch für einen kleinen Bürohengst sein, seinen durchdringenden Blick auf jenen nervösen und verängstigten Menschen zu richten, der sich in zahllosen schlaflosen Nächten zwischen seinen gefälschten Büchern und der furchteinflößenden Behörde wie ein kopfloses Huhn im Kreis bewegt hat. Wie erbaulich kann es doch sein, nach diesem durchdringenden Blick die Augen gen Himmel zu erheben, um tief seufzend festzustellen:

»Ach Gott, wie soll ich jemals mit dieser Horde von Betrügern fertigwerden?«

Was soll man so einem Heiligen erwidern? Am besten gar nichts.

Die Bewohner der westlichen Demokratien haben es schon längst erfaßt, daß ihnen kein anderer Ausweg bleibt, als möglichst intensiv weiter zu betrügen und zwischendurch an der Börse zu spekulieren. Politiker kommen, Parteien gehen – die Bürokraten bleiben ewig. Mit ihnen bleibt auch das blödsinnige Steuergesetz, das die ehrliche Arbeit bestraft, aber leicht erworbene Gewinne aus Spekulationen mit Gold, Gummi, Zucker und ähnlichen Süßigkeiten ungeschoren läßt. Der Bürger hat sich längst damit abgefunden, daß er niemals einen Wechsel innerhalb der bürokratischen Diktatur herbeiführen kann, also wechselt er seinen Steuerberater. Den Kinderwagen läßt er als Firmenfahrzeug registrieren und die Firma auf den Namen seiner Frau eintragen, dann versichert er seine Gattin gegen Feuer und zündet sie an ...

Es wäre wirklich sehr lustig, wenn es nicht so demütigend wäre.

In jener sozialistisch reglementierten Pionierzeit, als in meinem Heimatland die gesetzlich verankerte Bestrafung der Arbeit hin und wieder die delikate Grenze von hundert Prozent überschreiten konnte, ersuchte ich in meiner Naivität den damaligen Finanzminister um ein Gespräch:

»Herr Minister«, sagte ich ehrerbietig, »es gibt hierzulande Bürger, die mehr an direkten Steuern zahlen, als sie verdienen.«

»Es mag sich um eine Differenz von höchstens 2 bis 3 % handeln«, erwiderte seine Exzellenz, »das bedeutet noch lange keinen Weltuntergang.«

»Ja, aber wenn das so ist, wozu soll man dann überhaupt noch arbeiten?«

»Um die Familie zu ernähren.«

»Wie?«

»Durch eine stete Steigerung der Leistung«, ermahnte mich der Minister und fügte verständnisvoll hinzu: »Lieber Freund, glauben Sie ja nicht, daß mich persönlich dieser Zustand befriedigt. Nach meiner ganz privaten wirtschaftspolitischen Auffassung sollte kein Bürger mehr an Steuern zahlen müssen, als er verdient. Für die Verwirklichung dieses Prinzips bin ich sogar bereit, auf die Barrikaden zu gehen. Glauben Sie mir, wenn es ausschließlich nach mir ginge, dann hätte ich den Grenzsteuersatz sogar schon auf 96 % gesenkt, ohne Rücksicht auf Verluste. Aber leider, unter den gegebenen Verhältnissen ist dies unmöglich ...«

»Warum?«

»Der Präsident der Weltbank ist eben aus New York unterwegs nach Jerusalem, um mit uns über ein langfristiges Darlehen größeren Ausmaßes zu verhandeln. Da müssen wir ihn natürlich davon überzeugen können, daß wir alle hier im Land bereit sind, unsere Gürtel enger zu schnallen ...«

Der Wundergürtel

Meine ganz spezielle Verehrung, Herr Ministerialrat. Womit kann ich dienen?«

»Ich bräuchte für meine Hose einen Gürtel, um sie enger zu schnallen.«

»Wenn ich Sie richtig verstehe, dann haben Sie die Absicht, Ihren Lebensstandard zu senken.«

»Ganz richtig. Dieser Tage hörte ich eine Rede des Finanzministers, worauf ich zu mir sagte: ›Oh, wie recht er doch hat! Wenn wir Staatsdiener nicht mit gutem Beispiel vorangehen und unseren Gürtel enger schnallen, wer sollte es dann tun? Nur so können wir unsere ökonomische Unabhängigkeit bewahren, beziehungsweise erreichen!‹ Und deshalb sehe ich mich jetzt nach einem passenden Gürtel um.«

»Goldene Worte, Herr Ministerialrat, goldene Worte. Hier wäre zum Beispiel ein Gürtel, den ich Ihnen mit bestem Gewissen empfehlen kann. Es handelt sich um ein Modell aus handgenähtem Ziegenleder, welches original-mexikanische Ornamente aufweist.«

»Sehr hübsch, aber haben Sie nichts Besseres?«

»Selbstverständlich. Wie würde Ihnen dieses prachtvolle italienische Export-Modell aus waschechtem Tapir-Leder gefallen? Die Schnalle ist aus echtem Silber mit eingelegten Halbedelsteinen. Es handelt sich um einen hundertprozentigen Sicherheitsverschluß, absolut reißfest, besonders geeignet für Bankette und Tanzveranstaltungen aller Art.«

»Nein, so was trägt heute schon jeder. Ich hätte gerne etwas Besonderes.«

»Ich glaube, dann hätte ich hier das Richtige für Sie, Herr Ministerialrat. Dieser beidseitig verzierte amerikanische Luxusgürtel aus Nashornleder kommt auch dem verwöhntesten Geschmack entgegen. Hier, an der Innenseite, finden Sie achtzehnkarätige Goldhaken zum Befestigen Ihrer Dienstwagenschlüssel. Dieser exklusive Knopf hingegen kontrolliert den eingebauten Mikrocomputer, und hier wäre noch eine Vorrichtung zur Fernsteuerung Ihres Farbfernsehgerätes.«

»Gibt es dieses Modell auch mit eingebauter Weckvorrichtung?«

»Ja natürlich, mit neun handgeschnitzten Transistoren. Aber zu meinem größten Bedauern hat sich die Lieferung aus der

Schweiz verzögert. Ich erwarte sie erst gegen Anfang August.«

»Peinlich.«

»Ich bitte Sie, zur Kenntnis zu nehmen, verehrter Herr Ministerialrat, daß die Schuld nicht bei uns liegt. Es waren Mitarbeiter Ihrer werten Dienststelle, welche die Genehmigung der Import-Lizenzen mutwillig verzögert haben.«

»Ich werde mich persönlich dieser Sache annehmen.«

»Sehr liebenswürdig, Herr Ministerialrat.«

»Also dann reservieren Sie mir ein Dutzend von diesen beidseitig verzierten amerikanischen Gürteln.«

»Mit größtem Vergnügen. Was den Preis betrifft ...«

»Der Preis spielt keine Rolle.«

»Natürlich. Also dann auf ein frohes Gürtelengerschnallen, Herr Ministerialrat.«

»Danke, lieber Freund, Ihnen, als einfachem Bürger, ebenfalls.«

Wenn einmal die Quellen der öffentlichen Mittel doch vorübergehend austrocknen, dann steht den Parteien sowie den sonstigen Kontrolleuren unseres Geschicks immer noch eine Möglichkeit offen. Es ist vermutlich die traditionsreichste sowie die fündigste Geldquelle des jüdischen Volkes – die weltweit herumgereichte Sammelbüchse.

Diese Büchsen sind ebenso zahlreich wie die Sterne am Himmel Hollywoods. Und vielleicht mag das ein Grund dafür sein, daß diese Sterne mit bewundernswerter Regelmäßigkeit den Spendenaufrufen Israels Folge leisten. Die Organisatoren solcher Spendenaktionen führen ein beneidenswertes Leben. Sie reisen durch die ganze Welt und organisieren riesige gesellschaftliche Happenings aller Art, getreu dem Motto, daß die Beschreibung eines publicity-trächtigen Ereignisses in den Klatschkolumnen mehr nützen kann als hundert überzeugende Argumente.

Als treffende Illustrationen mag vielleicht die Schilderung eines unserer vielen öffentlichen Propagandafeldzüge bei unseren amerikanischen Bundesgenossen dienen. Dieser Propagandafeldzug hat vermutlich der antizionistischen Front sämtlicher zerstrittenen Araberstaaten mehr genutzt, die öffentliche Meinung in den USA zu erobern, als jedes einzelne ihrer Argumente.

Der Fall wird in die Geschichte eingehen unter der vielversprechenden Codebezeichnung.

»Aktion Superton«

Am Anfang war es nicht mehr als ein Gedankenblitz, der den Präsidenten des Dachverbandes jüdischer Sammelaktionen, Herrn Direktor Lipowitz, befiel. Anläßlich seiner alljährlichen Rundreise durch Israel besuchte er unter anderem auch die südlichste Lagerstätte der »Gesellschaft zur Kultivierung reiner Tonerde GmbH« in der Negev-Wüste. Dortselbst erspähte er einige Arbeiter, die gerade dabei waren, einen Lastwagen mit Säcken voller Tonscherben zu beladen.

»Sensationell, dieser herrliche Ton«, begeisterte sich Direktor Lipowitz, und seine Augen begannen bedrohlich zu funkeln. »Halt, ich habe eine Idee«, verkündete er seinen Begleitern, die sofort erwartungsvoll erschauerten. »Wie stehen unsere Sammelergebnisse in Boston?«

Der persönliche Referent entnahm seiner Aktentasche eine Landkarte der Vereinigten Staaten.

»Rekordspenden«, sagte er dienstbeflissen, »im vergangenen Jahr waren es über zehn Millionen Dollar.«

»Nicht schlecht«, sagte Direktor Lipowitz, »aber es könnte noch besser werden. Was halten Sie davon, meine Herren, wenn wir morgen dem weltberühmten philharmonischen Orchester von Boston einen Sack von diesem herrlichen Ton überreichen. Ein symbolischeres Geschenk, noch dazu mit musikalischer Bezugnahme und das noch aus dem Heiligen Land, hat ein Orchester vermutlich noch nie erhalten.«

Die Herren waren überwältigt. Der zu erwartende Propaganda-Effekt unter jüdischen Musikliebhabern in den USA könnte Wunder wirken.

Alle waren sich darüber einig, daß sich Herr Direktor Lipowitz mit dieser wahrhaft königlichen Idee, wie üblich, selbst übertroffen habe. Die Freude der weltberühmten Bostoner Philharmoniker angesichts des Postboten mit dem Sack voller Ton wurde in den leuchtendsten Farben ausgemalt ...

»Was! Postbote?« Lipowitz runzelte die Stirn. »Glauben Sie wirklich, meine Herren, daß ich so ein Geschenk mit der Post übersenden lasse?«

Die Herren duckten sich schuldbewußt.

»Mitnichten«, Lipowitz war nicht mehr zu bremsen. »Dieser Sack soll im Konzertsaal der Stadt Boston von einem echt israelischen Lastenträger im Nationalkostüm überreicht werden!«

Und noch bevor die umstehenden Herren in Begeisterungsstürme ausbrechen konnten, wies der Zeigefinger des Direktors auf einen ausgemergelten Arbeiter jemenitischer Herkunft:

»Er wird das Geschenk überreichen.«

»Wann?«

»Morgen! Ich gebe der ganzen Aktion insgesamt zwei Tage!«

Direktor Lipowitz ist nicht nur ein Mann des Geistes, sondern auch der Tat. Es folgten einige weitere Telephonate, und schon fünfundzwanzig Minuten später war Sallah Schabati, der auserwählte Lastenträger, mit Reisepaß, Ausreisegenehmigung, Devisenkontingent, Visum sowie einigen Ratschlägen versorgt.

»Herr Schabati«, wurde ihm verkündet, »wir beglückwünschen Sie sowohl in unserem Namen als auch im Namen des musikbegeisterten Judentums in aller Welt. Steigen Sie bitte in unseren Wagen. Sie werden sofort nach Boston reisen, um dem Chefdirigenten des dortigen philharmonischen Orchesters diesen Ton zu überreichen.«

»Warum ich?« fragte Schabati in panischem Schrecken, »was habe ich getan?«

»Nichts, lieber Freund, machen Sie sich keine Sorgen. Sie haben einen langen Weg vor sich. Wir werden, um den Propaganda-Effekt unserer Aktion noch zu erhöhen, auf dem Weg nach Boston durch Washington fliegen ...«

Sallah Schabati bestand darauf, bei sich daheim sein stark gepfeffertes Abendessen einzunehmen, um seine treusorgende Gattin nicht zu beunruhigen. Diesem Ansinnen mußte natürlich ein Riegel vorgeschoben werden, also entschloß man sich, wie üblich, ausnahmsweise zu Gewaltmaßnahmen. Schließlich handelte es sich hier um einen Fall von höchstem nationalen Interesse. Der wild um sich schlagende Lastenträger wurde in ein Auto gezerrt, wo sich zwei fette Beamte auf ihn setzten. Am Stadtrand von Tel Aviv unternahm Schabati einen Fluchtversuch, der damit endete, daß er durchs Fenster ins Wageninnere zurückgezogen wurde und ein weiterer, schwergewichtiger Beamter auf ihm Platz nahm.

Ab hier verlief die Aktion ohne weitere Zwischenfälle ganz

nach Plan. Kurz vor dem Flughafen fuhr der Lieferwagen eines renommierten Modehauses entlang der Limousine von Direktor Lipowitz, und während der rasenden Fahrt wurde ein reichbesticktes Nationalkostüm für Schabati durch das Wagenfenster geschleudert.

An der Gangway angelangt – die Motoren heulten bereits auf vollen Touren – bestieg ein festlich gekleideter Sallah das Flugzeug, eskortiert von Direktor Lipowitz und dreizehn Beamten im Laufschritt.

»Jede Minute zählt«, bemerkte Direktor Lipowitz und wandte sich an den Piloten: »Und jetzt mit Vollgas nach Washington!«

★

Nach Zwischenlandungen in Athen, Singapur, Manila und Tokio überquerte man den Stillen Ozean. Der Flug verlief relativ ruhig und ereignislos, nur Sallah Schabati kauerte stöhnend auf dem Boden und verlangte nach Wasser. Die Pockenimpfung, die ihm einer der beiden Vertreter des Gesundheitsministeriums über Istanbul verpaßte, verursachte ein hohes Fieber.

Direktor Lipowitz saß mit der Uhr in der Hand neben dem Piloten und ermahnte ihn immer wieder, schneller zu fliegen.

Daher wurde auch die Begrüßungszeremonie auf dem Flughafen von Los Angeles so kurz wie möglich gehalten. Man beschränkte sich auf ein paar formlose Reden für die Vertreter des Israelischen Konsulates, die mit ihren Familien und einem kleinen Freundeskreis zur Begrüßung erschienen waren, man hörte sich deren begeisterte Antwortrede an, in der die große Bedeutung der »Aktion Superton« gepriesen wurde, und schon endete die kleine, improvisierte Feier mit Volkstänzen, die von der lokalen Jugendtanzgruppe unter der Schirmherrschaft der südkalifornischen Kultusgemeinde vorgeführt wurden.

Die amerikanischen Behörden bewiesen großes Verständnis für die Zeitnot, in der die Aktion durchgeführt werden mußte, und entsandten daher keine Vertreter zu dieser Zeremonie.

Direktor Lipowitz bestieg mit seinen Begleitern ein größeres Fahrzeug, das am Flughafen angemietet wurde, und die Delegation setzte sich in Bewegung, um so bald wie möglich die amerikanische Bundeshauptstadt zu erreichen.

★

Sallah Schabati begann locker und entspannt mit dem Geschenksack auf den Schultern vor dem Beamtenfahrzeug einherzutraben. Nach einigen Kilometern wandte er sich um und fragte:

»Sind wir bald in Haifa?«

»Lauf weiter bis nach Washington!« befahl Lipowitz und lehnte sich bequem zurück. Ein Beobachter der Kultusgemeinde von Los Angeles, der beauftragt wurde, die Delegation zu begleiten, wandte sich an ihn:

»Von welchem Washington ist hier eigentlich die Rede?«

»Blöde Frage!« antwortete Lipowitz herablassend wie üblich. »Natürlich von der Bundeshauptstadt.«

Der Beobachter erschrak: »Die Bundeshauptstadt Amerikas ist am anderen Ende Amerikas. Hier am Stillen Ozean ist nur der Staat Washington. Die Stadt, die Sie meinen, liegt am Atlantik, dreitausend Meilen von hier entfernt.«

Lipowitz schluckte kurz. »Na und?« sagte er, »dann werden wir eben einen dreitausend Meilen langen Triumphzug durch die Vereinigten Staaten unternehmen. Je mehr Amerikaner von unserem geistvollen Geschenk erfahren, desto besser!« Dann wandte er sich an Schabati: »Lauf schneller, Mann, sonst kommen wir zu spät.«

Nach zwei Stunden angestrengten Laufens erkundigte sich Sallah, ob nicht auch er im Auto Platz nehmen könnte. Natürlich mußte ihm dies verweigert werden. Abgesehen davon, daß das Fahrzeug mit Lipowitz und seiner dreizehnköpfigen Begleitung und dem Beobachter hoffnungslos überbesetzt war, würde dadurch das musikalische Geschenk aus dem Heiligen Land einen Teil seines symbolischen Wertes verlieren. Also beschränkte man sich darauf, Schabati während seines Laufs mit kalorienreicher Schokolade zu füttern.

★

Der Triumphzug wurde ein ungeheurer Erfolg. Fast in jeder Stadt mußte haltgemacht werden, um der jüdischen Bevölkerung eine kleine Feier zu ermöglichen. Immer mehr freiwillige Funktionäre schlossen sich mit ihren Fahrzeugen der Expedition an. In Las Vegas war es bereits ein Konvoi von siebzehn Wagen, die Sallah auf seinem langen Marsch begleiteten.

Irgendwo beim Durchqueren des Grand Canyon ging Schabati ganz plötzlich verloren. Er hatte seinen wertvollen Sack kurz abgestellt, um sich hinter einem Riesenkaktus zu erleichtern – und das war das letzte, was man von ihm zu sehen bekam.

Direktor Lipowitz, ein Mann der schnellen Entschlüsse, engagierte flugs einen stämmigen Indianer, der zufällig vorbeistreunte, und beauftragte ihn, den Sack weiterzutransportieren. Nach Durchqueren des Death Valley kam man endlich in Salt Lake City an, wo die ansässige Ortsgruppe der Sammelaktion unter Mitwirkung der Bruderschaft zur jüdisch-christlichen Zusammenarbeit aus dem Stegreif ein kleines Passionsspiel improvisierte.

In Denver, Colorado, war der Konvoi bereits auf siebenundvierzig Fahrzeuge angewachsen. Das Fest, das nach Volkstänzen und Rundgesang ein biblisches Kabarett zu bieten hatte, dauerte drei Tage lang. Als es endlich vorbei war, konnte man den Indianer mit den Tonscherben nirgends auftreiben. Der unerschütterliche Lipowitz machte sich mit einem neuen Träger wieder auf den Weg. In Ermangelung eines Indianers mußte man mit einem Neger, der am Hauptbahnhof als Kofferträger wirkte, vorliebnehmen.

Nach einigen Wochen waren die Staaten Idaho, Montana und North-Dakota durchquert. Die Expedition war inzwischen auf 623 Fahrzeuge angewachsen. In dieser Phase des Siegeszuges hatten die Kosten die 15-Millionen-Dollar-Grenze noch nicht überschritten.

In Kentucky gab es einen kleinen Zwischenfall. Ein Polizist verhaftete den Träger des symbolischen Sackes, weil es in diesem Staat ein veraltetes Gesetz gibt, das den Negern untersagt, mitten auf der Straße zu laufen. Erst nachdem sich Direktor Lipowitz feierlich verpflichtet hatte, den Mann außerhalb der Stadt persönlich zu lynchen, wurde seine Weiterfahrt endlich gestattet.

Dank größter gemeinsamer Anstrengungen aller Beteiligten erreichte die Expedition nach weiteren einundzwanzig Tagen den städtischen Konzertsaal von Boston.

Direktor Lipowitz, der sich während des fünftägigen unvergeßlichen Besuchs in der Hauptsynagoge von Washington, D. C., einen echten schwarzen polnischen Kaftan sowie den dazugehörigen pelzverbrämten Hut ausgeborgt hatte, trug den Sack mit dem herrlichen Ton höchstpersönlich den letzten Absatz der Freitreppe empor und läutete am Tor des Konzerthauses.

Doch niemand öffnete.

»Anscheinend ist das Orchester nicht zu Hause«, teilte Lipowitz seiner eintausendsiebenundsiebzigköpfigen Eskorte mit. »Schade. Na schön, versuchen wir es eben ein anderes Mal.«

Da plötzlich ging das Tor auf.

»Herr Chefdirigent?« fragte Lipowitz.

»Nein«, erwiderte das schwarze Dienstmädchen. »Der Herr

Chefdirigent ist seit drei Wochen mit dem Orchester auf Tournee.«

»Wo?«

»In Israel.«

»Aha«, erwiderte Lipowitz und leerte den Inhalt des Sackes vor die Füße der erstaunten Negerin. »Das ist für ihn. Shalom.«

★

Fünf Wochen danach kehrte Direktor Lipowitz mit seinem Stab nach Israel zurück. Es fand ihm zu Ehren ein Staatsempfang mit zahlreichen Vertretern des öffentlichen Lebens statt. Nach der Ordensverleihung ergriff Lipowitz das Wort:

»Es ist meine ehrliche Überzeugung, daß die wohldurchdachte, bis ins letzte Detail geplante ›Aktion Superton‹, trotz der unwesentlichen, manchmal vielleicht sogar unvermeidlichen kleinen Pannen einen wesentlichen Beitrag zur Festigung der freundschaftlichen Beziehungen unserer Sammelaktion einerseits und dem musikliebenden amerikanischen Judentum andererseits darstellen wird ...«

Was Sallah Schabati betrifft, so soll er bei den Navajo-Indianern von New-Mexico untergetaucht sein. Angeblich ließ er seine Gattin mit dem zwar völlig ausgekühlten, aber immer noch stark gepfefferten Abendessen nachkommen. Ein Gerücht besagt, daß Schabati dank seiner prächtigen Gewandung den Status eines Häuptlings erhalten hat.

So liegt also wieder einmal der überzeugende Beweis klar auf der Hand, daß eine wohlorganisierte, konsequente und sparsame Propaganda-Aktion früher oder später mit Erfolg gekrönt sein muß. Wie üblich.

Eine klassische Methode, die leeren Kassen der heiligen Bürokratie aufzufüllen und gleichzeitig ehrliche Untertanen zu bestrafen, ist die unter der Bezeichnung »Geldabwertung« bekannte Blitzaktion (auch als »Devisenreform«, »Wechselkursangleichung«, »Wegelagerei« in den einschlägigen Wörterbüchern geführt). So eine überhastete Kurssenkung der Landeswährung ist in Wahrheit nichts anderes als ein kaltschnäuziger Griff in die Brieftaschen unschuldiger Staatsbürger.

Bei jeder Geldabwertung sind drei eherne Grundregeln zu beachten:

a) Sie darf niemals kurz vor Wahlen angesetzt werden.

b) Es wird immer dann zugeschlagen, wenn man es am wenigsten erwartet, und

c) Das Opfer darf immer nur der kleine, unwissende Durchschnittsbürger sein. Jener Mann, der dumm genug war, den Versprechungen der Regierung zu vertrauen und sein Geld in Staatsanleihen zu investieren.

Als Folgeerscheinung dieser drei Grundregeln hat der Pöbel die Gepflogenheit, schon beim allergeringsten Verdacht die Banktresore und Kaufhäuser zu erstürmen, um möglichst schnell die wertlos werdende Landeswährung loszuwerden. Natürlich beruhigt die Regierung das Volk, um den Überraschungseffekt nicht aus der Hand zu geben, und das Volk glaubt der Regierung natürlich kein Wort.

Und so wird nach hamletscher Art überall, selbst innerhalb der Regierung, bis zum Ende aller Dinge – der Abwertung also – geknobelt:

»Kommt's oder kommt's nicht?«

Es ist somit gar nicht überraschend, daß es Leute gibt, die behaupten, daß das Geld die Wurzel allen Übels sei. Man mag zu diesem Ausspruch stehen, wie man will, aber in Zeiten der Geldabwertung ist viel Wahres daran. Denken wir doch an die bedeutenden Worte, die der große Sokrates seinen Adepten zu bedenken gab:

»Für den Weisen, der um die wahren Werte des Lebens weiß, ist Geld wertlos«, sagte der griechische Philosoph.

»Der Weise hortet Gold und Brillanten.«

Wenn mich die Erinnerung nicht täuscht, so wurde Sokrates von der Athener Regierung wenige Stunden vor einer Drachmen-Abwertung öffentlich vergiftet.

Das Folgende stellt die erstmalige Publikation des geheimen Sitzungsprotokolls einer Regierungsberatung dar, die kurz vor unserer zwanzigsten Geldabwertung dieses Jahres einberufen wurde.

Vertrauensschwund

Ministerpräsident: Also ich weiß wirklich nicht mehr, was ich tun soll, liebe Kabinettskollegen. Irgendwie beginnen schon wieder Gerüchte zu kursieren, daß eine Abwertung unserer Währung bevorstehen soll.

Finanzminister: Pöbel.

Ministerpräsident: Die Leute stürmen die Geschäfte wie irr, um gutes Geld loszuwerden. Es ist wie eine Massenhysterie.

Finanzminister: Völlig unverständlich.

Ministerpräsident: Gerade vor einer Woche habe ich im Fernsehen ausdrücklich verkündet, daß derzeit nicht der geringste Grund für eine Geldabwertung vorliegt. Und eine Stunde danach begann schon der Run auf die Banken ...

Justizminister: Haben die Leute denn gar kein Vertrauen mehr zur Regierung?

Ministerpräsident: Nein. Ich kann mich noch gut erinnern, wie ich vor der letzten Geldabwertung immer wieder gesagt habe, daß es keine geben wird, und es war, als ob man zu einer Wand spräche. Ich glaube, die Leute genießen die Panik.

Finanzminister: Pöbel.

Unterrichtsminister: Manchmal frage ich mich allen Ernstes, ob diese verwahrloste Generation jemals imstande sein wird, in unserem Land eine funktionierende Wirtschaft zu errichten.

Informationsminister: Unter uns gesagt, *wird* es eine Abwertung geben?

Ministerpräsident: Was ist das für eine blöde Frage? Ich habe tausendmal gesagt, daß es keine Abwertung geben wird.

Informationsminister: Ich weiß. Aber so ganz unter uns ...

Ministerpräsident: Es gibt keine Abwertung!

Informationsminister: Der Finanzminister soll das auch sagen.

Finanzminister: Es gibt ... keine ...

Informationsminister: Darf ich mal kurz daheim anrufen?

Ministerpräsident: Kommt überhaupt nicht in Frage! Hiergeblieben! Also wirklich, Kollegen, wenn wir nicht einmal einander vertrauen, wie können wir dann von der Bevölkerung Vertrauen erwarten?

Justizminister: Ja, das ist ein echtes Problem. Das wollte ich schon längst einmal zur Sprache bringen ...

Finanzminister: Zunächst einmal muß man den Pöbel da draußen beruhigen. Das hat absolute Priorität. Sonst wird der angerichtete Schaden irreparabel.

Ministerpräsident: Schon schon, aber wie soll man das machen? Ich fürchte, daß man uns nicht glauben wird. Es gibt kein Vertrauen mehr.

Informationsminister: Wenn es aber dann doch eine Abwertung geben sollte ...

Ministerpräsident: Machen Sie mich doch nicht verrückt! Läppisch! Wer wird schon so unvorsichtig sein, vor den Wahlen das Geld zu entwerten?

Justizminister: Das könnte sich unter Umständen als unser stärkstes moralisches Argument erweisen. Ich schlage vor, daß das Parteipräsidium eine Volksversammlung einberuft und feierlich erklärt: »Verehrte Damen und Herren, wie Sie alle wissen, finden in einem Jahr Parlamentswahlen statt. Glauben Sie wirklich, daß wir so blöd sind, uns zu allen anderen Schwierigkeiten, die wir haben, auch noch eine Geldentwertung an den Hals zu hängen?« Oder so ähnlich ...

Finanzminister: Sie werden uns das nicht abnehmen. Die Wähler werden sagen: »Wenn sie noch ein ganzes Jahr wirtschaften können, sind diese Verbrecher glatt imstande, noch drei Geldabwertungen zu machen!«

Ministerpräsident: Das klingt plausibel. Also was tun wir?

Unterrichtsminister: Meine Bedeutungslosigkeit in diesem Kabinett verbietet es mir, Ratschläge zu erteilen. Aber ich könnte mir vorstellen, daß wir ganz einfach ein Gesetz erlassen, das der Regierung verbietet, innerhalb dieser oder der nächsten Legislaturperiode die Währung abzuwerten. (Allgemeines Schweigen. Jeder sieht den Unterrichtsminister an wie ein Wesen aus einer anderen Welt.)

Finanzminister: Wohl meschugge geworden? Wie sollen wir dann jemals eine Geldabwertung vornehmen können?

Informationsminister: Also doch ...

Ministerpräsident: Es gibt keine Abwertung, wie oft soll ich das noch sagen? Wir haben nicht die geringste Absicht! Erst gestern sagte ich, anläßlich meiner Pressekonferenz, den versammelten Redakteuren: »Wenn es zu diesem Zeitpunkt eine Abwertung gibt, dann heiße ich Zwiebelring!«

Informationsminister: (sotto voce) Menachem B. Zwiebelring ...

Ministerpräsident: Was nuscheln Sie da?

Informationsminister: Ich? Nichts, gar nichts. Ich möchte nur meine Frau anrufen, bevor sie einkaufen geht ...

Ministerpräsident: Kommt nicht in Frage! Sie bleiben so lange sitzen, bis wir einen Weg gefunden haben, das Volk zu beruhigen.

Justizminister: Ich schlage vor, daß wir einen Ausschuß bilden, der feierlich in der Öffentlichkeit erklärt, daß eine Abwertung nicht in Frage kommt. Als Ausschußmitglieder könnte ich mir drei angesehene Menschen vorstellen, denen man vertraut. Zum Beispiel den Generalstabschef, den Vorsitzenden des obersten Gerichtshofes und irgendeinen Fußballer.

Finanzminister: Das habe ich schon versucht. Ich habe mich offiziell an die drei gewandt.

Justizminister: Und?

Finanzminister: Sie sind seitdem nicht zu finden. Sie treiben sich in irgendwelchen Warenhäusern herum ...

Informationsminister: Könnte ich kurz anrufen?

Ministerpräsident: Nein! Es ist zum Verzweifeln. Kein Mensch in diesem Land vertraut einem anderen.

Finanzminister: Wir könnten uns vielleicht an eine ausländische Persönlichkeit wenden ...

Ministerpräsident: Das ist eine gute Idee. Wenn etwa der Präsident der Vereinigten Staaten von Amerika feierlich erklären würde, daß bei uns keine Geldabwertung geplant ist ...

Finanzminister: Wir könnten gemeinsam im amerikanischen Fernsehen auftreten, der Präsident und ich.

Informationsminister: Sehr gut! Ich werde dem Reagan gleich ein Telegramm schicken ...

Ministerpräsident: Sie bleiben hier! Sie werden gemeinsam mit uns die kollektive Verantwortung tragen, und zwar bis zum bitteren Ende.

Finanzminister: Pöbel.

Unterrichtsminister: Also Freunde, ich glaube ja nach wie vor, daß unser Volk den Lenkern seines Staatsschiffes vertraut. Wenn sich das gesamte Kabinett festlich schwarz gekleidet ins Fußballstadion begibt und dort im Schatten des Staatsemblems und zu den Klängen der Nationalhymne auf die Bibel im Chor schwört, daß es keine Abwertung geben wird ...

Justizminister: Man wird uns nicht ein Wort glauben.

Ministerpräsident: Natürlich nicht. Also was tun wir?

Finanzminister: Ich schlage vor, daß wir abwerten.

Ministerpräsident: Gut. Der Pöbel läßt uns sowieso keine andere Wahl.

Im Zuge meiner Abhandlung über höhere Wirtschaftswissenschaften drängt sich vermutlich diesem oder jenem Leser, vielleicht sogar beiden, folgende Frage auf: »Wenn die Lage wirklich so schlimm ist, wenn die Steuerlast auf den Schultern Ihrer Landsleute tatsächlich zu den höchsten der Welt zählt (Platz zwei hinter dem Sühnegeld, das Rom seinerzeit den geschlagenen Einwohnern Karthagos auferlegte), dann erklären Sie uns doch einmal, wie zum Kuckuck sind die Bürger Israels immer noch in der Lage, von ihrem kastrierten Einkommen zu leben, und nicht einmal so schlecht?«

Die Antwort ist ganz einfach. Erstens kann man jederzeit einen unliebsamen Mitbürger bei der Finanzstrafbehörde denunzieren und dafür einen steuerfreien Schandlohn in Höhe von 10 % des Reingewinns kassieren, und zweitens pflegen die Gottobersten einen Teil der Beute an jene Bürger weiterzuleiten, die dank ihres Mangelberufes jederzeit in der Lage wären, in Länder mit einer weniger progressiven Steuergesetzgebung auszuwandern. Zum Beispiel Universitätsprofessoren.

Schatten eines Riesen
Kriminalgeschichte

Es war zehn Minuten vor den Fernsehnachrichten, als Professor Harry Krishna von der Fakultät für Geisteswissenschaften das Universitätsgebäude in Jerusalem verließ und den Fußweg zur nächsten Bushaltestelle antrat. Der Dozent hatte etwa eine Dreiviertelstunde in der menschenleeren Gegend gewartet, als plötzlich ein heftiger Schlag auf seinen Schädel niederging ...

Ein Streifenwagen der Polizei entdeckte ihn im Morgengrauen, bewußtlos auf dem Bürgersteig liegend, und alarmierte die Feuerwehr. Die Untersuchung ergab, daß Harry Krishna Opfer eines ausgeklügelten Raubüberfalls geworden war. Der unbekannte Täter hatte zwar die Brieftasche des bewußtlosen Dozenten hervorgeholt, das darin befindliche Geld jedoch unangetastet gelassen. Geraubt wurde nur der Vergütungsnachweis.

»Safed«, fauchte der Schatzmeister der Universität ohne nachzudenken, »das war Safed!«

Die weitläufige Ermittlung hatte auch nach drei Tagen zu keinem Ergebnis geführt. Die Identität des Attentäters blieb unbekannt, da das von der Polizei angefertigte Phantombild lediglich die Züge eines Strumpfes erkennen ließ. Doch lag die Vermutung nahe, daß die Universität Safed ihre Hand im Spiel haben könnte. Denn kurz nach ihrer verhängnisvollen Gründung hatte diese kleine Hochschule einen Tarifvertrag mit dem israelischen Finanzministerium geschlossen, der aus ganzen sechzehn Wörtern bestand und wie folgt lautete: »Das Gehalt der Dozenten an der Universität Safed entspricht dem der Dozenten an der Universität Jerusalem.« Unmittelbar nach Unterzeichnung dieses schicksalhaften Vertrages wurde beiden Seiten klar, daß sie einen schweren Fehler begangen hatten. Der stille Kampf hatte begonnen.

»Tut uns leid«, sagte man im Finanzamt den Jerusalemer Professoren jedesmal, wenn diese eine Gehaltszulage forderten, »wir können keinen Pfennig mehr hinzufügen, denn sonst haben wir morgen die Dozenten von Safed auf dem Halse, die dieselbe Zulage verlangen.«

»Sie werden nichts davon erfahren«, versprachen die Gelehrten der Hauptstadt. »Wir werden maximale Sicherheitsvorkehrungen treffen ...«

Die neuen Vergütungsnachweise mit der »Spatzenfutterzulage« in Höhe von 3,4 % auf die halbe Pflichtanleihe wurden also den Dozenten der Hauptstadt nicht mehr persönlich übergeben, sondern in versiegelten Umschlägen unter die jeweiligen Wohnungstüren geschoben. Ein solcher Vergütungsnachweis war aus der Tasche von Professor Krishna bei jenem ausgeklügelten Raubüberfall an der Haltestelle verschwunden.

Noch waren keine 36 Stunden vergangen, als eine Delegation der Universität Safed sich vor den Toren des Finanzministeriums einfand und eine »Spatzenfutterzulage« von 3,4 % verlangte ...

★

Die erste Runde hatte nun die Universität Safed für sich verbuchen können. Doch Jerusalem leitete unverzüglich weitreichende Maßnahmen ein, um sich dieser ungewollten Partnerschaft zu entledigen. Das Professorenkollegium der Hauptstadt erhielt eine illustrierte Informationsschrift unter dem Titel »Selbstverteidigung leicht gemacht« mit ausführlichen Vorschriften bezüglich der Wahrung des Besoldungsgeheimnisses. »Verbrennen Sie Ihren Vergütungsnachweis sofort nach Erhalt«, lautete die Vorschrift. »Beantworten Sie keinerlei Anfragen des Statistischen Amtes zur Höhe Ihres Einkommens. Werden Sie beschattet oder entdecken Sie ein verstecktes Mikrophon in Ihrem Bett, so ist dies unverzüglich dem Dekan zu melden!«

Das monatliche »Wäschegeld« von halbmonatlich 20,09 Schekel wurde den Professoren der Hauptstadt in konspirativem Einvernehmen ausgezahlt. Das Kollegium fand sich zur Spätvorstellung im nahegelegenen Kino ein. Dann, mitten im spannenden Film und im Schutz der wohltuenden Dunkelheit, kroch der Schatzmeister der Universität zwischen den Sitzreihen herum und verteilte die Schecks. Er war gerade bei der psychologischen Fakultät angekommen, als die Filmvorführung unterbrochen wurde und auf der mit Scheinwerfern beleuchteten Leinwand das Bildnis des Safeder Rektors in heller Erregung erschien:

»Auszahlung!« brüllte der Rektor. »Zuschläge! Platzanweiser, faßt sie! ...«

★

»Woher wissen sie das alles, woher nur?« jammerte der Jerusalemer Dekan. »Im Finanzamt weigert man sich schon, mit uns zu sprechen ...«

In der Hauptstadt kursierten Schreckensgerüchte über einen Hochleistungs-Gehaltscomputer, den die technologische

Fakultät für den Safeder Geheimdienst gebaut haben sollte, um jede Bewegung auf der Zulagenfront in der Hauptstadt zu verfolgen. Angeblich würde dieser wohlgefütterte Computer auf jede Zulage mit einem ohrenbetäubenden Klingeln reagieren. Darüber hinaus habe er in letzter Zeit den ganzen Tag unaufhörlich geklingelt, so daß man sein Alarmsystem auf leichte Musik umstellen mußte. Die Jerusalemer Strategie wurde jedenfalls den neuen Gegebenheiten angepaßt. Die folgende wöchentliche Zulage wurde im Rahmen einer generalstabsmäßig organisierten Aktion ausgezahlt. Es handelte sich dabei um eine »Frühgeburtenentschädigung« von 177,50 Schekel pro Quartal zur Deckung von außergewöhnlichen Unkosten im Falle einer Frühgeburt in der Familie des Professors oder seiner Verwandtschaft. Das Geld wurde zwischen zwei mit Leberwurst belegten Brotschnitten untergebracht und während eines organisierten Ausflugs in die Wüste von Judäa als Sandwich verteilt.

Die ideologische Tarnung besorgte der Dozent für Naturwissenschaften. Er führte das Kollegium, es mit lauten geologischen Erläuterungen überschüttend, in eine große steinerne Höhle. Im Inneren der Erde, im fahlen Schein einer Taschenlampe, wurde die Auszahlung eingeleitet.

»Wer sein Geld erhalten hat, möchte bitte weitergehen«, dirigierte der Schatzmeister die Operation über einen tragbaren Lautsprecher. »Unterhalten Sie sich pausenlos weiter über Stalagmiten und Stalaktiten, oder umgekehrt!«

Plötzlich erscholl ein furchtbarer Knall aus der Richtung des Höhleneingangs, und alles versank in Dunkelheit. Der enge Eingang war von einem riesigen roten Steinblock versperrt, der von gewaltigen Kräften auf ihn zugerollt worden war. Von draußen drang in die Höhle der Gesang eines fröhlichen Männerchors: »Everything you can do, we can do better!«

★

Als die Rettungsmannschaften schließlich die Gefangenen aus der Höhle befreiten, waren die erschütterten Jerusalemer Professoren dem Zusammenbruch nahe. Bei ihrer Rückkehr in die Universität erwartete sie ein weiterer Schlag. Die Tür des Dekanats war aufgebrochen und die Gehaltskonten waren durchwühlt worden. Papiere lagen auf dem Boden verstreut, und in der Ecke kauerte der geknebelte und gefesselte Pedell. Es war sonnenklar, daß Safed ein waghalsiges Kommandounternehmen durchgeführt hatte, um an zusätzliche Informationen zu gelangen.

Jerusalem hatte doch Glück im Unglück. Denn die neue Zulage für die Feiertage, die »Forderungskompensation«, war vom Dozenten für römische Geschichte in lateinischer Sprache festgehalten worden: »Im Juni ward Markus Antonius Vater zweier Kinder, Forderus und Kompensia, die das gesegnete Alter von 95,30 nach Steuern erreichten ...«

Die Auszahlung erfolgte am Donnerstag im Schwimmbad des Universitätsgeländes, und zwar unter Wasser.

In Safed wurden Forderus und Kompensia bereits am Tag davor, Mittwoch, ausgezahlt. In der Badewanne.

★

Und hier trat der renommierte Privatdetektiv Samuel Moskowitz junior in Aktion.

Die Universität Jerusalem beanspruchte seine Dienste als letzte Hoffnung, die Quelle der Indiskretionen aufzudecken. Der Spitzendetektiv überprüfte Daten, notierte Falschaussagen und sammelte nach jeder neuen Gehaltsforderung die Fingerabdrücke von den Verhandlungstischen des Finanzministeriums ein. Nachdem Jerusalem und Safed das zweimonatige »Blinddarmaufgeld« in Höhe von 5¾ % auf ein Drittel des Rentenanspruchs fast simultan entgegengenommen hatten, legte S. Moskowitz der Jüngere seine Karten auf den Tisch:

»Meine Herren«, eröffnete er auf einer Klausursitzung des Dekanats, »im Kollegium treibt ein Verräter sein Unwesen!«

»Unmöglich!«

»Moskowitz irrt nie, meine Herren. Safeds Mann wirkt hier unter Ihnen ...«

Der erfahrene Detektiv nahm die Ermittlungen in dieser Richtung auf, das heißt, er verfolgte mit größter Aufmerksamkeit die Ausflüge der Professoren. Eine erste Spur lieferte die Entdeckung, das Professor Harry Krishnas Ehefrau aus Safed stammte und die Wochenenden oftmals daheim verbrachte. Plötzlich entsannen sich auch einige Kollegiumsangehörige der Tatsache, daß das Ehepaar Krishna Ölgemälde von Mitgliedern der Safeder Künstlerkolonie besaß, und schließlich war da diese 60 Meter hohe Antenne auf dem Dach ihres Hauses. Kurz und gut, S. Moskowitz jr. schlich in jener mondlosen Nacht in die Wohnung Harry Krishnas und entdeckte den im Mülleimer versteckten Minisender ...

»Er ist es«, verkündete der Detektiv. »Jeden Morgen nimmt er über Kurzwelle Kontakt zu den Leuten in Safed auf und gibt Direktinformationen über die Vergütungslage in der Hauptstadt durch. Er operiert unter dem Decknamen ›Die Katze‹. Heute früh begann er die Sendung mit den Worten: ›Bereithalten für wöchentliches Schwangerschaftsgeld. Ende.‹«

Jerusalem erblaßte:

»Himmel«, flüsterte der Dekan, »wer hätte dies von Harry geglaubt? Er war es doch, der an der Bushaltestelle überfallen wurde.«

»Es war ein simulierter Überfall, um jeden Verdacht gegen ihn zu zerstreuen ...«

Der Dekan wollte die Polizei herbeirufen, doch hier meldete sich der Schatzmeister Morris Finkelstein zu Wort: »Im Gegenteil«, sagte er. »Wir drehen ihn um. Wir machen aus ihm einen Doppelagenten!«

Die »Winterzulage« im Juli erbrachte jedem 111,11 Schekel, Harry Krishna erhielt aber nur 62,90 Schekel. Das geschah an einem Freitag. Am Sonnabend fuhr Frau Krishna Richtung Heimat. In jener Nacht traf das ersehnte Telegramm aus Safed ein:

»62,90 werden verteilt stop glückwünsche moskowitz jr.« So wurde das Lehrpersonal der Hauptstadt vor einer sicheren sozialökonomischen Katastrophe bewahrt.

Das Finanzministerium ist allerdings bis auf weiteres geschlossen.

In einer auf Zwangsbetrug basierenden Nationalökonomie kann es keinesfalls überraschen, daß hin und wieder sogar die Oberpriester der Demokratie der Versuchung erliegen, Bestechungsgelder anzunehmen. Es kann kein Zufall sein, daß die großen Prediger des Gürtelengerschnallens überall in der Welt ihre öffentlichen Ämter als unbemittelte Demokraten antreten, um sie nach einigen Dienstjahren als wohlbestallte Plutokraten wieder aufzugeben. Weiß der Teufel, wie sie das anstellen.

Es ist anzunehmen, daß uns die Buchprüfer der amerikanischen Flugzeughersteller »Lockheed« zu diesem Thema Genaueres erzählen könnten. Es hat sich nämlich herausgestellt, daß in den vergangenen Jahren etliche Könige sowie sonstige Staatsoberhäupter des freien Westens in großzügigster Weise aus dem Lockheedschen Füllhorn naschen durften.

Der israelische Lockheed-Skandal heißt »Autocars«. Unser Land ist zu klein für Flugzeugskandale, also begnügten wir uns mit kleinen Autos, die im Land zusammengebaut wurden.

Das Unternehmen »Autocars« wurde von einem idealistischen Finanzmagnaten namens Schubinski leichtfertig ins Leben gerufen. Leichtfertig deshalb, weil dieser Schubinski aktiv wurde, ehe er zwei wesentliche Grundvoraussetzungen für die industrielle Entwicklung im Orient studiert hatte:

a) Im Mittelmeerraum kann ohne die Gunst der herrschenden Bürokratenkaste kein wie immer geartetes Unternehmen existieren.

b) Die Bürokraten schätzen in höchstem Maße kleine Autos mit großen Preisnachlässen.

Die Affäre platzte unter ohrenbetäubendem Krach, als die Firma »Autocars«, wie nicht anders zu erwarten, in Konkurs ging. Die Sensationsblätter veröffentlichten eine lange Liste jener Staatsdiener, die seinerzeit vom gequälten Schubinski dafür, daß sie eben Staatsdiener waren, sehr billige Autos und andere materielle Entschädigungen erhalten hatten. Die nicht enden wollende Liste erstreckte sich über die ersten vier Spalten der Extraausgabe und rief große Enttäuschung unter den wenigen Beamten hervor, die aus Zerstreutheit oder Unerfahrenheit verabsäumt hatten, an der landesweiten Schubinski-Sonderaktion mitzunaschen. Einen von ihnen plagten die Gewissensbisse so sehr, daß er nicht mehr schlafen konnte.

Der Mann, der sich an Schubinski heranmachte

Sarah, schläfst du?«

»Ja.«

»Ich kann nicht einschlafen. Ich habe eine Schlaftablette genommen.«

»Was ist denn los?«

»Ich habe ein ungutes Gefühl. Es sieht so aus, als ob ich der einzige Beamte meiner Abteilung wäre, der von Schubinski nichts bekommen hat. Ist das nicht merkwürdig?«

»Hör auf, dich zu quälen, Joram, das muß keiner erfahren.«

»Das glaubst du! Im Büro spielen sie ununterbrochen darauf an. Zum Beispiel heute morgen, als ich durch die Tür kam, sagte Schultheiß mit hämischem Grinsen: ›Ha, da kommt die Primadonna!‹«

»Hat denn Schultheiß etwas bekommen?«

»Da fragst du noch? Er hat von Schubinski einen speziellen Winterrabatt in Höhe von 17350 Schekel auf ein herrliches Coupé herausgeholt. Wobei der Wagen selbst nur 14200 Schekel gekostet hat.«

»Wie ist ihm das gelungen?«

»Es war ein Vorführmodell. Es ist zum Verzweifeln. Alle haben sich an Schubinski herangemacht. Alle, nur ich nicht.«

»Mit welcher Begründung haben sie das getan?«

»Aufgrund der Regierungsvereinbarungen mit Autocars.«

»Das verstehe ich nicht.«

»Dann werde ich versuchen, es dir zu erklären. Eine Arbeiterregierung wie die unsere kann nicht ohne weiteres vom Volk die Steuern eintreiben, um sie dann auf die einzelnen Bürokraten zu verteilen. Man braucht einen Vertuschungsfaktor dazwischen. Also bediente man sich des Schubinski, der als eine Art Kontokorrent zwischen den verschiedensten Beteiligten fungiert hat.«

»Ich verstehe es noch immer nicht.«

»Es ist doch ganz einfach. Schubi bekommt öffentliche Mittel in Form von staatlichen Anleihen, Zuschüssen und Schutzzöllen, und diese Gelder ließ er dann wieder in Form von Rabatten, Geschenken, Stipendien, Diäten und ähnlichem an die Staatsdiener zurückfließen.«

»Nennt man das Liquiditätskreislauf?«

»Ungefähr. Der volle terminus technicus lautet: ›Der Zahlungsmittelumschlag von der Tasche des Steuerzahlers an die Spitzengremien über Katalysator Schubinski.‹«

»Ach so. Jetzt erklär mir noch, warum hast ausgerechnet du an dieser nationalen Aktion nicht teilgenommen?«

»Weiß der Kuckuck! Das ist ja der Grund, warum ich nicht schlafen kann. Eben gestern abend habe ich in der vierten Fortsetzung der Empfängerliste von Autocar-Begünstigten geblättert und war sprachlos. Die Liste glich einem ›Who is Who in Israel‹. Da gibt es Parteifunktionäre, Generäle, Direktoren, Journalisten, Gewerkschaftsführer, hohe Beamte ...«

»Jetzt kann ich auch nicht mehr schlafen.«

»Ein Direktor der staatlichen Eisenbahnen erhielt zum Geburtstag seines Enkels einen Autobus, und der Hausgehilfin des Verkehrsministers ersetzte Schubinski den veralteten Kühlschrank durch einen Lastwagen.«

»Mir scheint, Joram, du bist wirklich blöd.«

»Wem sagst du das? Einem Beamten der Importabteilung schenkte Schubinski ein Segelflugzeug, und einem Direktor der Steuerfahndung finanzierte er den Scheidungsprozeß.«

»Diese Großzügigkeit ehrt ihn.«

»Das ist noch nicht alles. Dem Generalsekretär der Hafenarbeitergewerkschaft schenkte er eine Troika mit drei weißen Pferden.«

»Bist du sicher?«

»Das weiß ich genau, weil damals der Zolloberinspektor von der Hafenbehörde dagegen protestiert hat.«

»Warum denn?«

»Weil er von Schubinski nicht mehr bekam als ein Aquarium mit einigen schäbigen Zierfischen und eine Flugreise nach Äthiopien für seine Schwiegermutter.«

»Da hat er aber zu Recht protestiert. Das ist kein Vergleich mit einer Troika.«

»Das war ja auch der Grund, warum der Mann damals beim Finanzamt die bodenlose Verschwendung in Schubinskis Unternehmungen denunziert hat. Schon damals hat er den baldigen Konkurs von Autocars prophezeit.«

»So ein Schuft.«

»Unter uns gesagt, das war zu erwarten. Es hat sich nämlich herausgestellt, daß schon zu Beginn dieses Steuerjahres allein die an Regierungsbeamte gewährten Vergünstigungen die Höhe von 840 Millionen erreicht hatten.«

»Wie hat er das verbucht, der Schubinski?«

»Zum Teil unter ›Sonstiges‹, zum Teil unter ›Verschiedenes‹, den Rest unter ›Bagatellbeträge‹. Als der Finanzminister davon hörte, mußte er natürlich sofort aktiv werden, um die Affäre beizulegen.«

»Wie?«

»Mit eiserner Hand. Durch Erhöhung der Schutz-Zölle auf Importautos um 315 Prozent. Ferner verordnete er eine gründlichere Besteuerung der Hausgehilfinnen. Achtzehn von ihnen wurden von der Steuerfahndung sofort festgenommen und einer polizeilichen Untersuchung zugeführt. Fünf Hausgehilfinnen wurden damals zu Freiheitsstrafen zwischen 2 und 16 Monaten verurteilt.«

»Ja, ich erinnere mich an den großen ›Putzfrauen-Skandal‹. Damals wurde auch der Petroleumpreis für Heizöfen um 210 Prozent erhöht, wenn ich nicht irre.«

»Aber nein, Sarah, du bringst alles durcheinander. Der Petroleumpreis wurde erhöht, als die staatliche Feinsandmühle bei Versuchen mit künstlichem Regen eine Viertelmilliarde verwirtschaftet hat.«

»Wieso? Fiel denn kein Regen?«

»Schon, aber er wurde gestohlen.«

»Ich bin ein bißchen verwirrt, Joram. Hat auch dein Minister irgendwelche Vergünstigungen von Schubinski bekommen?«

»Gott bewahre, Sarah, wo denkst du hin? Vom Minister aufwärts sind die Staatsdiener bei uns ehrlich und unbestechlich. Das weiß jedes Kind. Nur was Parteifinanzierungen betrifft, so mußte mein Minister manchmal ein bißchen intervenieren. Zum Beispiel hat er kürzlich dem Schubinski eine Zigarettenschachtel geschickt, auf deren Innenseite mit einem abgebrannten Streichholz notiert war: ›Schubi, sei so lieb und schicke für die Bewegung eine halbe Million herüber‹.«

»Na und? Hat er herübergeschickt?«

»Schubi ließ sofort 350 000 hinüberbringen. Mehr Bargeld hat er damals nicht bei sich gehabt. Der Rechnungsprüfer des Handelsministeriums entdeckte den Fall in den Büchern unter der Bezeichnung ›Allgemeine Zigarettenversorgung‹, und er fand das durchaus in Ordnung.«

»Was ergab sich für ihn daraus?«

»Ein Wagen mit 1500 ccm Hubraum zu günstigen Ratenzahlungen.«

»Ein gutes Auto?«

»Nicht schlecht. Es war eine britisch-japanisch-israelische Co-Produktion. Die Karosserie war aus England, der Motor aus Japan, der Rabatt aus Israel.«

»Jetzt erklär mir endlich, Joram, wieso du als einziger in deiner Abteilung keinen Wagen von Schubinski bekommen hast?«

»Ich bin zu spät gekommen, Sarah, einfach zu spät. Zuerst

habe ich gedacht, man soll sich nicht von der Menge mitreißen lassen. Ich wollte abwarten ...«

»Warum?«

»Weil die erste Serie einer Autoproduktion meist fehlerhaft ist. Und vielleicht hatte ich auch ein bißchen Mitleid mit Schubinski. Immerhin hatten sich ja Tausende von Beamten auf einen einzigen Menschen gestürzt.«

»Das Leben hier war immer schon hart, Joram.«

»Natürlich. Aber als ich dann in der Zeitung eine Warnung des Nationalbank-Präsidenten las: ›Wenn der Strom der Bestechungsgelder nicht eingedämmt wird, muß mit einem rapiden Ansteigen der Inflation gerechnet werden‹, da hatte ich plötzlich Angst übrigzubleiben und versuchte, Kontakt zu Schubinski aufzunehmen.«

»Na endlich.«

»Ich ging zum Betriebsrat meines Ministeriums und ersuchte ihn um ein Autocar-Ermäßigungsformular für Kleinwagen. Er sagte mir: ›Das kann nur mündlich erledigt werden.‹ Also rief ich bei Schubinski zu Hause an. Es meldete sich der automatische Telephonanrufbeantworter: ›Guten Tag. Zur Zeit sind alle Zuwendungsposten besetzt. Bitte warten. Sie werden in der Reihenfolge Ihres Anrufes bedient ...‹«

»Und?«

»Ein halbes Jahr habe ich gewartet. Inzwischen sind die fremden Geschäftspartner aus dem Kleinwagengeschäft ausgestiegen und haben den armen Schubi ohne einen Bestechungsgroschen zurückgelassen. Den Rest weißt du aus der Presse. Als ich endlich drankommen sollte, war Schubinski schon ausgeleert und entlarvt. Heute ist kein Mensch im ganzen Land einsamer als er. Alle Würdenträger, die im vergangenen Jahrzehnt um seine Freundschaft gebuhlt haben, würden heute keinen löchrigen Piaster mehr von ihm annehmen.«

»Das ist vielleicht eine Massenpsychose, Joram.«

»In Regierungskreisen wird jetzt Schubinski regelrecht verteufelt. ›So etwas von einer untauglichen Betriebsführung hat es noch nie gegeben‹, sagte Schultheiß erst heute beim zweiten Frühstück, ›wenn einmal der ganze Umfang seiner finsteren Geschäfte ans Tageslicht gezerrt wird, kann es ihm noch passieren, daß er im Gefängnis landet.‹ Alle sind so furchtbar böse auf Schubinski ...«

»Laß sie schimpfen, Joram, sie tun es ja nur, weil sie ein schlechtes Gewissen haben. Du aber hast eine reine Weste.«

»Ich weiß, Sarah. Drum kann ich ja nicht schlafen. Ich bin schön hereingelegt worden. Was soll ich nur tun?«

»Streiken, Joram, streiken.«

Yeheskel kann ruhig streiken, ebenso wie alle seine Kollegen, und zwar mit bestem Gewissen.

Wem immer es gelungen ist, seine diesbezüglichen Hemmungen zu überwinden, kann bezeugen, daß nur der erste Streik schwerfällt. Danach gibt es keine Probleme mehr. Wer einmal den Sprung ins kalte Wasser gewagt hat, stellt mit der Zeit fest, daß es dort recht erfrischend sein kann. Die Beziehungen zum Arbeitgeber werden nach dem Streik wesentlich enger, ja, es kann sogar passieren, daß man zu dem mühsam erreichten Kompromiß von höchster Regierungsstelle beglückwünscht wird. Ebenfalls ist nicht zu vergessen, daß einige unvergeßliche, meistens vollbezahlte Urlaubstage vom gesundheitlichen Standpunkt sehr zu begrüßen sind. Streik hebt den Lebensstandard.

Dennoch muß hier in aller Deutlichkeit festgehalten werden, daß die eben beschriebenen Motive allein noch nicht genügen, um einen Streik herbeizuführen. Der erste Streik bricht einfach deshalb aus, weil in irgendeiner ähnlich gelagerten Branche gestreikt und Vergünstigungen erzielt wurden. Sollte irgendein Zentralbetriebsrat noch Hemmungen gehabt haben, hier enden sie definitiv. Er fragt sich: »Warum haben nur die Röntgenologen eine angemessene Skelettprämie und die Flugpiloten eine Wolkenzulage erzielt und wir nicht? Sind wir denn nicht in der Lage, die Bevölkerung genau wie sie zu schikanieren? Wo bleibt da die Gleichheit vor dem Gesetz?«

Es ist ein durchaus legitimes Bestreben jedes menschlichen Wesens, ein Star werden zu wollen. Wenn so ein Wesen zum Beispiel eine Schauspielerin ist, so wird sie unangemeldet in das Büro des Theaterdirektors stürmen, um ihm ohne Präliminarien mitzuteilen: »Hören Sie zu, Schächter, wenn ich heute abend wegen einer unaufschiebbaren Migräne nicht auftrete, können Sie das Publikum Ihres verlausten Tingeltangels nach Hause schicken. Daher verlange ich eine hundertprozentige Aufstockung meiner Gage und rosa Neonbeleuchtung in meiner Garderobe. Verstanden?«

Schächter versteht. Was bleibt ihm schon anderes übrig?

Die fragliche Dame hat das Direktionsbüro als schlichte Schauspielerin betreten und verläßt es nun als Primadonna, nicht ahnend, daß sie soeben einen zweiminütigen Streik durchgeführt hat. Genau die gleiche Metamorphose erlebt der Betriebsratsvorsitzende Ginzburg in dem Augenblick, da er entdeckt, daß er in der Lage ist, mit einem Streik den gesamten öffentlichen Verkehr lahmzulegen. »Gott im Himmel«, ruft Ginzburg jauchzend aus, »warum hat mir noch keiner gesagt, daß ich ein Star bin?«

Jeder beliebige Berufszweig bringt seinen eigenen Ginzburg hervor. Vor einigen Jahren, zu Beginn seiner Laufbahn, war Ginzburg ein einfacher Arbeiter wie alle anderen auch, wenn wir davon absehen wollen, daß er eine etwas lautere Stimme hatte. Heute verfügt er über ein vollklimatisiertes Büro sowie eine wohltemperierte Sekretärin und verdient, ohne einen Finger krumm zu machen, dreimal soviel wie ein

Arbeiter. Und wofür verdient er das Dreifache? Um Streiks zu organisieren. Ginzburg ist eine von der Firmenleitung überbezahlte Zeitbombe. Drei- bis viermal pro Jahr muß er beweisen, daß er nicht käuflich ist, daß er die Interessen des Arbeiterstandes furchtlos durchsetzt, sonst wird er nicht wiedergewählt. Etwa sechs Wochen nach seiner Neuwahl beginnt Ginzburg zu ticken, nach drei Monaten kündigt er einen wilden Streik an, und innerhalb von einem Jahr sprengt er das Unternehmen in die Luft. Möge sich Gott des Landes erbarmen, in dem die Ginzburgs Stars werden. Viel mehr wird auch Er nicht tun können.

Die Zerstörung des dritten Tempels

Wir werden niemals erfahren, was im Kopf des Engels mit dem Flammenschwert vorging, ehe er sich entschloß, ausgerechnet bei Ginzburg leibhaftig zu erscheinen.

»Ginzburg, erhebe dich.«

»Was ist los?«

Ginzburg hatte an sich gegen Engel nichts einzuwenden. Im Gegenteil, manchmal sehnte er sich einen herbei, zum Beispiel vorgestern, bei der stundenlangen Debatte im Finanzministerium. Es ging wieder einmal um Änderungen im Tarifvertrag, und im Brennpunkt standen natürlich die Gummiprobleme, auf denen Ginzburg energisch beharren mußte. Diese branchen-spezifische Sonderzulage galt als die wesentlichste Errungenschaft der Arbeiter in der Autobus-Kooperativ-Werkstätte und stellte gewissermaßen Ginzburgs Lebenswerk dar. Es hatte einen jahrelangen Arbeitskampf mit ständigen Streikdrohungen gekostet, ehe es Ginzburg gelang, das Finanzministerium davon zu überzeugen, daß das Gummiband in den Unterhosen der von ihm betreuten Arbeitnehmer mit der Zeit an Spannung verliere. In Katastrophenfällen, so schrieb er in zahllosen Exposés, wäre es unbedingt notwendig, ein ausgedehntes Gummiband gegen ein neues auszutauschen. Demzufolge sei es unerläßlich, den verdienten Arbeitern eine Gummiabnutzungs-Sonderzulage zu gewähren.

»Genossen«, brüllte Ginzburg vorgestern bei der Urabstimmung des außerordentlichen Gewerkschaftstages, »kann man von uns verlangen, mit heruntergerutschten Unterhosen zu schuften?«

Und nun stand ein echter Engel mit einem flammenden Schwert vor ihm:

»Ginzburg«, so sprach er mit sanfter Stimme, »du mußt dich zwischen der Gummizulage und der Existenz des Staates entscheiden.«

»Nimm Platz«, antwortete Ginzburg, »warum stehst du, Genosse Engel?«

»Bedenke doch, Ginzburg: Der Teufelskreis aus Gehaltserhöhungen einerseits und steigenden Preisen andererseits droht den Staat in den Bankrott zu führen. Eine einzige weitere Gehaltserhöhung, und die galoppierende Inflation wird euch alle in den Abgrund stoßen.«

»Wem sagst du das«, seufzte Ginzburg, »glaubst du, ich weiß das nicht?«

Er knöpfte seine Hose auf, um dem Engel zu zeigen, wie schlaff das Gummiband um seine Hüften bereits geworden war.

Der Engel sah verlegen weg:

»Du mußt dich entscheiden, Ginzburg, entweder Staat oder Gummiband.«

Der Betriebsratsvorsitzende wand sich hin und her:

»Ich muß das Problem von einer höheren Warte aus betrachten. Weintraub hat seinen Leuten eine Sauerstoff-Gratifikation erkämpft.«

Für alle, die sich an die Details nicht mehr erinnern, sei hier kurz vermerkt, daß Weintraub Zentralbetriebsrat der Spitäler ist. Es war ihm seinerzeit gelungen, dem Finanzministerium eine Sonderentschädigung zu entreißen, nachdem er die Sauerstoffzufuhr für Asthmatiker in drei großen Krankenhäusern eingestellt hatte.

»Ich frage dich, Ginzburg, was dir wichtiger ist«, der Engel reckte sich auf und erhob sein flammendes Schwert, »die Gummizulage oder Israel?«

Ginzburg versank in tiefe Gedanken.

»Mir ist beides wichtig«, faßte er zusammen. »Einerseits will ich in diesem Land keine rutschenden Unterhosen tolerieren, andererseits gehen meine Forderungen betreffs ordnungsgemäß gespanntem Gummi nicht über die Landesgrenzen hinaus. Für mich bildet die Problematik eine einzige Einheit. Ich möchte sowohl den Staat als auch die Gummisonderzulage.«

»Und wenn es darum geht, zwischen beiden zu wählen?«

»Hast du Weintraub gefragt, was *er* wählen würde?« Der Engel beugte sich über ihn:

»Nur grundlegendes Umdenken der öffentlich Bediensteten in bezug auf Leistung und Ertrag kann das Land in dieser schweren Stunde retten. Wie wollt ihr dem Urteil der Geschichte standhalten, wie wollt ihr unsere gespannte Lage erleichtern, wenn ihr nicht bereit seid, hin und wieder ein Opfer zu bringen?«

Die gespannte Lage zu erwähnen war ein Fehler. Ginzburg steckte sofort wieder seinen Finger unter das Gummiband.

»Ich lasse mir von niemandem erzählen, was Aufopferung bedeutet«, protestierte er. »Ich habe an drei Kriegen teilgenommen, bin zweimal verwundet und einmal ausgezeichnet worden. Wer mich kennt, weiß, daß ich bereit bin, für die Heimat mein Leben herzugeben.«

»Und der Gummi?«

»Das ist ganz etwas anderes.«

Der Engel ließ Ermüdungserscheinungen erkennen. Er steckte sein flammendes Schwert ein, setzte sich neben Ginzburg und begann auf einem Schreibblock Kalkulationen vorzunehmen:

»Hör zu, Ginzburg, deine verdammte Gummibandabnutzungssonderzulage beträgt 8,21 Prozent des dreijährigen Kohlendioxyd-Überschusses, mit anderen Worten, 42,35 Schekel monatlich.«

»Die Zulage beträgt 52,65 Schekel.«

»Wie dem auch sei, von dieser Summe werden dir Steuern in Höhe von 34,20 Schekel abgezogen. Rein Netto bleiben dir immerhin 18,45. Was willst du mit diesem Geld tun?«

»Ich werde mir eine Sonnenbrille kaufen.«

»Was kostet die?«

»72 Schekel.«

»Ich frage dich, Ginzburg, bist du bereit und willens, für ein Viertel Sonnenbrille dein Land zu verkaufen?«

»Weintraub hat eine neue italienische Sonnenbrille.«

Der Engel begann schwer zu atmen.

»Wenn du auf diese Zulage nicht verzichtest«, warnte er, »kann das Verkehrswesen des ganzen Landes lahmgelegt werden. Der Wirtschaftszusammenbruch wird unaufhaltsam, das Geld keinen Wert mehr haben. Was wirst du dann tun?«

»Ich werde vermutlich zwei ältere Familienangehörige entlassen, Opa und noch jemand.«

Der Engel brach in Tränen aus:

»Du willst also dein Heim, deine Familie, kurz alles, was du ein Leben lang aufgebaut hast, zerstören? Warum, Ginzburg, warum?«

Auch Ginzburg begann zu weinen.

»Was weiß ich?« heulte er. »Verstehst du denn nicht, daß ich unter Erfolgszwang stehe?«

Der Engel kniete sich vor Ginzburg nieder:

»Ich bitte dich, um Gottes willen zu überlegen, was man dereinst in den Geschichtsbüchern schreiben wird. Unser erster Tempel wurde 587 v. Chr. von den Babyloniern zerstört, der zweite Tempel im Jahre 70 n. Chr. von den Römern, und den dritten Tempel zerstörte Jossel Ginzburg heute nachmittag um vier Uhr.«

Ginzburg schwieg. Von Zeit zu Zeit steckte er einen nachdenklichen Finger in die Hose und prüfte die Spannung des Gummibandes.

Der Engel wälzte sich vor Ginzburgs Füßen im Staub:

»Rette doch den jüdischen Staat, Ginzburg. Zerstöre ihn nicht mutwillig. Verzichte endlich auf die Gummizulage.« Ginzburg schwieg weiter. An seiner Stirn schwollen die Adern an, und seine Kinnbacken zuckten bedrohlich. Es ist nicht zu beschreiben, was der Mann in diesen Minuten durchmachte. Dann entschied er:

»Ich muß den Betriebsrat anrufen.«

Nach einigen Minuten war er wieder da und fragte kleinlaut:

»Wäre nicht ein Pauschalabkommen möglich? Ich meine, das Bestehen des Staates mit dem gestrafften Gummiband zu vereinen?«

»Nein!«

Ginzburg ging betreten von dannen und kam erst zweieinhalb Stunden später taumelnden Schrittes zurück. Seine Augen waren verweint, seine Mundwinkel zitterten:

»Es tut mir wirklich leid, aber es bleibt beim Gummi.«

Der Engel stürzte sich in sein flammendes Schwert. Der Erdboden öffnete sich und verschlang den ganzen Staat. Alles was zurückblieb, war ein riesiger Krater, über dem sonore arabische Musik zu hören war.

Mit einem verzweifelten Schrei, mit der verkrampften Hand Weintraubs Hals umklammernd, stürzte sich Ginzburg in den Abgrund. Das neue Gummiband in seiner Unterhose hielt.

Natürlich ist es Ihr uneingeschränktes Recht, lieber Leser, am Wahrheitsgehalt meiner Ausführung und an meiner Objektivität zu zweifeln. Irgendwann muß es einmal gesagt werden, daß Autoren wie ich in einer eigenen Welt leben.

Bei normalen Menschen wird die Weltanschauung, ebenso wie der politische Standort, meistens vom Alter bestimmt. Man denkt extrem, solange man jung ist, und wird mit zunehmenden Jahren immer bürgerlicher.

Also bei Bücherschreibern ist das ganz anders. Hier wird die Weltanschauung von der Höhe der Auflage bestimmt.

Laut einer viel zu wenig beachteten Statistik des »Internationalen Instituts für angewandte Belletristik« ist bei Schriftstellern unterhalb von fünftausend verkauften Exemplaren eine starke Linkstendenz festzustellen. Sie sind fast durchwegs leidenschaftliche Kämpfer für die soziale und wirtschaftliche Gleichheit.

In der Gruppe von fünf- bis fünfzigtausend verkauften Büchern bewegt sich der Autor unaufhaltsam auf das Zentrum zu, und seine Ansichten werden zusehends liberaler, während ab hunderttausend Büchern sein Verlangen nach einer egalitären Gesellschaft wesentlich nachläßt. Wenn einmal die Auflagenhöhe die Millionengrenze überschreitet, ist der Schriftsteller natürlich Kommunist. Nun lege ich dem verehrten Leser die nächste an mich gerichtete und durchaus berechtigte Frage in den Mund: »Geschätzter Herr Berufsnörgler! Wenn Ihr Urteil über die verschwenderischen, heuchlerischen und unfähigen Wirtschaftsexperten des Westens wirklich zutreffen sollte, wie kommt es dann, daß diese von ihnen so beschimpften Regierungen trotz allem über Jahre hinweg eine mehr oder minder funktionierende Wirtschaft, sogar mit teilweiser Vollbeschäftigung, aufrechterhalten konnten? Erklären Sie mir das, werter Herr, welches Geheimnis steckt dahinter?« Das Geheimnis ist gar keines.

Das Erfolgsrezept dieser Leute heißt schlicht und einfach »Darlehen«, und zwar drei Eßlöffel pro Stunde.

Sonst steckt nichts hinter den diversen Wirtschaftswundern. Wenn es Ausnahmen gibt, dann sind sie vielleicht in einigen ölproduzierenden Ländern anzutreffen, und natürlich in Japan. Die japanische Wirtschaft ist eben nicht auf größeren Naturschätzen, sondern auf kleineren Gewerkschaften aufgebaut.

Darüber hinaus gibt es ein Urgesetz, welches besagt, daß jeder demokratisch gewählte Politiker bestrebt ist, bis zu seinem Tode – oder wenn möglich auch darüber hinaus – immer wieder gewählt zu werden. Daher muß er in seiner Amtszeit möglichst jeden unpopulären Schritt vermeiden. So ein Schritt könnte zwar die Wirtschaft gesunden lassen, aber sie könnte den Wähler irritieren. Vom Standpunkt des Politikers aus gesehen ist es zielführender, die Wirtschaft zu irritieren und dafür den Wähler gesundzustoßen.

Und wie macht er das?

Ganz einfach, indem er auf synthetische Weise einen wirtschaftlichen Wohlstand schafft, an dem möglichst viele seiner Landsleute, legal oder illegal, partizipieren können. Mangels besserer Ideen wird dieses Wunder in der Regel auf dem Umweg über Darlehen erwirkt.

Die Überlegung so eines verantwortlichen Staatschefs ist dabei denkbar einfach:

»Ich bin jetzt 65 Jahre alt, also ein junger Politiker«, sagt sich der Mann im Regierungspalast. »Wenn nichts dazwischen kommt, kann ich mein hohes Amt noch gute 15 Jahre lang bekleiden. Nach den Berechnungen der Sachverständigen bricht die Wirtschaft meines Landes erst dann zusammen, wenn die Staatsschuld, inklusive Zinsen und Zinseszinsen, die Höhe von – sagen wir – 45 Milliarden Dollar erreicht haben wird. Das bedeutet, daß ich, während meiner restlichen fünfzehnjährigen Amtszeit, bei den Banken, bei den Amerikanern und bei Baron Rothschild jährlich drei Milliarden ausborgen kann, um sie in meine Popularität zu investieren. Demnach wird die Wirtschaft meines Landes frühestens zwei Minuten nach Abschluß meiner erfolgreichen Regierungszeit – also erst nach der Amtsübernahme durch meinen idiotischen Nachfolger – mit ohrenbetäubendem Krach zusammenbrechen ...«

Das, verehrte Leser, ist die ganz einfache Beantwortung Ihrer berechtigten Frage.

Unternehmen Nach-mir-die-Sintflut.

So machen es alle. Egal ob Franzosen, Italiener, Dänen oder Beneluxemburger. Schlicht und einfach alle. Selbst die lernbegierigen Polen haben sich in den letzten Jahren an diesem System orientiert.

Und was den deutschsprachigen Raum betrifft, so kommt auch für die Bundesrepublik die Stunde der Wahrheit immer näher. Die blühende österreichische Wirtschaft hingegen wird exakt in jener Sekunde, da der Regierungsvirtuose Kreisky sich pensionieren läßt, unter dem Übergewicht ihrer öffentlichen Schulden in die Knie gehen.

In der Schweiz sind vorläufig keine größeren Wirtschaftskrisen zu erwarten, denn die immoralischen Lenker dieses Landes verzichten auf eine Zusammenarbeit mit den Finanzinstituten anderer Länder. Dank dieses Verzichts befindet sich nahezu die Hälfte des internationalen Kapitals bekanntlich in den Tresoren von Schweizer Banken.

Aber es gibt nur eine einzige Schweiz auf der Welt. In fast allen übrigen Ländern, einschließlich meines eigenen, könnte eines Tages der folgende Dialog geführt werden.

Der verwaltete Konkurs

Gestatten, daß ich mich vorstelle, mein Herr. Ich bin der internationale Konkursverwalter.«

»Sehr angenehm, ich bin der Staat persönlich. Wollen Sie nicht vielleicht Platz nehmen?«

»Danke. Wie Ihnen bekannt sein dürfte, wurde ich entsandt, um Ihre gegenwärtige finanzielle Lage in Augenschein nehmen zu können, Ihr gütiges Einverständnis vorausgesetzt.«

»Sie haben mein gütiges Einverständnis.«

»Also, wenn ich beginnen darf, aus dem Bericht Ihres Rechnungshofes geht hervor, daß Ihre Auslandsschulden an die verschiedensten internationalen Institutionen den horrenden Betrag von 24 Milliarden Dollar erreicht haben. Wie sehen Sie Ihre Finanzlage?«

»Ausgeglichen.«

»Wie bitte?«

»Wenn Sie mir erlauben, werde ich Ihnen mein Konzept erläutern, Herr Konkursverwalter.«

»Ich bitte darum.«

»Also, jedes neugeborene Kind hat im landesweiten Durchschnitt schon am Tage seiner Geburt eine Auslandsschuld von 5000 Dollar. Gleichzeitig schuldet unser Fiskus jedem dieser Neugeborenen im Moment seines ersten Schreis Inlandsschulden in Höhe von 6500 Dollar. Sie sehen also, unsere Zahlungsbilanz ist sorgfältig ausbalanciert.«

»Das ist eine Frage des Standpunktes. Soweit ich die Sachlage überblicke, betragen Ihre Gesamtschulden gegenwärtig 52 Milliarden Dollar.«

»Sie sind nicht auf dem laufenden, mein Herr. Das war der

Stand zu Beginn der Woche. Seit Donnerstag sind es bereits 53 Milliarden.«

»Mein Gott!«

»Nicht nervös werden. Bei mir ist alles bis ins letzte Detail vorprogrammiert. Zum gegenwärtigen Zeitpunkt wird lediglich ein Drittel des Staatshaushaltes zur Schuldentilgung aufgewendet. In drei Jahren werden es schon zwei Drittel sein, spätestens in zehn Jahren wird das gesamte Bruttosozialprodukt der Tilgung von Schulden umgewidmet.«

»Und was geschieht dann?«

»Wann?«

»Wenn die Schulden das Bruttosozialprodukt überholt haben.«

»Ach, da wird uns schon irgend etwas einfallen.«

»Was zum Beispiel?«

»Wir werden Anleihen aufnehmen.«

»Und wovon wollen Sie diese Anleihen zurückzahlen?«

»Aus Anleihen.«

»Und wenn niemand mehr Anleihen zeichnen wird?«

»Dann nehmen wir Kredite auf.«

»Und wenn Ihnen niemand mehr Kredite gewährt?«

»Warum sollte man uns keine Kredite gewähren?«

»Aus einer Laune heraus.«

»Dann nehme ich bei der sizilianischen Mafia einen Kredit zu Wucherzinsen auf.«

»Und wenn Ihnen nicht einmal mehr Kredite zu Wucherzinsen gewährt werden?«

»Dann eben zu Wucher-Wucher-Zinsen.«

»Und wenn ...«

»Dann eben zu Wucher-Wucher-Wucher-Zinsen.«

»Aber es könnte doch der Tag kommen, an dem Sie nirgends auf der Welt mehr Kredite erhalten, nicht einmal zu den allerhöchsten Wucherzinsen.«

»Dann werde ich eben die Treibstoffpreise erhöhen. Wenn

ich zum Beispiel ab nächster Woche den Literpreis für Benzin auf 3 Dollar ansetze, bedeutet das pro Jahr eine Milliarde mehr für den Staatssäckel. Wenn ich aber den Benzinpreis auf 30 Dollar pro Liter erhöhe, dann sind es gleich 10 Milliarden. Verstehen Sie? Ein Literpreis von 300 Dollar würde pro Jahr ...«

»Wenn ich kurz unterbrechen darf, was passiert, wenn das Volk dann nicht mehr Auto fährt?«

»Warum soll das Volk nicht mehr Auto fahren? Wozu, glauben Sie, kaufen sich die Leute Autos, wenn nicht zum Fahren.«

»Gewiß, aber wäre es nicht wesentlich einfacher und logischer, wenn Sie sich überwinden könnten, mehr zu leisten und weniger zu verbrauchen?«

»So primitiv kann auch nur ein Konkursverwalter denken. Wenn ich mich einmal der ständigen Erhöhung des Lebensstandards in den Weg stellen würde, so könnte meine Partei die nächsten Wahlen verlieren.«

»Ich frage Sie, was ist wichtiger, die Wahlen oder das Schicksal der Nation?«

»Die Wahlen.«

»Dieser Standpunkt kommt einem Scheitern der Demokratie gleich.«

»Mag sein, aber es gibt keine Alternative. Möchten Sie denn in diesem Land lieber eine Diktatur nach dem Muster der Roten Khmer in Kambodscha sehen? Ziehen Sie es vor, wenn Menschen in Plastikbeutel gesteckt und ihre Schädel mit rostigen Hämmern eingeschlagen werden? Ist es wirklich das, was Sie hier erreichen wollen, mein Herr?«

»Natürlich nicht.«

»Dann mischen Sie sich gefälligst nicht in mein Finanzgebaren, ja? Mein Motto lautet: Die Sanierung der Wirtschaft hat Vorrang, aber nicht auf Kosten des Wählers.«

»Auf wessen Kosten denn, wenn ich mir die Frage erlauben darf?«

»Auf Kosten meiner Gläubiger.«

»Wie dem auch sei, ich habe die Aufgabe, gemeinsam mit Ihnen das Datum Ihres wirtschaftlichen Bankrottes festzulegen.«

»Wenn Ihnen das so wichtig ist, bitteschön.«

»Was halten Sie vom 15. Mai nächsten Jahres?«

»Einen Augenblick, lassen Sie mich meinen Terminkalender konsultieren. Nein, zu diesem Zeitpunkt wird sich mein Finanzminister in San Flamingo aufhalten, um diesem armen Land eine größere Entwicklungshilfe zur Verfügung zu stellen.«

»Sie wollen Entwicklungshilfe *geben*?«

»Natürlich, das bin ich meinem internationalen Ansehen schuldig. Was halten Sie vom 17. April um 11 Uhr 30?«

»Ausgezeichnet. Ich erlaube mir zu notieren. ›Allgemeiner Zusammenbruch der Staatsfinanzen, 11 Uhr 30.‹ Ich danke für das Gespräch.«

»Keine Ursache. Übrigens, bevor Sie gehen, könnten Sie mir vielleicht ein bißchen Kleingeld borgen? Ich habe meine Geldbörse daheim vergessen ...«

Keine Kunst

Die staatlich geförderte Umwandlung des Staatsbürgers zum Wirtschaftsgladiator führt origineller –, jedoch keineswegs überraschenderweise zu einer weltweiten Hochkonjunktur innerhalb zweier völlig unterschiedlicher Erwerbszweige.

Zu einer Zeit, da dem unbescholtenen Staatsbürger von der Regierung her der Weg in die Kriminalität täglich nähergelegt wird, muß sich dieser Staatsbürger natürlich an Experten des finanziellen Guerilla-Krieges halten – und zwar an unsere Steuerberater, die sich im Laufe der letzten Jahre nicht durch Zufall wie die Kaninchen vermehrt haben.

Es hat sich eine schöne Tradition ergeben, derzufolge fast jeder ehemalige Steuerinspektor sofort nach seiner Pensionierung, unter Umständen sogar schon lange davor – aus Gründen der Ausgewogenheit natürlich – eine private Steuerberatungskanzlei eröffnet. Daß er sich eines großen Zulaufs erfreut, ist ganz klar, weil jedermann zu Recht annehmen muß, daß niemand die edle Kunst des Betrügens besser beherrschen kann als er.

Soweit der blühende Sektor der *Betrugskünstler*.

Der zweite Berufszweig, der im heutigen wirtschaftlichen Interregnum wächst und gedeiht, ist jener der *Kunstbetrüger*.

Die Sintflut der Schwarzgelder sucht Erdspalten, in denen sie unauffällig versickern kann, und sie findet diese zwischen den Beinen der Steuereintreiber, bei Künstlern wie Joseph Beuys, Andy Warhol und anderen Spitzenreitern der internationalen Kunstpreislisten. Was Wunder also, daß im kapitalistischen Westen die Kunsthändler wie Pilze, meistens Giftpilze, zu wuchern begannen. Die Sturzflut der schwarzen Kapitalanlagen ist sicherlich mit eine der Hauptursachen für das Entstehen einer internationalen Kunstmafia, welche skrupellose Geschäftsleute, korrupte Kunstkritiker und verwirrte Museumsdirektoren zu einer festen Aktionsgemeinschaft zusammengeschweißt hat. Im Vergleich dazu erscheint die sizilianische Mafia so harmlos wie ein kleinstädtischer Kramladen.

Der Verfasser dieser Zeilen hegt schon seit jeher eine echte Bewunderung für intelligente Betrüger, für jene Auserwählten, die zeitgerecht erkannten, daß ein habgieriger Mensch ebenso leicht zu manipulieren ist wie der kindliche Besucher eines Kasperltheaters. Genau betrachtet, gehen Betrüger und Humoristen einem fast identischen Beruf nach, beide sind Künstler, die von der menschlichen Schwäche leben. Der eine, der Feigere, schreibt nur darüber, wohingegen der andere, der Mutigere, reich und berühmt werden muß.

Ich habe noch nie daran gezweifelt, daß die Wellenreiter der heutigen Kunst, die sich mit Bezeichnungen antiker Zirkusclowns wie »Op, Pop oder Hop« schmücken, in Wahrheit eigentlich lupenreine Humoristen sind. Künstler, die innerhalb von fünf Minuten aus einem alten Familienphoto, einer defekten Nähmaschine und einigen Küchenresten ein modernes Kunstwerk entstehen lassen und dann neben ihrer »Collage« mit todernstem und äußerst feierlichem Gesichtsausdruck posieren, können nur hochkarätige Satiriker sein, die auf diese Weise in aller Öffentlichkeit ihre tiefe Verachtung für ihre geistig zurückgebliebenen Mitmenschen zum Ausdruck bringen.

Für mich war es immer schon klar, daß erläuternde Texte über »pulsierende Synkopen« oder »kristalline Neomechanismen« – oder was sonst noch alles in Ausstellungskatalogen gedruckt wird – humoristisch verstanden werden müssen. Andernfalls erreichen sie im verängstigten Zuschauer das Schuldgefühl einer künstlerischen Ignoranz, was zur Folge hat, daß der verwirrte Betrachter lieber schweigt und sich ebenso beeindruckt zeigt wie alle anderen Gimpel heutzutage.

Erkennt man aber den Unterhaltungswert solcher Aktionen, dann kann man sie wirklich genießen.

Daher besuche ich, sooft es mir möglich ist, Ausstellungen der avantgardistischen Kunst, wie zum Beispiel die berühmte Biennale in Venedig. Das dort gebotene Kunst-Kabarett gehört zum Amüsantesten, was derzeit an Unterhaltung angeboten wird. Ich frage, welcher Humorist kann schon mit einem »Gemälde« konkurrieren, das lediglich aus einem Rahmen besteht? (»Die Wand hinter dem Werk bildet eine aleatorisch-experimentelle Kohärenz, die ihre Identität als Mythos unserer Zeit erscheinen läßt.« Dritter Preis.) Oder was ist von einem Ausstellungsobjekt zu halten, das aus einem alten Tennisschläger mit zerfetzten Saiten besteht? (»Aphrodite II, Opus 23. Transpravoslawische Reflexion aus der Privatsammlung des Künstlers.« Zweiter Preis.) Am Rande sei noch erwähnt, daß der erste Preis ex aequo an ein pechbeschmiertes Bettlaken und ein schläfriges Schafsvieh ging. Die Jury konnte sich nämlich nicht darüber einigen, welches der beiden Kunstwerke das transzendentalere wäre ...

Wie gesagt, als Unterhaltung durchaus akzeptabel.

Allerdings muß man vorsichtig sein. Vor zwei Jahren etwa – es war bei einer großen Kunstausstellung in der Schweiz – wurde ich zufällig Ohrenzeuge eines Dialogs zwischen einem amerikanischen Touristen und einem örtlichen Aufseher:

»Hey, you«, wandte sich der Ami wißbegierig an das Amtsorgan. »Warum liegt da zwischen den Ausstellungsstücken dieser ramponierte Feuerlöscher herum?«

»Sir«, antwortete der Mann, der es wissen mußte, »wenn Sie gestatten, so trägt dieser Feuerlöscher neuerdings die Bezeichnung ›Mikrokosmos 2000‹. Er wurde übrigens vorgestern von der Jury mit einem hohen Preis bedacht.«

Ich konnte nicht anders, ich ließ mich unter schallendem Gelächter in den nächstbesten Stuhl fallen.

»Stehen Sie sofort auf, mein Herr«, tadelte mich der Aufseher. »Dieser Stuhl ist das Werk des renommierten belgischen Aktionisten Jean-Pierre Stampedusa-Bograschow. Es wird im Katalog mit 21 300 Dollar bewertet.«

Auf den ersten Blick schien es sich bei diesem Exponat um einen ganz und gar gewöhnlichen Stuhl zu handeln. Doch eine aufmerksamere Betrachtung ließ mich erkennen, daß eines der vier Beine um eine Spur kürzer war. Das schien der Grund für den exorbitanten Kaufpreis zu sein. Natürlich geriet ich ob meines faux pas in arge Verlegenheit. Um meine Ehre zu retten, wies ich mit Kennermiene auf den in der Ecke des Ausstellungsraumes im Halbkreis geformten Sandhaufen: »Höchst originell, dieses Exponat, ein wahrer, in die Augen springender Ästhetizismus«, sagte ich. »Von wem ist das?« »Von der Feuerwehr«, antwortete der Aufseher. »Er wurde gestern versehentlich hier verschüttet ...«

Und zwischen all diesen unauslotbaren Kunstwerken, diesen Dokumentationen primitivsten Bluffs, bewegen sich auf Zehenspitzen andächtige Schwachköpfe mit verzücktem Gesicht, halten sich verkrampft am luxuriösen Katalog fest, hören sich das läppische Geschwätz eines Experten für parabolischen Kommunikativismus an und murmeln verstört vor sich hin:

»Vielleicht ... wer weiß ... wenn's alle sagen ... es muß doch irgend etwas dahinter stecken ...«

Nichts steckt dahinter. Nichts, außer einem fetten Geschäft für elegante, wichtig und geheimnisvoll tuende Kunsthändler und dem definitiven Beweis für die ungewöhnliche Formulierungskunst einiger hirnverbrannter Kritiker.

Die Schönheit ist für die derzeitige Kunst gestorben. Außer Werken, die hundert oder mehr Jahre alt sind und Immunität genießen. Die Gegenwart gehört der Mülldeponie. Die darstellende Kunst des freien Westens wird von Betrug und Häßlichkeit dominiert. Leider nur im freien Westen. Sollte der Verfasser dieser Zeilen – übrigens Absolvent eines Hochschulstudiums der Kunstgeschichte und ehemals diplomierter Lehrer für Metallskulptur – jemals Kommunist werden, dann nur wegen der Auswüchse in der modernen Kunst. Mein Status innerhalb der westlichen Intelligenzia ist schon lange vor Niederschrift dieser Zeilen flötengegangen.

Vor einiger Zeit zog ich mir in Los Angeles den Zorn eines jugendlichen, dick bebrillten Starkritikers zu. Der Anblick zweier rosafarbener Löcher in der Wand mit der unerwarteten Bezeichnung »Drei zarte Anspielungen auf optische Semantik« hat bei mir wieder einmal einen unbeherrschten Lachkrampf ausgelöst.

»Mein Herr«, tadelte mich der Fachmann, den meine Fröhlichkeit bis ins innerste Mark zu erschüttern schien, »finden Sie sich endlich damit ab, daß Bilder, wie Sie sie zu suchen scheinen, jene tödlich langweiligen Manifestationen vergangener Zeiten, in unseren Ausstellungen keinen Platz mehr haben. Diese figurativen Darstellungen gehören in die Welt Ihrer Großväter.«

»Kein Wunder«, erwiderte ich, »mein Großvater war ausgesprochen figurativ.«

Manchmal frage ich mich, wie lange sich das Publikum noch diese monströse Fopperei gefallen läßt. Wie lange kann man noch mit dem gesunden Menschenverstand Verstecken spielen?
Anscheinend ewig.
Zwischendurch hört man immer wieder, daß die Zeit der Scharlatane endlich vorbei ist – aber sie geht nicht vorbei. Immer wieder hört man, daß die echte Malerei ein Comeback feiern wird – aber die Feier wird von Jahr zu Jahr verschoben.
Unter diesen Auspizien bleibt den darstellenden Künstlern keine andere Wahl, als mit den Wölfen zu heulen, sich der Mafia zu beugen und mitzuspielen. Oder man kommt unter die Räder. Einen dritten Weg gibt es nicht. Kein Kritiker, keine Zeitung, kein künstlerisches Forum würde es wagen, einen Maler ernst zu nehmen, der seine Kunst noch ernst nimmt und einfach malt. Keiner würde es wagen, so einen Aussätzigen auch nur anzutasten oder gar mit ihm gesehen zu werden.
Mir tun die Künstler dieser Generation leid. Sie tragen im Hofe eines Irrenhauses einen Wettbewerb im Stabhochsprung aus – ohne Stab, ohne Latte und ohne Hoffnung.

Die Rezensionsschlacht

Für Kunstliebhaber, die Stilleben und Landschaften in der Art der alten niederländischen Schule schätzen, wären die Bilder des Kunstmalers Raphael Geiger durchaus akzeptabel. Sein unübersehbares Manko jedoch ist, daß er nicht zur Blütezeit der Niederländischen Schule lebt, sondern heute, und noch dazu im freien, progressiven Westen.

Unbeschadet dieser Tatsache mietete Raphael Geiger eines Tages die Ausstellungsräume der Galerie Zimbalist, um dort 109 Gemälde auszustellen. Zur Vernissage verschickte er sechshundert Einladungen auf Büttenpapier mit Golddruck an das kunstinteressierte Publikum sowie an die Kunstkritiker der Presse.

Zur Vernissage erschienen jedoch nur drei blutjunge Journalisten, in der irrigen Annahme, daß außer 109 Gemälden auch etwas Eßbares geboten würde. Raphael Geiger hielt vor den drei hungernden Schreiberlingen und zweiundzwanzig Verwandten eine erläuternde Einführungsrede, in deren Verlauf er seinen neo-konservativen, perspektivialen Colorismus in bewegten Worten verständlich zu machen suchte. Gleichzeitig betonte er, daß er sich von der derzeit vorherrschenden Strömung des abstrakten Experimentalismus nicht beeinflussen ließe. Die anwesenden Verwandten klatschten lauten Beifall und gingen nach Schluß der Vernissage unverzüglich in eine Schnellimbißstube.

Tags darauf kaufte sich Raphael Geiger sämtliche Zeitungen, doch mußte er feststellen, daß seine Ausstellung mit keinem Wort erwähnt war. Lediglich eine der Zeitungen warf die Frage auf, warum es in der Galerie Zimbalist keine Klimaanlage gäbe, bei der dort vorherrschenden Hitze drohte man zu ersticken, daher sollte das Gesundheitsministerium schleunigst einschreiten.

Eine Woche nach Ausstellungseröffnung war noch kein einziger Besucher in der Galerie Zimbalist erschienen. Raphael Geiger, der ununterbrochen am Eingangstor stand, war schon völlig verzweifelt. Eines Morgens erbarmte sich die jemenitische Putzfrau des Malers und erklärte ihm, daß in den Zeitungen Rezensionen erscheinen müßten, dann würden auch Interessenten kommen. Der Maler erkundigte sich, was er wohl unternehmen müsse, damit über seine Bilder geschrieben würde, und die Putzfrau sagte ihm:

»Malen Sie doch wie alle anderen Herren solche krankhaften Bilder, die kein normaler Mensch verstehen kann.« Raphael Geiger wandte sich daraufhin an seinen Schwager, der als Oberkellner in Kunstsachen zu Hause war. Dieser riet ihm, seinen Stil vorläufig noch nicht zu ändern, und gab ihm ein Empfehlungsschreiben an einen Redakteur der Gewerkschaftszeitung.

Geiger ging frohen Mutes in die Redaktion und mußte zunächst vierzehn Stunden lang warten, da er offensichtlich zu einem falschen Zeitpunkt gekommen war. Als er dann endlich vom Redakteur empfangen wurde, mußte er zu seinem Leidwesen erfahren, daß in diesem Blatt niemals und unter keinen Umständen aufgrund persönlicher Beziehungen Rezensionen veröffentlicht werden könnten. Abschließend fragte der Redakteur den Maler, ob er denn überhaupt Gewerkschaftsmitglied sei. Glücklicherweise konnte Raphael Geiger dies bejahen, denn in seiner Eigenschaft als ehemaliger Versicherungsagent wurde ihm der Gewerkschaftsbeitritt nahegelegt. Der Redakteur überprüfte den Mitgliedsausweis, stellte fest, daß alle Marken bis einschließlich Juli ordnungsgemäß geklebt waren, und versprach dem Maler, eine kurze Rezension in seiner Zeitung zu veröffentlichen. Gleichzeitig ersuchte er um einen Ausstellungskatalog, da er sehr beschäftigt sei und die Ausstellung nicht persönlich besuchen könne.

Von diesem Tag an kaufte Geiger täglich die Gewerkschaftszeitung, aber es erschien keine Rezension. Also rief er den Redakteur an. Dieser teilte ihm mit, daß es eine längere Warteliste für Rezensionen gäbe, einige Maler harrten schon seit Jahren auf eine Kritik ...

★

Was die Ausstellung betrifft, so hatte sie noch immer kein Mensch besucht. Aber Geiger war nicht so leicht zu entmutigen. Er suchte den bedeutendsten aller Kunstkritiker, Herrn I. L. Kunststetter, in seiner Wohnung auf. I. L. Kunststetter konnte auf eine glänzende Karriere zurückblicken. 32 Jahre lang hatte er selbst figurative Bilder gemalt, doch ohne Erfolg, da die Kritiker keine Rezensionen über seine Ausstellungen schrieben. Eines Tages kam ihm plötzlich die Erleuchtung. Er ließ die Malerei links liegen und wurde zum aggressivsten und gefürchtetsten Kunstkritiker des Landes. Sein Hauptangriffsziel war übrigens die figurative Malerei.

Drei Tage lang wartete Raphael Geiger an der Türschwelle

des großen Mannes, und als dieser endlich erschien, verneigte sich Geiger ehrfurchtsvoll vor ihm und bat ihn, die Galerie Zimbalist zu besuchen.

I. L. Kunststetter war natürlich angesichts dieser Zudringlichkeit empört, doch nachdem ihm Geiger erklärte, daß auch seine Frau in Bialistok geboren sei, erbarmte sich Kunststetter und schlug dem Maler vor, täglich um sechs Uhr mit einem Taxi bei ihm vorbeizufahren für den Fall, daß er sich irgendwann einmal die Zeit für einen Galeriebesuch nehmen könnte.

Raphael Geiger war beglückt und erschien tatsächlich eine Woche lang zur genannten Zeit vor Kunststetters Haus. An einem Dienstag war ihm das Glück hold und Kunststetter gnädig, er ließ sich von Geiger in die Galerie bringen. Der große Mann marschierte eiligen Schrittes an den diversen Stilleben vorbei und verließ wortlos, von Brechreiz gewürgt, die Ausstellung. Von einer Rezension nahm er gnädig Abstand.

★

Dann geschah aber doch etwas Unerwartetes.

In der Gewerkschaftszeitung, deren Redakteur von Geigers Schwager ein Empfehlungsschreiben erhalten hatte, erschien ein langer Essay über die vielen erfolglosen Gemäldeausstellungen in Tel Aviv. Doch mitten in dem Satz »Da ist zum Beispiel die Ausstellung in der Galerie Zimbalist, die ohne Zweifel« war der Essay plötzlich zu Ende. Geiger fuhr sofort mit dem Taxi zum Redakteur und fragte nach dem Grund. Es wurde ihm die Auskunft zuteil, daß dieser Abbruch des Artikels notwendig geworden war, weil der Platz der Kulturseite für Inserate und Annoncen dringend benötigt wurde. Der Redakteur schlug dem Maler vor, selbst einige Annoncen aufzugeben, was sicherlich zur Folge haben könnte, daß in einer der nächsten Ausgaben die Fortsetzung des Essays veröffentlicht würde.

Voll Verachtung verließ Geiger die geldgierige Redaktion. Zumal in der Zwischenzeit eine positive Entwicklung eingetreten war: ein alter Kunstkritiker war plötzlich in der Galerie Zimbalist erschienen. Eigentlich wollte er zum Zahnarzt gehen, der im selben Haus ordinierte, doch er hatte sich im Stockwerk geirrt, und weil er das nicht zugeben wollte, sah er sich die ausgestellten Bilder an.

Der alte Kritiker brachte seine Bewunderung zum Ausdruck und stellte überschwenglich fest, daß Raphael Geiger innerhalb der sträflich vernachlässigten klassischen Malkunst einen Meilenstein setze.

»Sie sind eine erfrischende Oase in der Sandwüste der heutigen Dreckschmiererei!« verkündete der alte Kritiker in jugendlicher Schwärmerei und versprach, sofort eine Rezension zu schreiben. Doch aus irgendwelchen Gründen wurde sie nirgendwo veröffentlicht.

Geiger suchte ihn auf und erkundigte sich nach den Gründen. Der alte Kritiker erklärte ihm, daß er für eine konservative Zeitung schreibe, und der Kulturredakteur dieser Zeitung sei nicht bereit, einen Künstler namentlich zu erwähnen, der persönliche Beziehungen zu einer Gewerkschaftszeitung unterhielte.

»Dann soll er doch etwas Negatives veröffentlichen. Wichtig ist, daß man irgend etwas über mich schreibt«, schluchzte Geiger.

»Ich habe ohnehin nur Negatives über Ihre Bilder geschrieben«, entschuldigte sich der alte Kritiker. »Ich mußte ja Ihren altmodischen Mist total verreißen, um dem konservativen Image meiner Zeitung entgegenzuwirken. Aber der Kulturredakteur behauptete, daß sich auch ein Verriß als Reklame auswirkt.«

★

Plötzlich, aus heiterem Himmel, erschien eine Rezension von I. L. Kunststetter. Überschrift: »Vandalischer Anstrich«. Die Kritik beanspruchte genau fünfeinhalb Zeilen, und Raphael Geiger wurde namentlich überhaupt nicht erwähnt. Vielmehr war von einer »anachronistischen Wanze an den Wänden der Galerie Zimbalist« die Rede.

Raphael Geiger war naturgemäß sehr glücklich, da es sich immerhin um die erste veröffentlichte Rezension über seine Malkunst handelte. Er konnte allerdings nicht wissen, daß I. L. Kunststetters Verriß überhaupt nur deshalb erschienen war, weil es sich bis zu ihm herumgesprochen hatte, daß Geiger in privatem Kreis Kunststetter als megalomanischen Zwerg bezeichnet haben soll. Dieser Unverschämtheit mußte der Kritiker umso entschiedener entgegentreten, da er bekanntlich in Stöckelschuhen immerhin die beachtliche Größe von 162 cm erreicht.

Unterdessen eröffnete sich für Raphael Geiger eine neue Möglichkeit. In einer Farbenhandlung verriet ihm ein anonymer Vermittler, daß der Starkritiker Absalom Schmückler bereit sei, über Geigers Ausstellung zu schreiben, wenn Geiger seinerseits bereit wäre, die zehnbändige »Geschichte über den Endsieg der abstrakten Kunst«, von Absalom Schmückler käuflich zu erwerben.

Geiger erwarb sofort alle zehn Bände und schleppte sie zu Schmückler, um eine persönliche Widmung zu erbitten. Schmückler war tief gerührt und versprach ihm, unverzüglich eine Rezension über Geigers epochemachende Ausstellung zu schreiben.

Die Rezension erschien nirgendwo.

Also ging Geiger zu Schmückler und fragte, warum die Rezension nicht erschienen war?

»Lieber Freund«, erwiderte dieser, »ich habe natürlich eine Rezension über Ihre gotischen Holzplastiken geschrieben, die man als nicht absolut negativ bezeichnen könnte, aber meine Kunstredaktion hat sich leider geweigert, sie zu veröffentlichen, weil Sie weder ein Neominimalist noch sonst irgendein exponiertes Element der fortschrittlichen Kunst-Szene sind.«

Natürlich trat der Maler sofort einer Terrororganisation der neuen Linken bei und schickte dem Redakteur die entsprechenden rotfarbigen Bescheinigungen. Aber leider war in der Zwischenzeit etwas völlig Unvorhergesehenes eingetreten. Absolom Schmückler hatte sich von seiner ultralinken Monatszeitschrift distanziert und war zu der konkurrierenden Wochenzeitschrift übergewechselt. Der verbliebene Kulturredakteur rächte sich an Schmückler, indem er in seinen zurückgelassenen Rezensionen alles durcheinanderwarf. Und so war in der Zeitung zu lesen:

»Der Geiger Raphael Maler ist zweifellos ein beachtenswertes musikalisches Talent ...«

★

Danach war kein ernstzunehmendes Presseorgan mehr bereit, über Geiger zu schreiben, vor allem wegen seiner terroristischen Vergangenheit. Als Geiger dies hinterbracht wurde, trat er sofort aus der neuen Linken aus und schickte Kopien seiner Austrittserklärung, gemeinsam mit einigen überflüssig gewordenen Handgranaten, an die Redaktionen, mit der Bitte, nun endlich über seine Bilder zu schreiben. Nur eine einzige Publikation, eine dreiwöchentlich erscheinende Rätselzeitung, entsprach seiner Bitte und veröffentlichte eine Nachricht des Inhalts, daß der Komponist Mahler soeben gestorben sei.

Raphael Geiger wandte sich in seiner Verzweiflung wieder an den eingangs erwähnten Ober-Schwager:

»Ich glaube«, sagte er ihm, »es wäre langsam aktuell, meinen Stil der heutigen Zeit anzupassen.«

»Schon, aber wie?«

»Ich könnte zum Beispiel meine Bilder mit einem heißen Bügeleisen in Matratzen brennen.«

»Matratzen sind nicht mehr aktuell«, meinte der Schwager, »die Zukunft gehört dem bemalten Klosettdeckel. Wenn du wirklich in der internationalen Kunstwelt Beachtung finden willst, wirst du dich darauf umstellen müssen. Zufällig weiß ich von einem Großhändler für sanitäre Anlagen, der einen größeren Posten von Klosettdeckeln billig abzugeben hätte ...«

»Nein, das bringe ich nicht übers Herz«, sagte der traurige Raphael Geiger. »Irgendwie bin ich von Rembrandt korrumpiert.«

So also kam es, daß Raphael Geiger nicht in die herrschende Kunstmafia trat, sondern in den Ruhestand. Wegen anhaltender Interesselosigkeit des Publikums und angesichts fehlender Rezensionen in den Zeitungen wurde seine Ausstellung tags darauf geschlossen. Der Künstler nahm seine Stilleben und Landschaften von den Wänden und verschenkte sie an seine Verwandten. Danach kehrte er zu seiner früheren Tätigkeit zurück und wurde ein angesehener Versicherungsagent, der in seiner Freizeit Kunstrezensionen gegen den altmodischen, pseudoniederländischen Schund schreibt. Und seither ist er zufrieden.

Aus diesem trüben Weltmeer des Materialismus und der Täuschungen ragt eine kleine Gruppe reinherziger Leute hervor, die einerseits malen, andererseits ihrem Wesen nach Kinder geblieben sind. Sie formen eine winzige Insel erquickender künstlerischer Naivität. Eine Begegnung mit diesen Leuten resultiert unweigerlich in einem unvergeßlichen Erlebnis oder in einem Lachkrampf.

Selig, die reinen Herzens sind

Dieser Tage, als ich wieder einmal das Bedürfnis nach geistiger Erbauung hatte, besuchte ich eine Kunstgalerie, um die Zeit zwischen dem Vorprogramm und dem Hauptfilm in unserem Stammkino totzuschlagen. Kunstgalerien in der Stadtmitte schätze ich ungemein, denn sie bleiben meist nach Ladenschluß offen, und man kann dort gemächlich umherwandeln, bis der Hauptfilm beginnt.

»Interessieren Sie sich für einen bestimmten Künstler?« fragte mich die soignierte Galeriebesitzerin.

»Nein danke, Madame«, teilte ich ihr höflich mit, »ich bin aufgeschlossen in alle Richtungen.«

»Ganz wie Sie wünschen, mein Herr.« Die Dame wirkte höchst distinguiert, etwa in der Art einer Hohepriesterin. Würdevoll, gut gebaut und mit einem eleganten schwarzen Band um den fürstlichen Hals versehen. Sie war gerade damit befaßt, intensive Verhandlungen mit einem Maler zu führen. Ihre an mich gerichtete Frage war demnach nur reine Formsache.

Der besagte Maler hingegen war klein gewachsen, aber stämmig. Sein schäbiger Gammlerlook schien höchst stilgerecht zu sein, aus seinem Mundwinkel hing ein Zigarettenstummel, und zu seinen Füßen lag ein Stapel seiner Bilder. Es waren einfach gehaltene Malereien, unerwartet pastoral und höchst unschuldig. Grandma Moses hätte ihre Freude daran gehabt. Auf seinen Bildern tummelten sich etliche Kühe und Gänse, Berge und Täler, zwischendurch ein vereinzelter Bauer sowie ein gelegentlicher Pfarrer. Alles natürlich im Profil und in Wasserfarben. Was die Gesetze der Perspektive betraf, so schien der Künstler nicht allzuviel von ihnen zu halten.

»Moment mal«, sagte der Maler eben zu der distinguierten Galeristin, »wer bezahlt die Plakate?«

»Wir teilen die Kosten«, sagte die Hohepriesterin. »Das ist so üblich in unserem Geschäft.«

»Ausgeschlossen, ich investiere keinen Groschen.«

Ich pirschte mich näher an die beiden heran. Tief in meinem Herzen bin ich der geborene Lauscher, und so ist mir ein heftiger Streit, der mich nichts angeht, seit jeher ein Labsal.

Von meinem Standort aus konnte ich zwar nur ein kleines Stückchen Leinwand mit Wiesen und Gänseblümchen sehen, aber die Stimmen der beiden Kunstbeflissenen hörte ich umso besser.

»Blödsinn«, sagte er eben. »Ich soll Ihnen 35 % Provision geben und obendrein die beschissenen Bilderrahmen aus meiner eigenen Tasche bezahlen? Besorgen Sie sich irgendwo Aluminiumstangen als Meterware und rahmen Sie selbst.«

»Von mir aus«, erklärte die Würdevolle, »aber dann wollen wir doch wenigstens die Kosten für den Katalog teilen.«

»Wenn Sie mir 10 Blätter im Sechsfarb-Offsetdruck auf Hochglanz machen lassen und mindestens 10x15, lasse ich mich breitschlagen, 30% der Kosten zu tragen«, ließ sich der Künstler vernehmen, »aber die Versicherung und die PR gehen zu Ihren Lasten. Das heißt, vier Zweispalter plus Photo von mir in den Wochenendbeilagen.«

»In Ordnung«, sagte die Kunstfreundin, »aber nur unter der Bedingung, daß Sie mit den Preisen etwas heruntergehen.«

»Na, ja. Also bei Ländliches Tanzfest 25x60 ist nichts zu machen. Hingegen bin ich bereit, die Bauernhäuser über 45x80 zur Diskussion zu stellen, vorausgesetzt, daß ich 15% von den

Lithos bekomme. Außerdem verlange ich einen Mann, der den Drucker kontrolliert, sowie freien Einblick in Ihre Buchhaltung, verstanden?«

»Gut«, nickte die Fürstliche, »soll ich den Vertrag ausschreiben?«

»Das wird mein Anwalt tun. Was Sie ausschreiben können, ist ein Scheck über 10 000 Cash auf meinen Namen plus Bankgarantie für den Rest entsprechend meiner Preisliste. Ciao.«

Und damit ging der Künstler, seine gesammelten Werke auf dem Fußboden hinterlassend.

»Wer war das?« fragte ich die Galeriebesitzerin.

»Ein naiver Maler.«

Sollte ich jemals gefragt werden, welche technische Neuerung dieses Jahrhundert am entscheidendsten geprägt hat, würde ich sicherlich nicht antworten, weil ich prinzipiell nicht bereit bin, mit Schwachsinnigen zu diskutieren. Schon die Formulierung dieser Frage ist ebenso hirnrissig wie überflüssig. Kann es wirklich irgendwo auf dem Erdball noch einen Menschen geben, der nicht weiß, daß wir im Zeitalter des Fernsehens leben?

Israel hat sich zwar mit dem Mut eines Löwen gegen dieses faszinierende Massenmonstrum gewehrt. Das Rückzugsgefecht dauerte sogar bis in die späten Sechzigerjahre, doch dann erlahmte der Widerstand, und die weiße Fahne mußte gehißt werden.

Inzwischen ist eine neue Generation herangewachsen, die schon in der Gefangenschaft geboren wurde, eine Generation, die Bücher nur noch aus der Schulzeit kennt. Die Gespräche wurden einsilbiger, die Bildschirme farbiger, und unsere Kapitulation wurde total. Es gibt nur noch wenige Trotzköpfe, die es immer noch wagen, ihren hartnäckigen Widerstand gegen die Mattscheibe zu dokumentieren. Sie betonen immer wieder, wie schwerwiegend doch der geistige Schaden sein kann, den das Fernsehen bei der Jugend verursacht ...

Diese letzten versprengten Widerstandskämpfer sind natürlich durchwegs Kinobesitzer. Mit einer Ausnahme, und die bin ich.

Bildstörung

Auch die fanatischsten Anhänger der amerikanischen Cowboyfilme können nicht behaupten, daß unser junges Fernsehen so fehlerfrei ist, daß aus rein technischer Sicht nicht noch manches vervollständigungsfähig wäre. Hier und dort geschieht es bei Nachrichtensendungen beispielsweise, daß die Lippen bereits in voller Aktion sind, während die Stimme erst mittendrin auf allen vieren angekrochen kommt. Oder daß der Sprecher sagt: »Und nun sehen Sie Aufnahmen aus dem lahmgelegten Ost-Jerusalem«, und er blickt nach Osten, und es erscheint kein Bild. Er ordnet die vor ihm liegenden Papiere, blickt wieder, und es erscheint auch jetzt kein Bild. Leicht lahmgelegt beginnt er mit der folgenden Nachricht, just als ein atemloser Eiffelturm aus Paris eintrifft. Und dann noch jene übernatürliche Erscheinung: Jedesmal, wenn die Kamera einen Menschen aus der Masse einfängt und zoomartig heranholt, hat dieser den Finger in der Nase. Es stellt sich nun die Frage: Wird diese Person gefilmt, weil sie den Finger in der Nase stecken hat, oder merkt sie, daß sie im Brennpunkt des Interesses steht, und wird daher sofort aktiv?

Es sei auch bemerkt, daß die Qualität der Aufnahmen gelegentlich recht unterschiedlich ausfällt. So waren zum Beispiel die Aufnahmen vom Mond um einiges schärfer als die aus dem Parlament.

Ebenso macht es nicht das geringste aus, daß unsere Tänzer auf der Mattscheibe immer wie Zwerge à la Toulouse-Lautrec aussehen, daß das Festival von San Remo versehentlich zum viertenmal ausgestrahlt wird. Nicht einmal, daß das Testbild des Senders Stunden vor und nach den Sendungen auf dem Bildschirm flimmert, um den Empfang aller arabischen Sender der Region zu stören, was menschlich zwar verständlich, von der Sache her jedoch ärgerlich ist.

Wie gesagt schmälern alle diese Vorkommnisse keineswegs die Freude, die unser junges Fernsehen uns und unserer Nachkommenschaft bereitet. Die einzige ernsthaftere Beschwerde richtet sich gegen den nominellen Bereich, der sich auf unseren Bildschirmen immer breiter macht. Es handelt sich hier um den an und für sich legitimen Wunsch des kleinen Mitarbeiters im zeitgenössischen Fernsehen, seinen Namen in möglichst hoher Frequenz ertönen zu hören, ein chronisch gewordenes Symptom, das die Sendungen zu einem täglichen Namensverzeichnis werden läßt.

Wird beispielsweise in den Nachrichten der Filmbericht über einen Zug gezeigt, der aus irgendwelchen Gründen sein Gleis verlassen hat, sagt der Sprecher: »Unser Reporter Dov Mendelevitch war am Ort.« Mit kleiner Verspätung erscheint Dov Mendelevitch mit dem Mikrophon in der Hand, verdeckt den Zug und sagt: »Hier Dov Mendelevitch.« Gleichzeitig erscheinen auf dem Bildschirm Schlag auf Schlag die Buchstaben »Dov Mendelevitch berichtet«, um etwaige Mißverständnisse auszuschließen. Dov Mendelevitch gibt dann zurück in das Studio, wo der Nachrichtensprecher sagt: »Sie sahen die Filmreportage von Dov Mendelevitch«, und wenn im Hintergrund auch noch das Pfeifen der Eisenbahn zu hören war: »Tontechnik: Michael Gutmann-Hirsch. Reiseplanung: Frederike Weiß.«

Die Rundfunk- und Fernsehmitarbeiter mögen mir verzeihen, aber ich habe nie verstanden, weshalb ihre Namen eine solche Bedeutung haben. Wo doch im alltäglichen Leben viele talentierte Menschen ihre Pflicht erfüllen, ohne daß ihre Namen auf Schritt und Tritt erwähnt würden. Sollte demnächst beispielsweise der erste israelische Sputnik ins All befördert werden, so werden wir die Namen Hunderter Wissenschaftler, die dies geplant und ausgeführt haben, nie erfahren, nicht einmal den Namen des Verfassers der Nachricht oder des Redakteurs. Der erste, vermutlich auch der einzige Name, den wir erfahren werden, ist der jener Person, der man die Nachricht zum Vorlesen in die Hand gedrückt hat.

Natürlich könnte man behaupten, daß der Verfasser dieser Zeilen Neid verspürt, und es ist auch unwahrscheinlich, daß er frei ist von menschlichen Schwächen. Im Gegenteil, mein innigster Wunsch ist die Einbeziehung in jenen nominellen Bereich. Ich verlange von der Fernsehleitung mit allem Nachdruck die Aufnahme in den Appell als Zuschauer. Die halbe Sendezeit eines jeden Programms ist ohnehin dem Siegeszug der Gestalternamen gewidmet, während hinter den auf- und abflimmernden Buchstaben die Teilnehmer der Sendung die Zeit mit freier Unterhaltung, Kartenspielen oder Gruppengymnastik totschlagen ...

Hier ist ein handelsübliches Personenverzeichnis nach einer viertelstündigen Sendung über die Mückenplage:

Idee: Sammy Donner

Gestaltung: Immanuel M. Kasten

Bearbeitung: Henry Weinreb
Redaktion: Danni Strahl
Regie: Arje Lichtmann
Regieassistenz: Mirjam Schwartz-Bonaparte
Ton: Wolf Schweigsam
Mücken: Mussa Dingdas
Schnitt: Baruch Lob
Produktion: Itamar Goldfinger
Abwesend: Pinchas Zitrin
Überwachung: Rabbiner Moshe Gassman
Zuschauer: Ephraim Kishon

Erinnern Sie sich noch an vergangenen Dienstag? Da verschwand plötzlich das Bild, und es waren nur noch tanzende Linien in Zickzack und Meander zu sehen. Seltsamerweise zeichnete sich *dafür* kein Mensch verantwortlich. Warum kann man nicht eine Schrift einblenden: »Für Bildstörungen zuständig: Menasche Treuherz jr.«?

Werfen wir nun einen Blick auf das armselige Opfer des Fernsehens, das einsam und allein ohne jedes Publikum vor sich hinvegetieren muß – auf das Kino. Während einer Fußballweltmeisterschaft lassen sich in den riesigen Kinosälen die Zuschauer an den Fingern einer Hand abzählen, meistens am kleinen. Kein Wunder also, daß die Moguln der Filmindustrie sich um diesen kleinen Finger hinter den Kulissen der Filmstudios einen monströsen Kampf liefern ...

Schon in den grauen Anfangszeiten der Kinematographie galt dieser Erwerbszweig als einer, in dem das Gesetz des Dschungels herrschte. Aber heute, wo wir an der Schwelle zum Zeitalter des alles verzehrenden Kabelfernsehens stehen, wage ich die Behauptung, daß der Dschungel im Vergleich zur Filmwirtschaft ruhig, übersichtlich und recht friedlich ist.

Bruderschaft in Hollywood

Du stehst auf der Terrasse im 33. Stockwerk deines Hotels und meditierst über den berühmten Sunset Boulevard, der in seiner imposanten Breite und Länge vor dir läuft und läuft und läuft, um schließlich jenseits der Nr. 11395 im unendlichen Raum zu versickern.

Die längste Stadt der Welt, Los Angeles, ist immer noch Metropole und Nervenzentrum des Films. Und wenn die Studios schon keinen Profit zeigen, so zeigen sie immerhin die Fußabdrücke von Charlie Chaplin, Greta Garbo und Micky Maus. Du erschauerst, letzten Endes befindest du dich hier im Vatikan der Filmindustrie. Und du hast einen neuen, eben fertiggestellten Film hier zu verkaufen. Kaum daß dir dieser Gedanke in seiner ganzen Tragweite zu Bewußtsein kommt, klopft es für gewöhnlich an die Tür. Meistens steht ein sorgfältig geschniegelter Mann da, der dir einen kleinen Blumenstrauß entgegenhält:

»Gestatten Sie mir, Sie in Hollywood willkommen zu heißen, Mr. Kitchen«, sagt der Mann und überreicht dir eine eindrucksvoll gestaltete Visitenkarte, deren erhabene Goldbuchstaben verkünden: »Präsident, Cinemastro Corporation Ltd.«

»Es wurde mir hinterbracht, daß Sie unsere Stadt mit Ihrer Anwesenheit beehren«, flötet der Präsident. »Ich mußte schnell vorbeikommen, um Ihnen zu sagen, wie großartig ich Ihren Film finde. Leider habe ich ihn noch nicht gesehen. Herzlichste Gratulation.«

»Nehmen Sie Platz«, erwiderst du freudig erregt. »Warum stehen Sie denn?«

»Sie kennen vermutlich ›Sintflut & Co‹, die bekannte Installationsfirma in Tel Aviv.« Der Gast setzt sich. »Sie gehört meinem Cousin. Daher, mein lieber Ephraim, hielt ich es für meine Pflicht und Schuldigkeit, herzukommen, um dich zu warnen: hüte dich vor den Gaunern dieser Stadt. Hier pflegt man unangemeldet in dein Hotelzimmer einzudringen, um dich zu belästigen. Hier wird man dir die niederträchtigsten Lügengeschichten über irgendwelche Verwandte in Israel erzählen. Aber in Wirklichkeit will jeder nur dein Exklusivagent werden, um eventuelle Provisionen zu kassieren. Und weil wir gerade dabei sind, was für einen Film hast du zu verkaufen?«

Nach kurzer, aber ausführlicher Verhandlung schlossen wir folgendes Abkommen: der Präsident erklärte sich bereit, für eine eventuelle Provision mein Exklusivagent zu werden.

Ich war von dieser Idee begeistert, denn es hätte mir widerstrebt, meinen Film einem wildfremden Menschen auszuhändigen. Wir beschlossen, beim Frühstück unseren Pakt zu besiegeln. Aber kaum hatte mein Wohltäter den Raum verlassen, klopfte es an der Tür, und diesmal stand ich einem Gentleman gegenüber, der nicht nur durch seine elegante Kleidung, sondern auch durch einen zarten Silberblick auffiel.

»Ich hoffe, Sie haben noch nichts unterschrieben.« Der Mann stürzte in mein Zimmer. »Wie ich diesen Gauner kenne, hat er Ihnen erzählt, daß er israelische Verwandte hat und daß

Sie sich vor den Verbrechern dieser Stadt vorsehen sollen. Das ist sein Trick. Dann bringt er Sie dazu, einen fadenscheinigen Kontrakt zu unterschreiben, schnappt Ihren Film, und das ist das letzte, was Sie von ihm sehen.«

Ich dankte ihm überschwenglich dafür, daß er mich fünf Minuten vor 12 aus den Fängen dieser Hyäne befreit hatte. Mein Gast zog einen sorgfältig gefalteten Vertrag aus der Tasche: »Ich biete Ihnen ein Drittel von den Bruttoeinnahmen«, sagte er, »unterschreiben Sie bitte hier.«

Mein Kugelschreiber befand sich schon auf der gestrichelten Linie, da erschien plötzlich ein schwarzer Domestike und überreichte mir ein Telegramm: »SIE SIND IN GEFAHR«, las ich, »ICH WARTE UNTEN BUCHBINDER«.

»Verzeihen Sie«, sagte ich zum Drittel der Bruttoeinnahmen und stürzte hinunter. Buchbinder, hinter einer riesigen Zimmerpalme versteckt, wartete auf mich:

»Der Gangster in Ihrem Zimmer arbeitet mit dem Präsidenten zusammen. Vor Jahren, als sie einander im Zuchthaus für Triebverbrecher in Alabama trafen, beschlossen die beiden, Partner zu werden. Der Silberblick warnt Sie vor seinem Partner, um sich Ihr Vertrauen zu erschleichen. Aber bevor Sie wissen, wie Ihnen geschieht, ist Ihr Film in den Händen der Mafia. Die beiden Schurken haben schon einen ganzen Friedhof in Hollywood bevölkert. Ich kann nur hoffen, daß Sie noch nichts unterschrieben haben.«

»Natürlich nicht«, lächelte ich herablassend. »Ich bin nicht so gutgläubig, wie ich aussehe.«

»Das sehe ich«, pflichtete mir Buchbinder bei. »Was Sie brauchen, ist eine anerkannte, respektable Filmgesellschaft, der Sie vertrauen können. Ich verbringe einen Teil meiner Freizeit als Vizepräsident von Metro Goldwyn Mayer. Wo ist die Kopie Ihres Filmes?«

»Ich hole sie sofort, Herr Vizepräsident«, sagte ich glücklich über dieses unerwartete Zusammentreffen. Doch in diesem

Augenblick tauchte der Hotelportier auf der anderen Seite der Palme auf und flüsterte mir zu, daß ich dringend am Haustelephon verlangt werde. Silberblick, der, wie erinnerlich, noch in meinem Zimmer saß, rief mich von oben an.

»Hallo«, hauchte er, »ist er weg?«

»Wer?«

»Der Schweinehund. Er stellt sich immer als Vizepräsident vor, obwohl er ein heruntergekommener Taschendieb ist. Er hat Ihnen sicher erzählt, daß ich mit dem Präsidenten zusammenarbeite, daß wir ein berüchtigtes Gangsterpaar sind. Stimmt's?«

»Es ist durchaus denkbar«, stotterte ich, »daß Vizepräsident Buchbinder irgend etwas in dieser Richtung angedeutet hat.«

»Buchbinder ist sein Deckname, in Wirklichkeit heißt er Kraus. Er wird als Rückfalltäter wegen Vergewaltigung Minderjähriger von der Interpol gesucht.«

»Woher wissen Sie das?«

»Er ist mein bester Freund.«

Ich ging zurück zum Schweinehund und brach die Verhandlungen unter dem Vorwand ab, daß die Kopie meines Films eben gewaschen und abgeschmiert werde. Dankerfüllten Herzens eilte ich zum Silberblick in mein Zimmer, aber während wir mit dem Lift am 22. Stockwerk vorbeifuhren, beugte sich der betagte Liftboy zu mir und wisperte in mein Ohr:

»Ich hoffe in Ihrem Interesse, daß Sie kein Geld oder sonstige Wertsachen in Ihrem Zimmer aufbewahren. Ihr Gast ist jener König der Geldschrankknacker, der erst heute morgen von der Teufelsinsel entsprungen ist, um sich hier in einem Freudenhaus zu verbergen. Außerdem lügt er.«

Der Greis reichte mir seine Visitenkarte: »Confidential Films, Movie Distribution Company. Schnell, gründlich, zuvorkommend.«

Einigermaßen verwirrt betrat ich mein Zimmer im 33. Stockwerk.

»Hat Sie der Liftboy angesprochen?« Der Silberblick musterte mich mißtrauisch.

»Nein«, antwortete ich, »warum sollte er?«

»Hüten Sie sich vor ihm«, warnte mich der Silberblick. »Er ist ein stadtbekannter Bigamist, der seine Alimente durch Pferdediebstahl finanziert. Wissen Sie was? Nehmen Sie doch endlich den Kugelschreiber, und finalisieren wir den Vertrag.«

Das Telephon läutete. Ich hob den Hörer ab und sagte: »Hallo, ich habe noch nicht unterschrieben.«

»Gott sei Dank«, am andern Ende seufzte jemand erleichtert. »Ist das Bob?«

»Nein, Kitchen. Sie sind falsch verbunden.«

»Bob ist eine Ratte, halten Sie ihn sich vom Leibe«, sagte der Mann. Ich erwiderte ihm »Wem sagen Sie das?« und legte auf. Inzwischen war ich durch den Professionalismus, mit dem ich weichgeklopft werden sollte, etwas durcheinander geraten. Ich wandte mich vom Telephon ab und widmete mich wieder dem Silberblick, der eben hektisch meinen Kleiderschrank durchwühlte, in der Hoffnung, dort die Kopie meines Films zu finden.

»Das ist nur Routine.« Er durchsuchte die Taschen meiner Tennishose, ehe er sie mißmutig wieder in den Schrank hängte. »Sehr klug von Ihnen, den Film zu verstecken. In dieser Stadt wimmelt es von Ganoven, die sich nicht scheuen, Ihren Kleiderschrank zu durchwühlen. Erlauben Sie, daß ich mich vorstelle? Ich bin Colonel Westinghouse vom 17. Kavalleriekorps.«

Bei dieser Gelegenheit fiel mir erst auf, daß es nicht mehr der Silberblick war, sondern jemand ganz Neuer. Ein Mann mit einem roten Schnauzbart und einem riesigen Texashut. Die beiden müssen irgendwann die Zimmer getauscht haben.

»Geben Sie den Film nicht aus den Händen«, warnte mich

der Colonel. »Sie befinden sich hier in Sodom. Sie sitzen zum Beispiel in einem privaten Vorführraum am andern Ende der Stadt, gemeinsam mit einem hochangesehenen Agenten, er könnte Ex-Offizier sein oder ähnliches, und mitten in der Vorführung holt man hinter Ihrem Rücken die Filmrollen weg, bringt sie ins Photolabor nebenan, wo sie skrupellos kopiert werden. Dann verkauft man die gestohlenen Kopien nach Saudiarabien an die Ölscheichs. Die zahlen fantastische Preise für einen weißen Film.«

Nackte Angst begann mich zu würgen. »Ich verstehe nicht, sind das alles Verbrecher hier, Colonel Westinghouse?«

»Vergessen Sie Westinghouse. Der Kerl ist einer der ärgsten Unterweltler, ein diebischer Betrüger, ein betrügerischer Dieb ...«

»Verzeihen Sie«, unterbrach ich ihn, »sind Sie nicht selbst Westinghouse?«

Der Colonel verfiel in Schweigen und zwinkerte einige Male, während er an seinem roten Bart kaute. »Ich bin ein bißchen durcheinander«, gestand er schließlich. »Ich meinte jemand anderen. Diese Stadt wimmelt von elenden Zuhältern, die meisten sind auch Grabräuber. Sie kotzen mich an, alle. Also, wo ist Ihr Film, Mr. Kitchen? Ich möchte ihn gerne einmal ansehen.«

»Ansehen? Wo?«

»In einem privaten Vorführraum am andern Ende der Stadt.«

»Ich habe ihn nicht bei mir«, würgte ich hervor, »ich traue mir selbst nicht.«

»Was haben Sie über sich gehört?«

Ich zog ihn vertrauensvoll in die andere Ecke des Zimmers. Plötzlich fühlte ich mich leicht und beschwingt. Die Worte sprudelten nur so aus meinem Mund: »Ich bin der größte Gauner, den Sie je gesehen haben, ein notorischer Berufslügner ...«

»Großartig!« Der Colonel klopfte mir auf die Schulter. »Willkommen in Hollywood!«

Wir schüttelten uns die Hände und beschlossen stehenden Fußes, eine Filmagentur zu gründen und uns gegenseitig so oft wie möglich nach Leibeskräften zu betrügen. Seitdem lebe ich in Hollywood und vertreibe Verleumdungen en gros. Die Geschäftsadresse lautet: »Westinghouse & Kitchen, Vereinigte Intrigenspinnerei, 10712 Sunset Boulevard. Eingang durch den Hof. Unterschreiben Sie nichts!«

Apropos Film. Zu den schönsten Erlebnissen, die man als Israeli auf einer Auslandsreise haben kann, zählt der Besuch ausländischer Kinos. Gewiß, auch dort wirkt sich das Fernsehen nachteilig auf die Zuschauerzahlen aus, aber den Sitzen ist das nicht anzumerken. Sie sind von höchster Bequemlichkeit, sie laden zu weichem, wohligem Verweilen ein und zu hingebungsvoller Betrachtung des Films, die Luftkühlung funktioniert tadellos, man sitzt und genießt, man freut sich des Lebens.

Und dennoch ...

Dennoch fehlt etwas. Man weiß nicht genau was, aber etwas fehlt.

Im Falle eines Falles

Sobald man wieder daheim in Israel ist, weiß man es. Man geht ins nächstgelegene Kino, nimmt Platz, lehnt sich zurück – und nach spätestens fünf Minuten hört man hinter sich den vertrauten Klang einer zu Boden gefallenen Flasche. Vielleicht auch einer zu Boden geworfenen, wer könnte das in der Dunkelheit entscheiden. Jedenfalls ist es eine Flasche aus Glas, in der sich zuvor ein kaltes Getränk befunden hat. Jetzt, von ihrem Besitzer geleert, ist sie auf dem Boden gelandet und tritt ihre fröhliche Rollfahrt unter den Sitzreihen an. Und jetzt weiß man endlich, daß man zu Hause ist. Zu Hause, wo die Flaschen rollen ...

Wir Israelis sind in bezug auf rollende Flaschen ganz ähnlich konditioniert wie der Pawlowsche Hund auf das Klingelsignal. Wenn wir in einem verdunkelten hebräischen Zuschauerraum sitzen, fragen wir uns lediglich, *wann* die erste hebräische Flasche fallen wird, denn daß sie fallen muß, steht fest. Man könnte fast glauben, das Licht sei überhaupt nur zu diesem Zweck ausgegangen.

Der Vorgang weist unleugbar ein gewisses Spannungsmoment auf, ja sogar ihrer mehrere. Nicht allein der Augenblick des ersten Flaschenfalls ist Gegenstand erregender Spekulation, es erhebt sich auch die Frage nach der Klangstärke, nach der Anzahl der darauffolgenden Flaschenfälle und dergleichen mehr. Von den zusätzlichen Faktoren, die mit ins Spiel kommen, nenne ich die Qualität des Films, die Jahreszeit, den intellektuellen Durchschnitt des Publikums, den Neigungswinkel des Fußbodens. Es versteht sich von selbst, daß im Sommer mehr Cola-Flaschen verbraucht werden und daß ein hochintellektuelles Publikum mehr davon fallen läßt, weil es manuell ungeschickt ist und die Flaschen nicht so gut im Griff hat ...

Nach Herkunftsländern geordnet, würde ein israelischer Film jede Flaschenfall-Konkurrenz überlegen gewinnen. Die Statistik beweist, daß amerikanische Filme auch in den Reprisenkinos mit sieben Flaschen je Aufführung auskommen, während ein heimisches Produkt schon bei der Premiere alle fünf Minuten eine Flasche verbraucht. Normalerweise durchrollt eine Flasche bis zu fünfzehn Sitzreihen, ehe sie zum Stillstand kommt. Manchmal allerdings kann es geschehen, daß sie unterwegs stecken bleibt. Ich pflege sie dann mit einem leichten Tritt weiter zu befördern, ohne meinen Blick von der Leinwand abzuwenden. Es ist, wie so vieles in einem guten Film, eine Frage des Timings.

Unerforschlich sind bekanntlich die Wege Gottes, besonders, wenn es um Kunst geht. Ebenso wie dem Kino vom Fernsehen der Boden unter den Füßen weggezogen wurde, begrub die moderne Photographie die klassische Malerei. Nachdem es sich in der ganzen Welt herumgesprochen hatte, daß eine Kamera eine Art automatisierter Michelangelo sein kann, flüchtete die Malerei, wie beschrieben, in die Mülltonne und räumte das Feld der höheren Kunst der Photographie. Denn es ist nun einmal höhere Kunst, die dem Photographen noch auszuüben verbleibt unter den 70 000 angebotenen Modellen, die es rings um die Welt zu kaufen gibt, die richtige Kamera zu wählen.

Ich hatt' einen japanischen Kameraden ...

Als ich noch ein kleiner Junge war, da gab es nichts auf der ganzen Welt, das ich lieber getan hätte als photographieren. Aber leider hatte ich keine Kamera, denn sie war noch nicht erfunden worden. Oder doch, irgend etwas gab es schon, eine Art von schwarzem Schuhkarton, aus dem man eine Ziehharmonika hervorholen konnte. Gefüttert wurde das Unding nicht mit einen Film, sondern mit irgendwelchen Glasplatten, die die unangenehme Neigung hatten zu zerbrechen, bevor man noch ein Bild daraus machen konnte.

Der Akt des Photographierens stellte hohe geistige Anforderungen an den Lichtbildner. Er mußte immer kurz vor dem Knipsen in sprühende Laune ausbrechen:

»Alles herschauen, gleich kommt da ein Vögelchen heraus!«

Aus unerfindlichen Gründen konnte man mit solchen Aussprüchen Menschen zum Lachen bringen. Danach allerdings mußte der Photograph bis zehn zählen, was zur Folge hatte, daß das Lachen vollkommen einfror.

In dieser eben geschilderten Steinzeit der Lichtbildkunst pflegte man diesen schwarzen Schuhkarton noch nicht Kamera zu nennen, sondern »Box«, wenn er aus Deutschland, und »Kodak«, wenn er aus Amerika kam. Was die Japaner betrifft, so waren sie in jenen goldenen Tagen noch mit dem Fischen von Fischen präokkupiert.

Besagte Japaner fischen noch immer. Nur heutzutage verwenden sie Kameras als Köder, und die Beute sind wir. Ich selbst wurde vor gar nicht so langer Zeit geangelt, als mein Auge auf ein farbenprächtiges Inserat fiel:

»Ab jetzt können Sie mit geschlossenen Augen knipsen! Endlich ist sie da! Eine vollautomatische Kamera, die für Sie denkt!«

Na also, dachte ich mir. Ich falle nämlich prinzipiell auf alles herein, was automatisch ist, weil ich von Natur aus faul bin. Außerdem hatte ich immer schon eine Abneigung gegen das Denken, denn es macht mich müde. Kurz, ich ging hin und kaufte das kleine Wunderding mit geschlossenen Augen.

Sehr bald entdeckte ich, daß meine neue Kamera einen abnormal hohen Intelligenzquotienten besaß. Sie konnte das Licht messen und die Blende verstellen, sie konnte ebenso perfekt die Entfernung einstellen und den Film weiterspulen, automatisch Motive finden und losknipsen, ohne mich um Erlaubnis zu fragen. Das Ding hatte etliche Mikroprozessoren in seinem Bauch, womit eigentlich alles erklärt wäre, unter anderem auch, warum es mir ständig ein Minderwertigkeitsgefühl vermittelte.

Ich hegte immer noch eine stille Hoffnung, daß mir mein kleiner Alleswisser wenigstens gestatten würde, den Auslöser zu betätigen, wie ich es von meinen alten Modellen gewohnt war. Doch es stellte sich heraus, daß auf meine diesbezüglichen Gelüste keine Rücksicht genommen wurde. Kein Auslöser war zu betätigen, es gab nichts zu knipsen. Meine einzige Aufgabe bestand darin, mit irgendeiner Fingerspitze an einem roten Sensor anzukommen, und mein japanischer Kamerad besorgte den Rest.

★

»Manchmal frage ich mich wirklich, wozu ich noch da bin«, teilte ich der besten Ehefrau von allen mit, während ich von ihr in der Küche einige beiläufige Schnappschüsse machte. »Ich komme mir so blöd vor wie ein werdender Vater während der Geburtswehen seiner Frau.«

»Das bist du auch«, sagt die beste Ehefrau von allen. »Ich habe dir schon einige Male gesagt, daß ich keine Photos von mir beim Geschirrspülen brauche, und schon gar nicht sechs Dutzend. Also schau, daß du rauskommst.«

Woraus zu entnehmen ist, daß meine Familie nicht bereit ist, meine Photographierleidenschaft zu teilen. Oder zumindest nicht zehn Stunden pro Tag.

Natürlich leide ich unter dieser Verständnislosigkeit. Man muß doch bitte Rücksicht darauf nehmen, daß ein Mensch eine neue Kamera hat. Er muß doch auch irgend etwas knipsen, oder?

Wir begannen, mein Roboter und ich, am häuslichen Herd. Dann gingen wir auf die Stühle über, Profil und en face. Als nächstes machten wir uns über die Bilder an der Wand her, worauf wir uns auf Franzi, unsere Hündin, stürzten, um schließlich, wie erwähnt, einige Familienserien zu kreieren. Letzteres bedingte einige Gewaltmaßnahmen meinerseits, aber das ist letzten Endes der Preis, den man für demokratische Mitbestimmung zu bezahlen hat.

»Vati«, sagte meine Tochter Renana, während ich sie gerade verewigte, beziehungsweise ihre Beine, da der Rest von ihr anläßlich einer Kopfwäsche im Waschbecken verschwunden war, »ich glaube, daß du einen Vogel hast.«

Vogel oder nicht, darauf konnte ich keine Rücksicht nehmen. Ich war zu diesem Zeitpunkt unsterblich in meine Kamera verliebt. Ich bewunderte den roten Sensorknopf, das flinke Klicken des automatischen Verschlusses sowie das professionelle Surren des mikroprozessorengesteuerten Motors. Alles an dieser Kamera riß mich zu Begeisterungsstürmen hin. Mit

Ausnahme der Ergebnisse. Ich meine die Bilder, beziehungsweise das, was im Labor aus meinen Negativen gemacht wurde.

Die Bilder kamen per Post. Mengen und Unmengen in großen Paketen. Mir verursachten sie Enttäuschung, dem Rest meiner Familie Heiterkeit. Nicht daß es schlechte Bilder gewesen wären. Im Gegenteil, es waren auf ihre vollautomatische Art sogar sehr gute Bilder. Aber, wie soll ich es nur sagen, sie waren irgendwie uninteressant. Die Tische waren einfach Tische, die Stühle waren Stühle, Renana war Renana, und die Hündin war Franzi. Irgend etwas fehlte, das gewisse Etwas, die Aussage.

»Diese Kamera ist technische Zauberei, aber sonst nichts«, entschuldigte ich mich bei meinen Freunden, während ich sie durch die Stadt begleitete, um von ihnen Schnappschüsse zu machen. »Die Bilder, die da herauskommen, sind unheimlich einfallslos. Das Ergebnis ist bestenfalls ein Leonardo da Vinci, aber niemals ein echter Beuys ...«

Meine Freunde blickten auf ihre Uhren und sagten mir, daß sie es eilig hätten. Also bat ich sie, noch schnell von mir ein Bild zu knipsen, und zwar mit der Frau Gemahlin. Und dann mit den Kindern. Und mit Franzi. Und jetzt alle zusammen. Dann sagte ich, das wäre wirklich das letzte Bild – Ehrenwort! – nur schnell noch ein Gruppenbild von euch allen da drüben, wo die Sonne scheint. Und noch ein allerletztes, wo ich auch drauf bin. Wartet, bis ich den Selbstauslöser eingestellt habe ...

In diesen Tagen habe ich viele Freunde verloren.

★

Was die vielen Photos betrifft, es sind inzwischen etliche tausend geworden, so klebte ich die besten davon, Negative und Vergrößerungen gesondert, in etliche japanische Photoalben. Selbstverständlich habe ich bei jedem Bild genau notiert, wann und wo es aufgenommen wurde, die Blendenzahl sowie die Belichtungszeit, wozu, weiß ich nicht.

Die nicht so ganz erstklassigen Bilder sandte ich mit freundlichen Grüßen an die Leute, die auf den Bildern zu sehen waren. Seltsamerweise bekam ich nie eine Antwort. Also verschickte ich die erstklassigen Bilder und klebte die nicht so ganz besonders guten in die japanischen Alben, doch ich bekam noch immer keine Antwort. Danach ging ich wieder dazu über, die weniger guten Bilder loszuschicken, aber schon ohne freundliche Grüße. Einige dieser Bilder kamen wieder zurück mit dem Vermerk: »Adressat verweigert Annahme.« Somit gab ich den erniedrigenden Postversand meiner Bilder auf und stopfte sie einfach in meine Taschen, um sie jedem, der mir über den Weg lief, zeigen zu können. Meine Freunde begannen, beim Anblick meiner Person zu erschauern, aber das ist ihr Problem.

Auch die Hündin begann mir aus dem Weg zu gehen.

Wann immer Franzi witterte, daß ich ihr mit meinem Roboter nachzustellen beabsichtigte, zog sie den Schwanz ein und verkroch sich unter dem Bett. Ich mußte sehr hochempfindlichen Film verwenden, um sie dort knipsen zu können.

Die beste Ehefrau von allen hingegen entfernte eines Tages alle ihre Bilder aus meinen Alben und verbrannte sie im Garten. Wenn ich ehrlich sein will, kann ich ihr daraus keinen wirklichen Vorwurf machen. Während die Bilder, die ich von mir selbst schoß, einer Ein-Mann-Verbrecher-Galerie ähnelten, erinnerten die Photos, die ich von der besten aller Ehefrauen machte, irgendwie an jene kleinen Geschöpfe, die man zu sehen bekommt, wenn man im Garten einen großen Stein aufhebt. Auch die Bilder, die ich von andern Leuten machte, trugen das Stigma der totalen Automation. Es war immer dieselbe steife Pose mit vielen Zähnen, immer dasselbe dumme Lächeln eines Totenschädels mit dem gewissen »Na, mach schon!« im Blick. Zum Berühmtwerden waren sie alle miteinander nicht geeignet, wenn auch einige dieser Bilder einen gewissen Hauch von Surrealismus verrieten. Zum Beispiel jenes, wo der Kopf von Felix Selig aus dem Körper von Franzi herauszuwachsen schien. Vermutlich war es ein Defekt im Aufziehmechanismus. Es kann aber auch sein, daß die Batterie schon schwach war, oder temporäre Geistesschwäche oder sonst was.

★

Was Wunder also, daß ich das Sortieren und Einkleben meiner Bilder etwas vernachlässigte. Der endlose Strom von Photographien war ganz einfach nicht mehr zu bewältigen. Also ging ich zu einem anderen System der Aufbewahrung über. Ich warf die Pakete, so wie sie der Briefträger brachte, in die Schuhablage bei der Eingangstür, ohne sie überhaupt anzusehen. Sie sehen ohnehin alle gleich aus.

Hin und wieder kommt mir der Gedanke, daß ich wenigstens vorübergehend aufhören sollte, Bilder zu knipsen. Aber meine Kamera ist, wie erinnerlich, eine vollautomatische und pflegt mich nicht zu fragen.

Vorige Woche war die beste Ehefrau von allen einem Wutanfall nahe.

»Genug!« brüllte sie. »Ich dulde es nicht mehr, daß du auch nur ein einziges Bild von mir machst! Wenn ich wissen will, wie ich aussehe, kann ich in den Spiegel blicken ...«

Also schoß ich eine Serie von ihr durch den Spiegel. Ferner beschlagnahmte ich zwei weitere Schubfächer im Vorzimmer. Tatsache ist, daß auch ich ein bißchen nervös werde. Es scheint, daß ich nicht mehr dieser ausgeglichene Mensch bin, der ich noch vor vierzig Jahren war.

Freitag nacht zum Beispiel erschien mir ein greises Skelett im Traum.

»Ich bin der Tod«, stellte er sich vor. »Ich bin gekommen, um dich mitzunehmen, Ephraim. Hast du irgendeinen letzten Wunsch?«

»Ja, bitte«, sagte ich, »ich möchte Sie photographieren.«

Er ergriff sogleich die Flucht. Dank meines automatischen Schnellaufzugs ist es mir gelungen, ein halbes Dutzend Bilder von ihm zu schießen. Gestern kamen die Abzüge. Er sieht genauso aus wie jeder andere. Dieselbe steife Pose, dasselbe dumme Lächeln, derselbe Totenschädel. Auch er schien zu denken: Na mach schon!

Danach gab ich es auf.

Vielleicht liegt es daran, daß ich mich für die automatische Photographie nicht mehr eigne. Demnächst werde ich meine denkende Kamera verkaufen. Und eine neue erwerben. Möglichst mit einem automatischen Sensor, den ich nicht mehr berühren muß. Er berührt mich.

Wir Israelis werden oft gefragt, wie wir es zuwege bringen, angesichts der düsteren Weltlage und der seit Jahren heraufziehenden Gewitterwolken am politischen Horizont – kurz, wieso wir in diesem weltweiten Schlamassel immer noch in der Lage sind, mit leuchtendem Blick und aufrechter Haltung, die Kinnladen resolut dem nächsten Schicksalsschlag entgegenstemmend, durchs Leben zu gehen. Die Antwort liegt klar auf der Hand. Wann immer wir drauf und dran sind, eine Flinte ins Korn zu werden, wann immer uns Läuse über die Leber laufen und der graue Lurch aus der Ecke dräut, dann suchen wir Linderung, Trost und Erbauung in den erhebenden Worten unserer führenden Männer, welche die Kunst der Rede zu höchster Meisterschaft entwickelt haben.

Es muß viele verzagte Menschen bei uns geben, denn unsere großen Politiker halten nahezu täglich irgendwelche Volksreden. Und was das Schönste daran ist, diese Reden sind jedermann zugänglich. Man kann sie tagsüber im Rundfunk hören, abends im Fernsehen sogar das dazugehörende Gesicht betrachten, und als ob das noch nicht genug wäre, kann man diese rhetorischen Prunkstücke tags darauf in den Zeitungen nachlesen.

Man könnte auch sagen, daß es schier unmöglich ist, diesen Reden aus dem Weg zu gehen.

Sie bieten immer neue Perspektiven und warten mit überraschenden Wendungen auf. Nur eines haben sie alle gemeinsam, sie sind immer zu lang. Sie haben aber auch einen Vorteil: es ist gar nicht nötig, die gesamte Rede zu lesen, denn die markante Überschrift sagt bereits alles über den erfindungsreichen Inhalt aus.

Hymnus an die Schlagzeile

So hörte ich beispielsweise kürzlich, daß unser syrischer Nachbar von seinen sowjetischen Wohltätern wieder einmal ein ganzes Waffen-Arsenal erhalten hat. Eine Nachricht, die nicht unbedingt Grund zum Frohlocken bietet. Doch am folgenden Morgen schlug ich meine Zeitung auf und las dort schwarz auf weiß:

PREMIERMINISTER:
SELBSTVERTEIDIGUNG
IST DIE GRUNDLAGE UNSERER EXISTENZ!

Ich ließ gedankenverloren die Zeitung sinken, um diese überwältigende Botschaft in ihrer vollen Bedeutung auf mich einwirken zu lassen.

Es ist schon faszinierend, was uns der Premierminister zu verstehen geben will. Er sagt uns klipp und klar: »Wenn wir uns nicht selbst verteidigen, meine Herren«, sagt er, »wenn wir unsern Feinden die Möglichkeit geben, aus uns Stück für Stück Hackfleisch zu machen, dann werden wir nach menschlichem Ermessen nicht überleben.«

Dieser völlig unerwartete Blickwinkel verschlug mir zunächst den Atem, doch dann packte mich eine derartige Erregung, daß ich stehenden Fußes die beste Ehefrau von allen aus dem Bett scheuchen mußte: »Liebling«, flüsterte ich, »du wirst es nicht für möglich halten. Der Regierungschef hat gesagt, daß wir uns selbst verteidigen müssen!« Die unwirschen Gesichtszüge der besten Ehefrau von allen verklärten sich zusehends: »Gott sei Lob und Dank«, sie atmete erleichtert auf, »hat er auch gesagt, wie wir das tun sollen?«

Die eindeutige Antwort auf diese Frage war schon am nächsten Morgen den Schlagzeilen der Zeitungen zu entnehmen:

VERTEIDIGUNGSMINISTER:
NUR DIE SCHLAGKRAFT DER ARMEE GARANTIERT
UNSERE SICHERHEIT!

Der Mann sagte mit anderen Worten: weder der internationale PEN-Club noch das staatliche Glücksspielmonopol, ja nicht einmal die Bäcker- oder die Handelsangestellten-Gewerkschaft sind in der Lage, unsere Sicherheit zu gewährleisten. Wenn das jemand zuwege bringen kann, dann nur die israelische Armee, und sonst niemand.

Bei näherem Überlegen muß man sich förmlich die Frage stellen, ob der Herr Minister hier nicht versehentlich ein militärisches Geheimnis preisgegeben hat. Unsere zahlreichen Feinde könnten nämlich über ihren Geheimdienst den Inhalt dieser Rede erfahren, und das hinwiederum könnte zu einer totalen Umgestaltung ihrer Strategie führen ...

Auch unsere verworrene Außenpolitik wird durch klare Stellungnahmen der zuständigen Männer um ein wesentliches durchschaubarer.

Kürzlich begegnete ich meinem Nachbarn Felix Selig, als er mit der noch druckfeuchten Abendzeitung in der Hand die Treppe hinaufrannte: »Lesen Sie«, rief er und hielt die Zeitung vor meine wissensdurstigen Augen. Ich las:

AUSSENMINISTER:
MISSTRAUEN GEFÄHRDET DEN
FRIEDENSPROZESS!

Wir sahen uns ungläubig an. Jahrelang hatten wir uns der Illusion hingegeben, daß es gerade das Mißtrauen wäre, welches eines Tages den Frieden in unserer Region sichern würde. Dann kommt ein Minister, ergreift das Wort und vernichtet mit einem Schlag alle Erwartungen. Nun ja, sagte ich mir, mein Weltbild mag zwar erschüttert sein, aber vielleicht ist es doch besser, realistisch den Tatsachen ins Auge zu schauen.

In biblischen Zeiten waren es die Propheten, die solche unangenehmen Wahrheiten in das Bewußtsein des Volkes trugen. Aber das war eben vor Erfindung der Schlagzeile. Somit scheint ein für allemal erklärt, warum etwa die Mahnungen der Herren Jeremias, Jesaia und Habakuk in den Wind geschlagen wurden.

Beim Studium der Schlagzeilen fragt man sich, wie es unseren Zeitungsleuten doch immer wieder gelingt, aus all diesen meterlangen Reden den jeweils interessantesten Satz herauszudestillieren, um ihn an die Spitze zu stellen.

Natürlich ist ein besonderer journalistischer Instinkt die wesentliche Voraussetzung dafür. Ein Instinkt, den man eben hat oder nicht. Nehmen wir doch als markantes Beispiel die vorgestrige Sensation:

INNENMINISTER:
BEI AKUTEN FRAGEN SORGFÄLTIGE ÜBERLEGUNG
VOR JEDEM SCHRITT!

Hier ist sie endlich, die lapidare Antwort an alle, die meinen, Israel würde seine Schritte überhaupt nicht überlegen, und wenn, dann nicht sorgfältig, und wenn sorgfältig, dann nicht bei akuten, sondern nur bei irrelevanten Fragen. Gleichzeitig möge dieser Kernsatz eine scharfe Warnung an die Adresse unserer Gegner sein, die gefälligst zur Kenntnis nehmen sollen, daß unsere Bereitschaft, Schritte zu überlegen, voll ausgeprägt ist.

Sicherheitshalber, um es nur ja nicht zu vergessen, habe ich mir stehenden Fußes in meinem Notizbuch notiert: »Schritte erwägen. Fragen akut. Sorgfältige Überl.«

Und so vergeht kaum ein Tag, an dem sich nicht irgendeine unserer vielen Führerpersönlichkeiten hocherhobenen Hauptes mit richtungsweisenden Worten der Ermutigung an die Nation wendet. Zuweilen handelt es sich um echte Überraschungen, die uns da ins Haus geliefert werden:

ENERGIEMINISTER:
ÖLSPARMASSNAHMEN UNVERMEIDLICH!

Fürwahr ein schwerer Schlag für jeden Bruder Leichtsinn, der da meinte, es wäre eventuell gelungen, die Ölquellen Saudi-Arabiens nach Israel zu transferieren.

Ebenfalls beispielgebend ist die folgende Spitzenschlagzeile:

WIRTSCHAFTSMINISTER:
INFLATION MUSS BEKÄMPFT WERDEN!

Da sind sie endlich! Die klaren, unzweideutigen Worte eines Fachmannes. In den letzten Tagen wurde viel über die Haltung des Wirtschaftsministers in dieser Frage spekuliert. Ist er für oder gegen die Inflation? Wird er sie endlich mißbilligen, oder steckt er mit den Halunken von der Banknotenpresserei unter einer Decke?

Nein, Freunde! Er ist nicht nur gegen die Inflation, er sagt es auch. Furcht- und kompromißlos.

Bravo!

Wen wundert es noch, daß sich unser Allgemeinbefinden von Tag zu Tag bessert. Erst heute konnten wir lesen:

WOHLFAHRTSMINISTER:
REGIERUNG WEITERHIN AUF WOHLERGEHEN DER BÜRGER BEDACHT!

Nun also, das ist wohl die klare Antwort an alle, die vielleicht in schwachen Stunden gezweifelt haben mögen. Die sich vielleicht sagten: »Na ja, mag ja sein, daß die Regierung bisher auf unser Wohlergehen bedacht war, aber was wird sie morgen bedenken?«

In so einer schicksalsschweren Stunde erhebt sich eben einer der Kapitäne unseres Staatsschiffes persönlich zu seiner vollen Größe und sagt uns: »Macht euch keine Sorgen, Kinder, wir kümmern uns auch weiterhin um euch!«

Ja, es ist schon ein wohltuendes Gefühl zu wissen, daß man seinem Schicksal nicht hilflos ausgeliefert ist. Nein, dort oben, in den hohen Regierungsgebäuden, gibt es eine Handvoll unendlich begabter Menschen, die dafür sorgen, daß wir auch weiterhin artig die Bänke der zweiten Grundschulklasse drükken.

Ideologie für den Hausgebrauch

Von einem Satiriker kann man alles mögliche verlangen, nur nicht Ideologie. Denn er besitzt keine. Und wenn er eine besäße, hätte er keine Verwendung für sie. Es ist nämlich die Aufgabe eines Humoristen, jede Lebensäußerung, jedes Ereignis, jede Emotion, kurz alles, sogar die eigenen Ansichten in Frage zu stellen.

Die aus biblischen Zeiten herrührende Maxime »Sei höflich, aber übe Vorsicht« kann er seinen Mitmenschen nicht in vollem Umfang angedeihen lassen. Er wird sich immer nur auf den zweiten Teil der Maxime beschränken können, wenn überhaupt.

Ein Satiriker ist kein Prophet. Die Propheten pflegen an den Sieg der Gerechtigkeit zu glauben. Der Satiriker glaubt zwar auch an die Gerechtigkeit, aber er zweifelt an ihrem Sieg.

Er beginnt zum erstenmal im Leben Humor auszuscheiden, da er zu seinem größten Entsetzen feststellen muß, daß ihn seine Schullehrer hinters Licht geführt haben. Wenn er Theorie und Praxis vergleicht und merkt, daß alles irgendwie ganz anders ist. Wenn ihm bewußt wird, daß die Wahrheit mindestens hundert Gesichter und die Lüge unzählige Beine hat, noch dazu sehr lange.

Im Lauf der Zeit ringt sich der Humorist zur Überzeugung durch, daß er diese Welt nicht ändern kann. Sie wird bleiben wie sie ist, solange man als »Krone der Schöpfung« nichts Besseres anzubieten hat als schlichte Menschen.

Die einzige Möglichkeit, die ihm verbleibt, besteht darin, die komischen Facetten dieser Menschen zu beleuchten.

Wie lange?

Solange er das Schmunzeln nicht verlernt hat.

Und solange man ihn in Ruhe schreiben läßt.

Aus dem bisher Dargelegten ergibt sich mit zwingender Logik, daß es keinen fanatischen Satiriker geben kann. Das wäre ein Widerspruch in sich. Eine durch und durch gefestigte Weltanschauung kann nicht mit dem Humor Hand in Hand gehen, denn der Humor ist respektlos. Der Humor kann nichts Heiliges in sich bergen, daher wird es auch nie einen frommen Humoristen im üblichen Sinn des Wortes geben. Religionen, egal welcher Färbung oder Schattierung, kennen keinen gedanklichen Kompromiß, während der Humorist ein Mann des Kompromisses sein muß.

Wie die Geschichte lehrt, war im Gefolge der Religionsführer nie ein Hofnarr zu finden. Sofern es für ihn da überhaupt einen Platz gab, so war es der auf dem lodernden Scheiterhaufen.

Der Humorist wird auf fromme und gläubige Menschen zwar mit Staunen reagieren, aber er wird sich nicht über sie lustig machen. Vielleicht beneidet er sie sogar im Innern seines Herzens. Sein Gelächter, seinen Spott bewahrt er für die Ketzer auf, denn der Humorist betrachtet nicht den Glauben, sondern den selbstsicheren Unglauben als den Gipfel der Dummheit. Ein Mensch, der behauptet, auf sämtliche Fragen des Universums, auf sämtliche ungelösten

Probleme seiner eigenen Existenz eine Antwort zu wissen, ist, vom Standpunkt des Humoristen aus gesehen, blind, wenn nicht gar ein Vollidiot.

Und einen blinden Humoristen gibt es nicht. Wenn Sie gestatten, auch keinen dummen.

Was jedoch *politische* Weltanschauungen betrifft, so steht hier dem Schmunzeln und dem Grinsen ein weites Betätigungsfeld zur Verfügung. Die Politik hat sich ein Treibhaus errichtet, in dem Lüge, Machtgier und Heuchelei wuchern. Daher kann kein Satiriker mit einem Politiker konkurrieren, dessen Spezialgebiet es immer schon war, Dinge und Fakten nach eigenen Interessen bewußt auf den Kopf zu stellen. Wenn der Humorist überhaupt eine feste Ansicht hat, dann ist es bestenfalls sein ständiger Zweifel an der Natur des Menschen. Es fällt ihm also am schwersten, gegenüber den Machthabern Respekt zu entwickeln. Besonders dann, wenn er gemeinsam mit einem solchen die gleiche Schulbank gedrückt hat.

Ich erinnere mich zum Beispiel an einen Lehrer in meinem Gymnasium, der nach Abschluß seines Vortrags an uns Schüler die Frage zu richten pflegte:

»Haben alle verstanden? Auch du, Bienstock?«

Heute sitzt die ehemalige Schande der Klasse in der Regierung, und zwar als Minister. Kann sein, daß Bienstock sich inzwischen weiterentwickelt hat. Aber es muß doch zu denken geben, daß man überall auf der großen weiten Welt auf höchsten Posten unzählige Bienstöcke finden kann. Sie sind nicht immer gleich zu erkennen, weil der Lärm, der vor und hinter ihnen fahrenden motorisierten Polizeieskorte das Wiedererkennen erschwert ...

Bienstock, der Verantwortliche

Wann immer ein freigewählter Regierungschef durch eigenes Verschulden in eine politische Sackgasse gerät oder aus der Wirtschaft seines Landes Kleinholz macht, wenn die Unfähigkeit, sein Land zu regieren, so offen zutage tritt, daß auch die gewieftesten Routiniers seines Sekretariats nichts mehr beschönigen können, dann gibt es für den großen Mann immerhin noch einige Methoden, aus diesem Schlamassel herauszukommen.

Er kann etwa seinen Rücktritt anbieten, um kurz danach auf

intensives Drängen der Wählerschaft diesen Rücktritt zu widerrufen. Oder er kann sein gesamtes Kabinett säubern. Das sieht in der Praxis so aus, daß zwei bis drei Minister untereinander ihre Ressorts zu tauschen haben. In besonders schweren Fällen empfiehlt es sich, zusätzlich eine öffentliche Erklärung für die legitimen Rechte der Palästinenser abzugeben, das versteht sich von selbst.

Richtiger gesagt, das war die weitverbreitete Gepflogenheit bis vor einiger Zeit. Dem Erfindungsreichtum eines Staatenlenkers in Nöten sind aber keine Grenzen gesetzt. Es wurde in den letzten Jahren eine neue Lösung entwickelt, die sich nicht nur als elegant, sondern auch als höchst wirksam entpuppte.

Der Regierungschef Bienstock setzt sich nämlich mit seinem ernstesten Gesichtsausdruck vor die Fernsehkamera und erklärt seinem Volk, daß er bereit ist, die volle Verantwortung zu übernehmen.

Das Wörtchen »voll« muß man sich hier in seiner ganzen Tragweite zu Gemüte führen. Es besagt, daß es sich hier nicht um irgendeine Wald- und Wiesenverantwortung handelt, sondern um das Ding an sich: Verantwortung erster Klasse.

Als zum Beispiel vor einigen Jahren Amerika die Geiseln aus dem Iran militärisch befreien wollte und dieses Unternehmen, wie erinnerlich, kläglich scheiterte, da geschah das Unvermeidbare. Am nächsten Morgen erschien auf den Bildschirmen Amerikas statt der gewohnten Mickymaus das ernste Antlitz des Präsidenten, aus dessen Mund die staunende Nation zur Kenntnis nahm, daß er, Jimmy Bienstock, bereit sei, die volle Verantwortung für das Fiasko zu übernehmen.

In Anbetracht dessen, daß bei diesem Unternehmen nicht allzu viele amerikanische Soldaten umkamen und von den acht eingesetzten Hubschraubern nur fünf aufgegeben werden mußten, geschah etwas völlig Unerwartetes: die Popularität des Präsidenten stieg bei der Bevölkerung um zehn Prozent.

Warum? Eben weil er die volle Verantwortung übernommen hatte.

★

Für den kleinen Mann auf der Straße ergibt sich daraus eine interessante Frage: Was bedeutet eigentlich diese »volle Verantwortung«?

Würde der Satz »Ich übernehme die volle Verantwortung« etwa folgendermaßen weitergeführt werden »... und erachte mich daher als außerstande, weiterhin in meinem Amt zu verbleiben« – dann würde vermutlich jeder Wähler die Meinung dieses Mannes respektieren.

Noch eine Variante wäre denkbar. Würde der vollverantwortliche Herr eine gewisse Selbstkritik üben, verbunden mit dem feierlichen Versprechen, nie wieder so etwas Blödsinniges zu unternehmen, man könnte sich vielleicht widerstrebend dazu durchringen, ihm noch eine Chance zu geben.

Doch davon ist keine Rede. Nach dem Satz »Ich übernehme die volle Verantwortung« wird ein übersehbarer Punkt gemacht, und Bienstock macht genauso weiter wie bisher. Das Übernehmen der Verantwortung zieht demnach überhaupt keine Folgen nach sich.

Genauso, und mit ebensoviel Effekt, könnte der Mann den Pythagoräischen Lehrsatz übernehmen oder einen Strauß gelber Rosen.

Nichts scheint unverantwortlicher zu sein als die volle Verantwortung.

★

Ausgehend von der interessanten Tatsache, daß wir vor dem Gesetz alle gleich sind, kam mir plötzlich der Gedanke, daß es nicht nur für die Bienstöcke, sondern auch für unsereinen möglich sein sollte, dieses nette Spiel mit der vollen Verantwortung spielen zu dürfen.

Wer sollte es uns verbieten?

Von diesen logischen Gedanken inspiriert kam ich vor einigen Tagen nach Hause. Die gerade vorherrschende Hitzewelle trieb mich schnurstracks zum überfüllten Eisschrank, mit dem erwarteten Ergebnis, daß das ganze obere Regal zu Boden fiel. Wie man weiß, bin ich kein Mann der halben Maßnahmen. Es dauerte daher geraume Zeit, ehe es mir gelang, mich aus den zersplitterten Flaschen sowie einigen assortierten Käse- und Kompottsorten zu befreien. Kaum daß ich damit fertig war, stand ich Aug in Aug mit der besten Ehefrau von allen.

»Liebling«, sagte ich schnell, solange sie noch nach Worten rang, »ich bin bereit, für diese Katastrophe die volle Verantwortung zu übernehmen.«

Zum erstenmal in unserer langen, glücklichen Ehe sah ich sie sprachlos. Mehr als das, sie war besiegt, gefällt, einfach von meinem Verantwortungsbewußtsein überwältigt. Die harschen Worte, die sie mir eben noch entgegenschleudern wollte, blieben ihr in der Kehle stecken.

Ich hingegen ging, meinen Triumph auskostend, federnden Fußes ins Schwimmbad. Ich gesellte mich zu einigen feuchten Gestalten, die gerade dabei waren, sich über ein staatliches Unternehmen zu ereifern, das einen unfähigen Direktor mit einer riesigen Abfindung in die Frühpension entsandte, weil er Millionenverluste erwirtschaftet hatte.

»Es ist zum Kotzen«, fauchte eine blaue Badehose, »wir werden bestohlen auf Schritt und Tritt!«

»Verschwendung öffentlicher Gelder ist das, ein Skandal!«

»Ich möchte wissen, wer dafür verantwortlich ist.«

Die Leute waren so niedergeschlagen, daß ich plötzlich mit

ihnen Mitleid empfand. Ich verließ meinen Liegestuhl, ging gemessenen Schrittes hinüber und verkündete:

»Ich, meine Herrschaften. Ich übernehme die volle Verantwortung dafür.«

Den Leuten verschlug es die Rede. Es dauerte lange, ehe sich einer aufraffte zu fragen:

»Verzeihen Sie, mein Herr, wer sind Sie?«

»Das tut nichts zur Sache. Was zählt, ist das Faktum, daß die volle Verantwortung übernommen wurde. Wenn Sie wollen, gebe ich Ihnen eine Quittung.«

Die Leute wandten sich von mir ab, sprangen ins Wasser und schwammen in fröhlichem Schmetterlings-Stil davon. Offensichtlich habe ich mit meiner erlösenden Phrase eine große Last von ihren Schultern genommen. Auch für mich war es ein schönes Gefühl, ein so verantwortungsvoller Satiriker geworden zu sein.

Unsere regelmäßigen Regierungskrisen dürften den Leser nicht darüber hinwegtäuschen, daß es den Israelis trotz wirtschaftlicher Katastrophen und eines ständigen Überlebenskampfes gelungen ist, noch immer ein echtes, demokratisches Regierungssystem zu bewahren. Für ein so kleines und so armes Land ist das eine beachtliche Leistung, vielleicht sogar ein Luxus. Besonders, wenn wir uns vor Augen halten, daß es unter den rund 150 Mitgliedstaaten der UNO nur noch etliche zwanzig funktionierende Demokratien gibt.

Die Demokratie, also ›die Herrschaft des Volkes‹, ist allem Anschein nach noch immer die glimpflichste aller Regierungsformen. Sie gewährleistet ihren Wählern mindestens ein einigermaßen furchtloses Leben. Für den dauernden Stafettenlauf zur Macht hat die Demokratie sich verhältnismäßig menschliche Spielregeln erdacht, ein höchst amüsantes Gesellschaftstoto, an dem sich die ganze Nation unter kindischer und lärmender Begeisterung beteiligen kann.

Für einen Menschen, der in der persönlichen Freiheit den wichtigsten aller Werte erblickt, zum Beispiel für den Autor dieses Buches, stellt die Demokratie deshalb ein kostbares Gut dar, weil sie weder rot noch braun, noch schwarz sein kann. Sie ist auch nur in den seltensten Fällen schneeweiß. Meist ist sie buntgescheckt, und das ist gut so. Andererseits kann man mit Fug und Recht die Frage stellen, ob so eine Demokratie auch wirklich die Herrschaft des Volkes ist. Man gewinnt nämlich den Eindruck, daß eine westliche Wahlkampagne nichts anderes als ein landesweiter Wettbewerb für Flunkerei ist. Die wahlwerbenden Politiker verkünden in einem Atem Investitionsspritzen und Gesundschrumpfung, Bereitschaft zu weitgehenden Konzessionen und eine eiserne Hand, schwarz und weiß, Tag und Nacht. So darf es auch niemanden wundern, wenn ein Großteil der Wähler völlig unentschlossen ist und am Wahltag daheim bleibt.

Entscheidet der Bürger dennoch über seine bevorzugte Regierungsform, so tut er es anhand von Gegebenheiten, die mit dem System direkt nicht viel zu tun haben. Er orientiert sich an den Vorurteilen seines Großvaters, oder er liest wenige Stunden vor dem Urnengang den giftsprühenden Artikel eines gehässigen Publizisten, während in seinen Ohren papageienartige Schlagworte im Stil von Zigarettenwerbesprüchen erklingen. Mit Versen wie »I like Ike«, »Be smarter with Carter« oder »Mit Bienstock über Stein und Stock« kann man zum Herrscher der freien Welt gemacht werden. Aber auch mit einem auffallend blanken Gebiß und einem markanten Profil, vorausgesetzt, daß die Gelder für die Werbeminuten im Fernsehen reichlich vorhanden sind. Einem stotternden Genie, einem fettleibigen Philanthropen oder einem unbemittelten Gerechten bleibt der Zugang zum demokratischen Wettbewerb für ewig verwehrt.

Der eigentliche Sinn der Demokratie verliert also im Bewußtsein des freien Wählers jegliche Konturen. In England etwa wählt er die Regierung aus Prinzip, oder besser gesagt aus Gewohnheit, ab. In

Italien werden die Wahlen zur Konfrontation zwischen dem lieben Gott und der Armut, und in den USA sind sie eine Art von öffentlicher Auktion um die größere Ähnlichkeit mit John F. Kennedy. Dort, auf der anderen Seite des Ozeans, finden wir in Vorwahlzeiten ohne Zweifel den größten Zirkus auf Erden.

Eine haarige Sache

Die amerikanischen Präsidentenwahlen sind nicht nur für Israels Finanzministerium von brennendem Interesse. Unter Umständen können sie für die gesamte freie Welt von entscheidender Bedeutung sein. Was Wunder also, daß die ganze Menschheit den Atem anhielt, als anläßlich des Wahlkampfs zwischen Carter und Reagan, man wird sich erinnern, Jimmys Scheitel urplötzlich von rechts nach links hinüberrutschte.

Der diesbezügliche Beschluß dürfte hinter geschlossenen Türen gefaßt worden sein, nachdem sich eine einschlägige Studienkommission zur Wiederwahl Carters eingehend mit der Materie befaßt hatte.

Amerikanische TV-Konsumenten, so stellte ein geheimer Bericht fest, entdeckten besorgniserregende Anzeichen, daß sich das Haupthaar des Präsidenten zunehmend verminderte. Es ist anzunehmen, daß der ranghöchste Skalp des Landes während der Friedensgespräche vom Camp David schütterer zu werden begann. Ein Vorgang, der sich in den Monaten danach nicht mehr aufhalten ließ.

Bald ließ es sich vor der Nation nicht mehr verheimlichen, daß Carters Haaransatz in vollem Rückzug begriffen war. Selbst die letzten Reserven entlang des Hauptkammes waren bedauerlicherweise nicht mehr das, was sie einst waren.

Die Meinungsforscher im Hinterzimmer des Weißen Hauses kamen bald überein, daß das Image eines Kandidaten mit Haarausfall schwer zu frisieren ist. Besonders angesichts eines

Herausforderers, der dank seiner Vergangenheit als Filmstar die besten Beziehungen zu Maskenbildnern und Friseuren hatte.

Man kann zum alten Ex-Gouverneur von Kalifornien stehen wie man will, aber sein erstaunlich schwarzer Haarschopf hat etwas wahrhaft Ehrfurchtgebietendes an sich. Der unverwüstliche Ronald hat so viele Haare, daß er es sich sogar leisten kann, einige davon mit sorgfältig kontrollierter Unachtsamkeit in die jugendliche Stirn hängen zu lassen.

Als der Sieg des John-Wayne-Ersatzmannes mit der unübersehbaren Lockenpracht in immer greifbarere Nähe rückte, beriefen die Carter-Propagandisten in ihrer Verzweiflung eine Notstandskonferenz ein, wo die folgende dramatische Entscheidung fiel:

»In Anbetracht der ernsten Lage läßt es sich nicht umgehen, den Scheitel des Präsidenten in Hinkunft auf der gegenüberliegenden Seite des Kopfes anzubringen.«

Die PR-Leute verstanden ihr Geschäft. Nachdem der politische Schwerpunkt des Landes sich von Jimmys Zähnen auf sein schwindendes Haar verlegt hatte, mußte letzteres einer gründlichen Reorganisation unterworfen werden.

Der große Ruck nach links erwies sich auch zunächst als zielführend. Einige Haarsträhnen, von ihrem Dienst auf der rechten Flanke erlöst, wurden nunmehr mit der Aufgabe betraut, die schwachen Punkte am Gipfel zu verstärken. An den Schläfen kam eine Dauerwelle zum Einsatz und zusätzlich wurde beschlossen, den gesamten Haarbestand täglich zu shampoonieren. Denn nach einer Kopfwäsche ist das Haar besonders locker und verleiht seinem Besitzer einen politisch unbezahlbaren jugendlichen Anstrich.

Somit wurde also der Stab des Präsidenten um einen Berufs-Shampoonierer vermehrt, dessen Aufgabe es war, seinem Herrn mindestens zweimal täglich den Kopf zu waschen. Dies mag vielleicht der geeignete Zeitpunkt sein, der Welt zu enthüllen, daß jener großgewachsene Offizier, der während der letzten Wochen des Carter-Regimes ständig mit einem Diplomatenkoffer hinter dem Präsidenten stand, niemand anderer war als der oberste Schaumschläger vom Dienst. Der Diplomatenkoffer enthielt, falls der Leser Interesse für Details hat, ein zusammenklappbares Waschbecken, ein mit Bioplacenta angereichertes Shampoo sowie einen atombetriebenen Haartrockner.

Für einen erfahrenen Beobachter des politischen Weltgeschehens stellt das bisher Geschriebene natürlich keine Überraschung dar. Die Annalen wissen zu berichten, daß Richard Nixon die Wahl gegen Kennedy in dem Augenblick verlor, als die beiden zum erstenmal gemeinsam auf den amerikanischen Bildschirmen zu sehen waren. Da konnte der Wähler völlig unvoreingenommen den üppigen Haarschopf Kennedys mit der notdürftigen Frisur Nixons vergleichen.

Experten behaupten, daß auch der sonnengebräunte Teint sowie der kräftige Nacken des Senators von Massachusetts ein gerüttelt Maß des Wahlerfolges bewirkten. Bekanntlich kamen 8,3 Prozent der Kennedy-Stimmen von Nacken-Wählern. Doch den entscheidenden Ausschlag bei einer amerikanischen Präsidentenwahl machte damals wie heute die Dichte des Kandidatenhaares.

Etwas weniger vorhersehbar lagen die Dinge anläßlich der folgenden Präsidentenwahl, da die Haare beider Kandidaten gleich schütter waren. Mit anderen Worten, Johnson hatte ebensowenig Haare wie Goldwater. Was letzten Endes den Ausschlag gab, war die Tatsache, daß Johnson um fünfeinhalb Zentimeter größer war und sonntags einen Cowboyhut zu tragen pflegte.

Nixon aber hatte inzwischen Zeit, aus seinen Fehlern zu lernen. Er verpflichtete ein sorgfältig ausgewähltes Team von international anerkannten Haarspaltern, deren Aufgabe es war, bis zur nächsten Wahl seinen Kopfschmuck aufzufrisieren. Und das Wunder geschah. Hier eine kleine Haartransplantation, dort eine unauffällige Dauerwelle, und plötzlich mußte man Nixon ernst nehmen.

Der amerikanische Wähler war verblüfft. Tricky Dick, der Mann, dem man nie und nimmer einen Gebrauchtwagen abgekauft hätte, stieg wie ein haariger Phönix aus der Asche direkt in den Ring.

Eine Welle des Enthusiasmus schwappte über die Wählerschaft hinweg. Nixon erhielt die größte Mehrheit, die je einem Präsidenten zuteil wurde. Das demokratische System hatte sich wieder einmal bewährt.

Als einige Jahre später die unseligen Tonbänder die Abdankung Nixons zur Folge hatten, konnte man ihn traurig von der Gangway seines Flugzeuges winken sehen. Verlassen von allen bis auf einen Mann, der immer noch in unverbrüchlicher Treue zu ihm stand. Sein wackerer Friseur.

Und wie war's, als Jerry Ford gegen Jimmy Carter antrat? In jenen glücklichen Tagen durfte Carter noch einen dichten blonden Haarschopf sein eigen nennen. Jerry Ford hingegen hatte insgesamt 203 Haare zur Verfügung. Die meisten davon müde. Brüchig und ohne Aussagekraft.

Genau betrachtet war dieser Wahlkampf eigentlich überflüssig. Es gab Leute im liberalen Lager, die allen Ernstes überlegten, ob es nicht vernünftiger und billiger wäre, Wahlkämpfe ein für allemal abzuschaffen. Statt Millionen von Wählerstimmen auszuzählen, könnte der Führer der westlichen Welt ebensogut auch durch Zählung der Haare ermittelt werden. Es wurde bedeutet, daß diese Haarzählung von einem unparteiischen Konsortium vorgenommen werden könnte, bestehend aus drei Richtern des obersten Gerichtshofes, beaufsichtigt von drei Friseuren der oberen Zehntausend.

Präsident Carter lehnte diesen Vorschlag des vereinfachten Haarwahlsystems ab. Er war trotz mangelnder Chancengleichheit bereit, den Kampf mit Reagan zu wagen, obwohl dieser

Athlet ebenso dichtes schwarzes Haar hatte wie Marschall Tito an seinem fünfundneunzigsten Geburtstag.

Wie man weiß, konnte Jimmy diesen ungleichen Kampf nicht gewinnen. Selbst die Verschiebung seines Scheitels erwies sich als nutzlos, denn, wie der sowjetische Geheimdienst kürzlich enthüllte, eine zeitgerechte Gesichtsspannung seines haarigen Gegners brachte die endgültige Entscheidung im Kampf um die Führerschaft der freien Welt.

Wie meinen Lesern bekannt sein dürfte, entstamme ich einem Land, das hinter dem Eisernen Vorhang angesiedelt wurde, nämlich aus Ungarn. Dort konnte ich nicht umhin, im Jahr 1945 mit diversen Aktivisten der kommunistischen Ideologie konfrontiert zu werden. Mein erstes Zusammentreffen mit diesen Gestaltern unseres Jahrhunderts erfolgte an jenem unvergeßlich schönen Tag, da für mich der Alptraum der Nazidiktatur zu Ende ging und etwas ähnliches begann.

Meine Befreiung

Meine persönliche Erlösung kam in Gestalt eines ukrainischen Soldaten. Mit einem gewaltigen Fußtritt brach er die Tür des Schuppens am Stadtrand von Budapest auf, in dem ich mich vor den Nazis versteckt hielt. Von meinen gefälschten Papieren nahm er keine Notiz. Offensichtlich war er kein Freund der Bürokratie.

Er war ein einfacher Soldat, nicht mehr jung, sein Gesicht war rund und rosig. Sein Oberkörper steckte in einer abgetragenen Uniform der ersten Ukrainischen Armee. Unterhalb der Gürtellinie trug er eine Reithose der Rumänischen Kavallerie. Seine rechte Hand hielt eine russische Maschinenpistole mit rundem Magazin, mit der linken zog er einen kleinen Holzkarren hinter sich her. Dieser war prall gefüllt mit Zwiebeln, Würsten und etlichen Flaschen voll Kölnisch Wasser.

Ich konnte nicht anders, ich weinte vor Freude. Noch nie in meinem Leben war mir ein Anblick vergönnt, der auch nur annähernd so herrlich schien wie dieser verwahrloste Mensch in zwei verschiedenen Uniformen. Lange düstere Jahre hatten wir alle auf diesen Soldaten mit dem rosigen Gesicht gewartet ...

Er war überaus freundlich. Er teilte mit mir eine seiner Würste und begann laut schmatzend vor sich hin zu essen. Von Zeit zu Zeit blickte er aus dem Fenster und feuerte eine lärmende Kugelgarbe auf flüchtende Deutsche ab. Seine überlegene Ruhe flößte mir unbedingtes Vertrauen ein. So etwas hatte ich noch nie erlebt.

»Niemski, Deutsche kaputt«, erklärte er mir freundlich. »Russki Berlin!«

»Da, da«, nickte ich beglückt. Dann fügte ich spontan hinzu: »Ich bin Kommunist!«

»Ich nicht«, gab mir der Soldat zu verstehen und zeigte mir stolz seine verhältnismäßig glatten Handflächen. »Bugalter«, sagte er stolz, »Buchhalter.«

Ich wollte ihm auch Näheres über mich mitteilen, also klopfte ich mit der Hand auf meine Brust und sagte »Jid« in der Annahme, daß dies die russische Vokabel für »Jude« wäre.

»Tschass, Uhr«, antwortete mein neuer Freund, während er mit einem ermunternden Lächeln meine Uhr von meinem Handgelenk schälte, um sie seinen Schätzen einzuverleiben. Dann brachte er mich und einige meiner Gefährten hinter die Frontlinie, wo wir uns in einem improvisierten Gefangenenlager wiederfanden. Ich merkte sofort, daß es sich hier nur um ein Mißverständnis handeln konnte, und wandte mich an den russischen Lagerkommandanten:

»Ich Jid, nix Soldat. Ich Antifaschist, nix Nazi. Ich Jude.« Der Lagerkommandant lächelte verständnisvoll und fragte mich, ob ich nicht zufällig eine Uhr hätte?

Es stellte sich heraus, daß die Lagerinsassen zum größten Teil Juden waren. Einerseits freute ich mich, daß so viele überlebt hatten, aber andererseits ...

Andererseits hatte Marschall Malinowski vor ein paar Tagen Väterchen Stalin mitgeteilt, daß er 100 000 deutsche Soldaten festgenommen hätte. In Wahrheit waren es aber nur 20 000. Daher wurden 80 000 Männer eingefangen, die begeistert auf die Straßen Budapests geströmt waren, um den Befreiern zuzujubeln. In knappen vierundzwanzig Stunden gelang es also der Roten Armee, alle Kommunisten, Sozialdemokraten, Juden und Untergrundkämpfer festzunehmen, um sie schleunigst in einige Gefangenenlager nach Weißrußland zu transportieren. Die einzigen Männer, die es nach dieser Aktion in Budapest noch gab, waren logischerweise nur die Faschisten und ihre Kollaborateure, denn sie wagten sich nicht auf die Straßen.

Wenn das Wahnsinn war, so hatte er Methode. Sollte es Methode gewesen sein, so war sie sicher wahnsinnig.

Unterwegs versuchte jemand, aus der Kolonne zu fliehen. Er wurde von einem russischen Feldwebel angeschossen. Gleich darauf beugte sich der Feldwebel besorgt über den Verletzten, verband seine Wunde und schenkte ihm zwei Äpfel und einen Feldstecher.

Gegen Abend wurden wir in ein geplündertes Geschäft geführt, um kurz zu rasten. Nach zehn Minuten kommandierte uns ein Wachposten zum Weitermarschieren. Alle gingen hinaus. Alle, bis auf einen, und der war ich. Ich blieb allein auf dem Fußboden sitzen.

Die Kolonne zog weiter.

Nach vielen Jahren erfuhr ich von einem der wenigen, denen die Rückkehr glückte, daß meine Abwesenheit erst an der ungarisch-polnischen Grenze bemerkt worden war. Sofort wurde der nächstbeste polnische Bauer der Marschkolonne einverleibt, denn die Zahl der Gefangenen mußte stimmen ...

So also sah meine Befreiung aus. Es war die Befreiung eines Überlebenden nach dem Holocaust.

Als freier Mensch ging ich nachdenklich zurück in das zerstörte Budapest.

Was blieb mir anderes übrig, als Satiriker zu werden?

Einige meiner betagten Leser werden sich vielleicht noch an die furchterregenden Schauprozesse der Fünfzigerjahre erinnern können, als im Osten plötzlich alle Ärzte, Reaktionäre und Kardinale zufällig Juden und zionistische Agenten waren. Vor den Richtern gestanden sie im Brustton der Überzeugung, wie wohlgeölte Automaten, jedes beliebige Delikt, sei es auch noch so absurd, begangen zu haben. Sollte der geneigte Leser in Folge seines zarten Alters diese Epoche des praktisch angewandten Stalinismus in all ihrem Facettenreichtum nicht miterlebt haben, so hat er die Chance, aus der nun folgenden Skizze einiges darüber zu erfahren. Ich schrieb sie klopfenden Herzens für den hintersten Winkel meiner Schublade, anläßlich der berüchtigten Prager Prozesse in den frühen Fünfzigerjahren. Damals wurde der Antisemitismus im Ostblock nicht nur salonfähig gemacht, er wurde zum inoffiziellen Regierungsprogramm.

Der Kishon-Prozeß

Verfaßt vom zionistischen Verbrecher persönlich

Die Tür des Gerichtssaals ging auf, und ich wurde von zwei strammen Polizisten zur Anklagebank geleitet. Der Zuschauerraum war bis zum letzten Platz besetzt. Jeder einzelne der Anwesenden begleitete meine verdächtig zögernden Schritte mit verachtungsvollen Blicken.

Ich senkte den Kopf. Wie hätte ich auch wagen können, den Vertretern des gesunden Volksempfindens in die klaren Augen zu blicken? Sie alle waren gekommen, um zu sehen, wie ich für meine abscheulichen Verbrechen zur Verantwortung gezogen würde.

Betreten setzte ich mich neben meinen Mitangeklagten, den Kofferhändler Schachor Itzig, und bangte meinem Schicksal entgegen.

Hinter mir hörte ich die Stimme des Rundfunkreporters: »... hier vor meinen Augen stinkt die wilde Bestie in Menschengestalt Kishon, alias Klein Ephraim, vor sich hin, einer der abscheulichsten Mörder, den die verderbte zionistische Rasse jemals hervorgebracht hat. Es handelt sich um eine kleingewachsene Kreatur mit der haßverzerrten Fratze eines hinterlistigen Schakals. Sein furchteinflößender Riesenleib scheint nun endgültig gebrochen. Nur seine blutbefleckten Pranken zucken noch verkrampft, so als wollten sie wieder morden, als wollten sie wieder etliche unschuldige Schädel einschlagen ...«

Mich interessierte vor allem, warum er mich »Klein« nannte, wo ich doch seit Jahren den Namen »Kishon« befleckt hatte.

Doch bevor ich ihn danach fragen konnte, hielten die Richter ihren Einzug. Ehrfurchtsvolle Stille entstand im Gerichtssaal. Der Gerichtspräsident, ein äußerst vornehm wirkender Mann in den besten Jahren, erhob sich feierlich und sprach:

»Hiermit eröffne ich den Prozeß gegen den zionistischen Tintenkleckser und Zeitungsschmierer Kishon-Klein Ephraim als Hauptangeklagten und gegen den zionistischen Kaufmann Schachor-Schwarz Itzig als Mitangeklagten. Wie aus der Anklageschrift hervorgeht, wird Kishon-Klein Ephraim beschuldigt, den Tod der Witwe Lefkowitz seligen Angedenkens geplant und eigenhändig herbeigeführt zu haben, wonach er ihren Körper tranchierte, die Leichenteile in einen Koffer packte und die blutige Fracht ins Meer warf. Der Koffer mit seinem schrecklichen Inhalt wurde sogleich vom Meer verschlungen, so daß kein Menschenauge ihn je wieder erblicken konnte. Ungeachtet dieser Tatsache wird der lange Arm der proletarischen Gerechtigkeit den Schuldigen erfassen und, sobald seine Täterschaft unzweifelhaft nachgewiesen ist, seiner gerechten Strafe zuführen. Ich fordere alle Anwesenden auf, sich zur Urteilsverkündung zu erheben.«

Alle erhoben sich. Ich als allererster. Der Präsident nickte zufrieden und fuhr fort:

»Im Namen des Volksgerichtshofes werde ich Kishon-Klein Ephraim in allen Punkten der Anklage für schuldig befinden. Als erschwerenden Umstand wird das Gericht die Tatsache bewerten, daß der zionistische Angeklagte sämtliche ihm zur Last gelegten Verbrechen im Verlauf des Prozesses aus freien Stücken gestehen wird, um Mitleid zu erwecken. Daher wird das hohe Gericht beschließen, den Hauptangeklagten Kishon-Klein zum Tode durch den Strang zu verurteilen, während sein Komplize, der zionistische Kofferhändler Schachor-Schwarz mit fünfzehn Jahren schweren Kerkers davonkommen wird. Gleichzeitig werden den beiden Verbrechern für die Dauer von siebeneinhalb Jahren die bürgerlichen Wahlrechte aberkannt. Bitte Platz zu nehmen.«

Und damit begann der Prozeß.

Richter: Ich frage Sie, Kishon-Klein, sind Sie bereit, Ihre Schuld zu bekennen?

Ich: (mit tiefer Verbeugung) Ich gestehe alles, Euer Ehren. Im Verlaufe der Ermittlungen wird es mir immer bewußter werden, daß ich der absolute Abschaum der Menschheit bin und daß der Henkerstrick eigentlich viel zu gut für mich ist. Manchmal kann ich nicht umhin, mich über die Tatsache zu wundern, daß ein Mensch, vom Weibe geboren, so durch und durch verderbt sein kann wie ich.

Richter: Jetzt, da Sie schuldbewußt und blutbefleckt vor mir stehen, suchen Sie Ihr Heil im feigen Gewinsel und rennen schreiend mit dem Kopf gegen die Wand, was?

Ich: Jawohl. Ich winsle blutbefleckt und schreie mit dem Kopf gegen die Wand.

Richter: Ihr Zynismus grenzt ans Ungeheuerliche, Kishon-Klein. Sie werden jetzt aufgefordert, uns den Hergang der blutigen Tat zu schildern.

Ich: Euer Ehren, beim bloßen Gedanken an meine Untaten wird mir so übel, daß ich kein Wort hervorbringen kann. Ich gestehe also, daß ich den Mord mit diabolischer Kaltblütigkeit begangen habe. Mein unglückliches Opfer, die ehemalige Witwe Lefkowitz seligen Angedenkens, wohnte seit Jahren Tür an Tür in meiner Nachbarwohnung. Sie ist immer besonders lieb zu mir gewesen, und das weckte in mir den unwiderstehlichen Wunsch, sie meuchlings zu ermorden. An jenem trüben Mittwoch, pünktlich um Mitternacht ...

Richter: Wieso wissen Sie, daß es Mitternacht war, Angeklagter?

Ich: Ich weiß es noch ganz genau, weil draußen die Sonne im Zenit stand.

Richter: Gut. Fahren Sie fort, Angeklagter.

Ich: Ich nahm ein Taxi und fuhr von meiner Wohnung direkt zu meiner Nachbarin. Ich wußte, daß die Witwe Lefkowitz völlig taub war, daher betrat ich ihre schmucke Wohnung auf Zehenspitzen, um keinen Lärm zu verursachen ...

Richter: Halt, Angeklagter Kishon-Klein! Ich habe in Ihren Ausführungen einen Widerspruch entdeckt. War die Tür der Witwe Lefkowitz offen, oder war sie verschlossen?

Ich: Euer Ehren, wenn Sie mir die Frage so stellen, daß ich zwei Möglichkeiten der Beantwortung habe, wie soll ich wissen, was ich sagen soll?

Richter: Dann will ich meine Frage anders formulieren. Geben Sie zu, daß die Tür weit offen stand?

Ich: Jawohl, die Tür stand sperrangelweit offen.

Danach war ich nicht mehr zu halten. Ich erläuterte in aller Ausführlichkeit, wie ich mit gefälschten Schlüsseln die offene Tür aufsperrte, vorsätzlich an die in ihrer Badewanne schlafende Witwe Lefkowitz (s. A.) heranschlich, mein schärfstes Küchenmesser zog und sie so lange erschoß, bis die unglückliche Witwe unter der stahlharten Umklammerung meiner Hände erstickte. Dann schwelgte ich in der makabren Beschreibung des Körperzerstückelns und wie ich die blutverschmierten Gliedmaßen in den Koffer schichtete. Nach dieser Schmutzarbeit begab ich mich zu einer einsamen Brücke ins Stadtzentrum, um meine schreckliche Last in die finsteren Untiefen des Meeres zu stürzen ...

Richter: Sie haben uns bisher bewußt das scheußliche Motiv Ihrer Untat verschwiegen, Kishon-Klein. Ich frage Sie daher in volksverbundener Offenheit: Warum haben Sie die Witwe Lefkowitz ermordet?

Ich: Die Antwort, Euer Ehren, liegt für jeden objektiv denkenden Mitbürger klar auf der Hand. Ich bin Trotzkist, Kosmopolit und Rechtsabweichler der plutokratischzionistischen Weltverschwörung.

Richter: Na also. Sie geben also zu, daß es sich hier um einen politisch motivierten Mord handelt?

Ich: Jawohl, Euer Ehren. Es handelt sich um einen sexualzionistischen Lustmord.

Richter: Wollen Sie eventuell auch gestehen, Angeklagter Kishon-Klein, von wem Sie die gefälschten Schlüssel zur offenen Tür des Mordopfers erhalten haben?

Ich: Angesichts der erdrückenden Beweislast sehe ich keine andere Möglichkeit. (Ich erhebe meine Stimme.) Die Schlüssel erhielt ich vom jüdischen Pförtner der amerikanischen Botschaft! (Erregte Pfuirufe im Zuschauerraum.) Wir sind seit Jahren unzertrennlich. (Während die Pfuirufe anschwellen, falle ich auf die Knie und wende mich flehend an das Publikum.) Erbarmen! Habt Mitleid, herzallerliebste Genossen ...

Richter: Angeklagter, Sie sind eine widerliche Wanze, eine ekelerregende Filzlaus. (Lauter Beifall von den Rängen.) Ich eröffne hiermit die Zeugeneinvernahme ...

Der geheime Staatspolizist, der mich seinerzeit festgenommen hatte, im Zivilberuf ein Verkehrsschutzmann, kam gemessenen Schrittes an den Richtertisch, legte die Hand auf »Das Kapital« und schwor, die Wahrheit, die ganze Wahrheit sowie nichts als die Wahrheit zu sagen, und auch das nur wahrheitsgetreu. Dann erst drangen die schaurigen Einzelheiten der behördlichen Ermittlungen an die wissensdurstige Öffentlichkeit:

»Ich ertappte den zionistischen Angeklagten auf frischer Tat. Er war gerade dabei, am hellichten Tage, mit auffallender Gleichgültigkeit durch das Stadtzentrum zu schlendern. Sofort fiel mir auf, daß Kishon-Klein keinen Koffer in der Hand trug. Ich überlegte kurz: Warum wohl bleibt so ein Mensch nicht daheim, warum schlendert er so provokativ durch öffentliche Verkehrswege? Werden die Wände seiner Wohnung vielleicht von Installateuren aufgestemmt oder von Malern angestrichen? Ist er etwa auf dem Weg zum Zahnarzt? Oder kann er vielleicht nicht daheim bleiben, weil er seine Nachbarin ermordet, die Leiche mit bestialischer Grausamkeit zerstückelt, in einen Koffer gepackt und ins Meer geworfen hat und nun sein schlechtes Gewissen im Verein mit dem Geist seines Opfers ihn aus seinen eigenen vier Wänden treibt? Ich leitete kurzerhand eine umfassende Ermittlung ein. Es erwies sich, daß die Wände seiner Wohnung weder aufgestemmt noch frisch gestrichen waren und daß der Beschuldigte auch keine Zahnschmerzen vorweisen konnte, die einen Gang zum Zahnarzt gerechtfertigt hätten. Also konnte nur noch die dritte Möglichkeit in Betracht gezogen werden. Der Angeklagte wurde von mir eigenhändig verhaftet, und schon nach einer vierjährigen sorgfältigen Befragung brach sein Widerstand zusammen, er gab das zwecklose Leugnen auf und gestand die Tat ...«

Der Mitangeklagte Schachor-Schwarz Itzig erhob sich und legte vor Gericht ein ausführliches Geständnis ab.

Richter: Ich frage Sie, erinnern Sie sich an diese Bestie in Menschengestalt?

Schachor-Schwarz: Jawohl, Euer Ehren. Vor genau siebzehn Jahren hatte er die Unverfrorenheit, bei mir einen Koffer zu kaufen. Vorher fragte ich ihn, wie dieser Koffer beschaffen sein sollte, und er antwortete mir wie folgt: »Ich benötige einen Koffer mit größerem Fassungsvermögen, da ich vorhabe, die tranchierten Leichenteile einer ermordeten Witwe darin unterzubringen.« Ansonsten ist mir nichts Besonderes aufgefallen.

Richter: (holt unter seinem Stuhl einen Koffer hervor und hält ihn in die Höhe) Ich frage Sie, Schwarz-Schachor, ist das der Koffer?

Schachor-Schwarz: (untersucht den Koffer von allen Seiten) Das ist der Koffer, da gibt es keinen Zweifel.

Richter: Warum haben Sie nicht schon damals vor siebzehn Jahren sofort die Behörden von diesem niederträchtigen Kofferkauf unterrichtet?

Schachor-Schwarz: Ich stand im Sold der plutokratischzionistischen Volksschädlinge.

Nur mit größter Mühe konnten die zufällig anwesenden Polizisten den Unhold vor der gerechten Lynchjustiz der Zuschauer beschützen.

Dann betrat eine schwarzgekleidete, würdige Matrone den Gerichtssaal. Ich erkannte sie natürlich sogleich. Es war die von mir so bestialisch ermordete Nachbarin.

Richter: Gnädige Frau, ich frage Sie, erkennen Sie diesen Mann?

Witwe Lefkowitz (s. A.): Jawohl, Euer Ehren. Er brüllte: »Im Namen des Judentums ...«

Richter: (nimmt die Schwerhörigkeit der Zeugin zur Kenntnis und erhebt hilfsbereit seine Stimme) Das wird meine zweite Frage sein, Madame! Ich habe lediglich gefragt, ob Ihnen dieser Mann bekannt ist?

Witwe Lefkowitz (s. A.): Jawohl, das ist mein Mörder! Er erwürgte mich, tranchierte meine Leiche und steckte sie in einen engen Koffer. Ich beantrage, ihn auf das strengste zu bestrafen.

Richter: Gnädige Frau seligen Angedenkens, sind Ihnen die Worte in Erinnerung geblieben, die der Angeklagte vor seiner ruchlosen Tat ausstieß?

Witwe Lefkowitz (s. A.): Jawohl, er sagte laut und vernehmlich:

»Im Namen des Judentums sowie der vereinigten klassenausbeuterischen Kosmopoliten ...«

Pffffft!

Ein Beil flog durch die Luft und blieb einige Haaresbreiten neben meinem Kopf in der Wand stecken. Der verdiente Werktätige, der es geschleudert hatte, schrie vor Wut und Enttäuschung laut auf.

Die immer hilfsbereite Polizei mußte Tränengas einsetzen, um die zu Tränen erregte Zuhörerschaft einigermaßen zu beruhigen.

Nachdem die Ruhe notdürftig wiederhergestellt war, fragte mich der Präsident des Volksgerichtshofes teilnahmsvoll:

»Angeklagter Kishon-Klein Ephraim, haben Sie noch einen letzten Wunsch?«

»Ja, Euer Ehren. Ich bitte um die Gnade, aufwachen zu dürfen.«

Mein letzter Wunsch wurde nach einigen Jahren erfüllt. Ich wachte auf in meinem Bett, im Staate Israel. Und seither kann ich endlich schlafen.

Die Nachricht vom viel zu spät erfolgten Dahinscheiden des Genossen Stalin erreichte mich in Israel. Meine Trauer hielt sich in vernünftigen Grenzen. Ich setzte mich hin und verfaßte folgenden Nekrolog zu seinem Gedenken.

Die größte Fliege

Auf der großen weiten Welt gibt es viele Länder und in den Ländern viele Städte und in den Städten viele Gebäude und in den Gebäuden viele Läden. Und in einem Laden, einem kleinen Kramladen, gab es jede Menge Fliegen. Sie summten, tanzten, frohlockten, doch der Krämer, der Gründer der Firma, beachtete sie gar nicht, weil es ganz normal ist, daß ein solcher Laden vor lauter Fliegen strotzt.

Doch unter den Fliegen gab es eine, die es zu etwas brachte. Sie war größer als die anderen Fliegen, vielleicht die größte unter ihnen. Während alle anderen im Spinngewebe hängen blieben, blieb sie, die größte unter ihnen, nicht hängen. Blieb sie dennoch einmal hängen, befreite sie sich aus der Verstrickung. Sie war die stärkste aller Fliegen. Kein Wunder also, daß man sie verehrte. »Du bist wunderbar, du bist ein Gigant«, sagten ihr die anderen Fliegen im Krämerladen, »du bist keine Fliege, du bist ein regelrechter Adler.«

Die große Fliege hörte sich die Schmeicheleien an und genoß es, weil Fliegen es mögen, wenn man ihnen sagt, daß sie mehr als nur Fliegen sind. Zumal sie nach einigen Wochen schon selbst daran glaubte, daß sie nicht einfach eine Fliege sei, und versuchte, die Fliegen im Krämerladen zu organisieren. Sie stellte alle möglichen Pläne auf, beseitigte ihre internen Gegner und führte einen erfolgreichen Krieg gegen das Königreich der Mücken. Sie erklärte, sie sei die Sonne und fürchte sich auch vor ihrem großen Rivalen, dem Krämer in Person, nicht. Und dem Krämer gelang es auch in der Tat nicht, sie zu erwischen, als er sie einmal vertreiben wollte. Daher meinte die Fliege, stärker als der Krämer zu sein, und stellte darüber hinaus einmal fest, daß es einen Krämer überhaupt nicht gebe.

Und da kam eines Tages der Winter, und die große Fliege erfror und fiel auf den Fußboden. Nicht der Krämer hatte die Fliege getötet, sondern es ist eben so, daß Fliegen im Winter herunterfallen. Und was noch trauriger war, der Krämer wußte nicht einmal, daß die größte aller Fliegen heruntergefallen war, da sie für ihn lediglich eine Fliege wie alle anderen war.

Und das war das Ende der größten Fliege in dem kleinen Laden in einem Haus in einer Stadt in einem Land auf der großen weiten Welt.

Die größte Fliege des Universums ging also dahin und hinterließ einen in zwei Blöcke gespaltenen Globus. Das kommunistische Lager gewann im westlichen Block, vornehmlich in Frankreich, Italien und Spanien, zunehmenden Einfluß. Demgegenüber entstand ein leidenschaftlich antikommunistisches Lager in der Sowjetunion und deren Satelliten, vornehmlich in Polen, der Tschechoslowakei und der DDR. Die Konfrontation zwischen diesen beiden Lagern scheint unvermeidlich. Da die Mittel der westlichen Welt höher entwickelt sind als die des sowjetisch kontrollierten Blocks, besteht für mich kein Zweifel, daß die kommunistischen Massen des Westens eines Tages die anti-kommunistischen Bastionen des Ostens erstürmen und einnehmen werden. Zumal sich inzwischen – man kann an der Tatsache nicht vorbeigehen – im Osten vieles zum Besseren entwickelt hat. Der unerträgliche stalinistische Terror wurde da von einem nahezu erträglichen Terror abgelöst.

Als ich vor einiger Zeit nach zweiunddreißigjähriger Abwesenheit meine Geburtsstätte in Ungarn besuchte, fand ich eine viel freiere und weniger verbitterte Gesellschaft vor, als meine Erinnerung mich erwarten ließ.

Die unverwüstlichen Ungarn haben irgendwie wieder gelernt, sich über sich selbst und ihr Regime lustig zu machen, und ich faßte wieder den Mut, mich über sie lustig zu machen.

Als Illustration hierfür folgt nun ein kurzes und aktuelles Protokoll über die ständigen Abrüstungsverhandlungen zwischen den beiden Machtblöcken, die unter strengster Geheimhaltung irgendwann im vergangenen Jahr in Genf nicht stattfanden. Hätten sie aber stattgefunden, dann wären sie etwa so geführt worden.

Gipfelgespräch

UdSSR: Also?

USA: Also was?

UdSSR: Schon das Neueste gehört?

USA: Schon gehört.

UdSSR: Es geht um dreihundert Mittelstreckenraketen mit Mehrfachsprengköpfen voller atomgetriebener Megatonnen. Wenn's so weitergeht, werden wir bald fünfhundert haben, dann tausend. Im nächsten Frühling werden wir mit

Gottes Hilfe vielleicht schon mit zehntausend herauskommen.

USA: Fünfhundert Raketen mit Mehrfachsprengköpfen genügen vollauf, um die Welt zu zerstören. Wozu in dreiteufelsnamen braucht ihr zehntausend?

UdSSR: Warum nicht?

USA: Das ist ja hirnrissig! Wenn euch einmal so eine Rakete auskommt, kann ja fast ein Unglück geschehen.

UdSSR: Dann ergebt euch. Tretet endlich zum Kommunismus über, und es wird keine Bomben geben, keine Strahlungen, nicht einmal radioaktive Niederschläge. Lieber rot als tot.

USA: Hört endlich auf zu drohen. Wenn euch so eine Bombe entwischt, kann's auch bei euch radioaktiv werden.

UdSSR: Möglich, aber das tapfere sowjetische Volk fürchtet sich nicht vor solchen Kleinigkeiten,

USA: Wieso nicht?

UdSSR: Weil es darüber nichts weiß. Während ihr kapitalistischen Kriegstreiber vor lauter Angst schlottert, rüstet die friedliebende Sowjetunion mit der für sie so chrakteristischen Gelassenheit auf fliegende Weltraum-Wasserstoff-U-Boote um. Werdet doch endlich Kommunisten! Wir würden uns viel Geld ersparen ...

USA: Kommunisten werden? Fällt uns nicht im Schlaf ein. Demnächst werden wir Tausende von laserstrahlenden Neutronenbomben haben.

UdSSR: Na wenn schon. Was könnt ihr mit ihnen schon anfangen? Vielleicht abwerfen und Millionen von unschuldigen Soldaten töten?

USA: Und was wollt ihr mit euern fliegenden Wasserstoff-U-Booten tun?

UdSSR: Bei uns liegt der Fall anders, weil wir Wilde sind und keine Humanitätsduselei kennen. Uns ist alles egal. Glaub mir, Freund, ich meine es gut mit dir. Ihr habt nur einen einzigen Ausweg aus der kommenden weltweiten Katastrophe. Ihr müßt eine kommunistische Regierung akzeptieren, und schon hören alle eure Probleme auf, ihr habt keine Sorgen mehr, wo man hinschaut Ruhe und Ordnung ...

USA: Das schmeckt mir nicht.

UdSSR: Das wirst du noch bereuen. Denk daran, im Vorteil ist derjenige, der als erster die Bombe wirft.

USA: Wer weiß, vielleicht werden wir das sein.

UdSSR: Ihr? Läppisch! Ihr werdet sie natürlich nicht abwerfen. Schließlich hat der Mensch auch ein Gewissen.

USA: Also bitte, dann werden wir sie spätestens sofort nach euch abwerfen, und ganz Rußland wird vernichtet sein.

UdSSR: Na und was werdet ihr davon haben? Wollt ihr vielleicht in euern Gräbern Freudentänze aufführen, weil auch Rußland verschwunden ist? Ihr seid so was von kindisch. Ist es nicht für alle Beteiligten einfacher, uns in Ruhe die Welt erobern zu lassen, und Schluß?

USA: Apropos, das wollte ich schon lange einmal fragen, warum zum Teufel müßt ihr eigentlich die ganze Welt erobern? Weder ist die Welt so schön, noch ist der Kommunismus so gut.

UdSSR: Gut? Beschissen ist er.

USA: Wozu dann das Ganze?

UdSSR: Was weiß ich. Irgend etwas muß man doch tun. Das Leben ist kurz.

USA: Dann laßt uns doch in friedlicher Koexistenz leben.

UdSSR: Aber gerne. Werdet kommunistisch, und ihr habt ausgesorgt.

USA: Bevor wir Kommunisten werden, kämpfen wir lieber.

UdSSR: Wie kann man so unverantwortliches Zeug reden? Denk doch an deine Familie, du Dickschädel.

USA: Warum denkst du nicht an deine Familie?

UdSSR: Ich denke schon lange nicht mehr. Und überhaupt, hör endlich auf, euch mit uns zu vergleichen. Wir sind nicht ihr! Unsere Ausgangssituation ist viel günstiger. Ihr lebt im

Überfluß, in gepflegten Einfamilienhäusern, ihr habt große Autos, ihr habt den »Playboy« und das »Penthouse«, für euch lohnt es sich nicht zu sterben. Wir aber mit unserem beschissenen Kommunismus haben doch nichts zu verlieren. Begreifst du endlich? Für uns ist ein Krieg fast eine Erholung. Also, ich flehe dich an, ergebt euch endlich, ich meine es gut mit dir. Besser Kommunist sein als irgendeine radioaktive Wolke, oder?

USA: Nein, Kommunismus liegt mir nicht.

UdSSR: Himmelherrgott! Es ist, als würde ich zu einer Wand reden. Willst du tatsächlich deine physische Vernichtung?

USA: Genausoviel oder genausowenig wie du.

UdSSR: Warum machst du dir schon wieder um mich Sorgen? Sorge dich lieber um dein verwahrlostes New York. Vor meinem geistigen Auge erstehen versengte Ruinen, steckengebliebene Aufzüge, giftige Dämpfe, stundenlanger Stromausfall ...

USA: Ich sehe dasselbe in Moskau.

UdSSR: Sag einmal, stellst du dich nur so, oder bist du wirklich so blöd? Ich habe dir schon tausendmal gesagt, daß ihr diejenigen seid, die vor Angst schlottern, und nicht wir. Versuch's doch mit der Logik, Genosse, es muß sich immer derjenige ergeben, der die größere Angst hat.

USA: Nicht immer ...

UdSSR: Schau, so schrecklich ist der Kommunismus auch wieder nicht. Man kann sich an ihn gewöhnen. Schau mich an. Ihr werdet ihn auch noch mögen. Was ist schon dabei? Man ißt weniger, man schläft weniger, man denkt weniger, man lebt weniger. Immer noch besser als die totale Vernichtung.

USA: Auch ihr ...

UdSSR: Wenn du noch einmal damit anfängst, breche ich das Gespräch ab! Mein Ehrenwort! Wir sind nicht ihr! Wir werden nicht gefragt, bei uns gibt es keine öffentliche Meinung, keine Kontrollfunktion einer unabhängigen Presse und diesen ganzen übrigen demokratischen Mist. Wenn morgen oder übermorgen früh unser Genosse Generalsekretär mit dem falschen Fuß aufstehen sollte, dann ist er in seiner unberechenbaren Launenhaftigkeit ohne weiteres imstande, einige Langstreckenraketen abzuschießen.

USA: Dann werden auch auf seinen Kopf Raketen niedergehen.

UdSSR: Aber das ist ihm doch völlig egal. Mensch, verstehst du immer noch nicht? Wir sind verrückt.

USA: Wir auch.

UdSSR: Ihr nicht!

USA: O doch.

UdSSR: Hör auf mit dieser Angeberei ...

USA: Mein heiliges Ehrenwort, unser Ronald Reagan ist letztens total größenwahnsinnig geworden.

UdSSR: Greuelpropaganda.

USA: Nimm das nicht auf die leichte Schulter, er ist hysterisch und drauf und dran, völlig durchzudrehen.

UdSSR: Moment, Moment, das ist nicht fair! Wir haben schon in der Schule gelernt, daß ihr kultivierte und gottesfürchtige Menschen seid. Ihr könnt euch doch nicht auf einmal so benehmen wie wir.

USA: Warum nicht?

UdSSR: Was heißt hier warum? Was sind das wieder für blöde Fragen? Es gibt Spielregeln. Es gibt eine weltweit anerkannte Logik. Jedes fortschrittliche Baby weiß, daß letzten Endes der Kommunismus auf der ganzen Welt dominieren wird.

USA: Darüber gibt es keine Diskussion.

UdSSR: Also warum zum Teufel diskutierst du dann überhaupt mit mir?

USA: Um Zeit zu gewinnen.

Nicht nur in der globalen Manege, auch in jeder pluralistischen Gesellschaft, also ganz besonders in Israel, gibt es bekanntlich zwei Gattungen von Menschen: Progressive und Reaktionäre.

Früher einmal nannten sich diese beiden Gattungen »Linke und Rechte«, aber seit es die »neuen Linken« gibt, neige ich dazu, den Überblick zu verlieren.

Wie dem auch sei, bei jeder beliebigen Gruppe von Menschen, sei es das Parlament oder eine Parteiversammlung, eine Aufsichtsratsitzung oder eine Pyjamaparty, teilt man automatisch die jeweils Anwesenden ein in Progressive und Reaktionäre.

Den Progressiven erkennt man daran, daß er beim Anblick einer von Picasso bekritzelten Papierserviette in Ekstase gerät, daß er den israelischen Rückzug aus sämtlichen besetzten Gebieten befürwortet und daß er filterlose Zigaretten raucht.

Der Reaktionär hingegen verspürt beim Anblick moderner Kunstwerke einen starken Brechreiz, er möchte vor dem israelischen Rückzug einen echten Frieden erreichen, und wenn er überhaupt raucht, dann mit Filter.

Die Kluft zwischen den beiden Lagern ist also unüberbrückbar.

Awisohar, der Reaktionär vom Dienst

Man kann doch mit gutem Gewissen behaupten, daß die Einflußsphären der Progressiven und der Reaktionäre ziemlich gleich aufgeteilt sind. Rundfunk, Fernsehen, Zeitungsredaktionen, Kunstkritik sowie Preisvergaben sind fest in den Händen der extremen Linken. Dafür erreichen sie bei der Wahlurne mit Müh und Not höchstens zwei bis drei Prozent der abgegebenen Stimmen. Die Reaktionäre hingegen gewinnen zwar die Wahlen, aber niemals Literatur- oder gar Kunstpreise.

Wie gesagt, es herrscht ein wohlausgewogenes Gleichgewicht zwischen den beiden Gruppen, und es gäbe wahrscheinlich überhaupt keine Probleme, wenn nicht hin und wieder in gewissen staatlich kontrollierten Massenmedien einige Intellektuelle zu aktuellen Gesprächen zusammenkämen.

Ein ungeschriebenes Gesetz erfordert nämlich bei der Zusammensetzung jeder Diskussionsrunde, besonders im Fernsehen, daß Vertreter sämtlicher geistiger Strömungen einbezogen werden müssen. Fair play, wie man sagt. Andernfalls könnte jemand fragen, wo bleibt die demokratisch verankerte Ausgewogenheit der Standpunkte?

Und das ist der Moment, wo unweigerlich Awisohar auf der Bildfläche erscheint.

Awisohar ist ein ehemaliger Funktionär undefinierbaren Alters. Angeblich soll er irgendwann sogar Parlamentsabgeordneter oder so etwas ähnliches gewesen sein. Jedenfalls ist er kein Unbekannter, wenn auch keiner weiß, wieso. Er ist nicht sonderlich attraktiv, dafür aber sehr nervös. Wichtig ist nur, daß er reaktionär denkt und beim Reden stottert. Das heißt, er stottert nicht wirklich, eher im Gegenteil, er spricht so schnell, daß sich die Worte in seinem Mund überpurzeln. Mit dem Ergebnis, daß man ihn kaum verstehen kann. Irgendein unkontrollierbarer Drang treibt ihn trotzdem dazu, seine extrem rechtsgerichteten Ansichten der breiten Öffentlichkeit kundzutun, wobei er verläßlich an jede Thematik mit zwei linken Füßen herangeht. Zwar weiß er genau, wie man einen Satz beginnt, doch gelingt es ihm nur sehr selten, ihn zu beenden. Zwischendurch verlegt er sich auf Schreie, und in besonders drastischen Fällen spuckt er.

Kurzum, Awisohar Spitzer ist mit Abstand der schlechteste Rhetoriker des Landes, zumindest der lächerlichste. Aber er ist, wie gesagt, ein bekannter Reaktionär.

Das hinwiederum ist das Geheimnis seiner Karriere.

Wann immer die im Fernsehen dominierenden linken Progressiven eine Diskussionsrunde oder ein Symposion zusammenstellen, gibt es bei der Auswahl der Teilnehmer keinerlei Probleme. Man lädt die besten Köpfe aus dem progressiven Lager ein, dialektisch geschulte Diskussionsvirtuosen mit unüberschaubarem Niveau, und dazu Awisohar, den reaktionären Stotterer. Sonst gäbe es keine ausgewogenen Standpunkte.

Die so erzielten Ergebnisse sind höchst beachtlich. Einerseits kann dem Fernsehen nicht vorgeworfen werden, daß gegnerische Argumente übergangen werden, andererseits verwandelt sich jede ausgewogene Diskussion innerhalb weniger Minuten zu einer öffentlichen Notschlachtung.

»... angesichts der hier zum Ausdruck gebrachten Standpunkte«, pflegt ein progressiver Denker elegant zu formulieren, »darf kein wie immer gearteter Zweifel mehr bestehen, daß das palästinensische Gebilde trotz der im Unterbewußtsein der beiden Völker auf beiden Seiten des Grabens aufgestauten emotionellen und rationalistischen, ich möchte fast sagen systemimmanenten Widerstände einen geopolitischen Nucleus jeder denkbaren friedlichen Regelung im mediterranen Raum verkörpern muß.«

Der Moderator: »Dieser hochinteressante Aspekt darf nicht unwidersprochen bleiben. Herr Awisohar, was haben Sie dazu zu sagen?«

Awisohar: »Ich ... ich bin da ganz anderer Ansicht ... besser gesagt und überhaupt, was heißt ... das ist doch vollkommen irrelevant, was er sagt ... von dem er da spricht ... ich wollte sagen, das ist nicht nur irrelevant, sondern überhaupt was will er ... das ist doch vollkommen irrele ... irreve ... irrevele ...«

Der Moderator: »Vielen Dank für Ihre Erläuterungen, Herr Awisohar. Unsere Sendezeit ist zu Ende, auf Wiedersehen in der nächsten Woche.«

Nach Schluß dieser Fernsehsendung ist es für die Veranstalter eine Selbstverständlichkeit, daß zahllose Zuschauer sich von ihren Stühlen erheben, um ins progressive Lager zu strömen.

Kein Wunder, daß Awisohar ein eherner Bestandteil aller öffentlichen Diskussionen geworden ist. Für die Berufsprogressiven ist er schier unersetzlich. Solange er politisch rechts steht und stottert, solange er über genügend Energiereserven verfügt, um mit fliegenden Fahnen und verhaspelten Sätzen von einer Diskussion zur nächsten zu eilen, solange ist seine Zukunft in den staatlichen Massenmedien gesichert.

Andererseits bergen seine vielen öffentlichen Auftritte auch eine gewisse Gefahr für ihn. In letzter Zeit hat sich eine unüberhörbare und besorgniserregende Verbesserung seiner Formulierungskünste bemerkbar gemacht. Es gibt etliche Zeugen, die gehört haben wollen, daß Awisohar neulich zwei ganze aufeinanderfolgende Sätze ohne unvorhergesehene Notlandung zustandegebracht haben soll.

Wenn diese peinliche Entwicklung so weitergeht, werden sich die Progressiven gezwungen sehen, einen neuen stotternden Reaktionär vom Dienst zu bestellen.

Ja, seitdem man zur gleichen Zeit ein fortschrittlicher Sozialist und ein begeisterter Judenhasser sein kann, seitdem der Erdölpreis auf das Zehnfache pro Barrel hinaufgeschraubt wurde, ist der alte, gute Antisemitismus wieder salonfähig. Ihm ist ein echtes Comeback gelungen. Die schwarze jüdische Spinne mit Habichtsnase und gelben Krallen – die angesichts der vorläufigen Einstellung des »Stürmer« drei Jahrzehnte Urlaub genommen hatte – kehrt mit Pauken und Trompeten in die Provinzblätter zurück. Diesmal wird die Spinne als rassistischer, chauvinistischer, imperialistischer Kriegesroboter des jüdischen Staates bezeichnet.

Trotz seiner mangelhaften Verschleierung betrachte ich diesen getarnten Neo-Antisemitismus mit Verständnis. Schließlich kann man nicht erwarten, daß den Menschen ein plausibler Anlaß zum Haß auf unabsehbare Zeit vorenthalten bleibt. Der kleine Mann benötigt seine Tagesration an Verachtung. Wir schlagen deshalb vor, die Palette zu erweitern, und fragen: Warum sollen wir uns ewig auf diese abgedroschenen Juden beschränken? Warum machen wir uns nicht auf und hassen beispielsweise auch glatzköpfige Menschen? Uns sagt dieser Gedanke durchaus zu. Ich bin überzeugt, daß sich auf dieser Grundlage eine neue populäre Massenbewegung lancieren ließe. Wie wäre es mit »Die Glatzköpfe sind unser Unglück«?

Mein Kamm

Beginnen wir unsere ideologische Ausbildung gleich damit, daß niemand sich seiner Minderwertigkeit bewußter ist als der Glatzkopf selbst. Weshalb würde er denn sonst zu den übelsten Tricks greifen, um diese nackte Tatsache zu verdecken? Was sollen all diese heuchlerischen Perücken, Toupets und Bisognées, wenn man fragen darf?

Ganz einfach. Der Glatzkopf weiß, daß er ein Sünder ist.

Warum müssen *wir* dann im Ungewissen gelassen werden?

Das weltweite Problem der Kahlheit ist nicht neu. Wenn man so will, läßt sich die gesamte Menschheitsgeschichte auf einen einzigen steten Kampf zwischen Haarigen und Haarlosen zusammenfassen. Das furchtbare Interdikt, das Moses den Israeliten in der Wüste auferlegte: »Sie sollen keine Platte machen auf ihrem Haupt« (3. Mose 21/5), läßt sich unmittelbar auf jenen reichen Schurken *Korah* zurückführen, dessen Name in hebräisch, der Sprache der Bibel, *Er, der kahl ist* bedeutet. Sein entsetzliches Verbrechen wird ausführlich beschrieben. Die Kenner des Heiligen Buches erinnern sich gewiß, wie Korah und 250 seiner Stammesangehörigen Moses' göttliche Mission in Frage stellten: »Ist's zu wenig, daß du uns aus dem Lande geführt hast, darin Milch und Honig fließt, daß du uns tötest in der Wüste, du mußt auch noch über uns herrschen?« (16/13) Und, als wäre dies nicht schlimm genug, forderten sie »Acker und Weinberge zum Erbteil« (16/14)! Hier haben wir also den ersten historisch erfaßten Fall, der das widerliche Wesen des Glatzkopfs enthüllt. Sein pathologisches Verlangen nach Macht, sein vernichtender Neid gegenüber jedem, der Haare auf dem Kopf hat, sein unaufhörliches Bestreben, die Gesellschaft zu unterwandern, und seine unverblümte Gier. Moses, der den destruktiven Charakter der internationalen Glatzköpfigkeit sofort erkannte, verbannte prompt Korah und seinen Stamm: »Weichet von den Hütten dieser gottlosen Menschen«, warnte er die kultivierte Menschheit, »daß ihr nicht vielleicht umkommet in irgend einer ihrer Sünden« (16/26). Ein Kommentar erübrigt sich. Das Schicksal der Korah-Bande ist bekannt: »Zerriß die Erde unter ihnen und tat ihren Mund auf und verschlang sie.« (16/31–32) Wer noch Zweifel hat, soll in der Bibel nachschauen. Die Zitate stammen von der höchsten moralischen Instanz.

Somit hätte der erste schändliche Aufstand der Kahlen gegen ihre haarigen Höherstehenden enden können, wenn die Glatzköpfigen, ähnlich den Katzen, nicht tausend Leben hätten. »Aber die Kinder Korahs starben nicht« (26/11), warnt die Bibel, und die Erben des Ursünders, die den Fluch ihrer Vorfahren für immer und ewig auf ihrem öden Schädel tragen, reizen und quälen uns über die Generationen bis zum heutigen Tag.

Der Zermürbungskrieg

Alles ist in der Heiligen Schrift festgehalten.

Die angeborene Grausamkeit der Glatzköpfigen wird erneut in 2. Könige 2/23–25 hervorgehoben, wo Elisas abscheuliches Verhalten beschrieben wird: »... Und als er auf dem Wege hinanging, kamen kleine Knaben aus der Stadt heraus und spotteten sein und sprachen zu ihm: Kahlkopf, komm herauf. Und er wandte sich um; und da er sie sah, fluchte er ihnen im Namen des Herrn. Da kamen zwei Bären aus dem Walde und zerrissen der *Kinder zwei und vierzig* (die Betonung stammt von mir. E. K.). Und von da ging er auf den Berg Karmel ...« Da, da haben wir ein Beispiel für glatzköpfige Moral! Unschuldige Kinder gönnen sich ein wenig harmlosen Spaß – und der Kahle läßt zwei wilde Bären auf sie los, ergötzt sich an ihrem Unglück, und nach diesem blutigen Kindermord geht er munter dahin, um sich in den Nachtlokalen auf dem Berg Karmel mit haarigen Barmädchen zu amüsieren, als wäre nichts geschehen.

Bosheit! Feigheit! Kannibalismus!

Ein furchtbares Erbe

Nichts erzürnt den Glatzkopf mehr als der auf seine haarlose Kuppe gerichtete, beschuldigende Finger. Genauso wie jener Hippie Samson unmittelbar nach Beschneidung seines Haars zu einem erbärmlichen Versager wurde, glaubt der heutige Glatzenträger, mit dem Verlust der Haarpracht auch seiner Männlichkeit beraubt zu sein. Er ist von einer unbändigen Wut gegen die Haarigen besessen, betrachtet sie als seine Ur- und Erzfeinde und wünscht sich mit biblischem Zorn ihren Niedergang. Herr Kahl beneidet aus tiefster Seele seine behaarten Höherstehenden, und nicht etwa nur deshalb, weil sie diese vielen herrlichen Locken besitzen, sondern weil er überzeugt ist, daß sie sie auf *seine* Kosten haben ... Nichts im Universum ist so endgültig und unwiderruflich wie die Kahlheit. Selbst in unserem erleuchteten Zeitalter, in dem so viele uralte Leiden geheilt werden können, bleibt der Fluch der Kahlheit unheilbar. Und warum? Eben weil sie *nicht* eine Krankheit, sondern ein Zeichen ist, das die Vorsehung dorthin als Warnung gesetzt hat. Schlimmer noch, die Kahlheit ist der einzige Fluch, der von Vater zu Sohn zu Enkel und Urenkel als furchtbares Erbe bis ans Ende aller Tage übertragen wird ...

Es scheint, als wollte uns die Natur selbst die Augen öffnen und warnen, als sie das egozentrischste, gröbste, lauteste und tyrannischste Wesen auf Erden, das menschliche Baby, mit dem Merkmal der Kahlheit versah.

Der soziologische Hintergrund

Es wäre müßig, wissenschaftliche Wälzer zu wälzen, um dem diabolischen Charakter des Glatzkopfs auf den Grund gehen zu wollen. Ein objektiver Blick durch die Gegend reicht, um festzustellen, daß Herrn Kahls berechtigter Minderwertigkeitskomplex ihn ständig dazu treibt, seinem verhaßten Rivalen die besten Jobs vor der Nase wegzuschnappen, legendäre Reichtümer zusammenzutragen und niedere Tricks aller Art anzuwenden, um an die Spitze der gesellschaftlichen

Hierarchie zu gelangen. Dieser Hunger nach Macht und Geld mag seine psychologischen Ursprünge haben, es ändert jedoch leider nichts an der nüchternen statistischen Tatsache, daß:

72% aller betagten Gauner entweder teilweise oder völlig kahl sind.

69 % der älteren Falschspieler mehr oder minder kahl sind.

98 % der kahlen Schwarzhändler und Sexualverbrecher praktisch kein Haar auf dem Kopf haben.

Kann das alles nur reiner Zufall sein?

Bedürfen wir denn andererseits der Statistik, um zu beweisen, daß unter jungen Arbeitern und Landwirten nicht ein einziger Glatzkopf zu finden ist, während fast alle alten Schwindler, Rechtsverdreher und intellektuellen Haarspalter eine Neigung zur Kahlheit haben? Wie kommt das, fragen wir und antworten sogleich: weil die Glatzköpfigen jeder körperlichen Arbeit aus dem Weg gehen. Nur so ist es zu erklären, daß es in unserer gesamten Schwerindustrie keinen einzigen kahlen Lehrling gibt, daß auf dem Sektor von Handel und Gewerbe nicht einmal ein einziger kahler Laufbursche zu finden ist, während es auf der Börse nur so wimmelt von altgedienten, abgefeimten Maklern mit billardkugelglatten Eierköpfen. Kann das Zufall sein? Nein, es ist ein Verdikt des Schicksals!

Gehen wir doch einmal in ein beliebiges Theater und blikken wir vom Balkon auf die Sitzreihen hinab. Was sehen wir? Natürlich! Aus den vordersten, teuersten Sitzreihen starren uns reihenweise kahle Platten entgegen, während die haarigen Massen ganz hinten auf den billigen Studentenplätzen zusammengepfercht sind.

Zug um Zug haben sich die Glatzköpfe aller guten Dinge des Lebens bemächtigt.

Die Verantwortung für diesen unhaltbaren Zustand trägt einzig und allein ein ebenso verrottetes wie liberales politisches System, welches die Unverfrorenheit besitzt, den Kahlen die gleichen bürgerlichen Rechte einzuräumen wie den Behaarten.

Um diesen Mißstand zu beseitigen, ruft der Verfasser der ideologischen Streitschrift »Mein Kamm« hiermit zur allgemeinen Revolution auf.

Laßt uns die Glatzköpfe auf den Platz verweisen, der ihnen längst schon gebührt – an den Pranger! Schreiten wir endlich zur Tat, ehe es nach ihrem Kopf geht und auch unser Leben in eine öde Wüste verwandelt wird! Verteidigen wir uns im Sinne der UNO-Charta für Menschenrechte auf konstitutionellem Weg gegen den Glatzenterror!

Natürlich soll die zu erwartende Gesetzgebung zwischen der einfach zurückweichenden Haarlinie und einer totalen Mondlandschaft bis rückwirkend zu den Urgroßvätern differenzieren. Selbstverständlich auch mütterlicherseits muß der Kahlstand streng überprüft werden, bis mindestens zwei Großväter von drei Großmüttern väterlicherseits über einen Zeitraum von 77 Jahren hinweg mit beglaubigten Unterlagen staatlich geprüfter Barbiere in der Lage sind, den unversehrten Haarwuchs der vergangenen Generationen eindeutig nachzuweisen.

Doch zuerst muß die haarige Weltrevolution siegen und die Herrschaft der Glatzköpfe mit den radikalsten Mitteln eliminieren. Kahlköpfe aller Nationen sollen es sich gefälligst hinter die Ohren schreiben: je eher sie sich mit dem göttlichen Urteil abfinden, je eher sie sich mit der naturbedingten Herrschaft der Haarigen abfinden, desto leichter werden sie ihr künftiges Schicksal tragen können. Nur so kann ein weltweites Blutvergießen vermieden werden, dessen sicherer Ausgang die völlige Liquidierung der internationalen Glatzköpfigkeit bedeuten würde.

★

Das klingt blöd, unwahrscheinlich, lächerlich, absurd? Nicht für jüdische Leser.

Vor vielen Jahren wohnte ein Wiener Journalist ungarischer Abstammung in Paris dem Dreyfus-Prozeß bei. Bei dieser Gelegenheit gebar er die absurde Idee, einen Judenstaat zu gründen, der als Zuflucht für alle Verfolgten seines Stammes fungieren sollte. In zahllosen Schriften trug Theodor Herzl so ziemlich allen Faktoren Rechnung, die das Dasein dieses Staates gefährden könnten. Einen allerdings konnte er sich mit aller Phantasie nicht ausmalen, den UN-Sicherheitsrat. Der geistige Vater des Staates Israel war sicher ein begabter Feuilletonist sowie ein erfahrener Theaterautor. Der Zirkus jedoch scheint ihm nicht gelegen zu haben.

Die israelisch-afghanische Krise

Der Antrag des pakistanischen UNO-Delegierten, eine Verurteilung Israels wegen der sowjetischen Invasion in Afghanistan zu erwirken, wurde in den frühen Morgenstunden dem Vorsitzenden des Sicherheitsrates unterbreitet.

Während der anschließenden Debatte versuchten die verschiedenen Delegationen eine Formulierung zu erarbeiten, die für alle Beteiligten einigermaßen akzeptabel sein würde. Es erwies sich nämlich nach einigen vertraulichen Gesprächen hinter den Kulissen, daß für den Antrag in der gegenwärtigen Version kaum ein Mehrheitsbeschluß zu erreichen sein würde, da sich nur acht Staaten bereit fanden, den pakistanischen Antrag in seiner ursprünglichen Fassung vorbehaltlos zu unterstützen. Diese Staaten waren: Polen, die UdSSR, Afghanistan, Algerien, Bangladesch, Österreich, Tschad sowie der Antragsteller Pakistan.

Einem *ondit* zufolge äußerte der US-Delegierte gewisse Bedenken, die Alleinverantwortung für die sowjetische Aktion den Israelis zuzuschieben. Demzufolge proponierten Belgien und Kanada spontan, die Debatte zu vertagen, bis ein für alle Mitglieder des Sicherheitsrates annehmbarer Kompromiß erreicht wäre.

Kurz bevor die Sitzung vertagt wurde, gelang es noch dem israelischen Delegierten, den Standpunkt seiner Regierung zu präzisieren, obwohl während seiner Rede fast alle Delegationen den Saal demonstrativ verließen. »Die Invasion afghanischen Territoriums wurde nicht von Israel, sondern von der UdSSR vollzogen«, erklärte der israelische Botschafter vor dem leeren Saal. »Demnach müßten nicht gegen Israel Sanktionen beschlossen werden, sondern gegen die Sowjetunion.«

Der sowjetische Delegierte verließ daraufhin die Sitzung und rief im Abgehen der israelischen Delegation mit wutverzerrtem Antlitz zu: »Diesmal werden euch eure berüchtigten Goebbels-Methoden nicht weiterhelfen! Ihr spielt in unverantwortlicher Weise mit dem Feuer!«

Aus den Sitzungsprotokollen geht hervor, daß zu diesem Zeitpunkt der peruanische Vorsitzende des Sicherheitsrates die Ausführungen des israelischen Delegierten endgültig unterbrach, um den Beteiligten Gelegenheit für vertrauliche Gespräche zu geben. Geheimen Informationen zufolge zeigten Nicaragua und Sambia ein gewisses Verständnis für den israelischen Standpunkt, was die Besetzung Afghanistans betrifft. Andererseits, so erklärte der belgische Vertreter in einem vertraulichen Gespräch mit dem israelischen Missions-Chef, hätte es keinen Sinn, die Fronten weiter zu verhärten, wenn man wisse, daß sich für den israelischen Standpunkt niemals eine Stimmenmehrheit finden ließe. »Schließlich und endlich«, so führte er aus, »sind wir doch keine Kinder, oder?«

Der Vertreter Frankreichs drückte sein Bedauern über die Tatsache aus, daß zum Zeitpunkt der afghanischen Invasion keine UNO-Beobachter am Ort des Geschehens waren und deswegen die wahren Hintergründe zur Zeit nicht zu eruieren seien.

Die Reaktion der US-Delegierten kontrastierte vor allem durch ihren unüberhörbaren Ton der Mäßigung: »Es mag unter den gegebenen Umständen vielleicht gerechtfertigt erscheinen, die Sowjetunion zu maßregeln, aber, wie allgemein bekannt, haben die Russen im Sicherheitsrat ein Veto-Recht. Daher sollte die Lage vom Gesichtspunkt der globalen US-Strategie aus beurteilt werden, die vor allem daran interessiert ist, das Ansehen der UNO in aller Welt auch weiterhin zu bewahren.«

Hier darf nicht unerwähnt bleiben, daß sich die Spannung im Gebäude am East River bedrohlich zuspitzte. Besonders nachdem Irak und Iran unter der Hand eine gemeinsame Denkschrift verbreiten ließen, in welcher die israelische Politik als »kriegerisch« gebrandmarkt wurde. Die libysche Delegation ging noch weiter und brandmarkte Israel als »die Brutstätte des internationalen Terrors«. Auch die »Prawda« erneuerte ihre Attacken gegen die »Nazi-Kohorten in Tel Aviv, die sich am billigen Triumph über ihre unverantwortliche Aggressionspolitik weideten«.

Die israelische Delegation blieb nicht untätig. Sie unterbreitete dem UN-Generalsekretär authentisches Photomaterial, aus welchem eindeutig hervorging, daß tatsächlich sowjetische Panzerfahrzeuge durch die Straßen von Kabul patrouillierten. Doch der britische Vertreter forderte in höflichen Worten die Versammlung auf, diesen Photos keine Bedeutung beizumessen, da »die optische Dokumentation solch unerfreulicher Fakten nicht dazu angetan sei, eine Klärung der verworrenen Lage herbeizuführen«.

Inzwischen gerieten die Geheimverhandlungen der Delegationen in ein kritisches Stadium. Kambodscha und Uganda entwarfen einen Antrag, in dem Israel des Völkermordes beschuldigt wurde, aber als sich erwies, daß es schwierig sein würde, neun Stimmen zu erreichen, begnügten sich die beiden Staaten damit, gemeinsam mit Saudi-Arabien ein Dokument vorzulegen, in dem Israel als »Nation von faschistischen Sklavenhändlern« gebrandmarkt wurde, die mutwillig das Leben von zahllosen unschuldigen Angehörigen des afghanischen Volkes gefährdet.

»Unternehmen Sie nichts gegen dieses unbedeutende Pamphlet«, forderte der amerikanische Delegierte die Israelis auf, »wir agieren mit aller Entschlossenheit im Hintergrund.«

Und tatsächlich hatte das energische Eingreifen der westlichen Supermacht den erwarteten Erfolg. Die Sowjets verzichteten auf ihre Forderung betreffs bedingungsloser Verurteilung des Aggressors in Afghanistan, im Austausch gegen die Zusage der westlichen Länder, eine gemeinsame Nordvietnam-Argentinien-Resolution zu unterstützen, die folgenden Wortlaut hatte:

»Der Sicherheitsrat drückt im Zusammenhang mit den Ereignissen im südlichen Asien sein Bedauern aus. Ferner wird Israel vor jeder weiteren Abweichung von den unverbrüchlichen Prinzipien der Vereinten Nationen ausdrücklich gewarnt.«

Ehe die Sitzung vertagt wurde, ergänzte man obige Resolution noch durch einen zusätzlichen Passus, der von der weißrussischen Sowjetrepublik eingebracht wurde:

»Bei dieser Gelegenheit wird Israel aufgefordert, von der Verursachung von Erdbeben in Indonesien für alle Zeiten Abstand zu nehmen.«

Es darf nicht übersehen werden, daß in dieser endgültigen Fassung keine wie immer gearteten Sanktionen gegen Israel verhängt, ja, nicht einmal erwähnt wurden. Ein Sprecher des israelischen Außenministeriums wies befriedigt darauf hin, daß »die Resolution des Weltsicherheitsrats die Ereignisse in Afghanistan nicht direkt mit Israel in Zusammenhang gebracht hat, da die beiden einschlägigen Sätze unübersehbar mit einem Komma voneinander getrennt waren«. Es wurde auch vermerkt, daß das Wort »Verursachung« im Zusammenhang mit den indonesischen Erdbeben keine ausgesprochene Anklage gegen Israel impliziert und unter Umständen auf eine rein zufällige Wortwahl zurückzuführen sein könnte. Zu guter Letzt könne man mit Befriedigung feststellen, daß der Sicherheitsrat zwar sein »Bedauern«, aber nicht sein »tiefes Bedauern« zum Ausdruck gebracht habe, woraus der mäßigende Einfluß der amerikanischen Verbündeten klar ersichtlich sei.

»Der Plan, Israel wegen der Invasion in Afghanistan zu verurteilen, ist kläglich gescheitert«, faßte der Außenminister die Bemühungen der israelischen UN-Delegation anläßlich einer Kabinettsitzung in Jerusalem zusammen. »Dieser Sieg unserer Diplomatie ist auf drei wesentliche Faktoren zurückzuführen: a) unsere umfassende Informations-Kampagne, b) eine standfeste Haltung unserer überseeischen Verbündeten sowie c) sinkende Ölpreise.«

Damals, als er zum Nachfolger Nassers gemacht wurde und urplötzlich Präsident war, machten wir uns über ihn lustig. Was kann man schon von so einer orientalischen Figur erwarten, dachten wir uns, welche Bedeutung ist schon einem Politiker beizumessen, dessen wesentlichste Leistung war, bis zum Tag seiner Inauguration überhaupt nicht aufzufallen. Es dauerte nicht lange, bis wir feststellen mußten, daß Präsident Sadat ebenso schlau war wie der Rabbi von Lemberg und genauso leistungsfähig wie ein Computer der höchsten Intelligenzstufe. Die Gegner im eigenen Lager fegte er mit einer Virtuosität hinweg, um die ihn der alte Machiavelli beneidet hätte, dann legte er uns mit der Schläue eines Fuchses beim Jom-Kippur-Krieg herein, um schließlich den erstaunlichsten Friedensschluß dieses Jahrhunderts herbeizuführen. Dieser Friede war wohl der größte Sieg des Anwar Sadat. Ein Hechtsprung über den eigenen Schatten, über seine Erziehung, über seine innersten Gefühle.

Er war sicherlich ein großer Staatsmann, vermutlich einer der einfallsreichsten aller Zeiten. Doch fällt es schwer zu glauben, daß seine leitenden Prinzipien ausschließlich ethisch und moralisch gewesen wären.

Es gibt nicht viele Regierungen in der Welt, die er nicht irgendwann hereingelegt hätte. Es gibt auch nicht viele Vereinbarungen, an die er sich hundertprozentig gehalten hat. Aber wer einem großen Politiker Moral abverlangt, erinnert mich an den Ignoranten, der mitten in einer Vorstellung von Shakespeares »Richard III.« dem Schauspieler der Titelfigur empört zuruft: »Du solltest dich schämen, du Schuft!«

Keine Frage, er war ein großer Schauspieler, dieser Anwar Sadat, ein professioneller Demagoge und eine faszinierende Persönlichkeit. Die Spielregeln der Diplomatie wurden ihm ebenso in die Wiege gelegt wie die Schachregeln dem Bobby Fisher.

Sadat brauchte nicht lange, um zu begreifen, daß die Araber nie in der Lage sein würden, Israel zu zerstören. Diese Arbeit kann nur ein Volk erfolgreich zustande bringen: die Israelis. Also mußte er sich mit ihnen verbünden.

Was mich betrifft, so war es der Schock des Jom-Kippur-Krieges, der meine Bewunderung für diesen Mann auslöste. »Schließlich und endlich macht es keinen Spaß, sich immer nur mit Anfängern in den Ring zu begeben«, schrieb ich beim Ausbruch der Kämpfe. »Dieser Mann ist unendlich begabt, er ist die ägyptische Golda.«

Ich bin ihm nie persönlich begegnet. Oder doch, ein einziges Mal.

Ein verspäteter Besuch

Es ist schon zwei, drei Jahre her – es kann aber auch sein, daß es mir nur so vorkommt – jedenfalls passierte es eines späten Abends, nachdem ich wieder einmal zu opulent gespeist hatte, daß es an meiner Tür läutete. Ich quälte mich aus dem Bett, öffnete die Tür und sah mich einem unerwarteten Besucher gegenüber. Er hatte einen ziemlich dunklen Teint und trug eine Admiralsuniform. Trotz dieser seltsamen Aufmachung erkannte ich ihn sogleich. »Willkommen, Herr Präsident«, begrüßte ich ihn, »bitte treten Sie näher.«

Er nahm auf meiner kühlen Terrasse Platz.

»Ich hatte nichts Wichtiges zu tun, da dachte ich mir ...«

»Aber bitte, es ist mir eine Ehre. Was kann ich für Sie tun?«

»Ich bin in Schwierigkeiten«, sagte Anwar Sadat. »Die Dinge laufen nicht nach Plan.«

Er entzündete seine berühmte Pfeife:

»Damals, anläßlich meines historischen Besuches in Jerusalem, schien noch alles klar zu sein ...«

Ich nickte zustimmend. Er fuhr fort:

»Sie hatten doch sicherlich keine Illusionen, was den Sinn dieses Besuches betraf, oder?«

»Nicht die geringsten. Zwar konnten wir uns nicht vorstellen, was bei Ihnen den großen Meinungsumschwung hervorgerufen haben mag.«

»Mohammed der Prophet erschien mir im Traum. Ich sehe ihn noch deutlich vor mir stehen. Er trug ein Palästinensertuch um den Kopf gewickelt, hatte ein Schwert in der Hand und befahl mir: ›Erhebe dich, o Falke des Glaubens! Geh hin und erobere Jerusalem!‹

›Aber wie, o mein Prophet, wie?‹ fragte ich ihn, und er antwortete: ›Mit Umarmungen, Anwar, mit freundlichem Schulterklopfen.‹ Und er gab mir das Schwert mit dem Auftrag, es Menachem Begin als Gastgeschenk zu überreichen.«

»Das war sehr freundlich vom ihm.«

»Ohne Frage. Dann aber sagte der Prophet: ›Vermeide den Krieg. Statt Haß und Mißtrauen möge in Zukunft Friede und brüderliche Liebe zwischen euren beiden Völkern obwalten. Schließlich haben sie da drüben die Atombombe.‹«

Ich war fasziniert und bat meinen Gast, mit der Erzählung fortzufahren.

»So sprach der Prophet. Ich aber ging hin nach Jerusalem, wenn auch mit gemischten Gefühlen. Während meiner Reise verstand ich erst so richtig die Worte des Propheten: ›Laßt die Juden in Ruhe, sollen sie doch mit ihrem ewigen Streiken und Streiten im eigenen Safte schmoren bis zum jüngsten Tag. Mit der Zeit schlagen sie sich selbst die Schädel ein. Gegen Entebbe können sie sich zur Wehr setzen, aber nicht gegen die Inflation.‹

Also entschloß ich mich, die ägyptische Salaami-Taktik anzuwenden«, sagte mein hoher Gast. »Und genau das war's, was ich im Israelischen Parlament zur Sprache brachte: Salaam, ›Frieden‹ in arabisch, im Tausch gegen besetzte Gebiete. Ein warmer Händedruck für das Evakuieren der Sinai-Siedlungen, ein Freundschaftsbesuch für die Ölfelder. Wenn ich ehrlich sein will, so habe ich mich insgeheim über eure Naivität gewundert.«

»Natürlich wußten wir, daß Sie drauf und dran waren, uns zu übertölpeln.«

»Natürlich wußte ich auch, daß ihr wußtet, daß ich das weiß. Aber was ändert das schon? Hannibal überquerte die Alpen mit zweihundert Elefanten, Sultan Saladdins Reiterei war 200 000 Mann stark, ich aber eroberte die Sinai-Halbinsel mit einem einzigen Wort – Menachem.«

Mein Gast lehnte sich zurück und grinste freundlich.

»Das mag alles gut und schön sein, sogar sehr schön, für Sie«, sagte ich, »aber andererseits gibt es doch auch Schattenseiten. Soviel ich höre, haben Ihre arabischen Brüder Ihnen doch den Rücken gekehrt.«

»Tatsächlich?« Das Grinsen meines Gastes wurde breiter.

»Glauben Sie nicht auch, daß alle Araber, die mich heute verachten, an dem Tag vor Freude jubilieren werden, da ich öffentlich Asche auf mein Haupt streuen werde?«

»Natürlich glaube ich das auch.«

»Es hat noch nie einen Triumphbogen irgendwo auf der Welt gegeben wie den, der mir eines Tages in Damaskus errichtet wird. Einige russische Architekten arbeiten schon daran. Alles ist schon bis ins letzte Detail durchgeplant. Es handelt sich um einen Zeitplan der Normalisierung in zwei Etappen:

Die erste Etappe besteht aus freundlichem Lächeln meinerseits und Rückzug aus den besetzten Gebieten eurerseits. Während dieser Zeit wechseln sich mein Premierminister und mein Außenminister in der Rolle des Störenfrieds ab. Kurz vor dem endgültigen Abbruch der Verhandlungen nehme ich die Zügel persönlich in die Hand, setze mich mit Menachem Begin zusammen und bringe wieder alles in Ordnung.

Wenn der Rückzug abgeschlossen sein wird, dann beginnt die zweite Etappe der Normalisierung: zunächst kehre ich innerhalb von ein, zwei Jahren heim in den Schoß meiner arabischen Brüder von der Ablehnungsfront. Ich nehme doch an, daß ihr euch alle von Anfang an darüber klar wart, schließlich seid ihr doch keine kleinen Kinder.«

»Das war uns vollkommen klar«, warf ich ein. »Aber wenn die Dinge so liegen, dann erklären Sie mir, warum wir uns zurückziehen sollen?«

»Weil ihr keine Wahl habt, mein teurer Freund. Wenn ihr die besetzten Gebiete nicht aufgebt, werden euch die Amerikaner nicht die astronomischen Summen borgen, die ihr für den

Rückzug braucht. Meine Berater haben das alles höchst wissenschaftlich berechnet. Mit Hilfe der Schlagworte vom ›palästinensischen Volk und seinen legitimen Rechten‹ ist es uns innerhalb kürzester Zeit gelungen, einen Keil zwischen euch und die Amerikaner zu treiben. Mehr als das, es gibt jetzt auch Keile zwischen den zionistischen Falken und Tauben, zwischen Schwarzen und Weißen, Guten und Bösen. Ich machte euch zu einem verwirrten, krisengeschüttelten Volk, ihr seid finanziell und geistig bankrott, abhängig von amerikanischen Dollars und ägyptischem Öl. Mit Allahs Hilfe werdet ihr demnächst das am meisten heimgesuchte Land der ganzen Region sein, eine Art Bangladesch des mittleren Ostens ...«

»Schon gut, schon gut«, unterbrach ich ein bißchen pikiert. »Jetzt frage ich nur, wenn alles so gut läuft, warum sind Sie dann so besorgt?«

Mein Gast reinigte gedankenvoll seine Pfeife.

»Da war eine kleine, wie soll ich's nur nennen, sagen wir Panne. Etwas völlig Unvorhersehbares geschah.«

»Was in aller Welt mag das nur gewesen sein?«

Mein Gast seufzte tief auf. Er begann, sichtlich verlegen, mit dem Stiel seiner Pfeife zu spielen. Dann gestand er: »Es ist mir peinlich, das zu sagen, aber ihr seid mir irgendwie sympathisch geworden. In den guten alten Zeiten, damals, als ich zum erstenmal nach Jerusalem kam, da konnte ich euch nicht ausstehen. Wissen Sie, was das heißt, zwei Tage lang im israelischen Parlament zu sitzen und den Leuten dort zuzuhören? Meine angeborene Abneigung gegen jede Form der Demokratie wurde dort definitiv gerechtfertigt.

Und wie mir erst dieser Menachem auf die Nerven gegangen ist. Wie oft, glauben Sie, kann sich schon ein arabischer Führer die Geschichte vom Warschauer Ghetto anhören? Ja, lieber Freund, ihr seid mir alle miteinander auf die Nerven gegangen. Fast so sehr wie Arafat.

Bei meinem zweiten Besuch in Israel mußte ich mich direkt

dazu überwinden. Aber als ich dann wieder in Kairo war, mußte ich an den tosenden Applaus denken, den mir die Israelis spendeten. Es war ein wohliges Gefühl, man ist ja schließlich nur ein Mensch. Und dann, eines Tages, stand ich vor dem Spiegel, um mich zu rasieren, und summte irgend etwas vor mich hin. Jehan, meine Frau, sagte plötzlich: ›Anwar, weißt du eigentlich, was du da singst?‹ Sie werden es nicht für möglich halten, ich sang ›Hava nagila‹. Ich weiß nicht, was da in mich gefahren ist. Dann, als ich zum drittenmal nach Israel kam, war ich wirklich überwältigt. Zehntausende von Schulkindern winkten mir zu. Mehr noch, sie warfen mir Kußhände zu, mir, einem Araber. Allah sei mein Zeuge, die Leute schienen mich ernst zu nehmen.

Der größte Fehler aber war, meine Familie mitzunehmen. Meine Tochter hat mir eröffnet, daß sie in einen Kibbuz gehen möchte. Übrigens, können Sie mir verraten, wo euer Staatspräsident so gut arabisch gelernt hat?«

»Das fragen wir uns manchmal auch.«

»Wie dem auch sei«, setzte mein großer Gast fort, »ich habe das Gefühl, die Dinge nicht mehr im Griff zu haben. Ich wurde in einen gefährlichen Strudel gezogen. Plötzlich entdecke ich, daß ich kein Theater mehr spiele, sondern manchmal selbst glaube, was ich euch sage. Und was das Bitterste daran ist, ich genieße das. Ist das nicht ein echtes Dilemma?

›Begraben wollt' ich euch – nicht preisen‹, um mit den Worten eines großen ägyptischen Dichters zu sprechen. Vielleicht liegt es daran, daß ich alt werde. Ich schäme mich ja selbst, aber ich bin nicht mehr in der Lage, euch standesgemäß zu hassen. Diese scheußliche menschliche Wärme, die ihr mir entgegenbringt, hat mich irgendwie verändert. Mag sein, daß ihr ein bißchen zu laut seid, ein bißchen zu levantinisch für meinen Geschmack, aber – hol's der Teufel – genau betrachtet seid ihr ganz nett. Auch meine Begleiter sagen das. Einer meiner Minister hat sich nicht entblödet, an der Klagemauer zu beten. Und ich selbst habe vor, meinen nächsten Urlaub in Eilat zu verbringen, um zu tauchen. Irgendwie fühle ich mich wohl bei euch. So sehr, daß mir Frau Begin schon fast wie eine Schwester vorkommt. Was soll ich nur tun?«

Ich war ebenso ratlos wie er.

»Mein ganzes wohldurchdachtes Programm droht in sich zusammenzufallen«, flüsterte der Präsident. »Und dabei sind schon alle Operationspläne für die Zeit nach dem Rückzug vorbereitet. Meine große programmatische Rede, in der ich den amerikanisch-zionistischen Verrat gegen die blockfreien Staaten bloßlege, liegt vor. Sogar die Erklärung des nächsten Heiligen Krieges ist schon aufgesetzt.

Und da steh ich nun, ein Präsident, ein Admiral, ein Führer, völlig durcheinandergebracht durch die freundlichen Menschen in Israel, die mir samt und sonders ihre Herzen entgegentragen. Bei meiner letzten Rede in Haifa begann sogar meine Stimme zu zittern. Ich mußte befürchten, zum erstenmal in meiner langen farbigen Karriere schwach zu werden. Was zum Teufel bin ich eigentlich? Ein angesehener Staatsmann oder ein lächerlicher Dilettant? Ich weiß nicht mehr, wie es weitergehen soll ...«

»Keine Sorge«, tröstete ich ihn, »da gibt es immer noch die Verhandlungen über die Palästinenser-Autonomie als eiserne Reserve.«

»Richtig. Das ist auch meine letzte Hoffnung, lieber Freund, meine allerletzte Hoffnung.« Er seufzte und blickte auf seine Uhr. »Aber jetzt müssen Sie mich entschuldigen, morgen muß ich früh aufstehen, um nach Kairo zurückzufahren. Es wird dort eine größere Militärparade zu meinen Ehren vorbereitet ...«

»Geben Sie gut acht auf sich«, sagte ich und schüttelte seine Hand. »Sie sind ein Schatz für uns Israelis.«

»Seien Sie beruhigt. Es kann nichts geschehen.«

Vor vielen Jahren, ungefähr zu des Messias Zeiten, als Europa sich noch mit sich selbst und nicht mit dem Nahen Osten beschäftigte, schrieb Friedrich Dürrenmatt sein klassisches Stück »Der Besuch der alten Dame«.

Die Handlung ist bekannt. Eine vermögende alte Dame erscheint in einer kleinen Stadt und erklärt: Wenn einer der Einwohner, ein Mann, der sie in der Jugend verlassen hatte, sterbe, erhalte die Stadt eine Milliarde.

Die Bewohner lehnen den Vorschlag mit Verachtung ab, aber einige Wochen später flüstert man bereits in der Stadt hinter verschlossenen Türen über jenen Mann, dessen Tod für alle so ertragreich wäre. Hat er vielleicht jemals gegen ein Gesetz verstoßen? Hat er sich, Gott behüte, etwa irgendwelcher furchtbarer Vergehen schuldig gemacht?

Schließlich wird der Mann mitten auf dem Marktplatz im Namen der Gerechtigkeit umgebracht, und von oben beginnen die grünen Scheine – fast hätten wir Petrodollar gesagt – wie ein segensreicher Regen auf die Häupter der anständigen Stadtbewohner herabzuflattern.

Der große Schweizer Dramatiker konnte gar nicht ahnen, daß er seine tödliche Komödie über das heutige Israel geschrieben hatte. Denn heutzutage suchen Ost und West fieberhaft nach passendem Anklagematerial gegen den jüdischen Staat, um in die Gunst der alten Dame zu gelangen.

In den westlichen Kommunikationsmedien feiert eine neue Mode ihren Einzug. Die fröhlichen Schmähschriften über den Staat der Juden. Sagte noch vor etwa 50 Jahren, als das Barrel Öl 0,98 Dollar kostete, der Zeitungsredakteur: »Wir benötigen zwei Spalten saftigen Klatsches für Seite zwei«, so sagt heute der Redakteur im Schatten jenes Barrels: »Am Ende der Sportberichterstattung möchte ich eine anständige Brandmarkung des Zionismus haben.« Oder er richtet sogar eine ständige, israelische Rubrik »Verriß der Woche« ein.

Das bewährte Rezept ist den Lieferanten wohl bekannt: »Man nehme zwei Teelöffel Siedlungen und einen Eßlöffel Begin (von oben photographiert, mit der Kappe) und vermische es mit zwei Kilogramm libanesischen Flüchtlingslagern und Vereintes-Jerusalem-Püree; das Ganze wird dann mit einer scharf militanten Sauce übergossen, und schon haben wir den schmackhaften Brei des aggressiven und brutalen Israel.«

Natürlich sollte der Lieferant kein bekannter Antisemit sein (den Spielregeln gemäß ist ja der heutige Israel-Feind regelrecht ins Judentum verliebt), und nach Möglichkeit auch nicht deutschen Ursprungs. Gewünscht ist vielmehr ein hochobjektiver Auslandskorrespondent, der selbstverständlich über jeden Verdacht erhaben ist.

Einen Musterverriß dieser Art lieferte seinerzeit der ausgezeichneten, einflußreichen und nicht weniger anti-israelischen Wochenschrift »Der Spiegel« sein tüchtiger Jerusalemer Korrespondent unter dem vielversprechenden Essay-Titel »Israel, ein Nachtasyl?«

Dieser umfassende Bericht schien so charakteristisch und für die speziellen Bedürfnisse der alten Dame so zugeschnitten zu sein, daß ich mich veranlaßt fühlte, dem objektiven Korrespondenten im selben Magazin zu antworten.

Ich hoffe, daß meine hochgeschätzten Leser mir verzeihen und es vielleicht auch einigermaßen verstehen werden, warum ich meine Antwort in diesem »Buch des Absurden« – mit kleinen, unvermeidlichen Änderungen – veröffentlichen mußte.

Der Bericht der alten Dame

Wie von einem erfahrenen Journalisten nicht anders zu erwarten – so begann ich meinen Gegenessay im »Spiegel« –, enthält dieses vorbildliche Pamphlet aus Jerusalem einzig und allein wahrheitsgetreue Tatsachen über die schwere Krise, die gegenwärtig den einzigen demokratischen Staat im Nahen Osten heimsucht. Beginnend mit der zunehmenden Abwanderung, der erdrückenden militärischen Last und der keuchenden Wirtschaft, und endend mit der unerträglichen Sommerhitze, verursacht durch die hyperchauvinistische Begin-Regierung.

Wie gesagt ist in diesem Bericht jedes Wort wahr. Ähnlich einer objektiven Begutachtung, die sich, sagen wir mal, mit der Rolle des Automobils in der Fortentwicklung der menschlichen Zivilisation befaßt und in diesem Zusammenhang die genaue Zahl der Verkehrsunfälle wie auch die präzisen Luftverschmutzungsdaten liefert. Und weiter nichts.

★

Das Pamphlet stellt fest, allein Israel treffe die Schuld dafür, daß der einmal verehrte Zionismus international an Status und Statur verloren hat. Daß die Feindseligkeit der Saudis darauf zurückzuführen ist, daß Israel »nicht mehr von sozialistischen

Idealisten, sondern von Kapitalisten gelenkt wird«. Und ferner, daß wir unser Nationalvermögen durch den Erwerb aller Arten idiotischer Waffen vergeuden, anstatt uns der brüderlichen Umarmung des Obersten Gaddafi hinzugeben, daß »der politische Druck der Welt uns keine Rückkehr zur Moralität brachte«. Das leidende, leicht linksstehende Herz des tüchtigen Korrespondenten hat lediglich eine gänzlich unbedeutende Einzelheit außer acht gelassen, nämlich, daß vor 40 Jahren, als der Zionismus zehnmal mehr verehrt wurde, jenes Barrel mit besagter Flüssigkeit 30mal weniger kostete als heute.

In der überaus fundierten Nahost-Reportage des »Spiegel« ist das Wort »Erdöl« nicht ein einziges Mal vertreten. Auch nicht der Begriff »Terrorismus«. Hingegen werden zahllose Male die Anklagepunkte gegen die drei Millionen Juden aufgezählt, die mit brutaler Gewalt die sie umgebenden 800 Millionen Moslems unterworfen haben.

Der Herr Korrespondent ist ein nur sehr kleiner Bauchtänzer in der großen Orgie der Heuchelei, die im letzten Jahrzehnt den Osten wie den Westen ergriffen hat.

Die Regierung ihrer britischen Majestät erhebt gegen uns den Zeigefinger vor dem musikalischen Hintergrund der Explosionen in Belfast und auf den Falkland-Inseln. Die Sowjetunion warnt aus Kabul vor verbrecherischen Eroberungen, Fidel Castro vor militärischen Abenteuern. Und die Regierung Italiens wie Österreichs verurteilt gleich im Duo unser unmögliches Autonomiekonzept, und dies ausgerechnet aus dem autonomen, österreichischen Südtirol im Norden Italiens.

Mitten in diesem Rausch von Heuchelei schimmert ein einziger Lichtblick: Frankreich, das mit imponierendem Freimut zugibt: »Sorry, wir brauchen das Benzin.« Eine ehrbare Dirne in einem Ozean der Ethik.

★

Die Statistiken verraten, daß in den vorigen Jahren durchschnittlich ein Drittel der UNO-Beratungen den Sünden des rassistischen Israel gegolten haben. Sie verraten aber nicht, daß israelische Bürger, Frauen und Schulkinder wie Vögel zur Jagdzeit scharenweise vom Dachverband des palästinensischen Terrorismus getötet werden, der niemals militärische Ziele angegriffen hat. Seit mehr als 15 Jahren wurden diese Terrororganisation und ihr Führer von der UNO-Vollversammlung oder dem Sicherheitsrat nicht ein einziges Mal verurteilt. Israel hingegen 200mal. Eigenartig, nicht wahr?

Es gibt keine tödlichere Mischung als Rohöl mit Antisemitismus.

In Kambodscha wurde die Hälfte der Bevölkerung am hellichten Tage ermordet, in Teheran werden Woche für Woche Hunderte von politischen Gegnern hingerichtet, vietnamesische Flüchtlinge werden beraubt, getötet und vergewaltigt, der Irak marschiert im Iran ein und wieder zurück, die Bewohner Afghanistans werden zu Versuchskaninchen für moderne sowjetische Waffen – aber die internationalen Gremien beschäftigen sich bis in alle Ewigkeit lediglich mit Israel und den Palästinensern. Der Gipfel der weltweiten Heuchelei ist mit diesem Palästina-Syndrom tatsächlich erreicht. Der objektive Korrespondent aus Jerusalem nutzt das Unwissen der internationalen öffentlichen Meinung aus und tut so, als wisse er nicht, daß jenes Westufer des Jordan zu keinem Zeitpunkt arabisches Hoheitsgebiet gewesen ist, sondern 1948 von Jordaniens Arabischer Legion erobert wurde. Ebenso wie der Ostteil der Stadt Jerusalem, die seit eh und je und immer schon Hauptstadt Israels und nie die Hauptstadt irgendeines arabischen Staates gewesen ist.

★

Der Rest ist Schweigen. Wie alle anderen verschweigt auch Herr Objektiv die peinliche Tatsache, daß zwei Millionen israelischer Bettler seit der Staatsgründung über eine Million jüdischer Flüchtlinge, die bar jeder Habe aus arabischen Ländern vertrieben worden waren, aufgenommen und zu guten Bürgern gemacht haben – während die palästinensischen Flüchtlinge über Generationen hinweg als »lebendige Zeitbombe« in dreckige Lager eingesperrt wurden, und zwar von ihren 100 Millionen schwerreichen Brüdern, die über ein Gebiet größer als Europa herrschen. Die berufsmäßige Heuchelei besitzt ihre eigene Sprache. Bekanntlich gaben die Nazis der Judenvernichtung die Kosebezeichnung »Endlösung der Judenfrage«. Heute bezeichnet man die Vernichtung des jüdischen Staates mit dem eleganten Codewort »Selbstbestimmungsrecht für das palästinensische Volk«.

Schon ein kurzer Blick auf die Landkarte der Region würde selbst dem Einfältigsten klarmachen, daß ein solches strategisches Sprungbrett – ein PLO-Staat, strotzend vor sowjetischen Waffen, tief in Israels exponiertem Innern und nur einen Katzensprung vom Meer entfernt das dürrenmattsche Todesurteil für den winzigen Juden-Staat wäre.

Aber wo steht geschrieben, bitte schön, daß man ausgerechnet die Landkarte der Region studieren soll, wenn man auch die neue Preisliste der Opec einsehen kann?

Doppelte Moral, so nennt man das. Die EG-Staaten und an deren Spitze das »ausgewogene« Deutschland erklärten großzügig: »Wir befürworten die Gründung eines palästinensischen Staates (ja, ja, Selbstbestimmung), aber wir treten auch für die Sicherheit und das Wohlergehen, Israels ein.« Bravo! Wir sind für die Mäuse, aber auch für die Katze, mögen beide gemeinsam glücklich werden.

Dieses schizophrene Verhalten erinnert an einen einstmals auch von uns hochgeschätzten Kanzler, der in Warschau vor dem Denkmal der Naziopfer auf die Knie fällt, aber kurz danach den amerikanischen Flugzeugen, die Waffen für die angegriffenen Überlebenden der Nazizeit liefern wollen, verbietet, auf deutschem Boden zu landen. Unser Mann in Jerusalem legt einen beneidenswerten Sinn für Humor an den Tag, indem er schreibt: »Es scheint amoralisch und langfristig politisch undenkbar, am Ende des 20. Jahrhunderts eine feindselige Bevölkerung beherrschen zu wollen, die eine andere Sprache, Kultur, Geschichte und Religion hat.«

Herr Objektiv scheint weit weg vom Fenster zu sein. Andernfalls hätte er gewußt, daß sich die große Welt seit eh und je und bis zum Ende aller Zeiten mit nichts anderem als mit der vergnüglichen Unterdrückung von Minderheiten beschäftigt.

Die Kurden werden im Iran planmäßig abgeschlachtet, wenn wir nicht irren, die Chinesen in Indonesien sorgfältig verfolgt, die Tibeter in China unterdrückt, die Basken in Spanien, die Armenier in der Türkei, die Ungarn in Rumänien, die Iren in Ulster, sämtliche Baltenstaaten sind im russischen Rachen spurlos verschwunden, die gesamte Welt ist eine einzige große Unterdrückung, ohne die geringste Bereitschaft, den Minderheiten eine Autonomie auch nur vorzuschlagen.

Aber der »Spiegel«-Korrespondent liefert zuverlässig das von der alten Dame benötigte Belastungsmaterial. Auch er predigt uns über »Israels fehlende Bereitschaft, die eroberten Gebiete als Preis für den Frieden aufzugeben«, und gleich im selben Bericht verspottet er mit eiserner Logik unser Friedensabkommen mit Ägypten, welches seiner Ansicht nach »vor allem negative Auswirkungen hatte«.

Ja, um Himmels willen, was nun tun, um den Herrschaften entgegenzukommen? Verschwinden, zurückwandern nach Europa, zu den Massengräbern unserer Väter?

★

Herr Objektiv ist doch bereit, ein Israel zu bejahen, das ein »geistiges Zentrum« für die Juden ist.

Ein geistiges Zentrum ist wahrlich eine sehr schöne Sache, aber in allen medizinischen Büchern steht geschrieben, daß, um sehr geistig zu sein, man zunächst ein Weilchen gelebt haben muß.

Dieses irdische Urgesetz hat drei Millionen bankrotter, todmüder Juden gezwungen, eigene Kampfflugzeuge aus Teilen zusammenzusetzen, die auf dem Schwarzmarkt erworben werden mußten, aus rostigem Schrott erstklassige Panzerfahrzeuge herzustellen und entführte Raketenboote im Untergrund einzusetzen. Wir hätten eine »Festungsmentalität«, meint die große, deutsche Wochenschrift, obwohl es uns gelungen ist, innerhalb von 25 Jahren fünf Vernichtungskriege zu überleben.

»Der Spiegel« stellt mit ungetarnter Schadenfreude fest, daß der Zionismus trotzdem Bankrott gemacht habe, da seine Absicht gewesen ist, sämtliche Juden der Welt nach Israel zu holen, er es aber lediglich auf drei Millionen gebracht habe.

★

Die Tatsache, daß es diese drei Millionen unglücklicher Bankrotteure geschafft haben, in der arabischen Wüste etliche Städte, Universitäten, Industrieanlagen, eine blühende Landwirtschaft, Atomreaktoren, Straßen, Brücken und so weiter zu errichten, daß sie aus dem Nichts einen beispielhaften freien und demokratischen Staat geschaffen haben, all das ist Vergangenheit und nicht der Rede wert.

Richtig ist, daß Israel hier und heute eine schwere Krise durchmacht.

Jawohl, hochgeschätztes Publikum, die Stimmung ist düster in dem jüdischen Staat, es fehlt die Kraft, um die unmenschliche Last der endlosen Kriege und der zerrüttenden Siege zu ertragen. Es ist schwer, mit einer 130-Prozent-Inflation und in einer beklemmenden, demütigenden politischen Isolation zu leben, es ist verrückt, gegen den internationalen Terror mutterseelenallein ins Schlachtfeld zu ziehen und dafür noch von der internationalen Öffentlichkeit täglich verurteilt zu werden. Kurzum, es ist schwer, heutzutage ein Israeli zu sein, unheimlich schwer.

★

Der Mann aus Jerusalem beschreibt unsere unerträgliche Lage mit viel Enthusiasmus. Aber er kann oder will nicht begreifen, daß der Staat Israel keine bloße Anhäufung von Bürokraten, Parteien und wackelnden Regierungen ist, auch kein Wirtschafts- oder Steuerproblem, sondern einfach der einzige Fleck auf der Weltkarte, in dem ein Jude nicht mehr Jude ist, daß es in guten und schlechten Zeiten das einzige Land ist, welches das jüdische Volk, inklusive der Autor dieses Buches, auf Erden hat.

Herr Objektiv aus Jerusalem beendet seinen Nachruf mit dem spöttischen Zitat, wonach Israel bald »nur noch ein Nachtasyl für jüdische Flüchtlinge« sein könnte.

Das ist gar nicht so witzig. Wäre nur vor 40 Jahren ein solches Nachtasyl dagewesen, als das Herz des jüdischen Volkes vor dem gleichgültigen Blick der Nationen herausgerissen und verbrannt wurde, ohne daß auch nur ein armseliges, kleines Asyl bereitstand, um Zuflucht zu bieten.

Ein kleines Nachtasyl, hochverehrter »Spiegel«, kann von großer Bedeutung sein, bei Nacht. Und es wird langsam dunkel draußen.

Zum Abschluß ein ganz zufälliges Treffen irgendwo in Europa. Mit Schlußfolgerungen, die vielleicht gar nicht so zufällig sind.

»Siehe, das Volk wird abgeschieden leben«

Den obigen Titel verlieh uns seinerzeit ein gewisser Bileam in einem Interview mit dem Korrespondenten des 4. Buch Mosis, und bis zum heutigen Tag wissen wir bekanntlich nicht, ob er uns rühmen oder verwünschen wollte. Egal wie oder was, bis heute ist es uns gelungen, unseren Sonderstatus als einziges Volk der Welt ohne einen einzigen Verbündeten zu wahren. Die Älteren unter uns werden sich bestimmt noch an das Inserat erinnern, das wir vor Jahren anläßlich der Gründung des Staates Israel in den Zeitungen veröffentlichten:

EIN KLEINES, EINSAMES UND REGELMÄSSIG
SCHIKANIERTES VOLK
SUCHT ZWECKS EXISTENZSICHERUNG
EINEN BEMITTELTEN PARTNER
ZUSCHRIFTEN ERBETEN
AN DAS AUSSENMINISTERIUM JERUSALEM

Und seit damals warten wir. Unser Gehör ist auf die leisesten Geräusche positiver Natur ausgerichtet, doch aus irgendeinem Grund wünscht kein einziges Land ein offizielles Bündnis mit uns, nicht einmal die Vereinigten Staaten. Zwar erklärte irgendein diensthabender amerikanischer Präsident bei einer New Yorker Wahlversammlung in einem Augenblick der Selbstvergessenheit: »Israel ist unser hochgeschätzter Partner«, doch das State Department ließ prompt eine Erläuterung folgen, wonach »der Präsident lediglich seinem Wunsch nach normalen Beziehungen zu allen Staaten der Region Nachdruck verleihen wollte«, was immerhin sehr ermutigend ist. Nicht vergessen sollte man auch den traditionellen Freund unseres Landes, den Präsidenten von Honduras, der anläßlich seines letzten Besuches bei uns sagte: »Unsere Länder verbindet eine Freundschaft, die«. Soweit kam der Präsident in seiner Grußadresse, ehe er von seinem Schwager zu Hause gestürzt wurde, und seit damals haben wir weit und breit keinen einzigen Verbündeten auf der ganzen Welt.

Außer Holzer.

★

Ich lernte Holzer irgendwo in Europa in einem Hotel kennen. Ziemlich früh am Morgen telephonierte er vom Empfang aus. Der Portier sagte ihm, ich würde noch schlafen, doch Holzer antwortete ihm: »Das macht nichts, wecken Sie ihn ruhig und sagen Sie ihm nur drei Worte: ›Holzer ist hier.‹« Der Portier weckte mich also, und ich fragte ihn: »Wer zum Teufel ist Holzer?«

»Ich dachte, Sie kennen ihn, mein Herr«, stotterte der Portier verlegen, »ich werde ihn sofort fragen – *wo ist er?*« Er war bereits in meinem Zimmer. Ein Jude mit jener nicht mehr zeitgemäßen Nase, klein und sehr aktiv, mit Hut, eben Holzer.

»Ich bin von der jüdischen Gemeinde«, stellte er sich vor.

»Wir haben gehört, daß Sie ein Schriftsteller aus Israel sind, seien Sie willkommen, haben Sie schon zu Abend gegessen, ich kenne ein griechisches Restaurant, ich habe ein Kleidergeschäft, ich kam nach dem Krieg aus Polen hierher, der Spediteur Michael Holzer in Haifa ist mein Schwager, ich war schon dreizehnmal in Israel, wunderbar, räumen Sie nicht den Golan, alle Antisemiten sollen sich aufhängen, wir spenden jedes Jahr, diesen Blumenstrauß schickt unser Rabbiner, ich schlage vor, sich anzuziehen. Sie sind Schriftsteller, nicht?«

»Ich glaube schon«, antwortete ich, »freut mich, Sie kennenzulernen, Herr Holzer.«

»Nennen Sie mich Fredi. Und jetzt müssen Sie mich zur Synagoge begleiten, alle warten schon auf Sie.«

»Lieber Herr Holzer«, antwortete ich, während ich in einen Strumpf schlüpfte, »ich danke Ihnen für Ihre Einladung, doch bei allem gebotenen Respekt, ich bin nicht orthodox.«

»Das macht nichts. Sie sind Israeli, Sie sind Schriftsteller. Sie müssen kommen.«

»Mein letzter Besuch in einer Synagoge war anläßlich meiner Bar-Mitzwah, und da war ich dreizehn Jahre alt.«

»Das macht nichts. Sie brauchen nichts zu tun. Nicht einmal beten. Nur dasitzen.«

»Wenn ich zur Thora aufgerufen werde, weiß ich nicht, was ich zu tun habe, Herr Holzer.«

»Nennen Sie mich Fredi. Ich werde mit dem Rabbiner vereinbaren, daß Sie nicht aufgerufen werden. Sie sollen nur da sein. Zehn Minuten. Blättern Sie ein wenig im Gebetbuch. Sie müssen kommen.«

»Wozu?«

»Damit man Sie sieht.«

Unschwer zu erraten, daß sich Holzer natürlich durchsetzte. Er ging vor mir wie die biblische Feuersäule vor Moses. Ich saß also in der Synagoge, auf dem Kopf das geliehene schwarze Käppchen und im Herzen eine leichte Angst. Mitten im Morgengebet ging Holzer auf den großbärtigen Rabbiner zu. Dieser schaute mit einem Auge zu mir herüber und winkte freundlich, als wollte er sagen: »Keine Angst, mein Freund, um keinen Preis werde ich dich bloßstellen und zur Thora aufrufen.« Der Kantor erhob seine Stimme und fügte in das Gebet einen persönlichen Segensspruch für den Staat Israel und seinen Präsidenten ein, während die zwei Dutzend Juden auf den schäbigen Bänken kurz stillhielten und mir freundliche Blicke zuwarfen, als wäre ich ein alter Bekannter.

Sie kamen mir auch wie alte Bekannte vor.

Ich saß dort auf der vordersten Bank, vor mir ein Gebetbuch, das mir nichts zu sagen hatte, und lauschte jenem Gemeinschaftsmurmeln, das ich seit meiner Kindheit nicht mehr gehört hatte. Es waren fast durchwegs ältere Menschen, nur hier und da war ein jüngeres Gesicht zu sehen. Psalmen vor sich hinmurmelnd, lief Holzer zwischen den Reihen hin und her, sprach leise zu den Honoratioren, zeigte auf mich, kam schließlich zu mir herüber und legte um meine Schultern, schüchtern lächelnd, einen Gebetsschal.

»Ich weiß, ich weiß«, flüsterte er, »es ist nur für ein paar Minuten, damit sie sehen ...«

»Was sollen sie sehen?«

»Daß einer aus Israel mit uns betet.«

Ich sah mir Holzer und seine unmodern gewordene Nase an, wie er weiterhin pausenlos zwischen dem Rabbiner und den Gemeindevorsitzenden hin und her pendelte. Er hatte kurze, krumme Beine, wie man sie in den guten alten Zeiten in den Witzblättern zu zeichnen pflegte, und der Hut saß auch viel zu weit auf seinem Hinterkopf. Vermutlich war er das von seinem Kleidergeschäft so gewohnt. Von Zeit zu Zeit brüllte er aus Leibeskräften »Gott stärke deine Kraft«, kam zu mir herüber, las mit einem nach oben gerichteten Blick der Rechtfertigung einige Gebete an meiner Stelle und tuschelte dann mit den Nachbarn über rein geschäftliche Angelegenheiten. Ein Prototyp ist dieser Holzer, keine Bekanntschaft, auf die man stolz sein kann, und doch ...

Dieser Mann ist mein Bruder.

Seit seiner Ankunft in Israel vor etwa 33 Jahren unternimmt der Verfasser dieser Zeilen ehrliche Anstrengungen, um sich in den arabischen Raum zu integrieren, in den semitischen Nachbarn seine entfernten Verwandten zu sehen, mit den Honoratioren aus Ost-Jerusalem freundliche Umarmungen auszutauschen und möglichst viele arabische Kraftausdrücke zu verwenden. Gelegentlich, besonders dann, wenn man das jordanische Fernsehprogramm genießt, kommt man sich vor, als wäre man auf dem besten Weg, einer von ihnen zu werden, ein Sohn der glühenden Wüste im Rausch des Schaschliks und des gebackenen Hammels ...

Doch hier, fast gewaltsam in dieser fremden Synagoge festgehalten, wurde mir zunehmend klarer, daß es keinen Sinn hat.

Zu den Jerusalemer Honoratioren und dem Händleradel aus Nablus verspüre ich äußerst freundschaftliche Gefühle. Aber den kleinen, krummbeinigen Holzer liebe ich. Weil er mich liebt, weil er Israel liebt. Weil Tränen der Freude Holzers Augen erglänzen lassen, wenn seine Finger den vermeintlichen Abgesandten des jüdischen Staats berühren. Weil der Gedanke, nicht nach Israel ausgewandert zu sein, ständige Gewissensbisse bei ihm auslöst. Weil er für seine Söhne einen Hebräischlehrer aus Tel Aviv engagiert hat, bei dem sie nichts lernen. Weil die Holzers auf den unmöglichsten Umwegen Gelder von den Nichtjuden einholen und die Ausbeute mit der Selbstverständlichkeit eines passiven Teilhabers dem israelischen Nationalfonds zuführen. Weil sie Avocados aus dem Negev essen, obwohl sie das Zeug gar nicht mögen. Weil ihre Fähigkeit, ihre Namen mit hebräischen Lettern zu schreiben – wenn auch mit der Fertigkeit von Schülern der ersten Grundschulklasse – sie unsagbar glücklich macht. Weil Holzer jede unserer Dummheiten, egal wie groß oder klein, mit Todesverachtung vor der ganzen Welt verteidigen wird. Weil in seinem Haus ein Photo von Golda und Begin und Moses hängt. Weil er so naiv, so dumm, so orthodox, so zionistisch ist.

Daher, wenn der ganze Erdball sich in ständiger Konfrontation mit uns befindet und die Geschütze für unsere Nachbarn aus dem Osten und die Verurteilungen für uns aus dem Westen strömen, wissen wir dennoch, daß wir irgendwo auf der

Welt einen einzigen Verbündeten haben, der nicht weniger standhaft ist, als es seine Vorväter während der letzten fünftausend Jahre waren – Holzer, den Kleiderhändler.

Es ist an der Zeit, daß wir ihn Fredi nennen.

Urkomische Randbemerkungen über Schreiben, Verlegen und Lesen vom Weltklassesatiriker

Mit diesen humorvollen Geständnissen verrät uns Kishon die haarsträubenden Tricks, die angewendet werden müssen, damit ein Buch den Weg zum Leser findet: wie Literaturpreise mehr als zufällig verliehen werden, wie man mit Kritikern umgehen muss, wie Theobald der Tiefseeschwamm zu literarischen Ehren kommt, wie man tatsächlich eine humorvolle Geschichte schreibt und welche entscheidende Rolle der Leser im Leben eines Autors spielt. Dieser darf sich denn auch freuen auf eines der persönlichsten und witzigsten Kishon-Bücher. Hier geht der Autor der primären Aufgabe nach, die ein Satiriker hat, nämlich, die Wahrheit auch über sich selbst zu sagen.

3-404-15073-2

BASTEI LÜBBE